Laurence Horn

Die Rückkehr des Zauberers

Der erste Rodinia-Roman

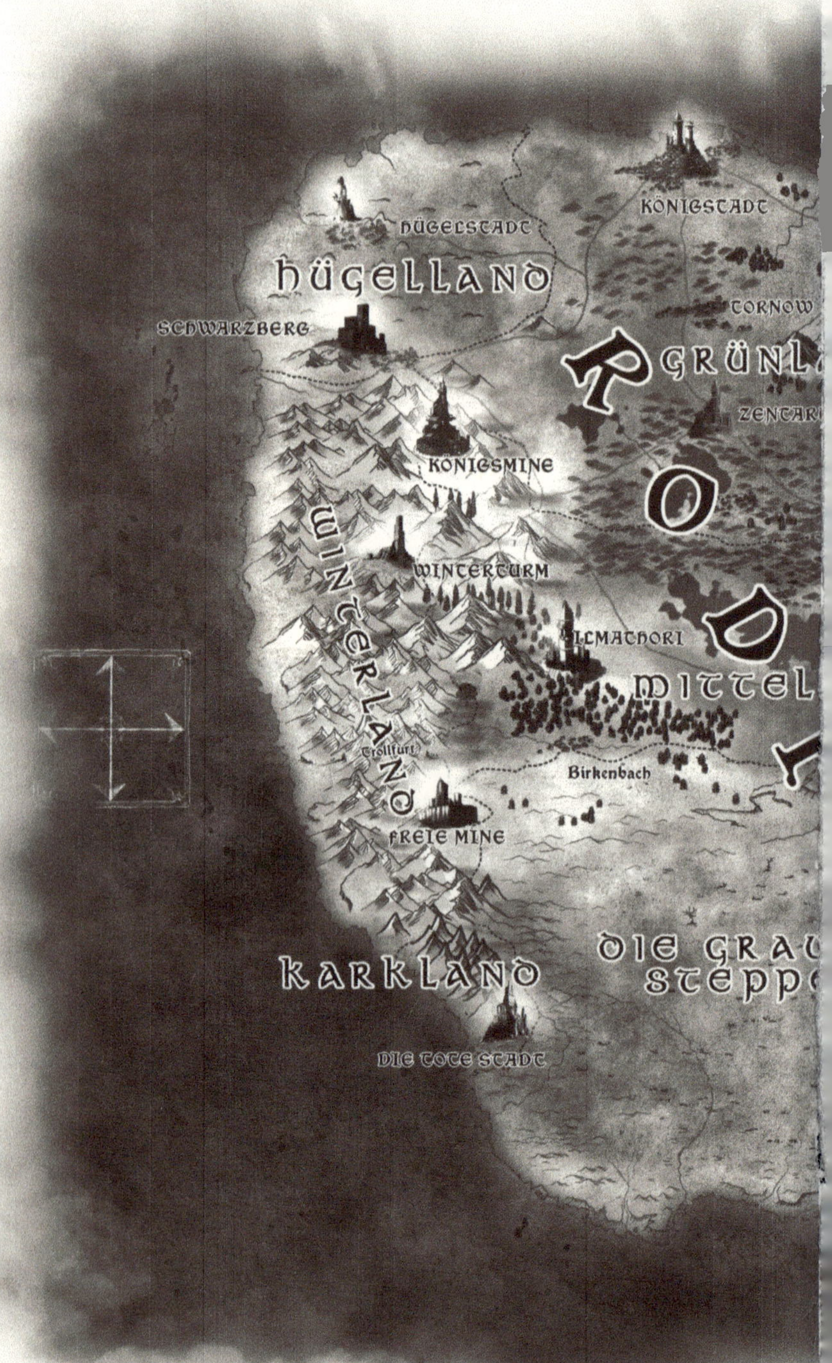
KÖNIGSTADT
HÜGELSTADT
HÜGELLAND
SCHWARZBERG
TORNOW
KÖNIGSMINE
WINTERTURM
WINTERLAND
Trollfurt
Birkenbach
FREIE MINE
KARKLAND
DIE TOTE STADT

KÖNIGSWALD
WALDSTADT
LAND
KANTARRA
Borka
Wald der Dämonen
SONNENSTADT
LAAJOHM
LAND
FEUERLAND
Die Ruinen von Ola
THRALLSTADT
NIA
UE
E
DIE WANDERNDE STADT

Die Rückkehr des Zauberers

Der erste Rodinia-Roman von
Laurence Horn

1. Auflage, März 2020

Covergestaltung und Karte: Christian Günther
Symbol: Clker-Free-Vector-Images auf Pixabay
Lektorat: Matthias Teut
Schlusslektorat und Satz: Frank Friedrichs

Verlag: DichtFest GbR, Seeweg 3, 19243 Wittendörp – www.dichtfest.de

Druck: BooksFactory, PRINT GROUP Sp. z.o.o., Szczecin, Polen

ISBN: 978-3-946937-50-0

Bibliografische Information der Deutschen Nationalbibliothek:
Die Deutsche Nationalbibliothek verzeichnet diese Publikation in der Deutschen Nationalbibliografie; detaillierte bibliografische Daten sind im Internet über http://dnb.d-nb.de abrufbar.

Die Rückkehr des Zauberers

Der erste Rodinia-Roman
von
Laurence Horn

Im Gedenken an meinen Vater

Schatten und Licht,
Nacht und Tag,
Asche und Schnee
Kommen und Gehen
tagein, tagaus.
Leben und sterben und wieder leben.
Nach tausend Jahren,
wenn Bruder und Schwester vereint,
eine neue Königin erstrahlt.

Prophezeiung des Orakels

PROLOG

Die Stimme drang dem Magister ins Unterbewusstsein. Ein Murmeln nur. Augenblicklich kehrte sein Geist in den Körper zurück, er schlug die Augen auf.

Ein gebeugter Mann, das Gesicht von Runzeln überzogen, stand neben dem Bett, die Hand auf seine Schulter gelegt. Sie rüttelte ihn sanft.

»Was?«, fragte er mit ruhiger Stimme.

»Ich bin untröstlich, Magister. Eine Angelegenheit, die keinen Aufschub duldet.«

Er seufzte. »Wieder ein Schiff, das fortwill?«

»Nicht ganz ... Es nähert sich.« Der Alte zögerte, ehe er fortfuhr. »Es kommt von der Außenwelt.«

Stille legte sich über die Schlafkammer. Er wusste um die Wirkung seiner dunklen Bernsteinaugen, mit denen er den Diener jetzt anstarrte, als wäre dieser der Eindringling.

»Magister?«

Erst nach einer geraumen Weile reagierte er: »Wie konnte es durch den Nebel gelangen?«

Die Lippen des gebeugten Mannes zitterten. »Sie sind noch nicht hindurch.«

»Ich verstehe.« Der Magister richtete sich schwerfällig auf. »Schickt die Sammler und die Bewahrer los. Und erweckt den Wächter.«

»Den Wächter?« Die Augen des Dieners weiteten sich. »Ist das wirklich nötig?«

Der eisige Blick, mit dem er seinen Untergebenen bedachte, duldete keinen Widerspruch.

»Wie Ihr befehlt, Magister.«

I
Schiffbruch

Du hast sie in den Tod geschickt.

Habe ich das? Vielleicht sind wir bereits tot, ohne es zu wissen. Sie. Ich. Wir alle sind … TOT!

Kyrian zuckte zusammen. Er riss die Augen auf, ein keuchender Laut drang aus seiner Kehle. Hatte ein Schlag das Schiff getroffen? Mit angehaltenem Atem lauschte er.

Nichts. Absolute Stille. Er entspannte sich.

Einen Atemzug lang musste er eingeschlafen sein. Müde rieb er sich die Stirn, fuhr mit der Hand am unrasierten Kinn entlang und kratzte sich die Bartstoppeln.

Die Stimmen seines Traums waren verschwunden, doch das schneeweiße Antlitz des Mädchens blieb eine geraume Weile vor seinem inneren Auge bestehen. Dann verblasste langsam das wallende, weißgelockte Haar und mit ihm das Gesicht, das ihn seit so langer Zeit verfolgte.

Wie immer stand er auf dem Zwischendeck des kleinen Handelsschiffs, hielt das Steuerruder mit beiden Händen so fest umklammert, dass die Sehnen in den Armen hervortraten. Von ihrer Stärke spürte er fast nichts mehr, so taub waren sie. Targas hatte recht gehabt: Hier wirkte selbst seine sonnengebräunte Haut so grau wie die eines Dahinsiechenden.

Er löste erst eine Hand vom Ruder, um die Muskeln zu lockern, dann die andere. »Diese verdammte Brühe.«

Seine Kleidung konnte man nicht mehr als klamm bezeichnen, sie befand sich längst im Zustand »feucht«. Die braune Pluderhose, aus mehr Stoff gefertigt, als manch anderer am ganzen Leib trug, wog schwer, seine königsblaue Tunika klebte mittlerweile auf der Haut. Die nassen Stiefel hatte er gar nicht erst wieder angezogen.

Seit sechs Tagen fuhren sie durch diese grauweiße Suppe. Kein Tag. Keine Nacht. Nur diffuses Zwielicht.

»Ja, du lachst zu Recht. Wohin könnten wir denn fahren? Die Männer meinen, wir hätten uns hoffnungslos verirrt. Aus diesem Nebel gibt es kein Entrinnen.«

»Und das können sie mir nicht ins Gesicht sagen? Sind sie dafür zu feige?«

Targas sog geräuschvoll die Luft ein. »Du weißt, dass das nicht stimmt.«

Die beiden fuhren herum, als eine rauchige Stimme hinter ihnen erklang. »Wahr gesprochen.«

Aus den Nebelschwaden schälten sich sechs Personen heraus. Es schien, als hätten sie dort bereits gewartet.

Kyrian stöhnte auf. »Nicht schon wieder.«

»Hör dir an, was sie vorbringen wollen. Sie sind mutlos geworden«, raunte Targas und übernahm das Steuer.

Müde schloss Kyrian die Augen und rieb sich die Nasenwurzel. Dann wandte er sich um, die Arme vor der Brust verschränkt. »Nun, Männer? Lasst mich kurz überlegen: Euer letztes Aufbegehren liegt … zwei Tage zurück? Brachte es euch etwas? Nein. Wir halten weiter den Kurs.«

»Der Proviant geht zur Neige.« Ehe Kyrian reagieren konnte, fuhr der Sprecher dort: »Und nein, es gibt keinen einzigen Fisch, den wir fangen könnten. Es gibt hier nichts. Nur diesen verfluchten Nebel.«

Für einen Moment sagte niemand ein Wort. Kyrian betrachtete die Männer vor sich. Was sollte er auch sagen? Er wusste doch selbst keinen Rat. Dabei kannte er sie alle. Redloff, Toke, Wulfbert, Arnold, Friedjof und Rolf. So manche Schlacht hatten sie gemeinsam geschlagen.

Sein Blick wanderte zu Targas, aber der zog nur mit einer entschuldigenden Geste die Schultern hoch.

Kyrian atmete seufzend aus. »Also: Was schlagt ihr vor?«

»Sag du es uns. Targas ist zwar der Kapitän, aber du bist der Grund unserer Reise. Unser Herr.«

Fast musste Kyrian lächeln. Die Mannschaft bestand aus kampferprobten Seeleuten, ihre Gesichter waren vom Wind und der rauen See gezeichnet, ihre Muskeln durch die schwere Arbeit an Deck gestählt. Sie kämpften furchtlos gegen eine Überzahl an Gegnern. Aber eine simple Trübung der Luft machte ihnen offenbar Angst.

Kyrian ließ sich nie von dem abergläubischen Seemannsgarn beeinflussen, das die Männer in den Nächten sponnen. Doch tief in ihm keimte die Frage, ob es einzig der Nebel war oder vielmehr der Gedanke, über den Rand der Welt hinauszusegeln, der ihn insgeheim selbst ängstigte. Niemand wusste, was hinter der Nebelwand lag. Nach seinem Gespür und den Berührungen am Schiffsrumpf zu urteilen, nichts Gutes.

Trotzdem zischte er mit dunkler Stimme, den Blick stur auf die Rädelsführer gerichtet: »Wir halten den Kurs!«

Toke knuffte den rotbärtigen Redloff in die Seite. Der zögerte kurz, doch dann sagte er: »Wir vertrauen dir ja. Aber … wir befinden uns nur ... aufgrund eines Traums hier.«

»Es ist eine Vision. Kein Traum.«

Toke drängte vor. »Vision hin, Traum her. Es ist einerlei. Hirngespinste.« Er fuchtelte in Richtung Meer. »Da ist was im Wasser. Du kannst erzählen, was du willst, es nimmt ein schreckliches Ende, wenn wir nicht umkehren.«

Kyrian schnaubte und ballte die Hand vor dem Gesicht zur Faust. »Wir stehen so kurz vor dem Ziel. Ich spüre es«, presste er hervor. »Die weiße Zauberin … sie zeigte mir den Weg. Bedenkt doch: Niemals zuvor ist jemand weiter gelangt als wir. Seit über einem Jahrtausend nicht.«

Er starrte in den Nebel, während die Bilder von damals in ihm aufwallten. Ein Mädchen mit schneeweißer Haut, das die Fähigkeiten der Zauberkraft und der Magie vereinte. Seit tausend Jahren getrennt. Als Beherrscherin der Welten …

»Deine Vision liegt sechs Jahre zurück.«

Wulfberts Erwiderung war so trocken wie Schiffszwieback, und den mochte Kyrian genauso wenig wie aufsässige Rädelsführer. »Denken hier alle so?«

Die Männer schwiegen. Selbst Redloff sah verlegen zu Boden. Nur Toke reckte trotzig den Kopf und schaute ihm in die Augen. Kyrian ignorierte die Angst, die er darin las. Er wollte ihnen nicht drohen, doch anscheinend war das nötig. »Ich muss euch nicht erneut meine Macht demonstrieren, oder?«

In diesem Moment griff Targas ein. »Genug! Die Kräfte des Universums sollten niemals zu Demonstrationszwecken missbraucht werden.« Er wandte sich an die Besatzungsmitglieder. »Ihr geht zurück auf eure Posten. Wenn Kyrian sagt, wir fahren weiter, dann fahren wir weiter!«

Niemand rührte sich.

»Was ist los? Zurück ... auf eure ... Posten!«

Urplötzlich wankten alle von einem Fuß auf den anderen. Da war es wieder. Etwas hatte das Boot berührt. Schlagartig geriet die Mannschaft in Betriebsamkeit.

Kyrian übernahm das Ruder, während Targas Befehle schrie. »Weckt den Rest der Besatzung. Ich will alle Mann an Deck sehen. Sieie sollen ihre Waffen mitbringen. Los, los!«

»Danke«, sagte Kyrian, als der Nebel sie verschluckte.

Doch der Kapitän sah ihn streng an. »Du hättest ihnen nicht zu drohen brauchen. Sie sind deine Freunde.«

»Ich weiß.« Kyrian atmete tief durch. »Wir können es schaffen. Ich spüre es. Es ist nicht mehr weit.«

Targas nickte. »Du bist der Spross unseres Herrschers. Ich stehe zu dir. Ich habe einen Eid geleistet.«

»Hättest du das nicht, stündest du dann auch zu mir?«

»Was soll das Gerede? Du bist wie ein Sohn für mich. Das solltest du wissen.«

Kyrian lächelte. »Und du für mich wie ein zweiter Vater.«

»Bericht«, rief Kyrian ins Grau vor ihm.

»Nichts«, kam die gedämpfte Antwort vom Bug.

Targas verweilte an seiner Seite. Gemeinsam versuchten sie, etwas im Dunst zu erkennen – oder zu hören.

Doch jedes Geräusch wurde gnadenlos verschluckt. Selbst das der Wellen, die seicht und permanent gegen das kleine Boot schlugen.

Die zwölf Besatzungsmitglieder standen an der Reling und spähten ins Grau.

Urplötzlich traf ein dumpfer Schlag den Rumpf, weitaus härter als die Male zuvor. Dann zerriss ein Aufschrei die Stille, die Männer erstarrten.

»Scheint, als wären wir am Ziel«, rief Kyrian.

Wie auf ein geheimes Stichwort kam Wind auf. Targas starrte in die Ferne. Hatte sein Freund etwas entdeckt?

Niemand regte sich. Erst, als ein weiterer Ruck durchs Schiff ging, brüllte der Kapitän: »Auf eure Posten. Sofort! Es geht los!«

Augenblicklich fiel die Starre von der Mannschaft ab. Sie hasteten über das Deck, kletterten in die Wanten und besetzten ihre Posten. Das Blut pulsierte heftig durch Kyrians Körper, alle Müdigkeit verflog.

Wenige Atemzüge später wurde die Nebelwand regelrecht in Fetzen gerissen. Sie brach auf, doch es wurde nicht heller. Im Gegenteil. Mit einem Schlag verdunkelte sich der Himmel, Donner zerriss die Stille, Blitze zuckten übers Firmament. Einen Lidschlag lang sahen die Männer einen Strand, hinter dem sich ein gewaltiges Bergmassiv erhob.

Dann ein Aufschrei: »Riffe voraus!«

Befehle hallten übers Deck.

»Magie!« Targas riss die Hände vor. »Das ist Magie!«

Kyrian packte das Steuerruder fester und versuchte, den scharfkantigen Felsen auszuweichen.

Der Wind hob zu einem Tosen an. Innerhalb von Wimpernschlägen türmten die Wellen sich zu Bergen auf. Ein heftiges Schütteln durchlief den Rumpf. Augenblicklich neigte das Schiff sich gefährlich nach Steuerbord, senkte sich der Wasseroberfläche entgegen.

»Die Segel … die Segel!« Wulfbert gestikulierte mit einem Handbeil Richtung Mast.

Im letzten Moment kappten sie die Seile der Takelage, die daraufhin in sich zusammenfiel. Sofort wurde dem Wind die Angriffsfläche genommen. Der Schiffskörper schwankte, richtete sich aber wieder auf. Kyrian stemmte sich mit aller Gewalt gegen das Ruder, als die Sturmböen das Schiff mit

Einen Augenblick später schlugen die Tentakel zu.

Ein einziger Schlag nur, doch das Schiff zerbarst in tausend Stücke …

Wasser. Überall. Zu allen Seiten.

Das Salzwasser veränderte seine Sicht. Mit weit aufgerissenen Augen versuchte er, in der Dunkelheit etwas zu erkennen. Suchte den Blickkontakt mit dem Angreifer.

Und dann sah er es.

Tief unter ihm starrte ihn ein gewaltiges Wesen an. Holz trieb an ihm vorbei. Ein Buch. Dann ein lebloser Körper. Einer jener Männer, die ihr Leben für ihn gegeben hatten. Die Luft wurde knapp. Doch er durfte sich nicht ablenken lassen; konzentriert stierte er zurück.

Noch einmal bündelte Kyrian seine Energie. Plötzlich packte ein Fangarm sein Bein. Ein zweiter umschlang die Hüfte, presste die einzig verbliebene Luft aus ihm heraus. Rotbunte Kreise tanzten vor seinen Augen.

Doch anstatt ihn in den Tod zu ziehen, schleuderte ihn das Untier aus dem Meer, weit über das Felsenriff in Richtung Küste. Kyrian schlug auf der Wasseroberfläche auf, abermals umfing ihn nasse Dunkelheit.

Wasser. Wellen. Kein Oben und kein Unten.

In wüstem Durcheinander kreisten Kyrians Gedanken um Targas, der wie ein Vater zu ihm gewesen war, um seine Rache und die Mannschaft. Die dreizehn Männer durften nicht umsonst gestorben sein.

Wut brandete in ihm auf wie die Glut eines Schmiedefeuers. Sein Hass hielt ihn am Leben und gab ihm Kraft. Er spürte keine Kälte, keinen Schmerz, nicht einmal die vollgesogene Kleidung, die an ihm zerrte, um ihn hinab in die endlose Schwärze zu ziehen. Er war einfach nicht bereit, jetzt zu sterben.

Unter dem Aufgebot all seiner Energie kämpfte er sich an die Oberfläche und tauchte hustend auf. Orientierungslos begann er zu schwimmen, die Brandung zog ihn mit.

Er wusste nicht, wen er für diese Tat verantwortlich machen konnte. Doch eines schwor er sich: Irgendjemand würde dafür bezahlen. Er würde den Befehlsgeber samt seiner Handlanger auslöschen. Einen nach dem anderen. Er würde ihre Welt in Schutt und Asche legen.

Als das Meer Kyrian endlich an Land spuckte, war er am Ende seiner Kräfte. Der Wind hatte sich gelegt und der Himmel zeigte sich von grauen Wolken verhangen.

Er war zurück im Land seiner Urväter! Einen Moment lang beschäftigte ihn dieser verrückte Gedanke.

Dann verlor er die Besinnung.

II
Gefangen

Bralag starrte aufs Meer. Bereits seit einer geraumen Weile stand er unbeweglich am Strand, die Arme hinter dem Rücken verschränkt. Gedankenverloren sah er auf das Felsenriff, das sich in dieser Region über die gesamte Küste erstreckte. Das Wasser hatte sich beruhigt, der Himmel zeigte sich wieder hell. Bralags dunkelblaue, fast schwarze Robe blähte sich leicht im sanften Wind.

In Momenten wie diesen fragte er sich, wofür er all die Strapazen auf sich nahm. Er war der oberste Befehlshaber der Magier – ihr Heerführer. Ihm unterstanden die Sammler wie auch die sogenannten Bewahrer der Ruhe, Kriegermagier, die für Recht und Ordnung im Königreich sorgten. Warum also stand er hier und saß nicht zu Hause am Kamin, auf seinem Anwesen, einen Kristallkelch vorzüglichen Weins in der Hand? Bralag seufzte. Weil eben der Magister das Oberhaupt aller Magier war, nicht er. Aber weitaus bedeutendere Fragen sollten ihm jetzt durch den Kopf gehen.

Gleich, nachdem ein geflügelter Bote ihm aus der Hauptstadt eine Nachricht des Magisters überbracht hatte, waren sie ausgerückt. Eigentlich reichten die Sammler aus dem nahe gelegenen Winterturm aus, den Strandstreifen der Küste nach Wrackteilen abzusuchen – so wie immer, wenn ein Schiff vom Wächter mit seinen unzähligen Fangarmen am Verlassen der Insel gehindert wurde. Doch der Magister hatte die Bewahrer der Ruhe hinzubefohlen. Zuerst hatte Bralag keine Veranlassung dafür erkannt. Dann aber hatten sie den Überlebenden gefunden, und plötzlich ergab alles einen Sinn. Es hatte noch niemals einen Überlebenden gegeben. Der Wächter tötete zuverlässig. Normalerweise.

Nun wurde die Gegend ein zweites Mal Fuß um Fuß abgesucht. Auch jetzt umsäumte dichter Nebel das Küstengebiet.

Der Strand selbst schien klar, doch das Geschehen dort wurde durch einen wabernden, weißen Schleier vor unliebsamen Blicken geschützt.

Bralag verzog den Mund zu einem spöttischen Grinsen. Wer sollte zusehen? Zwerge, die in den Tiefen der Erde nach Edelsteinen schürften? Nein, die Minen lagen auf der anderen Seite des gewaltigen Bergmassivs. Hier wohnte niemand. Graues Gestein und schroffe Felsen erstreckten sich über die gesamte westliche Küste Rodinias, manche hoch wie die Wolken, als wollten sie sich am Himmel mit den Gestirnen verbinden.

Er wurde in seinen Gedankengängen unterbrochen, als Meister Penthur neben ihn trat, der, obgleich in ähnlichem Alter, noch einige schwarze Strähnen besaß. Bralags Haar hingegen war schlohweiß und kurz geschoren, das Zeichen eines hochrangigen Magiers.

»Wir sind fertig, Meister Bralag. Der Fremde befindet sich in sicherem Gewahrsam.«

»Warum?«, fragte Bralag, ohne den Ankömmling eines Blickes zu würdigen.

»Wie belieben?«

Bralag wandte den Kopf in seine Richtung. »Warum, Meister Penthur? Warum verschonte ihn der Wächter?« Seine Stimme klang jetzt laut, etwas Sonores, Autoritäres lag darin.

Sein Gegenüber zuckte mit den Schultern und blickte ebenfalls auf das Meer hinaus. »Sollen wir seine Loyalität überprüfen, Meister Bralag?«

Er überlegte kurz. »Nein. Nein, es muss einen anderen Grund dafür geben.« Dann wirbelte er herum. »Ruft die Männer zusammen und lichtet den Nebel. Wir rücken ab!«

»Zum Winterturm?«

»Nein. Nach Königstadt. Der Magister will das Verhör höchstpersönlich durchführen. Nehmt die Trollfurt an der Steppe vorbei. Ich meine, das ist die schnellste Strecke.«

»Ein guter Weg, Meister Bralag«, erwiderte Penthur mit einer Verbeugung.

»Der Weg ist durchaus nicht *gut*. Aber er ist effektiv.« Damit stieg er ohne ein weiteres Wort in seine Kutsche, und schon einen Augenblick später bewegte sich der Tross in Richtung Hauptstadt des Reiches. Einundzwanzig Magier, zwei Personenkutschen und ein Gefängniswagen. Sie hatten noch einen weiten Weg vor sich.

Schwarz. Alles um ihn herum bestand aus Dunkelheit. Eine Finsternis wie in einem Grab. Gleichzeitig spürte er die Enge, die sich um seine Brust legte, seine Glieder einschnürte und ihm die Luft zum Atmen raubte.

Kyrian erwachte allmählich. Er wusste nicht, ob er noch immer bewusstlos am Strand lag oder ob er bereits im Totenreich war. Die Schmerzen in seinem Körper sprachen gegen beide Optionen. Quälend langsam klärte sich sein Verstand, doch ein dumpfes Pochen im Schädel blieb zurück. Er zwang sich, die Augen zu öffnen, und nahm ein bläuliches Leuchten war, das er nicht einordnen konnte. Wo war er?

Mühevoll hob er den Kopf und schaute sich um. Er spürte das kalte Metall einer eisernen Kette, die ihn an einen Stuhl band. Man hatte ihn anscheinend seiner eigenen Kleidung beraubt und stattdessen in ein knielanges Gewand aus grobem Leinen gehüllt. Trotzdem fühlte er sich nackt.

Der Raum, in dem er sich befand, war so klein, dass Kyrian mit den Knien die Wände berührte. Von Zeit zu Zeit stieß er in seiner gekrümmten Haltung schmerzhaft mit dem Kopf gegen die Decke und wurde hin- und hergeschaukelt. Eine Kiste, er saß in einer Kiste … und in einer Kutsche.

Kyrian wollte stöhnen, keuchen, sich einfach Luft verschaffen, doch kein Laut verließ seine Lippen. Er war verwirrt, öffnete den Mund, wollte etwas sagen, blieb aber stumm. Stille. Bis auf das gedämpfte Rattern außerhalb seines Gefängnisses. Und dieses seltsame blaue Licht, das seine untere Gesichtspartie umschloss.

Plötzlich traf ihn die Erkenntnis wie ein Fausthieb, sein Puls schnellte augenblicklich in die Höhe. Es war eine magische Fessel! Seine Gedanken rasten. Das war so ziemlich das Übelste, was ihm passieren konnte.

Kyrian rief sich die unzähligen Unterrichtsstunden ins Gedächtnis, in denen Targas ihm alles Grundwissen über die Zauberei gelehrt hatte. Mit einem entsprechenden Zauberspruch löste man Fixierungen wie diese mit Leichtigkeit. Das Dumme an der Sache war, dass nur ein Außenstehender eine magische Mundfessel aufheben konnte. Die Worte mussten laut ausgesprochen werden, wie alle Magiersprüche.

Unwillkürlich lächelte er. Es gab eine Unzahl an Illusionssprüchen, wie zum Beispiel das Erscheinenlassen der eigenen Stimme an einem entfernten Ort, der ähnlich wie das Bauchreden funktionierte. Ja, so sollte es klappen. Er sammelte die spärlich vorhandene Energie von Materie in seinem Innersten und konzentrierte sich. Der Spruch für das Lösen der Mundfessel erklang gedämpft, doch nichts geschah.

Es funktionierte nicht. Verdammt. Sein Herz zog sich zusammen, als er das Fehlen des Amuletts mit dem braunen Katzenstein in der Mitte bemerkte. Der Quell seiner Macht. Hatte er es verloren? Oder hatte man es ihm gestohlen? Sicherlich hatten sie es ihm abgenommen. Sie hatten ihm schließlich alles genommen.

Doch wenn Kyrian etwas ausrichten wollte, musste er es zurückbekommen. Ja, er würde es sich zurückholen, koste es, was es wolle. Es war nur eine Frage der Zeit, bis sich ihm eine Möglichkeit böte. Letzten Endes konnten sie ihn nicht verhungern oder verdursten lassen. Die Zelle würde schon geöffnet werden. Irgendwann. Von irgendjemandem. Es dauerte eben nur. Aber Zeit hatte er. Er hatte sogar alle Zeit *dieser* Welt!

Ein Magiertrio ritt dem Tross voran. Eine Weile galoppierten sie außer Sichtweite auf ihren braunglänzenden Rössern dahin – anders als die zwei Männer der Nachhut, die dem letzten der drei Wagen dicht folgten.

Bralag lehnte sich zurück und versuchte, es sich bequem zu machen, so bequem, wie es eine Kutsche in rasender Fahrt auf einem Sandstrand eben erlaubte. Die rubinroten Lederpolster boten keinen vernünftigen Halt, weswegen er bei jeder Unebenheit hin- und herrutschte.

Doch das machte ihm nichts aus, seine Gedanken hingen während der ganzen Fahrt am Gefängniswagen, einem massigen Metallkasten mit Wänden so dick wie ein Baumstamm. Aus diesem entkam kein Gefangener. Schon gar nicht das Häufchen Elend, das die Bewahrer der Ruhe am Strand aufgelesen hatten.

Bralag schaute nicht aus dem Fenster. Genau wie die Männer seines Trosses interessierte er sich nicht für die Schönheit des imposanten Gebirges mit den schneebedeckten Gipfeln. Weder die dunklen Höhlen noch die Trolle darin jagten ihm oder seinen Männern Angst ein. Sie waren Bewahrer der Ruhe. Kriegermagier. Pflichtbewusst und gehorsam.

Die Kutschen verlangsamten ihre Fahrt, als sie die Trollfurt erreichten. Eine vielleicht vierzig Fuß breite Felsspalte schnitt schräg in den Berg hinein. Rechts und links wuchs grauer zerklüfteter Fels in die Höhe und gewährte nur einen schmalen Ausblick auf das Blau des Himmels. Nach einer Weile verengte sich der Pfad, bis er schließlich vor einem dunklen höhlenartigen Schlund endete.

Die drei Reiter der Vorhut warteten bei ihren Pferden, die mit angelegten Ohren unruhig mit den Hufen scharrten. Sie spürten die Trolle.

Ein schneidiger Magier kam an den Wagen. »Es scheint alles in Ordnung, Meister Bralag«, verkündete er mit stolzgeschwellter Brust.

Für zwei Wimpernschläge schloss der oberste Heerführer die Augen. Der Bursche konnte noch nicht lange im Dienst der Bewahrer der Ruhe stehen, so viel war klar. Bralag seufzte. Zeit für eine Belehrung. »Scheinen? Die Sonne scheint, der Mond scheint und eine gute Lampe scheint. Was soll mir das sagen? Scheinen ist nicht Wissen. Ich habe eine einfache Frage, auf die es eine einfache und logische Antwort gibt: Ist der Weg frei?«

Der Bursche schluckte. »Ich … wir … äh …«

Bralag hob die Hand. »Genug. Wie ist Euer Name?«

Die Augen des jungen Mannes weiteten sich, als er aufsah. »Helmar.« Er räusperte sich. »Helmar von Breitenweg.«

»Und wie lange steht Ihr im Dienste der Bewahrer?«

»Ich habe meine Ausbildung im letzten Monat bestanden, Meister Bralag. Mit Auszeichnung!« Helmar hatte sich gefangen, jedes seiner Worte troff vor Stolz.

»Wohlan, Helmar, der Ihr Euren Abschluss der Magielehre mit Auszeichnung bestanden habt, ich will Euch etwas verraten.« Bralags Lächeln verschwand vollkommen. »Ich hasse Überraschungen. Und ich überlasse nichts, aber auch rein gar nichts dem Zufall!«

Der junge Magier blickte verlegen zu Boden.

»Tretet beiseite. Ich überzeuge mich lieber selbst.« Bralag schritt an ihm vorbei, hielt jedoch im nächsten Moment inne. Ebenso gut konnte er dem Burschen eine Lehrstunde in Trollkunde erteilen. Mit einer lässigen Handbewegung winkte er Helmar an seine Seite. »Ganz gewiss gabt Ihr einen ausgezeichneten Schüler ab. Somit dürfte es Euch nicht schwerfallen, mir das Folgende gleichzutun.« Bralags Hände beschrieben einen Kreis. »Es gibt zwei Möglichkeiten, die Sicherheit beim Durchqueren eines trollverseuchten Tunnelsystems zu gewährleisten: Schall und Licht.«

Helmar nickte wissbegierig.

»Gut. Wir schicken erst einen Ton durch das Tunnelsystem, um die Trolle aufzuschrecken. Wenn sie zu ergründen versuchen, woher er kommt oder *was* den Ton verursacht, folgt der Lichtstrahl. Spätestens zu diesem Zeitpunkt wissen diese primitiven Wesen, dass sie es mit Magiern zu tun haben.« Bralag trat an die dunkle Höhlenöffnung heran. »Tut es mir gleich. Aber …«, er erhob mahnend einen Zeigefinger, »lasst die Schallwelle ausschließlich nach vorne strömen. Uns sollen schließlich nicht selbst die Ohren abfallen.«

Sie konzentrierten sich und murmelten gemeinsam die Worte eines magischen Spruchs. Augenblicklich begann die Luft zu knistern, die Energie der Erde floss durch ihre Körper. Sie entzogen ihr einfach, was sie brauchten.

Bralag streckte die Hände vor den Bauch. Ein Flimmern entstand zwischen seinen Handflächen, und schon schoss eine Schallwelle ins Dunkel des Gangs. Blitzschnell wiederholte er die Bewegung, diesmal mit der Formel für Licht. Er zögerte, bis auch Helmar sein Ultraschallgeräusch verschossen hatte. Dann erst formten seine Hände einen imaginären Ball und schnellten nach vorn. Mit einem Zischen verschwand der Lichtball im finsteren Tunnel, dicht gefolgt von Helmars weitaus schwächerer Kugel.

Ein markerschütterndes Brüllen aus der Tiefe des Berginnern ließ den jungen Magier zusammenzucken.

Bralag schmunzelte. »Seht Ihr? Nun könnt Ihr Euch sicher sein: Der Weg ist frei.« Als er die Furcht in Helmars blauen Augen bemerkte, fügte er hinzu: »Keine Sorge, Trolle meiden grelles Licht. Ganz besonders, wenn es magischer Herkunft ist.«

Er wandte sich an die anderen Männer. »Präpariert die Pferde und Kutschen! Zeigt ihnen, wer ihre Herren sind.«

Sofort machten die Magier sich daran, die Tiere mit Helligkeit zu umgeben, und in wenigen Momenten erstrahlte der gesamte Tross in gleißendem Licht.

Bralag tätschelte fast beiläufig Helmars Schulter. »Das Licht wird Euch leiten.«

Der junge Magier wirkte nicht überzeugt, bestieg aber sein Pferd. Die anderen Reiter der Vorhut taten es ihm gleich. Zufrieden lächelnd schritt Bralag zurück zu seiner Kutsche.

»Es geht weiter«, schrie jemand. Peitschen knallten und in vollem Galopp raste der Gefängnistransport in die Finsternis.

Es dauerte fast fünf Stunden, bis die Magier Tageslicht am Ende des unterirdischen Weges sahen und aufatmeten. Jeder hatte gespürt, hatte gesehen, dass die Trolle sich letztendlich nicht ganz von dem künstlich erzeugten Licht verscheuchen ließen. Nicht nur einmal waren dunkle Schatten knurrend vorbeigehuscht oder in einem Seitenarm des Tunnels verschwunden.

Die Reiter der Vorhut trieben ihre Tiere beim ersten erkennbaren Sonnenstrahl an und setzten sich vom Tross ab. Sie ritten voraus, um die Lage außerhalb der Trollfurt auszukundschaften.

Kaum galoppierten die drei Rösser aus dem Tunnel ins Freie, ertönte ein Schrei des Entsetzens. »Hinderniiiiis!«

Der Ausgang lag noch mindestens eine halbe Meile entfernt, doch Bralags Wagenlenker zerrte sofort an den Zügeln und riss die Pferde herum. Die Kutsche vollführte einen Schlenker und wich einem schwarzen Schatten aus. Für einen Moment raste der Wagen auf nur zwei Rädern dahin. Krampfhaft klammerte sich der Mann auf dem Kutschbock am Sitz fest. Dann brachte er das Gefährt wieder unter Kontrolle, und sie preschten in voller Fahrt vorbei.

Der Gefängniswagen in der Mitte des Trosses hatte weniger Glück. Sein Pferdelenker wollte ebenfalls ausweichen, doch das Hindernis bewegte sich. Ein harter Schlag streifte den Metallkasten oberhalb der Hinterachse. Die beiden Wächter, die auf der Rückbank am Ende des Wagens saßen, schrien auf, als das Gefährt herumgerissen wurde und mit dem Heck gegen die Felswand prallte. Funken stieben auf, das ohrenbetäubende Kreischen von Metall erklang. Der Gefängniswagen schlingerte und raste knapp an dem kugelartigen Felsen vorbei.

Penthurs Personenwagen, letzter des Zuges, wich elegant zur anderen Seite aus. So schnell, wie alles begonnen hatte, war es wieder vorbei, die drei Kutschen jagten dem Tunnelausgang entgegen.

Kyrian war vorrangig damit beschäftigt, die Fesseln loszuwerden, was sich als schwerer erwies, als gedacht. Es bereitete ihm Probleme, seinen Geist klar zu ordnen. Offenbar ein Konzentrationsbann. Magier! Sie waren es, die sein Schiff und die Besatzung auf dem Gewissen hatten. Alle getötet. Grundlos!

Er bezwang den Zorn. Seine Gedanken schwirrten umher wie Bienen in einem Stock.

Wie viel Zauberenergie konnte er verwenden? Wenn es zu einem Kampf kam, durfte ihm kein Quäntchen an Energie fehlen. Um das Risiko nicht einzugehen, versuchte er einen leichten Zauberspruch. Er konzentrierte sich auf die Verbesserung des Gehörs. Aber er konnte sich beim besten Willen nicht auf das Lauschen fokussieren. Panik kroch in sein Gehirn. Vielleicht hatte er die Situation unterschätzt? Hatte diese Magier nicht ernst genug genommen?

Auf einmal vernahm er gedämpfte Schreie und konzentrierte sich erneut, um besser zu hören.

Unvermittelt wurde er herumgeschleudert, schlug mit dem Kopf so heftig gegen die Decke seines Gefängnisses, dass er Sterne vor den Augen sah. Dann umfing ihn gnädige Dunkelheit, er sackte bewusstlos zusammen.

Als die Kutschen ins Freie schossen, blendete die Sonne, die Pferde scheuten und der Tross kam wenige Wagenlängen hinter dem Höhlenausgang zum Stehen.

Vier schwer bewaffnete Trolle rissen überrascht die Augen auf und brüllten so laut, dass der Boden förmlich erzitterte. Die Pferde scheuten erneut, die Luft knisterte, als die Wagenlenker versuchten, sie mit magischen Worten zu beruhigen.

Mit einem einzigen Satz fegte Bralag aus der Kabine seines Gefährts. Sein Gesicht glich einem dunkelroten Apfel, als er den Trollposten anschrie: »Was war das da drinnen? Ein Anschlag?«

Zwei von ihnen standen gleichgültig mit dümmlichem Gesichtsausdruck am Wegrand, der Dritte fauchte wütend. Schuppige, lederne Rüstungen verdeckten Teile ihrer grauen Haut und ließen sich nur durch die bräunliche Färbung unterscheiden. Ihre gewaltigen Schädel steckten unter eisernen Helmen, drei davon mit Stacheln versehen. Spitz und tödlich scharf blitzten sie im Sonnenlicht. Genau wie ihre Zähne.

Der Anführer der Trolle reckte die Schultern. Er lugte an Bralag vorbei in Richtung Eisenkasten. »Wir uns kümmern«, antwortete er mit einer Stimme, die wie ein Gewittergrollen klang. »Letzte Zeit viele Steine fallen. Kaputt-kaputt.«

»Willst du mich für dumm verkaufen?«, schrie Bralag, immer noch außer sich vor Zorn. Er atmete tief durch. In einem drohenden Tonfall zischte er: »Ich hoffe nur, es handelte sich nicht um einen tätlichen Angriff eines Höhlentrolls. Wenn ja, müssten wir *euch* bestrafen. Oder ist es wieder einmal an der Zeit, euer Höhlensystem ein wenig zu reinigen?«

»Keine Strafe. Nein, nein. Wir uns kümmern.« Der Trollanführer wedelte mit den Händen, als hätte er sich an einem heißen Topf verbrannt. Hektisch rief er seine Kameraden, die vier Trolle sprinteten sofort in Richtung Tunnel. Als sie zurückkamen, schleppten sie einen Felsbrocken von der Größe eines Pferdes heran. Während Bralag den Gesteinsbrocken genauer in Augenschein nahm, schlichen die Trolle zu ihren Posten. Die Wagenlenker inspizierten derweil die Schäden der Gefängniszelle.

Bereits einen Augenblick später trat einer der Kutscher, ein stämmiger Hüne, neben den obersten Feldherren. »Auf ein Wort, Meister Bralag. Der Felsblock hat nur einige Kratzer an dem Gefängniswagen hinterlassen. Weitaus schlimmer steht es um die hintere Achsaufhängung. Die Metall-Ummantelung sowie die linke Radnabe weisen einen erheblichen Riss auf.«

Bralag seufzte. »Und was bedeutet das im Klartext?«

Der Mann wog den Kopf hin und her. Dabei schürzte er die Lippen. Seine Stimme war ein eindringliches Flüstern. »Wir werden es nicht weit mit diesem Rad schaffen, Meister Bralag. Nicht bei der Strecke, die wir noch bis zum Mittelturm zurücklegen müssen.«

»Können *wir* es reparieren?«

Der Kutscher schüttelte energisch sein Haupt, sodass sein geflochtener Zopf umherschlug. »Was wir brauchen, ist ein Schmied. Hier helfen keine magischen Fähigkeiten.«

»Verdammte Trollbrut«, rutschte es Bralag heraus. »Mit welcher Geschwindigkeit ist ein Fortkommen noch möglich?«

»Nicht sehr schnell, wenn wir einen Bruch des Rades verhindern wollen«, antwortete der Mann.

Bralag überlegte, dann nickte er. »Soweit ich weiß, gibt es ein Stück landeinwärts ein Dorf. Davor befindet sich ein Wald und wir können ohne Aufsehen rasten. Bestimmt wird in diesem Dorf auch ein Schmied zu finden sein. Ich werde derweil vorausfahren und dem Magister berichten.«

Er schaute zu Penthur, der in diesem Moment neben ihn trat. »Ah, Meister Penthur. Ausgeschlafen?« Ohne eine Antwort abzuwarten, fuhr Bralag fort. »Meine Kutsche wird alleine reisen. Alle anderen Männer begleiten Euch. Ihr leitet bis zu meiner Rückkehr die Bewahrer.« Als der Magier keine Regung zeigte, fragte er nach: »Fühlt Ihr Euch der Aufgabe gewachsen, *Meister* Penthur?«

»Durchaus, Meister Bralag, durchaus.« Ein aufgesetztes Lächeln huschte über Penthurs Gesicht, ließ die sanften Gesichtszüge wie aus Wachs erscheinen. Die hellbraunen Augen funkelten kalt. Bralag konnte förmlich seine Gedanken lesen.

»Täuscht Euch nicht und seid stets wachsam. Ihr bürgt für den Gefangenen mit Eurem Leben. Nachlässigkeit und Leichtsinn werden Euch den Tod bringen!«

Penthur senkte den Kopf. »Sehr wohl, Meister Bralag«, presste er zähneknirschend hervor.

Gleich darauf bereitete Bralag seine Abreise vor. Für den Fall, dass Komplikationen auftreten könnten, hatte er einen geflügelten Boten mitgenommen, den er jetzt weckte. Eine handgroße Fee, die in einem Eisenkäfig gehalten wurde. Sie gähnte ausgiebig, um dann hellwach vor Bralag hin- und herzuschweben. Feen waren die einzigen Lebewesen auf Rodinia, die Entfernungen einer Tagesreise in einer knappen Stunde zurücklegen konnten. Männliche Feen flogen somit innerhalb von sechs bis sieben Stunden nach Königstadt, um dem Magister dort Bericht zu erstatten.

Bralag betrachtete den Feenmann. Diese unerklärbare Geschwindigkeit des Reisens wurde lediglich durch einen Erdknoten übertroffen, ein Zauberportal, das seit uralten

Zeiten existierte, deren Handhabung aber nur noch eine Handvoll Eingeweihter kannte. Bralag galt als einer der wenigen, der die magischen Tore verwenden konnte. Doch ihm wurde schon schlecht, wenn er nur an die Nutzung der Portale dachte. Sein Blick verfinsterte sich.

Der Feenmann unterdessen legte den Kopf schief und zog die Augenbrauen erwartungsvoll nach oben. Bralag hob den Zeigefinger. Augenblicklich verharrte der Bote.

»Richte dem Magister meine Ankunft für heute Nacht aus. Ich nutze den Erdknoten im Wetterturm.«

»Erdknoten – Wetterturm – Ankunft heute Nacht. Geht klar, Meister.« Der Feenmann salutierte. Als der oberste Heerführer ihn ausdruckslos anstarrte, fügte er ein »Meister Braaalag« hinzu.

Bralag beugte sich unmissverständlich vor. »Denk immer daran, wem du dienst, Oleri aus dem Hause Banderath.«

Der Feenmann schluckte hörbar, straffte sich aber. »Ich überbringe noch heute Abend zuverlässig Eure Botschaft, Meister Bralag.«

»Das will ich für dich hoffen.« Ein leichtes Kopfnicken Bralags war Befehl genug. Augenblicklich sauste Oleri in Windeseile davon.

Eine Weile begleitete Bralag den Gefangenentransport. Er nahm sich die Zeit, denn er wusste, dass er trotzdem in dieser Nacht Königstadt erreichen würde. Außerdem bereitete es ihm Vergnügen, Penthurs Laune zu beobachten, die nach seiner Zurechtweisung alles andere als gut war.

Erst als sie eine Wegkreuzung erreichten, löste der Tross sich auf. Bralags Gefährt beschleunigte und raste davon, während zwei Reiter in das nächste Dorf galoppierten, um einen Schmied zu holen. Der Rest des Zuges schlug die dritte Abzweigung ein, die direkt in den Wald führte. Das bewaldete Gebiet lag parallel zur Handelsroute, die bei der Freien Erzmine im Süden begann und sich über Mittelland am Wetterturm von Ilmathori vorbei bis nach Grünland im Norden schlängelte. Die Straße endete erst in Königstadt, dem nördlichsten Punkt von Rodinia, dem Ziel ihrer Reise.

Bralag hoffte, die Rast des Gefangenentransports bliebe unbemerkt. Wenn der Schmied aus dem Dorf seine Kunst beherrschte und Penthur mit seiner aufgeblasenen Art nicht alles vermasselte, könnte die Gruppe bereits am nächsten Tag weiterreisen.

Dieser Aufenthalt stellte zwar eine ärgerliche, ungeplante Verzögerung dar, gab aber Penthur die Gelegenheit, sich zu beweisen und die Befehlsgewalt über die Sammler und die Bewahrer der Ruhe zu übernehmen. Wobei Bralag nicht recht wusste, ob er damit eine weise Entscheidung getroffen hatte.

Kyrian erwachte durch Schmerzen in Rücken und Nacken. Nasse Haare verklebten seine Stirn, der süßliche Geruch von Blut hing in der stickigen Luft. Sein eigenes Blut.

Immerhin hatte das Ruckeln aufgehört, also rastete die Kutsche. Er hatte allerdings längst jegliches Zeitgefühl verloren. Sein Magen knurrte, noch mehr aber quälte ihn der Durst. Sein Mund klebte, er fuhr sich mit der trockenen Zunge über die spröden Lippen. Gewiss gab man ihm bald zu essen und zu trinken. Oder nicht? War es ihnen zu verdenken, wenn sie ihm nichts bringen würden?

Den Gegner mürbe machen und schwächen. Eine gängige Methode in seinem Land. Warum also nicht auch hier? Sollten die Informationen seines alten Lehrmeisters stimmen, wären die Sprüche der Magier denen der Zauberer ähnlich. Ein *Fesseln bannen*. Ein *Schlösser öffnen*. Schon wäre er frei.

Aber er konnte sich beim besten Willen nicht konzentrieren. Sein Schädel dröhnte, das Hämmern darin fühlte sich an, als würde es ihn zum Bersten bringen. Seine Gedanken rotierten wie ein Brummkreisel. Das war ein Problem. Ein großes Problem. Gedankenfetzen schoben sich in seinen Kopf.

Kuchen. Kirschkuchen.

Als Erstes musste er die verdammte Mundfessel loswerden. Wie lautete der Spruch hierfür?

Tee mit einer Prise Zimt …

Zum wiederholten Mal versuchte Kyrian, zu schreien, doch ihm fielen immer wieder die Augen zu. Schwäche nahm seinen Körper gefangen, erneut umgab ihn absolute Dunkelheit.

III
MIRA

Sie sah aus dem Fenster ihres Elternhauses. Von draußen schien die Sonne herein und tauchte den Wohnraum in warmes Licht. Die Pflanzen im Garten leuchteten in saftigem Grün. Nicht das Geringste erinnerte an das Unwetter der letzten Nacht, bei dem sie sich wie ein kleines Mädchen unter ihren Schlafdecken verkrochen hatte. Und das mit neunzehn! Würde sie diese Ängstlichkeit je ablegen?

Wie schön doch die Welt war …

»Mirabella! Träumst du?« Die Stimme riss sie aus ihren Gedanken.

»Was? Es … es tut mir leid, Mutter.« Mira schaute auf. Ihr Blick irrte für einen Moment im Raum umher, erfasste die klobige Feuerstelle aus Lehm und Holz, den Tisch mit den drei Stühlen und blieb an ihrer Mutter hängen. Trotz ihres Alters sah man ihr die schwere Arbeit nicht an. Wären ihre goldenen Haare nicht zu einem dicken Zopf geflochten und zu einem Ring auf dem Kopf zusammengebunden, würden diese bis weit über ihr Gesäß reichen.

Sie zwei hatten so wenig Gemeinsamkeiten. Selbst die Hautfarbe ähnelte Miras nicht im Geringsten. Braungebrannt. Wie ein goldener, knuspriger Pfannkuchen, nur nicht so rund. Mira schmunzelte wegen des Vergleichs. In ihrem Gesicht erstrahlten lediglich dieselben vollmundigen Lippen und dieselben wachen Augen. Miras Augenfarbe jedoch war wässrig blau mit einem Hauch Lila. Ihre Haare hingegen waren schneeweiß, genau wie ihre Wimpern und ihre Haut.

»Was soll nur aus dir werden, Kind? Schaust mich an und träumst.« Ihre Mutter seufzte und hielt einen Wassereimer in der ausgestreckten Hand. »Wasser. Holst du bitte Wasser!«

»Oh … natürlich. Vom …« Mira zeigte Richtung Wald, in dem es einen Bachlauf gab.

Ihre Mutter schüttelte bestimmt den Kopf. »Vom Brunnen. Es wird bald Mittag und ich will kochen.«

»Oh ... vom ... Brunnen.« Miras Schultern sanken herab. »Ich könnte zum Bach laufen. Ich beeile mich auch.«

»Kommt gar nicht infrage. Was du immer hast. Der Marktplatz ist einen Katzensprung entfernt. Du weißt, wie dein Vater reagiert, wenn das Essen nicht zur Mittagstunde auf dem Tisch steht! Wir sind jetzt schon spät dran.«

»Ja, Mutter.« Miras Schultern sanken weiter herab, als sie den Eimer ergriff.

Vor der Tür hielt die energische Stimme ihrer Mutter sie zurück. »Mira!«

»Ja?«

Mira sah die Zornesfalte schon, bevor die unwirsche Stimme über sie hinwegfegte. »Beide Eimer!«

»Oh.« Erst jetzt sah Mira den zweiten Behälter. Sie schnappte ihn und schlüpfte durch die klobige Holztür der Wohnküche nach draußen.

»Trödle nicht wieder so!«, rief ihre Mutter ihr nach. »Ach, und hol bei Lisbeth ein Brot für morgen ab. Aber lass dich nicht im Schnack aufhalten.«

»Ja, Mutter.«

Die Tür fiel zu. Für einen Augenblick blieb Mira am Gartentor stehen und schloss die Augen. Die wärmenden Strahlen der Sonne strichen über ihr Gesicht. In der Spätsommerluft lag ein intensiver Geruch von Kräutern und Blumen. Ein leichtes Kitzeln kroch in ihre Nase, während der seichte Wind den herben Duft vom Korn der Felder zu ihr herübertrieb. Die Erntezeit war fast vorüber.

Plötzlich ging die Tür wieder auf; rasch trat Mira durch die Gartenpforte. »Sieh zu!«, hörte sie den zornigen Ruf ihrer Mutter und rannte sofort los. Heute würde es ihr nichts ausmachen, zum Brunnen zu gehen. Nicht an diesem wundervollen Tag. Einen Augenblick später befand Mira sich auf der gewundenen Dorfstraße zum Marktplatz.

Nur ein kleines Stück Weg und sie gelangte zum Bäcker. Kaum betrat sie das zierliche Fachwerkhaus mit dem wuchtigen Lehmofen, überwältigten sie die süßen aromatischen Düfte von Kardamom, Safran, Vanille und Zimt. Jeden zweiten Tag bestellte ihre Familie hier ihr Brot, doch so intensiv, so unverfälscht wie an diesem Tag war der Geruch schon lange nicht mehr gewesen. Sie sog die Luft tief ein. »Guten Morgen.«

Mira wartete höflich, bis die dralle Bäckersfrau die Brotlaibe aus dem Ofen geholt hatte. Nachdem sie die Ofentür verriegelt hatte, wischte sie sich den Schweiß von der Stirn. »Ah, die kleine Hafermann. Einen Laib Brot wie immer?«

Ich bin nicht mehr klein, hätte Mira am liebsten gesagt; doch sie nickte nur, zahlte und verstaute das Graubrot in der Tasche.

»Richte Magdalena schöne Grüße aus, Mädchen.«

»Mach ich.« Sie schnappte sich ihre beiden Eimer und huschte auf die Straße hinaus. Bereits seit ihrer Kindheit kam sie hierher, dennoch kannte die Bäckersfrau nicht ihren Namen. Wie so viele im Dorf. Ungesehen und unauffällig. Die Hautfarbe machte sie zur Außenseiterin. Schon immer. Hastig schob sie die trüben Gedanken beiseite.

Der Weg führte an der Schmiedewerkstatt vorbei. Normalerweise brannte hier ab Sonnenaufgang das Feuer und Rauch drang aus ihr hervor. Heute nicht. Hatte es mit dem Sturm zu tun? Vielleicht hatte der Schmied Reparaturen beim Bürgermeister oder bei jemand anderem durchzuführen? Ersteres wäre ein Glücksfall.

Kurz darauf erreichte sie den Dorfplatz, und in ihr keimte der Hoffnungsschimmer, Gerald wäre heute nicht dort.

Wunschdenken! Als sie das letzte Wohngebäude der Dorfstraße passierte und den runden Platz betrat, zerfaserte diese Hoffnung jäh wie eine Pusteblume im Wind. Sofort zerstoben auch ihre Gedanken, übrig blieb nur der leere Blütenteller. Eine lähmende Angst kroch in ihrem Inneren empor und fraß sich mitten durch ihren Leib.

Das Erste, was Mira wahrnahm, war Geralds dominantes Auftreten. Er ginge durchaus als Märchenprinz durch, hoch gewachsen, muskulös, mit blonden Haaren, strahlend wie die Sonne selbst. Nur, dass ihm diese Position allzu bewusst war. Und dadurch veränderte er sich zu einem – wie sagte man so schön? – Ekelpaket. Das konnte auch der Grund dafür sein, warum der Platz wie ausgestorben wirkte. Einzige Ausnahme: die Rotte, die der Sohn des Bürgermeisters um sich geschart hatte. Eine beunruhigende Zahl von Anhängern hatte sich um ihn versammelt. Wigand aus Lüttenburg, Geralds bester Kumpel, stand natürlich treu wie ein Hund an seiner Seite.

Mira hatte keine Ahnung, wer von den beiden schlimmer war. Aber sie wusste mit Bestimmtheit, dass diese zwei Burschen ein unausstehliches Duo abgaben. Wigand war es auch, der Mira als Erster erblickte. Er stieß Gerald an und deutete mit einem Kopfnicken in ihre Richtung.

Der sprang sofort auf. »Sieh einer an, wer kommt denn da? Wenn das nicht unsere kleine Schnee-Eule Mirabella Hafermann ist. Bekommst du keinen Sonnenbrand, wenn du aus deinem Löchlein kriechst?« Er grinste sie hämisch an und genoss offensichtlich die Aufmerksamkeit, während die umstehenden Männer lauthals lachten.

Mira schritt schweigend auf den Brunnen zu und setzte ein gezwungenes Lächeln auf.

»Ach ja, ich vergaß: unsere *stumme* Schnee-Eule! Aber dank meiner Großzügigkeit habe ich ihr das Sprechen beigebracht.« Geralds Grinsen verschwand, als er drohend zischte: »Habe ich doch, nicht wahr?«

Mira schluckte, schlug die Augen nieder und vollführte einen Knicks. »Ich wünsche einen guten Morgen … mein Herr Gerald«, sagte sie mit bebender Stimme.

»Was? Wir verstehen dich nicht«, blökte ihr Gegenüber.

Mira versuchte es lauter. »Ich wünsche einen guten Morgen, mein Herr Gerald.«

»Seht ihr.« Er fuhr lachend herum. »Wenigstens hat sie eine gute Erziehung bekommen, dank mir.«

Die anderen Jungs lachten erneut und klatschten feixend in die Hände.

Gerald drehte sich zu Mira. »Und was willst du hier?«

Sie biss die Zähne zusammen, ehe sie antwortete. »Ich bitte Euch, an den Brunnen treten zu dürfen. Ich brauche Wasser.«

Abfällig lächelnd gab Gerald mit einer ausladenden Geste in Richtung Wasserquelle den Weg frei. »Bitte gewährt.«

Mira zögerte. Warum war er heute so freundlich?

Die anderen Jungs schoben sich ebenfalls beiseite. Erwartungsvolle Blicke bohrten sich in ihren Körper. Wie klitzekleine spitze Nadeln. Vorsichtig trat sie an den Brunnen und zog das Gefäß am Ende des Seils herauf. Nichts geschah. Der Kübel befand sich an der vorgesehenen Stelle, das Tau riss nicht. Auch sonst tat sich nichts Ungewöhnliches.

Aus dem Augenwinkel sah sie Gerald mit Wigand tuscheln, worauf dieser in Begleitung von zwei Halbwüchsigen fortlief. Mira konzentrierte sich auf das Herauswuchten des schweren Kübels und befüllte ihre Behälter mit klarem Wasser.

Als Gerald plötzlich mit verschränkten Armen neben ihr stand, zuckte sie zusammen. »Ich bin durstig. Zieh mir frisches Wasser rauf.«

Zitternd ließ sie den Brunnenkübel in die Tiefe gleiten, in der Hoffnung, Gerald würde ihre Unsicherheit nicht bemerken. Abermals zog sie den vollen Behälter empor und wuchtete ihn auf die Brunnenkante.

»Ich habe es mir anders überlegt«, sagte Gerald unvermittelt und schlenderte ohne weitere Erklärung zu seinen Leuten. Er trug ein diabolisches Grinsen im Gesicht, als er sich wieder zu ihr umdrehte. Wigand stand bei ihm und grinste ebenfalls.

Hier stimmte doch etwas nicht. Mira schnellte herum und sah zwei Burschen von den Wassereimern fortspringen, die sie schon zur Hälfte gefüllt hatte. Sie waren herangeschlichen, ohne dass sie es mitbekommen hatte. Als sie sah, was die beiden getan hatten, weiteten sich ihre Augen, der Brunnenkübel entglitt ihren Händen. Mit einem dumpfen Platschen landete er im Brunnen und versank.

Die Meute brach in schallendes Gelächter aus.

Die Schweine! In beiden Eimern schwammen Pferdeäpfel.

Mira hätte heulen können, doch diese Genugtuung sollte Gerald nicht bekommen. Nicht an so einem sonnigen Tag. Sie schnappte sich einen Behälter, um ihn ein Stück abseits der Wasserstelle zu entleeren, als sein Schrei sie zurückhielt.

»He! Untersteh dich, deinen Dreck auf dem Marktplatz hinzuschütten. Mach das woanders! Und wehe, der Kübel hängt nachher nicht wieder an seinem Platz.«

Mira wandte sich um, doch Wigand hielt sie zurück.

»Wie heißt das?«

»Ja, Herr Gerald«, brachte sie zerknirscht hervor.

In einer Seitenstraße entleerte sie die Eimer in einem der schmalen Abwassergräben, die an jedem Haus vorbeiführten. Na großartig! Jetzt musste sie die Wassereimer auch noch auswaschen. Ach, wäre sie lieber gleich zum Bach gelaufen!

Zu ihrem Glück erschienen in diesem Moment zwei Frauen auf dem Platz. Widerwillig rückte einer der Jungen die Stange raus, die im Falle eines Kübelverlusts zum Herausfischen diente.

Mira ließ ein wenig Wasser in beide Behälter laufen und säuberte sie. Fertig damit, verwickelte sie die Bäuerinnen geschickt in ein Gespräch, während sie ihre Eimer aufs Neue füllte. Dann eilte sie schleunigst davon.

»Bis morgen, Schnee-Eule!«, rief Gerald, während die Jungen ihr Pferdeäpfel hinterherwarfen.

Mira hatte weitaus mehr Zeit gebraucht als geplant. Außer Atem erreichte sie den Hof ihrer Eltern.

Ihre Mutter stand vor dem Küchentisch, auf dem geschnittenes Gemüse in fein sortierten Haufen lag. »Warum hat das so lange gedauert? Ich habe doch gesagt, du sollst zum Brunnen gehen!«

»Ich war auch beim Brunnen, Mutter.«

»Lüg mich nicht an!«

»Ich lüge nicht. Am Brunnen … ich …« Mira wusste nicht, was sie sagen sollte, und begann unschlüssig an ihren Fingern zu pulen. Ihre Mutter würde die Wahrheit nicht glauben.

»Es ist immer dasselbe mit dir. Du bist eine Tagträumerin! Wo soll das noch hinführen?«

So fing es immer an. Mira konnte im Geist bereits die Sätze mitsprechen. *So bekommst du nie einen Mann ab.*

»So bekommst du nie einen Mann ab.«

Du kannst doch nicht bis an dein Lebensende hier wohnen.

»Du kannst doch nicht bis an dein Lebensende hier wohnen.«

Du wirst schon …

KLATSCH! – Der Schmerz der Ohrfeige riss Mira aus ihren Gedanken. Ihre Wange glühte, sie starrte ihre Mutter einfach nur an.

»Hör mir zu, wenn ich mit dir rede! Du lügst doch.«

Das war zu viel. Als wäre dieser Vorfall am Marktplatz schon schlimm genug gewesen, nun bezichtigte ihre Mutter sie auch noch der Lüge. Miras Unterlippe begann zu zittern. Nein, nicht das! Abrupt drehte sie sich um und lief hinaus.

»Ja, geh nur!«, keifte ihre Mutter ihr hinterher. »Geh mir aus den Augen! Ich will dich nicht mehr sehen!«

Mira stürzte durch den Garten, sprang über einen Graben und rannte in den angrenzenden Wald hinein.

IV
Numras Etbia Fres

Als Kyrian dieses Mal erwachte, klärte sein Verstand sich für einen Moment. Er nutzte die Situation jedoch nicht zu seinem Vorteil, denn die erste Frage, die ihm in den Sinn kam, lautete: Wo befand er sich?

Gleich darauf entglitten ihm die Gedanken wieder, sobald er sich zu konzentrieren versuchte. Er musste seinen Geist leeren. Was hatte ihn Tonga gelehrt? Tongo? Wie war der Name seines Lehrmeisters? Kyrian wollte aus Leibeskräften schreien. Er schrie auch, doch nicht ein Laut drang durch die magische Mundfessel.

TARGAS! Targas. Es half. Sein Lehrer hieß Targas. Und sein Lehrer war tot.

Wieder leerte er seinen Geist mithilfe eines lautlosen Schreis. Ein Wort flog vorbei, eine Schwalbe im Sturzflug.

Etbia. Entbinden. Entfesseln. Etbia!

Er keuchte. Die stummen Schreie kosteten Kraft.

Wie ging der Spruch weiter? Wie fing er an? Kyrians Gedanken waren zu verworren, um den Zauberspruch in eine logische Reihenfolge zu bringen.

Trolle. Er musste die Trolle … zum Kirschkuchenessen einladen. Essen mit Tante. Vater will uns sehen.

Der Konzentrationsbann entfaltete seine volle Wirkung. Schweiß bildete sich auf Kyrians Stirn, der Atem kam stoßweise. Wieder schrie er in sich hinein.

Das schneeweiße Gesicht erschien. Ein kindliches Gesicht mit knallrotem Mund. Hoher Haaransatz, blonde Locken. *Fres!* Der Mund. Kaum sechzehn Winter alt. Er musste sie finden. Genau wie die Trolle. Und ein Schiff. Sein Schiff. *Der Tod. Mutter hat Kuchen gebacken. Numras … liebt Tiere. Hund oder Katze.*

Alles drehte sich in seinem Schädel. Kyrian suchte nach einem Schlüssel. Einem wiederkehrenden Muster. Wenn er nur den Gedankenmüll ausblenden könnte. Das Unwichtige trennen. Mit einem Mal offenbarte sich die Lösung. Der Spruch tauchte in seinem Unterbewusstsein auf, drang an die Oberfläche und verweilte dort. Nein, er war die ganze Zeit über da gewesen. Kyrian hatte ihn nur ordnen müssen. Er hatte den Zauberspruch entschlüsselt. Ein stummer Freudenschrei bahnte sich durch seinen Körper. Jetzt blendete er alle anderen Störungen aus und ließ die Intuition fließen. Die drei Wörter erstrahlten vor seinem geistigen Auge, langsam las er sie vor.

NUMRAS ETBIA FRES!

Nichts geschah.

Das bläuliche Leuchten blieb bestehen. Numras Etbia Fres!

Kriechend wie eine Schnecke gelangte die Erkenntnis in Kyrians Bewusstsein: Gedanken nutzten ihm nicht! Der Zauberspruch zum Lösen einer magischen Mundfessel musste verbal ausgesprochen werden. Von einem Außenstehenden. Sonst hätte die Fessel ja keinen Sinn. Keinen Sinn … sinnlos.

Im Wald kamen die Tränen. Wie jedes Mal. Mira lief, bis die Stiche in der Seite sie zum Halten zwangen. Vornübergebeugt rang sie nach Atem, wischte sich mit dem Handrücken die nassen Spuren weg und atmete tief durch.

Sie wollte schreien, doch selbst dafür war sie zu feige. Die Angst vor ihrer eigenen Stimme machte sie stumm. Alles war wie immer.

Schniefend trottete Mira weiter. Die Waldlichtung lag nicht mehr weit entfernt. Ihre Lichtung. Ihre Zuflucht. Hier konnte sie ihren Gedanken freien Lauf lassen, hier fühlte sie sich zu Hause.

Mira konnte sich nicht erinnern, wann sie diesen Platz zum ersten Mal gesehen hatte. Es musste in einem der harten Winter vor vielen Jahren gewesen sein, als jeder Dörfler zum Holzsammeln mit in den Wald hatte gehen müssen. Die Sonne hatte auf eine schneebedeckte Ebene geschienen. Alles hatte geglitzert und gefunkelt wie Abermillionen Sterne. Im darauf folgenden Frühjahr hatte die Waldlichtung noch atemberaubender ausgesehen.

Seit jener Zeit kam sie regelmäßig her. Nach jedem Streit, wann immer sie ihre Ruhe brauchte, besuchte sie die grüne Idylle. Stets ein wenig Futter in der Tasche für Rehe, Eichhörnchen, Hasen, Marder … Mira bildete sich ein, die Tiere wären ihre Vertrauten. Ein Trugschluss, denn sobald sie auf der Lichtung stand, ließ sich kein Lebewesen mehr blicken. Nicht einmal die Waldbewohner wollten ihre Freunde sein …

Von trüben Gedanken begleitet, schlenderte sie querfeldein, genoss die Klänge des Waldes, den Gesang der Vögel und das beruhigende Rauschen der Bäume.

Plötzlich erschrak Mira und blieb stehen. Heute trug der Wind andere Geräusche heran. Menschliche Stimmen. Hier im Wald?

Sie verlangsamte ihre Schritte und lauschte. Sprachfetzen, zu wenig, um einen Sinn zu ergeben. Pferdeschnauben. Trotz ihrer Angst schlich sie dichter an die Quelle des Lärms heran. Waren das vielleicht Gaukler oder Barden? Ihre Eltern hatten ihr immer verboten, die Vorstellungen zu besuchen, die im Dorf abgehalten wurden. Selten genug, dass sich fahrendes Volk hierher an den Rand der grauen Steppe verirrte.

Eigentlich sollte sie umkehren. Doch wie bei allen Dingen, die so faszinierend waren, konnte sie sich nicht lösen und lauschte von ihrem Versteck aus.

Unvermittelt bauten sich drei Männer in dunkelgrünen, fast schwarzen Roben vor ihr auf. Vor Schreck entfuhr ihr ein schriller Schrei. »Wer bist du? Was hast du hier verloren?«

Da Mira nicht sofort antwortete, knurrte ein anderer: »Wir werden dir schon die Zunge lösen! Vorwärts!«

Ein Zittern durchlief ihren Körper. Wie gelähmt starrte sie auf die Stäbe in den Händen der Männer, von deren Spitzen ein bläuliches Glimmen ausging. Magier!

Mira war noch nie zuvor einem Magier begegnet. Aber sie hatte die Sagen im Dorf gehört, von den ruhmreichen Kriegermagiern aus vergangenen Zeiten. Von Heldentaten im

Kampf gegen Monster, Bestien und Dämonen und einem übermächtigen Feind. Geschichten von Siegern!

»Na los!«, drohte der Dritte der Männer. Sein Stab ruckte gefährlich in ihre Richtung. Miras Nackenhärchen richteten sich auf. Ohne Widerworte taumelte sie auf die Lichtung, direkt in ein Lager hinein. Ein mit Tuch abgesperrter Bereich dominierte die ovale Fläche. Eine weiße Kutsche stand am Rand, daneben zahlreiche Pferde und Menschen. Es liefen mehr Menschen herum als zur Mittagszeit am Brunnen ihres Dorfes, wenn sie Wasser holte. Sie alle trugen dunkle Roben, eilten umher, in geschäftiges Treiben vertieft. Das Lager befand sich noch im Aufbau. Selbst jetzt, in dieser misslichen Situation, funkelte die Sonne durchs grüne Blätterdach, warf ihre Strahlen auf den Boden, tastete in einem Streifenmuster über die gesamte Waldlichtung und tauchte den Platz in ein mystisches Licht. Mira war stehen geblieben. Eine Hand stieß sie nach vorne, sodass sie stolperte.

In diesem Augenblick ertönte eine raue Stimme hinter ihr. »Ich kenne das Mädchen. Die ist aus meinem Ort.«

Mira brauchte sich nicht umzudrehen, um in dem rauchigen Klang den Dorfschmied zu erkennen, auch wenn ihr im ersten Moment der Name nicht einfiel.

»Ist das wahr?«, fragte einer der drei Männer. »Sprich oder bist du stumm?«

Pallak, der Schmied hieß Pallak. Mira nickte eifrig, brachte jedoch keinen vernünftigen Satz zustande. »Ich stimmt. Es … bin zufällig … öfters … also, ich …«

Der Schmied sprach in besänftigendem Ton. »Seht Ihr nicht, dass sie völlig verängstigt ist? Sie ist ein einfaches Bauernmädchen und nicht gefährlich. Seid ihr etwa misstrauisch?«

»Das lass unsere Sorge sein!«, fuhr der Mann den stämmigen Handwerker an. Sein hellbraunes Haar war kurz geschoren, seine Augen funkelten zornig. »Meister Penthur wird entscheiden.«

»Ganz recht!« Die Stimme erklang schneidend scharf, sodass alle Anwesenden zusammenzuckten. »Ungefährlich oder nicht, das entscheiden immer noch wir.«

Der Mann, der gesprochen hatte, tauchte aus dem Nichts hinter Pallak auf, den er um einen Kopf überragte. Er musterte Mira arrogant und herablassend aus graublauen, kalten Augen. Diese Augen, ohne jegliches Mitgefühl, ließen sie erschaudern. Die hellen Augenbrauen waren über der Nasenwurzel zusammengewachsen, wodurch sein Blick maskenhaft wirkte. Das war ganz offensichtlich Meister Penthur, selbst die drei Wächter zuckten bei seinem Erscheinen zusammen.

»Sie könnte mir hel...«, brach der Schmied das Schweigen.

Penthur schnitt ihm das Wort ab. »Du sprichst nur, wenn du gefragt wirst! Und du tust nur, was dir gesagt wird!«

Pallak senkte verlegen den Kopf und trat von einem Bein auf das andere. Er legte die Hände an die lederne Schürze vor seinen Bauch. Unzählige Funken hatten durch die viele Arbeit mit glühendem Eisen verschieden große schwarze Punkte darauf hinterlassen.

Penthur setzte ein Lächeln auf, das auf Mira falsch und verlogen wirkte, und zog abschätzend ihre Körperkonturen nach. Sofort wuchs die Abneigung in ihr. Sie kannte solche Blicke von Männern, die damit ganz genau sagten: »Du bist andersartig, keine Schönheit, aber mal sehen, wie du willig bist.« Oft genug hatte sie diese Blicke von Brautwerbern erduldet, die stets ihre Eltern aussuchten. Das Weiß ihrer Haut und der Haare schreckte ab.

Schwungvoll wandte Penthur sich ab. Mit einer unwirschen Geste verscheuchte er die Wachen. »Auf eure Posten. Ich kümmere mich um das Mädchen.«

Die drei Männer senkten ihre Stäbe, nickten und marschierten zurück in den Wald.

Penthur sah Pallak an. »Und du hast viel zu tun. Wie lange wird es dauern?«

»Nun ja«, meinte der Schmied. »Es muss ein Feuer entzündet werden, wenn ich das Rad an Ort und Stelle reparieren soll. Ein sehr heißes Feuer. Zum Härten brauche ich einen Eimer mit Öl, einen mit Wasser ...«

»Wie lange?«, fuhr Penthur den Schmied an.

»Bis zum Sonnenuntergang, vielleicht länger.«

Der Magier lachte kurz, es klang wie ein Bellen. Er hob die Arme und murmelte zwei unverständliche Worte. Ohne Vorankündigung entstand ein Stundenglas in seiner Hand.

Mira unterdrückte einen Schrei. Magie. Sie war Zeugin echter Magie.

Penthur hielt dem Handwerker die Sanduhr vor das rundliche Gesicht. »Kennst du einen Gegenstand wie diesen? Ich gebe dir eine Durchlauf!«

Pallak riss die Augen auf und starrte auf das Glas, in dem der Sand bereits zu rieseln begonnen hatte. »Ein Durchlauf? Das ist nicht zu schaffen. Alleine das Feuer …«

»Das Feuer lass unsere Sorge sein«, schnitt Penthur dem Schmied erneut das Wort ab. In versöhnlichem Ton fügte er hinzu: »Wir erschaffen dir ein magisches Feuer, von dem du nur träumen kannst. Ein Durchlauf, höchstens zwei. Ich will kein Unmensch sein.« Seinem Lächeln fehlte jede Freundlichkeit, es brachte Mira erneut zum Schaudern.

Pallak nickte stumm. Er zwinkerte Mira zu, um ihr Mut zu machen. Dann trottete er fort.

Penthur wandte sich um. »Nun zu dir. Du kannst Wasser holen. Mach dich nützlich. Beschaff dir zwei Eimer, aber beeile dich und komm zügig zurück. Wir beobachten dich.« Damit scheuchte er sie weg wie eine lästige Fliege und verschwand hinter der Absperrung.

Numras Etbia Fres. Numras Etbia Fres. Numras …

Jetzt, da er sich an die Lösung wieder erinnerte, musste er jemanden finden, der die magische Formel aufsagte. Aber wie lange könnte er den Spruch noch aufrechterhalten? Geriete er wieder in Vergessenheit, wäre Kyrian verloren. Und dann? Was käme dann?

Seine Überzeugung, es würde ihm gelingen, aus dem Gefängnis auszubrechen, ließ ihn nicht den Verstand verlieren. Er vertraute auf die Dummheit seiner Gegner. Doch … was, wenn es nicht so war? Was, wenn der Bann nicht gebrochen werden konnte? Wenn er, Kyrian der Schwarze, niemanden zu überlisten vermochte?

Es musste etwas geschehen. Und zwar schnell.

Das Wer und das Wie waren entscheidend. Seine Häscher würden bezahlen für das, was sie seiner Mannschaft angetan hatten. Targas schwebte vorüber. Nebel. Seine Gedanken drifteten ab, nicht mehr so extrem wie zu Beginn seines Erwachens. Er hatte sich unter Kontrolle. Aber die Mundfessel war lästig ...

Ein zum Paket verschnürter Kirschkuchen flog vorbei und wurde von einer dicken roten Katze mit einem einzigen Bissen verspeist.

Numras ... Etbia ... Fres ...

Hol Wasser! Mira äffte Penthur im Stillen nach. Ihre Fäuste umschlossen die Griffe der Wassereimer so fest, dass die Knöchel weiß hervortraten. Sie ging in Richtung Bach, konnte aber nicht verhindern, dass ihre Gedanken wiederholt Karussell spielten.

Erst Geralds Demütigungen, dann der Streit mit ihrer Mutter und zu guter Letzt diese Magierschar. Und überhaupt: Dies war *ihre* Waldlichtung. Sie hatte diesen Platz vor Jahren entdeckt. Wie oft war sie hergekommen – und noch nie waren Fremde aufgetaucht. Sie hatte mehr Zeit hier verbracht, als manch ein Holzfäller aus ihrem Dorf in seinem gesamten Leben den Wald besuchte.

Endlich erreichte Mira den Bachlauf. Ein zwei Ellen tiefer Wasserlauf plätscherte seicht an moosbewachsenen Steinen vorbei, bevor er schlängelnd zwischen mannsdicken Bäumen verschwand.

Sie warf die beiden Eimer ins Wasser, sodass sie mit enormer Wucht aufklatschten. Während ein Eimer sofort versank, trieb der zweite Behälter mit der Strömung davon.

Mira schnaufte und stampfte mit dem Fuß auf. »Verdammter Mist!« Was für ein mieser Tag. Und zu guter Letzt würden auch noch ihre Schuhe nass. Sie sog mit tiefen Atemzügen die Luft ein und stieß sie geräuschvoll wieder aus, um sich damit zur Ruhe zu zwingen. Dann sprang sie am Ufer entlang, dem dahinschwimmenden Holzeimer hinterher, bis sie eine Stelle fand, an der sie ihn herausfischen konnte.

Mit beiden Behältern in den Händen marschierte Mira zurück. Trotz ihrer zierlichen Gestalt machte ihr das Tragen der vollen Wassereimer nichts aus. Ihre Wut richtete sich in diesem Moment gegen den arroganten Obermagier. Warum gerade an diesem Tag? Warum musste gerade heute, an so einem traumhaften Tag, alles schieflaufen? Was stimmte denn bloß mit ihrem Leben nicht?

Im Lager angekommen, lief Mira, durch die klirrenden Hammerschläge geleitet, zum Schmied. Erstaunt blieb sie stehen und betrachtete das Feuer, das in einer provisorischen Feldesse brannte. Es leuchtete blau. Ein konstantes, unnatürliches …

»Halt hier keine Maulaffen feil!«

Mira zuckte zusammen. Zwei stattliche Magier, die bräunlichen Haare mit grauen Strähnen versetzt, beobachteten sie. Der eine grinste keck.

Peinlich berührt schloss sie den Mund. Im gleichen Augenblick bemerkte auch der Schmied ihre Anwesenheit. Ohne aufzublicken, sagte er: »Stell den Eimer dorthin.«

Mira schaute sich um. Wohin sollte sie den Wassereimer stellen? Die beiden Magierwachposten halfen ihr nicht, sie sprachen miteinander, behielten sie aber im Auge. Nach einer Weile entdeckte sie einen zweiten Behälter mit einer dunklen zähen Flüssigkeit. Dem Geruch nach handelte es sich eindeutig um Öl. Also platzierte sie ihren Eimer daneben und blieb erwartungsvoll stehen.

Die Magier waren findig, das musste Mira zugeben. Eine geleerte Holzkiste mit Sand befüllt diente als Feueresse. Im Inneren befand sich nichts weiter als bläuliche, züngelnde Flammen. Keine Kohle, keine Glut, kein Blasebalg. Niemals zuvor in ihrem Leben hatte Mira blaues Feuer gesehen. Magisches Feuer.

Ein Mann stand konzentriert neben der Esse. Von Zeit zu Zeit murmelte er unverständliche Worte. Einen Wimpernschlag darauf flackerte das Licht und erstrahlte in neuem Glanz. Die Stelle, über der die selbst gebaute Feldesse stand, färbte sich allmählich grau.

Das Schmiedefeuer strahlte kaum Hitze aus, doch das Eisen, das der Schmied zwischen seinen geschickten, kräftigen Hammerschlägen immer wieder in die Esse hielt, begann augenblicklich zu glühen, sobald die Feuerzungen daran leckten. Pallak bearbeitete das Werkstück mit stoischer Ruhe, während sich die blauen Flammen gierig ums Metall legten, als wollten sie es verschlingen.

In dem Moment fiel Mira siedend heiß der zweite Wassereimer ein. Sie musste das Wasser diesem anderen Magier bringen. Er hatte es nicht einmal für nötig gehalten, seinen Namen zu nennen. Erneut stieg die Wut in ihr auf, vermischte sich mit Angst, als sie die mit Tuchbahnen umspannte Fläche erreichte. Der postierte Wächter ließ sie ungehindert passieren.

Auch hier kam Mira aus dem Staunen nicht heraus. Hinter der Tuchabsperrung stand eine zweite Kutsche verborgen, vollständig aus Eisen. Ein Rad fehlte, an seiner Stelle steckte ein dicker Baumstumpf unter dem Gefährt. Der arrogante Magier saß an einem provisorischen Tisch, einer Holzplatte auf zwei Böcken. Er untersuchte verschiedene Gegenstände, die er aus einer metallbeschlagenen Kiste mit verschnörkelten Verzierungen holte, sie kurz ansah, drehte und dann achtlos auf die Tischplatte warf. Ein Messer, einen Gürtel, einen Ring.

Mira rang mit sich, etwas zu sagen, doch der Mann hatte sie längst bemerkt. »Füll die Karaffe mit Wasser«, sagte er, ohne Mira Beachtung zu schenken, und betrachtete eine Kette mit Anhänger.

Der schmale, längliche Hals der Karaffe war zu groß, um sie in den Eimer zu tauchen. Unwillkürlich fragte sie sich, ob dieser Magier es ernst meinte oder ob er sie einer Geschicklichkeitsprobe unterzog. Davon abgesehen: Sie konnte noch so vorsichtig mit dem klobigen Eimer gießen, sie würde die Hälfte des Wassers verschütten. Aber wie hatten seine Worte zu Pallak gelautet? »Du tust nur, was dir gesagt wird.« Ein trotziges Lächeln trat auf Miras Gesicht, als sie dicht an den Magier herantrat und die Karaffe zu befüllen versuchte.

Es kam, wie es kommen musste. Besser gesagt: Es kam noch schlimmer. Anfangs goss sie äußerst behutsam. Dennoch ging ein wenig Wasser daneben. Und auf Dauer war der Eimer zu schwer, ihre Arme begannen zu zittern. Das hatte zur Folge, dass die Metallkaraffe mit einem dumpfen »Klong« umfiel.

Penthur entfuhr ein wütender Schrei, als die Flüssigkeit sich blitzschnell einen Weg über die Tischplatte bahnte und seine Robe an Ärmeln und Hüfte tränkte. Mit wutverzerrtem Gesicht warf er die Kette in Richtung Kiste. In derselben Bewegung wirbelte er herum. »Du dummes Ding. Was hast du angestellt?!«

Erschrocken sprang Mira ein Stück zurück, wobei erneut Wasser aus dem Eimer schwappte. Penthurs linker Schuh füllte sich mit Nässe.

»Was …? Oh … stell den Eimer endlich hin!«, fauchte er, während er auf einem Bein hüpfte und das Wasser aus seinem Lederschuh zu schütteln versuchte. Er drohte mit einem Finger. »Du! Wisch die Sauerei weg! Wenn ich zurück bin, ist hier alles wieder trocken!«

Schnaubend schnappte er sich die verzierte Kiste, schlug den Deckel zu und stürmte hinaus. Draußen vor dem Zelt fuhr er einen Wächter an: »Bring das in meine Kutsche!«

Mira schmunzelte ungewollt. Er war wie ein Hase gehüpft.

Einen Augenblick später verschlechterte sich ihre Laune wieder. Sie konnte keinen Lappen entdecken, mit dem sie das Wasser hätte wegwischen können. Der Tisch war leer. Missmutig verzog sie den Mund und wollte schon einen Ärmel ihrer Tunika benutzen, als ein Glitzern sie innehalten ließ.

Ihr Blick wanderte über den Boden. Dort im Gras lag eine silberne Kette. Ein brauner Stein prangte inmitten einer weiß schimmernden, sternförmigen Einfassung von der Größe eines Auges. Sie trat einen Schritt näher heran. Von der Kette ging etwas ... Zauberhaftes aus. Fasziniert ließ Mira die schlichte Schönheit des Gegenstands auf sich wirken. Schmuck besaß sie nicht.

Es schien die Halskette zu sein, die der Magier achtlos Richtung Kiste geworfen hatte. Vorsichtig schaute Mira zum Eingang. Ihre Gedanken überschlugen sich. Sie hatte nicht den Mut, das Schmuckstück mitzunehmen. Es war besser, wenn sie die Kette auf den Tisch legte und es diesem übel gelaunten Magier sagte. Sie bückte sich und streckte die Finger aus.

V
Helfer wider Willen

Es dauerte zu lange. Er würde den Verstand verlieren, bevor er einen Weg fände, auszubrechen. Die hellen Momente, in denen seine Gedanken geordnet flossen, schwanden, doch sie waren noch immer vorhanden. Wie in diesem Augenblick.

»Auf dich allein gestellt ...« Waren das Targas letzte Worte gewesen? Oder doch »Lass los«? Sollte er loslassen und sich der Ohnmacht ergeben? Der Resignation?

Kyrian konnte nicht einmal genau bestimmen, ob er wachte oder schlief. Er zwang sich zur Ruhe, lauschte.

Kein Geräusch von außen drang an seine Ohren. Dieses Gefängnis war nahezu perfekt. Es stammte sicherlich aus vergangenen Epochen. Modernisiert und verbessert. Vielleicht sogar aus der Ära des *einen* gewaltigen Krieges, über den Kyrian uralte Sagen und Bücher verschlungen hatte. Dieser Kasten stellte zweifelsohne eine meisterhafte Leistung dar.

Da man ihn noch nicht aus dem Gefängnis befreit hatte, schienen sie nicht am Ziel angelangt zu sein. Wenn sich nicht bald das winzige Sichtfenster öffnete, das er zu seiner Linken entdeckt hatte, würden seine Chancen rapide sinken. Er hatte anscheinend doch nicht so viel Zeit, wie er geglaubt hatte. Die Zweifel krochen in seine Gedanken wie der Abendnebel, der in den sumpfigen Gebieten seiner Heimat aufzog und alles mit der Geduld von Zeitaltern verschlang. Die Zeit floh.

Das stumme Schreien hatte ihm keinen klaren Kopf gebracht, er hatte es aufgegeben, als die rote Katze zu einem alles verschlingenden Dämon herangewachsen war. Unwillkürlich flatterte ein Kinderreim vorbei. Der Text passte nicht, aber die Melodie erklang in seinem Schädel:

Klopf klopf, kleine weiße Fee
Klopf klopf, kalt wie weißer Schnee
Klopf klopf, schwarze Magie
Klopf klopf, verwenden Zauberer nie …

Dann ein Geistesblitz: Kyrian verband die Melodie mit seinem Körper. Klopf – klopf. Er versuchte, den Fuß zu bewegen. Ja, so ging es. »Klopf an, so wird dir aufgetan«, hatte Targas oft gesagt. Also begann er, mit dem nackten Fuß zu klopfen.

Noch ehe Miras Fingerspitzen die Silberkette berührten, hörte sie das Geräusch. Kam da jemand?

Obwohl sie mit dem Kopf gegen die Tischplatte stieß, stand sie doch so schnell aufrecht wie ein Pfeil, der die Sehne eines Bogens bei der Jagd verlässt. Sie rieb sich die schmerzende Stelle am Kopf und sah verstohlen zum Eingang der Tuchumspannung. Doch da tat sich nichts. Alles blieb ruhig. Das Einzige, was sie vernahm, war ihr eigener Herzschlag, der gleich einem Specht gegen ihren Brustkorb hämmerte.

Sie schaute zur Kette. Ein einzelner Sonnenstrahl leuchtete darauf und ließ das Silber glänzen. Jetzt oder nie. Erneut bückte Mira sich und griff zu.

Als ihre Finger die Halskette berührten, spürte sie Wärme. Und der Stein … pulsierte. Ihr Zeigefinger glitt über den braunen Anhänger. Es roch nach … Kirschkuchen?

In diesem Moment hörte sie wieder das Geräusch. Es klang hohl, irgendwie tappend.

Mira richtete sich auf, lauschte. Nichts. Hatte sie sich doch getäuscht? Ihr Blick huschte über den noch nassen Tisch. Ins Gras wollte sie die Kette nicht zurücklegen. Kurzerhand steckte sie das Geschmeide in ihre Gürteltasche.

Vorsichtig bückte sie sich erneut und verharrte. Da war es wieder! Eindeutig: Tapp – tapp – tapp.

Als sie endlich erkannte, woher das Geräusch kam, war ihr, als setzte ihr Herzschlag aus. Mit aufgerissenen Augen starrte sie das metallische Ding von Kutsche an. Ein Gedanke schoss ihr durch den Kopf: Wenn sich da drin ein Lebewesen befand … bekam es genug Luft? Es hatte doch sicher Durst.

Mira näherte sich behutsam dem Wagen. Der Kasten bestand aus einem dunklen Metall, mattglänzend wie schwarze Seide. An der Seite entdeckte sie ein schmales Fenster zum Aufschieben. Oder eine Tür? Lediglich ein hauchdünner Spalt wies auf eine mögliche Öffnung hin. Kein Griff. Was für ein Wesen hielten die Magier wohl darin gefangen?

Das innen liegende Schiebefenster war mit einem gebogenen Haken verriegelt. Sie legte ihr Ohr an die Metallfläche, die von der Sonne erwärmt worden war.

Tapp – tapp – tapp. Die Klopfzeichen kamen eindeutig und in regelmäßigen Abständen aus der Kutsche.

Draußen vor dem Zelt blieb alles ruhig. Mira hob zaghaft die Hand und pochte vorsichtig gegen die Fensteröffnung. Zweimal. Aufeinanderfolgend. Dumpf und ohne jeglichen Klang. Dann lauschte sie erneut.

Als die Antwort ertönte, zuckte sie zurück. Tapp – tapp!

Mit zitternder Hand und rasendem Herzen klopfte sie viermal, nun in schneller Folge, gegen das Fenster.

Die Erwiderung folgte prompt: Tapp – tapp – tapp – tapp.

Mira biss sich auf die Unterlippe. Im Inneren der Kutsche befand sich definitiv ein vernunftbegabtes Wesen. Jemand musste ihm helfen. Wer, wenn nicht sie? Mit Sicherheit litt es schrecklichen Durst. Die Sonne brannte auf den Metallkasten nieder; und wer konnte schon sagen, wie es im Innenraum des Gefährts aussah?

Dennoch zögerte Mira. Tat sie nicht etwas Verbotenes, wenn sie ihm Wasser gab? Immerhin handelte es sich um einen Gefangenen. Vielleicht war es ja ein Mörder oder ein gefährliches Tier, eine Bestie? Sicherlich hatte man es nicht grundlos eingesperrt. Nein, Bestien waren nicht intelligent.

Sie musste sich entscheiden, ehe der Magier zurückkam. Zaghaft streckte sie die Hand nach dem kleinen Fenster aus, verharrte; dann legte sie den Haken mit einer ruckartigen Bewegung um und schob die Klappe geräuschlos zur Seite …

Kyrian riss sich zusammen, als er das Klopfen vernahm. Jetzt war der Moment gekommen. Jetzt musste er sein Können in Sachen Hypnose unter Beweis stellen. Aber wie sollte er jemanden ohne Stimme hypnotisieren?

Alle Gedanken zerstoben in einem gleißenden Feuerball, als Licht in den Innenraum drang. *Lass dir etwas einfallen, JETZT!* Er versuchte, sich zu erinnern und den Spruch mit der Kraft seiner Gedanken an sein Gegenüber zu schicken, wer auch immer dort stand … Numras Etbia Fres!

Abgestandene Luft schlug Mira entgegen, als sie durch die Öffnung hineinspähte. Im Inneren der Kutsche konnte sie zunächst nichts anderes sehen als bläuliches Glimmen. Dann gewöhnten sich ihre Augen an das Dunkel und sie erkannte eine kleine Gestalt, von deren Kopf das Leuchten ausging.

Das Entsetzen packte Mira. Sie presste beide Hände vor den Mund, um nicht loszuschreien. Ein Kind? Dort musste sich ein Kind befinden. Wie anders war die Größe zu erklären? Miras Gedanken überschlugen sich. Ihr kamen noch ein oder zwei andere Lebewesen mit gleicher Statur in den Sinn. Zwerge oder Kobolde zum Beispiel. Von denen hatte sie schon gehört. Und die waren gefährlich. Aber Mira blieb dabei: In diesem engen Gefängnis musste es wahnsinnig heiß und trocken sein.

Also überwand sie ihre Angst. »Habt Ihr Durst?« Ihre Stimme war nur ein gehauchtes Flüstern.

Keine Antwort.

»Könnt Ihr nicht sprechen?« Mira kicherte impulsiv über diese ausgesprochen dumme Frage, sodass sie erschrak. Sie schaute sich um, doch am Eingang der Absperrung rührte sich nichts. Vielleicht verstand das Wesen ihre Sprache gar nicht?

Ihr fiel auf, dass das bläuliche Licht sich wie ein Band um seinen Kopf zog und den Mund verschloss. Anscheinend *durfte* es nicht sprechen. Warum nur tat man einem Lebewesen so etwas Schreckliches an?

Sie überlegte angestrengt, wie sie dem Geschöpf helfen könnte. Ihm die Karaffe hineinzureichen, würde sich schwierig gestalten, ihre Arme waren zu kurz und das Fenster zu winzig. An Essen trug sie nur ein paar mickrige Brotkrumen als Vogelfutter in ihrer Gürteltasche bei sich.

Auf einmal hob das Wesen mühsam den Kopf. Mira stockte der Atem. Diese Augen. Wie funkelnde Saphire.

Trotz der Dunkelheit und der bläulichen Spiegelung in ihnen kam es Mira vor, als säße sie auf dem Grund eines Brunnenschachts und blickte durch das Wasser hinauf in einen wolkenlosen Himmel. Ihre Schläfen begannen zu pochen, sie schnappte nach Luft. Ihre Hand wanderte, ohne es zu merken, zur Gürteltasche.

Eine Stimme ertönte. *Ich befehle dir, sprich …*

Mira zuckte zusammen und wirbelte herum. Hatte man sie ertappt? Sie wollte zu einer Erklärung ansetzen, doch hinter ihr stand niemand.

Dennoch vernahm sie die Stimme erneut. Allerdings klang sie verwirrt. Wie mühsam hervorgebrachte Worte. *Wieso … hört sie mich nicht?* Eindeutig ein jung klingender, angenehm dunkler Tonfall.

Mira entfernte sich ein paar Schritte von der Kutsche und lauschte. Der Sprecher verstummte. Wahrscheinlich ein anderer Magier draußen vor dem Zelt.

Sie musste sich beeilen, wenn sie der Kreatur im Innenraum der Zelle helfen wollte. Rasch schlich sie zurück und spähte wieder in den Raum.

Hilf mir … bitte. Das Wesen konnte doch reden?

»Wer bist du?«, flüsterte Mira.

Numras Etbia Fres. Gepresste Worte, unter extremer Anstrengung hervorgebracht.

»Ist das dein Name?«

Numras Etbia Fres! Die Stimme erklang dumpf – in ihrem Kopf. Eine schnurrende, rote Katze kam ihr wie eine Vision in den Sinn.

»Numras? Etbia Fres?«, murmelte Mira. Was für ein seltsamer Name.

Im selben Moment vernahm sie vor der Absperrung Schritte und wirbelte herum.

»Ich muss gehen«, flüsterte sie und schob panisch das Fenster zu. Das Einrasten des Riegels schien ihr wie ein dumpfer Donnerschlag. Keinen Augenblick zu früh sprang Mira zum Wassereimer.

Der mürrische Magier trat in Begleitung eines Burschen ihres Alters ein und stutzte. »Was hast du hier noch zu suchen?«, schnauzte er Mira an.

»Ihr habt mir nichts gegeben, womit ich es wegwischen kann«, entgegnete sie geistesgegenwärtig.

Der Magier verzog missmutig den Mund. »Du kannst gehen! Wende dich an den Schmied und frag, ob er deine Hilfe benötigt.« Mit einer unwirschen Handbewegung scheuchte er Mira fort.

Sie drückte sich an beiden Männern vorbei ins Freie. Kam es ihr nur so vor oder vernahm sie ein leises Lachen aus dem Inneren des Kastens …?

VI
Beim Magister

Bralag erreichte Ilmathori, die Mittelstadt, gegen Mittag. Sein Ziel war der Wetterturm, einer der dreizehn Magiertürme, die sich über Rodinia verteilten. Gewaltig erhob er sich wie ein dunkler Fingerzeig zum Himmel. Als drittgrößtes Bauwerk der Welt strahlte er eine Präsenz aus, die nur von den beiden Türmen in Königstadt übertroffen wurde.

Dort angekommen hielt sich Bralag nicht lange mit Wortgeplänkel auf. Er eilte die Stufen zu den Kellergewölben hinunter, die sich mehrere Tausend Fuß tief in den Leib der Erde fraßen. Vorbei an Laboratorien, geheimen Bibliotheken und Räumen, von denen er nicht einmal zu träumen wagte, wenn er sie nicht mit eigenen Augen gesehen hätte.

Der Erdknoten, ein Portal, das direkt nach Königstadt in den Magierturm führte, lag an der tiefsten Stelle in einer unscheinbaren Halle. An den Wänden hing graues Moos.

Ein Mann mit schlohweißen Haaren und einem Bart bis zum Bauch erwartete ihn. »Seid gegrüßt. Möge die Weisheit des Magisters …«

»… auf Euch fallen. Ehre dem Magister«, beendete Bralag die Parole. Vor dem steinernen Torbogen blieb er stehen. Jeder Erdknoten war anders gefärbt, besaß eine unterschiedliche Struktur. Dieser sah aus wie ein faseriger Baumstamm. Ein versteinerter, mickriger Baum. Das Tor wirkte nicht groß. Acht Fuß hoch, höchstens neun.

Bralag seufzte. Es nutzte nichts. Tief atmete er durch, dann sprach er Worte, die keiner magischen Formel entstammten. In einer Sprache, die seit tausend Jahren nur in diesen Tiefen gesprochen wurde. Der Wächter tat es ihm gleich, schwebte empor und drückte auf ein Symbol an der oberen Umrandung.

Innerhalb weniger Augenblicke wurde das Portal von Licht geflutet und erwachte brummend zum Leben. Bralags Nackenhärchen stellten sich auf. Eine spiegelglatte Fläche in der Mitte des Tors zeigte einen höhlenartigen Raum. Die Wände schimmerten in sattem Azurblau, hervorgerufen durch ein Mosaik aus Lapislazulisteinen. Das waren eindeutig die Kellergewölbe des Magierturms in Königstadt.

Noch einmal atmete Bralag tief ein, befreite seinen Geist und betrat das Tor ... Übelkeit und Schwindel lösten sich in ungestümem Wechsel ab. Im Bauch kribbelte es wie eine Million Ameisen. Ein Gefühl, als ob er in die Tiefe stürzte, um gleich darauf in die Höhe gerissen zu werden.

Niemand konnte die Existenz dieser Reiseportale erklären. Sie waren schon immer da gewesen, seit Anbeginn der Zeit. Es gab zwar nur wenige, doch sie waren von großem Nutzen. Generationen hatten versucht, diese mystischen Tore zu entschlüsseln. Zeitmessungen hatte man nicht durchführen können. Der Sand aus mitgeführten Sanduhren verschwand, Feuer brannte nicht, selbst die Konzentration auf einen magischen Spruch schlug fehl.

Daher konnte Bralag die Zeitspanne nicht benennen, die er für die Reise durchs Portal benötigte. Sie endete so abrupt, wie sie begonnen hatte. Übermannt vom Gefühl, ersticken zu müssen, taumelte er keuchend vorwärts. Das Durchschreiten eines Erdknotens zehrte an Körper und Geist.

Ein undeutliches Lachen empfing ihn, dann eine Stimme. »Gemach, mein Freund, gemach.«

Bralag blinzelte. Im ersten Moment verschwamm seine Umgebung. Man musste Vertrauen zum Zielpunkt besitzen, schoss es ihm durch den Kopf. Kein geeignetes Transportmittel für kriegerische Unternehmungen, wenn einen am anderen Ende der Feind erwartete. In diesem Fall erkannte er zu seinem Glück die Stimme des Magisters.

»Es ist mir eine Freude, Euch zu sehen. Ich komme nicht umhin, meine Neugierde zum Ausdruck zu bringen. Obwohl, wenn ich Euch jetzt so ansehe: Kommt erst einmal an.«

Bralags Augen fokussierten sich wieder, er erfasste mehrere Diener in der Halle, von denen ihm einer einen Krug Wasser reicht. Er bedankte sich und trank einen Schluck. Seine Kehle fühlte sich trocken an, die Robe klebte vom Schweiß an seiner Haut. Ein weiterer Nachteil dieser geheimnisvollen Erdknoten.

»Seid gegrüßt, mein Magister. Ihr seht gut aus«, hörte er sich sprechen, immer noch leicht benommen.

»Was man von Euch nicht gerade behaupten kann.«

»Das bringt das Reisen mit Erdknoten leider mit sich.« Bralag strich sich über die kurz geschnittenen Haare.

Lachend trat der Magister vor. »Ich wünsche einen vollständigen Bericht. Ich würde sagen, wir treffen uns im gelben Salon. So bald wie möglich.«

»Ich kann meinen Bericht durchaus sofort abliefern.«

»Wohlan. Dienstbeflissen wie eh und je. Aber verzeiht mir, Ihr solltet Euch vorher doch ein wenig frisch machen.« Der Magister rümpfte die Nase. »Wir treffen uns nach Ablauf eines halben Stundenglases im gelben Salon.«

»Sehr wohl, mein Magister.«

»Seid Ihr hungrig? Ich werde etwas bringen lassen. Giroll.« Er winkte einen steinalten Mann herbei, der in einer dunklen Nische der Halle gewartet hatte.

Der Alte wirkte wie eingestaubt, die Haut wie grauer Marmor. Giroll, der persönliche Diener des Magisters und zugleich sein engster Berater, war Bralag nur zu gut bekannt. In den Anfangszeiten seiner Magierkarriere hatte Bralag versucht, ihn zu überprüfen, um seine Loyalität zu ermitteln. Doch seine Nachforschungen hatten nichts ergeben, dieser Mann schien nicht zu existieren. Außer im Magierturm, den er anscheinend nie verließ. Das Oberhaupt der Magier hatte sehr schnell die Untersuchungen einstellen lassen. An seiner Loyalität sei keinesfalls zu zweifeln, völlig ausgeschlossen, hatte die Begründung gelautet – eine deutliche Aussage.

Der Magister legte Giroll eine Hand auf die Schulter. »Sei so gut und veranlasse, dass uns eine Kleinigkeit gebracht wird.«

»Sehr wohl, Magister.« Diese Stimme. Ein Flüstern aus unendlicher Ferne, wie das Echo in einer tiefen Felsspalte.

Ein Schauer lief Bralags Rücken hinunter, als er das Kellergewölbe verließ.

Der gelbe Salon strahlte in allen erdenklichen Farbtönen von Gelb über Rot bis zu einem dunklen Braun. Jedem Lebewesen, das diesen Raum zum ersten Mal sah, wurde durch diese Farbenpracht regelrecht der Sinne beraubt. Die Wände bestanden aus Bernsteinmosaiken, die die einzelnen Wettertürme des Reiches sowie diverse Schlacht- und Jagdszenen darstellten. Eine ovale Tafel dominierte den hallenartigen Saal, umrundet von zwölf Lehnsesseln, deren abgeriebene Lederbezüge dunkelbraun glänzten. In zahlreichen Nischen befanden sich Sitzecken mit gepolsterten Sesseln, Sofas und Beistelltischchen aus Wurzel-, Nussbaum- oder Kirschholz, wundervoll gefertigt und mit kunstvollen Mustern verziert.

Nachdem Bralag sich gewaschen und umgezogen hatte, eilte er in diesen Raum, um seinen Bericht abzuliefern. Viel gab es nicht zu erzählen. Die Reinigungsaktion am Strand nach der Zerstörung des Schiffs war planmäßig verlaufen.

Schon beim Eintreten entdeckte Bralag seinen geflügelten Boten in einem Käfig, der in einer der Nischen über einem Beistelltischchen hing. Die Fee schlummerte friedlich auf einem Samtkissen. Kekskrümel lagen verstreut neben ihr. Dieses Wesen erstaunte ihn zum wiederholten Male, es hatte tatsächlich die Strecke in weniger als fünf Stunden zurückgelegt.

Die Kleinigkeit, die Giroll herbeigeschafft und auf einem der Tische drapiert hatte, bestand aus frischem Brot, Schinken, Käse, Obst, verschiedenfarbigen Kuchen und Gebäck in allen vorstellbaren Formen. Bralag betrachtete die Schüssel mit den Keksen. Verschiedene Haustiere, Pferde, Bären, Einhörner und sogar einen Drachenkeks entdeckte er. Diese Backwaren waren eher kleine Kunstwerke als einfaches Naschwerk.

In diesem Moment betrat der Magister den Raum. »Greift nur zu.«

»Das wäre doch nicht nötig gewesen.«

Der Magister winkte ab. Er goss dunkelroten Wein in zwei Kelche, schnappte sich ein Kuchenstück mit einer rot-grün schimmernden Glasur und biss gierig hinein. Er trank einen Schluck; dann erst begann er, zu reden. »Ich habe Eure Botschaft erhalten. Wie ist der Stand der Dinge?«

Bralag entschied sich für ein fast schwarzes Gebäck in Form eines Drachen und berichtete vom Untergang des Schiffes. »Es ist nichts angespült worden, wie zu allen Zeiten, wenn der Wächter sein Werk vollbringt. Allerdings frage ich mich, warum er diesmal einen Mann am Leben ließ.«

Der Magister strich sich über das Kinn. »Ja, eine berechtigte Frage.« Er bedeutete Bralag, weiterzureden, während er an seinem Wein nippte.

»Wir haben den Fremden in Gewahrsam genommen. Ist es wahr, dass dieses Schiff nicht fortwollte? Ich meine, ist die Quelle verlässlich?« Sogleich bereute Bralag die letzte Bemerkung.

Der Magister blieb jedoch gelassen und nahm ein zweites Kuchenstück. »Die Quelle ist über jeden Zweifel erhaben. Das Auge sieht alles, das Ohr hört alles.«

Die Quelle. Das Orakel, ein Seher, der den Obersten der Magier über die Geschehnisse in der Welt unterrichtete. Bralag hatte nicht die geringste Ahnung, wer dieser Seher sein mochte. Noch nie hatte er die Person zu Gesicht bekommen – wenn es denn ein menschliches Wesen war. Das Orakel war ihm stets einen Schritt voraus. Und das nagte an Bralag.

»Was geschah auf dem weiteren Weg?«

»Es gab eine kleine Komplikation; nichts weltbe...«

Der Magister schnitt ihm aufgeregt das Wort ab. »Eine Komplikation? Welcher Art? Der geflügelte Bote hat nichts davon berichtet.«

»Ein Zwischenfall in der Trollfurt. Ein Steinschlag hat die Gefängniskutsche am Rad beschädigt. Wir mussten rasten, damit ein Schmied das Rad reparieren kann. Meister Penthur lagerte so lange im Wald bei Birkenbach, einer unbedeutenden Ortschaft am Rand der Grenze zwischen Mittelland und der Grauen Steppe.«

Der Magister wirkte schlagartig um Jahre gealtert. Er kniff den Mund zusammen.

»Keine Sorge, mein Magister, sie dürften bereits wieder auf dem Weg sein.«

Der Magister brachte Bralag mit einer schnellen Handbewegung zum Schweigen. »Es ist nicht Eure Schuld. Ich hätte mich klarer ausdrücken sollen.« Dann nickte er abwesend. »Ja ... ich dachte mir schon so etwas. Es bestätigt sozusagen meine Vermutung.«

»Ich verstehe nicht ganz, mein Magister.« Bralag zog die Augenbrauen hoch. Der oberste Magier sprach in Rätseln.

»Wenn er der ist, für den ich ihn halte, ist das von größter Bedeutung für uns. Und könnte zugleich unser Untergang sein.«

Bralag versteifte sich und richtete sich auf. »Wie ist das möglich? Ich meine ... Woher kommt er? Hinter dem Nebel befindet sich der Rand der Welt.«

»Ja, ja, so dachten wir. Ihr kennt die alten Geschichten vom Urkrieg vor eintausend Jahren?«

Bralag nickte. »Aus dem wir Magier siegreich hervorgingen und die Menschheit ins Licht und zu Ruhm und Reichtum geführt haben? Ja, ich habe die Chroniken gelesen. Aber ...«

Der Magister lächelte wissend.

Als ihn die Erkenntnis wie ein Schlag ins Gesicht traf, riss Bralag die Augen auf. »Dann vermutet Ihr, er ist ein ...«

»... ein Zauberer, ganz recht«, beendete der Magister den Satz. »Ein Zauberer der Vorzeit. Deshalb solltet und *habt* Ihr ihn in diesem Gefährt untergebracht und mit einem Konzentrationsbann belegt. Die Kutsche wurde eigens für den Fall der Fälle konstruiert, nach einem Bauplan aus vergangener Zeit, noch vor dem großen Krieg.«

Erneut nickte Bralag. »Aber warum habt Ihr mich nicht vorher darüber informiert?«

Der Magister überhörte seinen anklagenden Tonfall. »Es diente Eurer eigenen Sicherheit.« Mehr sagte er nicht.

Bralag schwieg ebenfalls.

Ehe der Magister wieder das Wort ergriff, steckte er sich eine Weintraube in den Mund. »Dass eines Tages jemand wie er auftauchen würde, war unausweichlich. Wir alle haben es geahnt. Vielleicht haben viele von uns es nicht wahrhaben wollen. Doch jedem war diese Bedrohung unseres Friedens bewusst.«

Bralag nickte. Innerlich fügte er zu den Worten des Magisters hinzu: »Es hätte jedem bewusst sein müssen!« Aber war es den Magiern und Menschen zu verdenken? Der Krieg lag fast tausend Jahre zurück. »Was will er hier?«

»Dieser Mann ...«, nachdenklich massierte der Magister sich das Kinn. »Dieser Mann ist wie ein Dämon aus einer anderen Dimension. Er könnte sich die Herrschaft über die Welt mit einem Fingerschnippen holen. Und meiner Meinung nach hat er genau das vor.«

»Undenkbar. Wir verfügen über unzählige Kriegermagier und die Bewahrer der Ruhe. Unser Reich ist durch einen ewigen Nebel geschützt, bewacht von einem Wasserwächter.«

»Das hat diesen Fremden nicht aufgehalten«, warf der Magister ein.

»Das würde ich so nicht behaupten. Immerhin haben wir ihn gefangen genommen.«

»In der Tat. Das haben wir. Und das war nur der erste Schritt. Wir werden viel von ihm lernen.«

Bralag überlegte, was dieser Gefangene in seinen höchstens zweiundzwanzig Wintern, wie er sein Alter schätzte, für lohnenswerte Informationen gesammelt haben könnte. Konnte es sein ...? Nein, das wäre zu abwegig.

Der Magister schien seine Gedanken zu erraten. »Die Artefakte. Er wird uns Aufschluss darüber geben. Ihr versteht nun also, dass wir ihn dringend brauchen.«

Bralag nickte. »Ich begebe mich unverzüglich wieder zu dem Gefangenentransport und geleite ihn hierher.«

Der Magister hob die Hand. »Das ist nicht nötig. Schickt Euren geflügelten Boten erneut los. Lasst ihn den Tross begleiten. Falls abermals Komplikationen auftreten, kann er sofort losfliegen und berichten.«

»Aber ich ...«

Der Magister schnitt ihm das Wort ab. »Tut es.«

Bralag stellte den Weinkelch ab und erhob sich. Mit wenigen Schritten war er bei dem schlafenden Feenmann und weckte ihn unsanft.

Alles andere als begeistert fragte die Fee schlaftrunken: »Was 'n jetzt schon wieder?«

In knappen Worten gab Bralag ihr Befehle. Nach einem unverständlichen Fluch in einer fremden Sprache schwirrte Oleri davon.

Der Magister schob sich ein paar weitere Weintrauben in den Mund. »Ihr solltet Euren geflügelten Boten wegen des ungebührlichen Benehmens bestrafen. Die Biester nehmen sich mehr und mehr Frechheiten heraus.«

Bralag ging nicht darauf ein. »Setzt Ihr genug Vertrauen in Meister Penthur, dass er den Tross hierherführen kann?«

»Mitnichten.« Der Magister lachte auf. »Ich habe Val bereits für diese Aufgabe vorgesehen. Sie wird sich noch heute Abend auf den Weg machen.«

Bralag blinzelte verwirrt. »Val? Ihr meint Valhelia?«

»Ja, ja, ich weiß: Valhelia ist erst sechzehn. Doch sie ist ausgesprochen talentiert. Bereits jetzt ist sie besser als viele aus der Elite Eurer Bewahrer der Ruhe. Eine der besten. Da ist es nur recht und billig, dass sie eine verantwortungsvolle Aufgabe zugeteilt bekommt.«

Zu seinem Platz zurückkehrt, ließ Bralag sich in den ledernen Sessel fallen. Er bemerkte den Glanz in den Augen des Magisters. »Aber …«

»Kein Aber.« Die Stimme des obersten Magiers nahm einen kindlichen Ton an, wurde geradezu sanft. Ein Lächeln legte sich auf die hageren Gesichtszüge. »Bralag, alter Freund, Ihr solltet nicht so viel Zeit mit den Bewahrern der Ruhe verbringen. Gönnt Euch lieber ein paar Freuden des Lebens. Vielleicht solltet Ihr Euch ein paar Tage frei nehmen. Ja, das ist eine gute Idee. Ich gebe Euch fünf Tage Urlaub. Tut, was Euch beliebt. Erholt Euch.«

Bralag fühlte sich, als würde ihm ein Dolch durchs Herz gerammt. Er hatte niemals frei. »Ich brauche keinen Urlaub.«

»Aber sicher. Ihr könntet verreisen. So, wie Ihr es seit Jahren zur Mitte eines jeden Monats tut.« Kichernd zwinkerte der Magister Bralag zu. »Oh, wenn es ein Weib ist: Euer Geheimnis ist gut verwahrt. Die menschlichen Triebe sind natürlicher Art.«

»Ich habe kein heimliches Weib«, begehrte Bralag auf. »Ich habe Besorgungen zu machen, die einmal im Monat erledigt werden müssen. Pflichten Haus und Hof gegenüber. Trotz alledem bin ich niemandem verpflichtet außer dem Bund der Kriegermagier und den Bewahrern der Ruhe.«

Die Augen des Magisters wurden kalt. Etwas Lauerndes trat in seinen Blick, obwohl er immer noch lächelte. »*Und mir* wolltet Ihr sagen.«

»Sicherlich. Ihr seid der Einzige, dem meine Treue gilt!«

»Das will ich doch meinen. Nehmt Euch frei. Besucht, wen immer Ihr besuchen wollt.«

»Es gibt niemanden«, betonte Bralag erneut. Nur allzu gerne hätte er das winzige Wörtchen »mehr« angefügt.

Die Stimme des Magisters verlor den letzten Funken Wärme. »Das war keine Bitte. Ihr seid die nächsten fünf Tage von Euren Pflichten befreit.« Der Magister erhob sich.

Bralag schnellte ebenfalls in die Höhe. »Wie Ihr wünscht, mein Magister.«

»Das wäre alles. Ach, und noch eins.« Das Gesicht des Magisters war unbeweglich, das leichte Lächeln umspielte wie eingemeißelt den schmalen Mund. »Ich weiß ganz genau, warum Ihr Meister Penthur mit dieser Aufgabe betraut habt. Eines sollte Euch klar sein, Bralag: Wenn Penthur versagt, werdet Ihr die Suppe auslöffeln! Dieser Fremde ist extrem gefährlich. Ich will ihn lebend. Um jeden Preis!«

Und dann schickte er Valhelia? Ein Kind? Natürlich sprach Bralag den Gedanken nicht aus, er nickte nur und sagte mit ebenso ausdruckslosem Gesicht: »Ich weiß, mein Magister.«

Kaum hatte er die Tür hinter sich geschlossen, ballte er die Fäuste. Der Magister könnte sich auf den Kopf stellen, Bralag würde nicht abweichen von seinen alltäglichen Gepflogenheiten, Nachforschungen anzustellen. Er verdächtigte ihn, einem Weib nachzustellen. Sollte er nur. Doch woher hatte der Magister von den Reisen erfahren? Durch den Seher? Bralags Blick verdüsterte sich, wie so oft in letzter Zeit, wenn er dieses Gebäude verließ. Draußen wartete seine Kutsche.

Er würde weitere Erkundungen anstellen. Jetzt erst recht, da ihm die folgenden fünf Tage zur freien Verfügung standen. Vielleicht sollte er sich einmal mehr mit der Identität des Sehers auseinandersetzen.

VII
Entkommen

Als Mira bei Pallak, dem Schmied, ankam, meinte dieser: »Ich bin gleich fertig. Ein paar Hammerschläge noch, dann kann das Rad eingebaut werden. Wenn du willst, kannst du bleiben, und wir gehen gemeinsam heim.«

Mira lächelte. »Oh, sehr gerne.« In Begleitung des Schmieds die Lichtung zu verlassen und einen Abstand zwischen sich und diese Magier zu legen, kam ihr besser vor, als allein den Heimweg anzutreten.

Sie setzte sich abseits ins Gras. Neugierig, aber nicht wirklich interessiert schaute sie dem Magier und Pallak bei ihren letzten Handgriffen zu. Die Gespräche der Menschen fand Mira viel interessanter. Vor dem Zelt gingen zwei Männer vorbei. Einer gähnte ausgiebig.

»Müde?«, fragte der zweite.

»Ja, seit mein Sohn auf der Welt ist, kann ich nachts kein Auge mehr zutun.«

Der andere Mann lachte. »Na, dann kannst du dich hier ja richtig ausschlafen. Aber tröste dich, es kommen bessere Zeiten. Irgendwann können sie alleine spielen, dann kriegst du sie kaum noch zu Gesicht.«

»Es wird nicht besser, nur anders.«

Beide Männer lachten. Der zweite zog etwas aus der Tasche. »Schau mal, was mir Torge geschnitzt hat.«

Die Magier verschwanden, Mira konnte dem Gespräch nicht mehr folgen.

Penthur hatte Mira misstrauisch hinterhergesehen, kaum dass sie die Absperrung verlassen hatte. Sein Blick war zur Kutsche gewandert, mit einem kurzen Nicken Richtung Gefängniszelle hatte er dem Kriegermagier an seiner Seite zu verstehen gegeben, den Wagen zu kontrollieren. Also ging der zum Schiebefenster, legte den gebogenen Haken um, schob das Fenster auf und schaute in die Kutsche.

Penthur musterte unterdessen die Tischplatte. Dieser weißhäutige Trampel von Frau! Der Tisch war immer noch nass. Er murmelte ein paar Worte. Seine Hände fuhren mit einem Wischen durch die Luft, die zu knistern begann, eine seichte Brise hob an. Wie von Geisterhand wurde der Tisch trocken. So etwas Simples lernte man an der Magierschule in der untersten Stufe. Wieso musste er als Magier von wahrlich hohem Rang sich mit solch niederen Sprüchen abgeben? Nur, weil ein tölpelhaftes Bauernmädchen …

»Klack!«

Zu spät vernahm Penthur das Geräusch der Türverriegelung an der Gefängniskutsche. Sein Blick erfasste im letzten Moment, wie der Wächtermagier mit starren, marionettenhaften Bewegungen die verborgene Tür öffnete.

»Nein! Nicht öffnen!« Er riss die Arme hoch und streckte die Hände vor der Brust aus. Sein Geist hatte instinktiv die magischen Worte geformt, die sein Mund im gleichen Moment aussprach. Von einem Augenblick auf den anderen vibrierte die Luft, als die Energie der Erde in seinen Körper floss.

Mit immenser Wucht krachte die Eisentür auf und schleuderte den Magier davor beiseite. Penthur ließ auf der Stelle einen Lichtblitz aus seinen Handflächen schießen. Die Gestalt, die aus der Kutsche kriechen wollte, stieß einen hohen Schrei aus und wurde in den Innenraum zurückgeschleudert. Der Blitz traf den Flüchtling direkt in die Brust. Ein Rauchfähnchen kräuselte aus der Gefängniszelle.

Vorsichtig trat Penthur an die Kutsche heran, eine Hand ausgestreckt, um jederzeit einen weiteren Lichtblitz abzufeuern. Irgendetwas störte ihn an dem Mann, der die Tür entriegelt hatte und sich nun langsam aufrichtete. Natürlich: Er trug nicht die Kleidung eines Magiers, sondern ein knielanges Gewand. Das Gewand eines Gefangenen.

Penthurs letzter Gedanke »Aber wie …?« erlosch in dem Moment, als ein dunkler Strahl auf ihn zuschoss. Schwärzer als der Tod.

Kyrian hatte nicht lange gefackelt. In dem Augenblick, da er diese naive Frau überlistet hatte und mit ihrer Hilfe die magische Mundfessel losgeworden war, brach auch der Konzentrationsbann. Sein Geist wurde regelrecht durchflutet. Er spürte die Zauberkraft. Selbst im Innenraum des Gefängnisses war die Luft von göttlicher Energie durchsetzt. Er brauchte sie sich nur zu greifen.

Das Lösen der eisernen Ketten war ein Kinderspiel und dauerte keine zwei Atemzüge. Dafür war nicht einmal hohe Konzentration erforderlich. Erste Stufe Basiswissen: Fesseln lösen! Mit gedämpftem Klirren glitten die Eisenketten zu Boden.

Kyrian überlegte. Er musste schnell sein, schneller als schnell, nun, da sich ihm die Gelegenheit bot. Sollte er erneut klopfen? Jäh zuckte er zusammen, als er das Geräusch am schmalen Fenster vernahm. Der Haken wurde geöffnet. Vielleicht war es wieder die Frau, sicherlich eine Magierin.

Jetzt oder nie! Er konzentrierte sich, öffnete gleichzeitig drei Gedankenebenen und einen Rückkanal. Ein Hochgefühl durchströmte seinen Körper, als er die Energie aufnahm, in seinen Geist lenkte und einen Teil an die Erde zurückgab. Seine Haut kribbelte. »Das Wesen aller Dinge ist, ein Gleichgewicht zu erzeugen. Ein Geben und ein Nehmen«, hatte Targas stets gesagt.

Nun galt es, den Plan umzusetzen. Zuallererst musste er dichter an sein Opfer heran gelangen. Körperwandlung! Als Zweites musste er sein Opfer überzeugen, die Tür zu öffnen. Gedankenkontrolle! Der dritte Punkt würde weitaus schwieriger und seine gesamte Konzentration erfordern.

Während sein Hals sich streckte, schrumpfte sein Schädel und wurde in Richtung Fenster gepresst. Er biss die Zähne zusammen. Körperwandlungen waren nicht sein Ding.

Das Schiebefenster öffnete sich, Licht umrahmte die Kontur des Kopfes. Kyrian erblickte zwei blaugraue Augen. Ohne Probleme drang er in den Geist des Unglücklichen. »Öffne die Tür«, befahl er ihm lautlos. Der zeitliche Ablauf musste perfekt abgestimmt sein.

Kyrian konzentrierte alle Sinne, vernahm ein Klicken, gefolgt von einem gedämpften Rattern. Seine Konzentration war zum Bersten gespannt. Der Blickkontakt durfte nicht abreißen, sonst war er verloren. Seine zitternden Hände verharrten ausgestreckt vorm Bauch.

Dann ein Schrei: »Nein! Nicht öffnen!«

Jetzt! Windstoß – Körpertausch!

Kyrian fiel. Er stürzte in einen Abgrund voller zähflüssiger Schwärze, ging unter und tauchte den Bruchteil eines Wimpernschlags später wieder auf. Das Risiko, durch den eigenen ersten Zauberspruch verletzt zu werden, wenn ihm die Tür entgegenschlüge, kalkulierte er ein. Die einzige ernsthafte Sorge galt seiner Kleidung, die bei einem Körpertausch ohne Vorbereitung nicht wechselte, und dem Umstand, dass er nicht wusste, wie viele Magier sein Gefängnis bewachten.

Der Schlag traf ihn dennoch unvorbereitet. Benommen sank er zu Boden. Er hörte den Todesschrei und rappelte sich auf, um die Orientierungslosigkeit abzuschütteln.

Rasch erfasste er, dass er sich auf einem abgetrennten Areal befand. Er sah einen Menschen – offensichtlich einen Magier –, der mit ausgestreckter Hand vor der aufgestoßenen Tür stand und soeben seinen eigenen Mann unschädlich gemacht hatte. Nur ein einziger Gegner.

Einen Moment zu spät wandte der Mann sich zu ihm um. Kyrian lächelte, als der Strahl der Dunkelheit aus seiner Handfläche schoss. Der Magier brach zuckend zusammen, das Leben verließ seinen Körper, der innerhalb eines Augenblinzelns ergraute.

Vor der Zeltplane hörte er Stimmen. »Meister Penthur? Ist alles in Ordnung?«

Kyrian konzentrierte sich. Er prägte sich die Gestalt des am Boden Liegenden ein. Erneut durchfloss ihn Hochgefühl.

Körperwandlung! Dafür benötigte er mehr Energie, um sich mitsamt Kleidung in sein Gegenüber zu verwandeln. Dann eilte er zum Eingang und trat hinaus, ehe jemand hinter die Absperrung gelangen konnte. Draußen standen drei Magier in dunkelblauen Roben.

»Meister Penthur. Wir sahen einen Lichtblitz …«, begann der erste.

Kyrian erschrak. Die Stimme. Was sollte er tun? Er konnte die Stimme nicht imitieren, da er sie nicht kannte. Der Schrei? Er versuchte, sich zu erinnern. Und bemühte sich. »Nur eine kleine Demonstration. Geht wieder zurück auf eure Posten.«

Zwei der Männer drehten sich um und wollten gehen, doch der dritte blieb stehen. »Was für eine Demonstration?«, fragte er misstrauisch. »Und was ist mit Eurer Stimme passiert?«

»Du hättest lieber nicht fragen sollen!«, grollte Kyrian, während er sich die nächsten Zaubersprüche überlegte.

Die anderen Magier verharrten nun ebenfalls und sahen sich an, nur einen einzigen Atemzug lang. Dann wirbelten sie herum, die Kampfstäbe zum Angriff erhoben.

Kyrian reagierte mit der Präzision eines kampferprobten Kriegers. Er packte den Kopf des Gegenübers und verpasste ihm einen kräftigen Schlag mit dem eigenen Schädel. Ein Ruck, gefolgt von einem hässlichen Knacken, und das Genick des Mannes brach. Einen Arm um den leblosen Körper geschlungen, hielt Kyrian ihn als Schutzschild vor sich. Er hob die freie Hand, doch die verbliebenen Wächter kamen ihm zuvor. Der Druck der Lichtblitze schleuderte ihn zurück hinter die Absperrung. Noch im Flug schoss er ebenfalls einen Lichtblitz ab, der einen der Magier zischend von den Beinen fegte. Rasch warf er den Toten zur Seite und rollte aus der Schussbahn.

Vor der Absperrung wurde Alarm geschlagen. Wenige Atemzüge darauf zerfetzten Lichtgeschosse die Zeltplane. Der Kampf hatte begonnen.

Mira schreckte auf. Ein Zischen, gefolgt von dumpfen Detonationen, dazwischen lautstarke Schreie versetzten das Lager in Aufruhr.

Der Magier, der sich bei Mira und Pallak befand, zuckte ebenfalls zusammen. »Ihr wartet hier! Rührt euch nicht vom Fleck!«, befahl er. Dann stürmte er fort.

Pallak pfiff offenbar auf die Worte des Mannes. Hastig packte er sein Werkzeug ein. »Das hört sich nach Ärger an. Ich weiß nicht, wie es um dich bestellt ist, Mädchen, aber ich bleibe keine Sekunde länger hier!«

»Aber wir sollen doch warten, hat der …« Mira brach ab, als sie in Pallaks besorgtes Gesicht schaute.

»Ich an deiner Stelle würde lieber abhauen.« Der Schmied warf einen Blick nach links und rechts und rannte los.

Entsetzen packte Mira. Die Magier durchlöcherten die Absperrung mit Lichtblitzen. Sie erkannte hasserfüllte, aber auch angstverzerrte Gesichter, stetig wurde Wörter geschrien, die sie nicht verstand. Magische Formeln. Die Luft war von einem Knistern und Zischen erfüllt, der Boden um die Kämpfer färbte sich grau.

Mira presste die Hände auf die Ohren. Sie musste fort aus diesem Albtraum. Ihre Augen weiteten sich. Als die Zeltplane Feuer fing, verließ ein Schrei ihre Kehle. Eine gewaltige Flammenwand erfasste drei Männer und schoss auf sie zu. Erst unmittelbar vor ihr erloschen die Flammen.

Endlich löste Miras Starre sich auf. Sie eilte dem Schmied hinterher, verfolgt von den entsetzlichen Todesschreien der Magier, die über die Waldlichtung hallten.

Kyrian lag am Boden und kroch nach hinten. Immer mehr Lichtblitze durchschlugen die Absperrung. Er stieß die Tischplatte um und krabbelte dahinter. Wie könnte er fliehen? Wo waren seine persönlichen Sachen, die ihm die Häscher abgenommen hatten? Es blieb keine Zeit zum Suchen, er musste weg. Ewig konnte er die Konzentration nicht aufrechterhalten. Irgendwann würde seine Zauberkraft nachlassen, sein Geist sich leeren wie ein Gefäß, das in aller Ruhe ausgegossen wurde. Es war etwas Effektiveres nötig, um diese lästigen Magier loszuwerden. Kyrian konzentrierte sich auf einen Zauberspruch einer höheren Stufe seines Wissens, gefolgt von einem zweiten. Flammenwand und Feuerball!

Diese Zaubersprüche kosteten ihn zwar viel Kraft, doch sie gaben ihm den nötigen Freiraum für eine Flucht. Und ein Ass hatte er noch im Ärmel, eine besondere Überraschung. Erneut konzentrierte er sich. Illusion des eigenen Ichs!

Keine vier Atemzüge später sprintete er geduckt in den Wald hinein.

Helmar hatte die Gegend erkundet, als er die Detonationen vernahm. Er war ins Lager zurückgeeilt und hatte die Situation sofort richtig eingeschätzt. Die Flammenwand riss eine Schneise in die Schar der Magier. Drei Männer verloren auf der Stelle ihr Leben. Der anschließende Feuerball schlug in eine der Kutschen ein und forderte ein weiteres Opfer. Das Feuer breitete sich aus. Die Pferde scheuten.

Offenbar war Meister Penthur verletzt oder bereits tot. Niemand erteilte Befehle, die Magier feuerten planlos auf die Tuchabsperrung. Jetzt könnte Helmar die Familienehre retten und seine Unsicherheit an der Trollfurt wiedergutmachen. »Verteilt euch!«, schrie er. »Arbeitet zusammen!«

Die Stoffbahn der Absperrung brannte an der Vorderseite vollständig nieder. Zwischen Rauschschwaden erkannte Helmar den Angreifer. Er hatte sich hinter dem umgeworfenen Tisch verschanzt. Von Zeit zu Zeit schnellte er in die Höhe und streckte die Handflächen empor. Ein gleißendes Licht erschien, doch kein Geschoss verließ die Hände.

Helmar stutzte. Hier stimmte etwas nicht. Während einige der Magier das Feuer zu löschen versuchten, durchlöcherten die anderen weiterhin die Tischplatte, die bald nur noch aus glimmenden Holzsplittern bestand. Der Fremde aber blieb an der Stelle hocken, ohne Deckung zu suchen. Als die Gestalt sich erneut erhob, feuerte Helmar einen Lichtblitz, der sein Ziel durchschlug und im Wald dahinter verpuffte. Ein Trugbild!

»Hört auf zu schießen. Es ist eine Illusion. Eine Illusion!«, brüllte er gegen den Lärm an.

Augenblicklich verschwand das Trugbild.

»Sucht ihn! Ausschwärmen!«

Mira rannte den Pfad entlang. Vom Schmied war keine Spur mehr zu sehen. Er musste trotz seines fortgeschrittenen Alters noch äußerst gut zu Fuß sein. Oder war er querfeldein gelaufen?

Irgendwann fiel ihr auf, dass sie den Weg nicht wiedererkannte. Sie verlangsamte ihre Schritte, Panik wallte in ihr auf. Sie hatte völlig die Orientierung verloren.

Ohne Vorwarnung schoss ein Schatten hinter einem Baum hervor. Mira schrie auf und sprang zur Seite. Doch die Gestalt in wallendem Gewand schnitt ihr den Weg ab und kam keine vier Fuß vor ihr zum Stehen. Mitten in der Bewegung verharrte Mira. Beide starrten einander an.

Schulterlanges, rabenschwarzes Haar verklebte die schweißnasse Stirn. Darunter zwei Augen … Augen, so tief und blau wie ein Bergsee. War das …?

Der Fremde blickte an ihr herab. Dann fing er sich und nahm eine drohende Körperhaltung ein. »Gib es mir!« Seine Stimme klang wie der Mühlstein einer Kornmühle.

»Was?« Wovon sprach dieser Mann?

»Wenn du nicht willst, dann muss ich es mir holen!«

Mira wich panisch zurück. Seine Hände bekamen gerade noch ihren Gürtel zu fassen. Mit einem Ruck schleuderte er sie herum. Mira schrie gellend auf. In einem Reflex riss sie den Ellenbogen nach hinten. Der Fremde zuckte, ließ ihren Gürtel jedoch nicht los. Stattdessen wirbelte er sie weiter um ihre eigene Achse, bis ihr schwindelig wurde. Dann versetzte er ihr einen Stoß, und sie stürzte zu Boden.

Sofort war der Angreifer über ihr. Miras Fuß schnellte in die Höhe, doch ihr Gegner war schneller. Er blockte den Tritt in seine Weichteile ab und hielt ihren Fuß fest. Fixierte der Fremde ihre Gürteltasche? War er etwa ein gewöhnlicher Dieb?

Ihr Blick ging ebenfalls zur ledernen Tasche, aus der ein greller Schein strahlte. Und da fiel es ihr ein: die Kette! Sie hatte die Halskette mit dem braunen Stein eingesteckt und nicht mehr daran gedacht. In aller Hast griff sie danach. Doch der Fremde packte blitzschnell ihr Handgelenk und hielt es eisern umklammert, ehe ihre Hand überhaupt in die Nähe ihrer Hüfte kam.

Nun hatte er keine Hand mehr frei, Mira schon. Sie löste die Schnalle des Gürtels und schleuderte ihn kurzerhand davon.

»Nein!«, schrie der Fremde. Er ließ Miras Hand und Fuß los, um der Tasche hinterherzuspringen. Sofort kroch Mira unter einen Busch.

Noch im Flug öffnete sich die Tasche, der gesamte Inhalt fiel heraus. Seltsamerweise kamen Mira in diesem Moment all die Habseligkeiten in den Sinn, die sie darin verwahrte. Ihre Schere, der Beutel mit Samenkörnern, die Kräuter, eine Süßholzwurzel … Ihre Besitztümer!

Als der Fremde die Gürteltasche erreichte, schleuderte er sie, leer, wie sie war, fort. Das gute Stück landete samt Gürtel neben Mira. Mit wutverzerrtem Blick suchte der Fremde den Boden ab.

Als urplötzlich ein Magier durch ein Gebüsch brach, fuhren beide herum. Der Mann prallte zurück, als wäre er gegen eine imaginäre Wand gelaufen. Sofort schrie er: »Hierher! Ich habe das Schw-aaah...«

Weiter kam der Magier nicht. Ein Lichtblitz schleuderte ihn ins Unterholz, wo er reglos liegen blieb.

Der Fremde wandte sich zu Mira um, seine rechte Handfläche zeigte direkt in ihre Richtung … Ein seltsamer Ausdruck trat in sein Gesicht, den sie nicht zu deuten vermochte. Er sah aus, als wollte er etwas sagen. Dann schaute er zum

Busch, Mira folgte seinem Blick. Rufe erklangen dahinter. Als sie den Kopf wieder dem Fremden zuwandte, war dieser verschwunden.

»Verdammt!«, schrie Kyrian innerlich. »Nein, nein, nein!«

Warum hatte diese dumme Gans die Tasche fortgeschleudert? Und warum hatte die Tasche sich zu allem Unglück auch noch geöffnet? Sein Glückstag war das nicht gerade.

Er hätte die Frau töten sollen. Aber ihre Haut ... sie leuchtete schneeweiß. Erst jetzt wurde ihm dieser Umstand bewusst. War sie das Mädchen aus seinen Visionen? Es könnte passen, sie musste schließlich auch gealtert sein. In sechs Jahren veränderte sich jeder Mensch. Aber änderten sich Augen? Er meinte, einen leichten lilafarbenen Schimmer in ihren Augen gesehen zu haben. Verdammt. Hätte er sich bloß zu erkennen gegeben. Es gab nur einen einzigen Weg, herauszufinden, ob sie es war. Er musste umkehren.

Mira erreichte unentdeckt das bescheidene Bauernhaus ihrer Eltern. Sie hetzte quer durch den Garten, sprang, ohne nachzudenken, ins Haus und warf die Eichentür zu, dass es krachte. Mit geschlossenen Augen lehnte sie sich schwer atmend dagegen. Dann fuhr sie herum und schob den Riegel vor.

Sie lauschte. Im Gebäude war es totenstill. In der Feuerstelle glomm ein letzter Funke der sterbenden Glut. Vor ihrem inneren Auge rollte ihr eine Feuerwand entgegen. Feuer …

Ihre Mutter war nicht zu Hause. Es musste früher Nachmittag sein, vermutlich half sie Vater auf dem Feld. Mira durfte ihre Eltern nicht aussperren, also entriegelte sie die Tür wieder. Am Ende ihrer Kräfte, schleppte sie sich die Stiege hinauf bis in die Kammer auf dem Speicher. Dort legte sie sich auf ihr Lager aus Stroh, schlug die Hände vors Gesicht und brach in Tränen aus. Wie am Sturmabend zuvor verkroch sie sich in den Kissen, auf dass ganze Welt draußen blieben. Als sich ihre tränennassen Augen schlossen, umarmte sie eine gnädige Finsternis.

Mit rasendem Herzen fuhr Mira im Bett auf. Gerade war sie durch einen Lichtblitz getötet worden. Von einem Mann in schwarzer Robe. Ein Traum.

Durch die Ritzen im Dach warf die Sonne ihren goldenen Schein, ließ die tanzenden Staubkörnchen glitzern. Mira konnte kaum einen Augenblick geschlafen haben. Doch sie war zu müde, um wach zu bleiben, und gab dem Schlaf nach, der sie erneut in sein Reich holte.

Als sie die Augen wieder öffnete, war der Sonnenstrahl ans Ende des Raums gewandert, hatte aber die Wand noch nicht erreicht.

Ihre Mutter stand mit verschränkten Armen vorm Bett. »Was ist denn mit dir los? Spinnst du? Warum bist du nicht im Garten und kommst deinen Pflichten nach? Du hast hier ebenso deinen Beitrag zu leisten wie jeder andere.«

»Ich fühle mich nicht«, brachte Mira hervor.

Offenbar klang ihre Stimme dermaßen jämmerlich, dass ihre Mutter von einer weiteren Standpauke Abstand nahm und sich in den Kräutergarten verzog. Mira seufzte und verkroch sich wieder unter ihre Wolldecke. Doch einschlafen konnte sie nicht mehr. Ihre Gedanken kreisten um das Geschehene wie die Paare um den Maibaum.

Warum war sie ausgerechnet heute in den Wald gelaufen? Hätte sie sich nicht, wie sonst auch, auf dem Speicher verkriechen können? Und was hatte sie sich dabei gedacht, diese komische Halskette einzustecken? Doch eine Frage stand vor allen anderen, brannte sich Mira regelrecht ins Gehirn: Woher hatte dieser Fremde gewusst, dass *sie* die Kette bei sich führte?

VIII
Jäger und Gejagter

Gehetzt sah Kyrian sich um, pumpte stoßweise Luft in die brennende Lunge. Eine Weile war er querfeldein gelaufen und unterwegs keinem weiteren Magier begegnet. Doch wie viele ihn noch verfolgten, wusste er nicht.

Dieses schneeweiße Mädchen ging ihm nicht mehr aus dem Kopf. Seine Vision. War sie es oder nicht? Er musste zurück ins Lager. Sich Gewissheit verschaffen. In seiner Erinnerung erschien die Waldlichtung als nicht besonders groß.

Geduckt verharrte er zwischen gelbgrünem Farngras und lauschte. Eins mit der Natur, sein Körper mit dem Dreck des Waldbodens beschmiert. Tarnung war alles. Gerne hätte er sich durch Zauberei getarnt, doch seine Kraft ließ nach. Er konnte sich nicht ewig konzentrieren, war jetzt schon erschöpft. Hätte er nur eine andere Quelle, etwas Lebendiges.

In der Ferne vernahm er Stimmen. Geschriene Befehle. Doch er spürte noch jemanden, ganz in seiner Nähe. Ein Schatten, zwanzig Schritte voraus. Für einen Moment schloss Kyrian die Augen und fuhr sich mit der Zunge über die trockenen Lippen. Er benötigte Wasser. Dringend.

Noch einmal konzentrierte er sich, zog Energie aus den Pflanzen, aus den Farnen und Bäumen um ihn herum. Er musste es tun, um zu überleben. Auch wenn es ihm widerstrebte – es musste sein, er hatte keine Wahl. So redete er sich ein. »Tu es«, raunte eine innere Stimme. »Der Tod des einen sei das Leben des anderen.« Kyrian gehorchte. Kein Rückkanal, der einen Teil der Energie an die Natur zurückgab. Nur ein Nehmen. Lebensraub – Mortema futinal althera Vithra!

Als er die Augen wieder öffnete, brach ein Magier durchs Dickicht und sank ohne ein Wort zu Boden, als der Lebensatem ihn verließ. Winzige silberne Lichtpünktchen verloren sich in einer wabernden Wolke, ließen sie metallisch erscheinen und machten sie gleichwohl zu etwas Lebendigem. Pulsierendes Leben. Schwarz-rot schimmernde Schlieren verschwanden in Kyrians Handfläche.

Er hatte diesen Zauber noch nie angewandt und kaum eine Ahnung von dessen Nebenwirkungen. In dem Moment, da die Schwaden seine Hand berührten, krümmte er sich. Ein grausamer Schmerz durchfuhr seinen Körper. Gedankenfetzen brannten sich ins Gehirn. Erinnerungen an eine fremde Lebenszeit wie ein Bühnenstück, eine Aufführung in einem Theater. Gleich darauf durchfloss ihn ein euphorisches Gefühl. Frische Lebenskraft. Dann war es vorbei.

Kyrian schluckte schwer. Er löste sich aus seinem Versteck und eilte weiter. Fast lautlos flogen seine nackten Füße über den kalten, moosbedeckten Waldboden. Zurück blieb verdorrter, grauer Farn.

Mit dem Ärmel wischte er sich den Schweiß von der Stirn. Nach dem Lebensraub fühlte er sich kräftig, gewappnet für einen Kampf gegen hundert Magier. Zwar war ihm bewusst, dass dieser Zustand täuschen konnte, doch das war ihm egal. Jetzt könnte er sie büßen lassen für den Tod seiner Männer.

Kannte er diese Lichtung nicht? Kaum wurde er sich der Frage bewusst, entdeckte er den Toten im Gebüsch. Hier hatte er mit dem weißen Mädchen gerungen, dieser Magierin. Er war im Kreis gelaufen.

Gedanken an sein Amulett schossen vorbei. Also konzentrierte er sich auf seine optischen Sinne. Wahrnehmungsverbesserung – Bussard, Falke, Adlerauge!

Augenblicklich schärfte sich sein Blick. Jede Pflanze, jeden Grashalm erkannte er mit einer Klarheit, die das Gesehene immens vergrößerte. Wenn er seine Halskette fände, wäre dieser Zauberspruch nicht vergeudet. Der Anhänger war ein Konzentrationsverstärker aus seiner Welt. Der gäbe ihm die Kraft, es noch mit vielen Gegnern aufzunehmen.

Kyrian entdeckte die Spuren des Kampfes. Kriechspuren. Ein Gesäßabdruck – ansehnlich, nicht zu breit. Einer seiner Mundwinkel wanderte nach oben. Er erspähte eine zweifingergroße, handgeschmiedete Schere, zwei lederne Säcklein, gefüllt mit Kräutern und Körnern. Was könnte er damit anfangen? Die Schere wäre vielleicht noch nützlich. Er hob sie auf und suchte weiter. Irgendwo hier musste sein Amulett liegen. Oder hatte einer der Magier es gefunden?

Gerade wollte er die Suche abbrechen, da nahm er ein Blitzen wahr. Innerlich hüpfte er vor Freude, als er die Kette samt Anhänger im Gras entdeckte. Sofort griff er zu, reckte die Fäuste zum Himmel und küsste den braunen Katzenaugenstein. Kaum hatte er die Silberkette angelegt, durchströmte ihn frische Energie, seine Konzentration festigte sich. Mit beiden Händen berührte er die Schläfen. Alles erschien ihm kristallklar. Die Luft, der Wald. Er spürte die Kraft der Erde, die er im Kampf gegen seine Feinde nutzen konnte, und atmete tief durch.

Aus dem Augenwinkel sah er ein Bein des Toten aus dem Gebüsch ragen. *Schicke Stiefel!* Sie bestanden aus braunem, geschmeidigem Leder. Drei Geweihknöpfe dienten an jeder Wadeninnenseite zum Schließen.

Kyrian zog die Augenbrauen nach oben. Warum eigentlich nicht? Er benötigte Kleidung. Und Geld. Und Informationen über dieses Land. Letztere konnte ihm der Kerl nicht mehr geben, aber alles andere. Er huschte zur Leiche und untersuchte sie, fand jedoch ansonsten nichts von Interesse. Offenbar ein unerfahrener Magier. Das bartlose Gesicht zeigte sich schmerzerfüllt, Augen und Mund waren weit aufgerissen. Der Mann war kaum älter als Kyrian selbst ... geworden.

Er verglich die Schuhe des Toten mit seinen Füßen. Sie könnten passen. Auch die Statur stimmte. Rasch entledigte Kyrian sich seiner Gefangenentracht und warf die Robe über. Die Stiefel passten tatsächlich wie für ihn angefertigt. Punkt eins konnte er abhaken. Nun ja, bis auf das Brandloch im Brustbereich des Kleidungsstücks. »Schick ist etwas anderes«, murmelte er.

In diesem Moment kam ihm eine neue Idee: Wenn man ihn für tot hielte, hätte er einen Zeitvorsprung. Kurzerhand zog er der Leiche seine alte Kleidung an und zauberte ihr sein Aussehen. Noch eine Rauchsäule, um die Feinde herzulocken. Derweil könnte Kyrian zurück ins Lager der Magier eilen, wo immer noch seine Besitztümer lagen. Artefakte von unschätzbarem Wert, mit denen ein Magier ohnehin nichts anfangen konnte. Er musste sie um jeden Preis zurückholen.

Wenn ihn sein Orientierungssinn nicht täuschte, lag das Lager in östlicher Richtung. Er vollführte einen weiträumigen Bogen zu der Stelle, an der er die Waldlichtung vermutete.

Als er die Lichtung erreichte, mussten die Magier die Rauchsäule gerade bemerkt haben. Lächelnd hörte Kyrian, wie ihre Rufe sich langsam entfernten. »Begib dich stets dorthin, wo dein Feind es am wenigsten erwartet.« Beim Gedanken an die Weisheit des langjährigen Freundes und Lehrmeisters Targas verfinsterte sich seine Miene, sein Lächeln erstarb. Dafür würden sie büßen.

Kyrian kauerte sich in eine von Wildschweinen ausgescharrte Mulde und beobachtete den Platz. Lediglich zwei Magier. Erst in dem Moment, da er sich erheben wollte, entdeckte er einen dritten Mann, der neben etwas oder jemandem kniete. Möglicherweise einem Verletzten.

Voll konzentriert, atmete Kyrian in gleichmäßigen, ruhigen Zügen. Er griff nach der Energie der umliegenden Bäume, der Sträucher, der Erde und der Luft, bündelte sie, führte sie durch verschiedene Gedankenbahnen in seinen Geist und gab einen Teil an die Natur zurück. Dann streckte er die Hände aus, erhob sich und betrat die Lichtung.

Mit einem einzigen Energiestoß aus seinen Handflächen tötete er zwei Magier gleichzeitig. Der dritte wirbelte herum. Auch er hauchte sein Leben aus, als ein gebündelter Energiestrahl mit einem Zischen seinen Körper durchschlug. Blut spritzte, Knochen barsten, der Mann entleerte seinen Darm im freien Fall. Angewidert verzog Kyrian das Gesicht. Der Tod war niemals angenehm.

Er eilte zu dem am Boden liegenden Magier und setzte ihm die gefundene Schere an die Kehle. Mit schreckgeweiteten Augen starrte der Mann ihn an. Er war jung, viel jünger als Kyrian.

»Bei Gott Mahnwa …«

Kyrian musste husten, ehe er sprechen konnte. Seine trockene Stimme klang wie das Knurren eines Wolfs. »Hör auf, wie ein Hund zu winseln. Dein Gott wird dir nicht helfen. Aber wenn du mir sagst, was ich wissen will, lasse ich dich vielleicht am Leben.«

Der Mann regte sich nicht. Seine Robe war bis zum Bauch versengt, ebenso die Beine. Es stank erbärmlich nach verbranntem Fleisch. Zumindest würde er nicht weglaufen.

»Wie viele von euch krauchen hier noch rum?«

Der Mann biss die Zähne zusammen. Tränen quollen ihm aus den Augen. »Ich habe einen Sohn …«, wimmerte er.

Kyrian seufzte und konzentrierte sich. Er ließ einen handgroßen Feuerball in der Hand erscheinen.

Das lockerte augenblicklich die Zunge des Magiers. »Neunzehn, wir sind neunzehn. Bitte, ich will noch nicht sterben.«

Kyrian überschlug die Getöteten. Viele konnten nicht mehr übrig sein. »Gut.« Er sah sich um. »Wo ist mein Eigentum?«

Der Mann starrte ihn mit offenem Mund an.

»Meine Wertsachen. Mein Schmuck. Wo sind meine Sachen?« Er stellte einen Fuß auf den Brustkorb des Verletzten.

»Kutsche …«, presste dieser unter Stöhnen hervor.

Kyrians Blick erfasste die Reste der beiden Fahrzeuge. Eines war vollständig ausgebrannt. Der zweite Wagen stand abseits und schien nur leicht ramponiert durch die Auswirkung der Druckwelle.

Gerade wollte er zu einer Frage ansetzen, als er unvermittelt eine Bewegung wahrnahm. Der am Boden liegende Magier schob eine Hand unter seine Robe.

Blitzschnell zuckte Kyrian zurück. Der Feuerball verließ seine Handfläche und fraß sich mühelos in die Brust des Mannes. Eine Blutfontäne vermischt mit Rauch spritzte aus dessen Mund, der beißende Gestank von verbranntem Fleisch verstärkte sich. Die Hand des Toten glitt unter der Robe hervor, zum Vorschein kam ein geschnitzter Holzbär.

Kyrian fiel zu Boden. Ein Spielzeug. Er hatte den Burschen wegen eines Spielzeugs getötet! Ein freudloses Kichern entwich seiner Kehle. »Du dummer Bastard«, flüsterte er.

Fassungslos starrte er auf die sterblichen Überreste. Das alles hatte ihn wertvolle Konzentrationsenergie gekostet. Der Platz bot ein Bild des Grauens, übersät mit Leichen. Was hatte er getan? Ja, diese Magier waren für den Tod seiner Mannschaft verantwortlich. Aber rechtfertigte das so eine Tat?

Er atmete durch. Erschöpfung breitet sich in seinem Körper aus, drohte, die Konzentration trotz Amulett zu verdrängen. Er hatte sich zu sehr verausgabt und bräuchte dringend eine Ruhepause. Aber an Schlaf war nicht zu denken. Ohnehin war Wasser nötiger. Er hatte quälenden Durst.

Doch wenn Kyrian langfristig überleben wollte, müsste er sich zuerst um etwas noch Wichtigeres kümmern.

Wann kämen wohl die anderen Magier zurück auf die Lichtung? Einerlei, er würde sie alle umbringen. Es gab kein Zurück mehr. Ja, er musste es vollenden.

Mit einem Ruck eilte er zur Kutsche vor ihm. Noch vom Kutschbock aus, den er erfolglos durchsuchte, sprang ihm durch einen Spalt ein metallbeschlagenes Holzkästchen im Innenraum ins Auge. Ohne nachzudenken, riss er die Tür der Kutsche auf und zerrte am Deckel des Kästchens. Geräuschvoll sog er die Luft ein, als er mit einem Klicken aufsprang.

Zwei Ringe strahlten ihm entgegen, als hätten sie nur auf seine Wiederkehr gewartet. Daneben lag sein Gürtel mit der silbernen Schnalle, ein Geschenk seines Onkels zum dreizehnten Lebensjahr. Ein Armreif, sein Messer aus Damaststahl und seine Flöte. Ebenfalls pures Silber. Im Verkauf würde dieses edle Stück bestimmt ein bis drei Goldstücke einbringen. Unwillkürlich musste Kyrian lächeln, strich zärtlich über den bauchigen Körper des Musikinstruments. Zauberhafte Fähigkeiten hatte ihm der Händler versprochen. Mit der richtigen Melodie selbstverständlich. So hatte Kyrian in seiner Jugend das eine oder andere Mädchen betört; nicht von Anfang an, aber später, als er das Spielen erlernt hatte. Sie war nicht herkömmlich geformt, gerade das hatte ihm gefallen, als er sie zum ersten Mal in der Hand gehalten hatte.

Aus der Ferne erklangen gedämpfte Rufe. Kyrian zuckte zusammen und lauschte. Sie sammelten sich.

In aller Eile streifte er die Silberringe über Ring- und Mittelfinger, augenblicklich durchströmte ihn ein Gefühl der Sicherheit. Mit dem Anlegen des Gürtels unter der Robe fühlte er sich annähernd vollständig, lediglich seine eigene Kleidung fehlte. Aber darauf konnte er verzichten, er musste sich ohnehin kleidungsmäßig an die Gepflogenheiten dieses Landes anpassen.

Sein Blick fiel auf einen Lederschlauch, der an einem Haken baumelte. Durst! Er öffnete den Schlauch und schnupperte daran. Es roch nach nichts. Wasser. Vorsichtig ließ er sich das köstliche Nass in den ausgedörrten Mund laufen. Er spülte, spuckte aus, trank gierig.

Stimmen, ganz in der Nähe. Sein Kopf ruckte herum. Kyrian hängte sich den zur Hälfte geleerten Wasserschlauch um. Die restlichen Gegner ausschalten. Erst dann konnte er endlich von hier verschwinden.

Er rief sich das letzte Bild des Lagers ins Gedächtnis – vier Menschen, einer davon am Boden – und konzentrierte sich auf die Erschaffung einer Illusion.

Helmar trommelte die Männer zusammen. »Sammeln! Sammelt euch! Zu mir!«

Drei Magier standen bei ihm, ein vierter eilte herbei. »Was ist das für ein Wesen?«, keuchte er atemlos. Seine Augen waren vor Angst geweitet. »Es kann stärkere Magiesprüche als wir anwenden.«

»Ich weiß es nicht.« Helmar versuchte, seiner Stimme einen beruhigenden Klang zu verleihen. »Wir müssen Verstärkung holen. Alleine finden wir diesen Teufel niemals. Außerdem bricht bald die Dämmerung herein. Ingmar, die Pferde.«

Ein muskulöser Mann trat hervor, drei Zügel in der ausgestreckten Hand, an denen braune Rösser unruhig mit den Hufen scharrten. Sein kantiges Kinn hüpfte auf und ab, als er mit dem harten Akzent der Bewohner von Königswald antwortete: »Die hier konnte ich einfangen. Nördlich habe ich zwei weitere Gäule entdeckt.«

»Sehr gut. Die anderen?«

Die übrigen Magier schüttelten die Köpfe.

Helmar nickte. »Gut. Einer reitet nach Ilmathori und fordert Verstärkung an.«

Die Männer sprachen nun alle gleichzeitig.

»Sollten wir nicht erst im Lager Bescheid geben?«

»... einen Plan schmieden?«

»Habt ihr gesehen, wie er mit Magie umgehen konnte?«

»Ruhe. Beruhigt euch«, rief Helmar. Er sah in die Runde. »Wo ist Gresjah?«

Ingmar zuckte mit den Schultern. »Er war bei mir, aber dann haben wir uns getrennt. Ich habe die Pferde eingefangen, er ist diesem ... Ungeheuer hinterher.«

Die Männer lauschten. Nichts. Kein Laut drang durch das saftige Grün des Unterholzes. Der Wald war still. Totenstill. Ein paar vereinzelte Sonnenstrahlen fielen durchs dichte Blätterdach der gewaltigen Bäume und streckten ihre Lichtfinger zum moosbewachsenen Waldboden aus. Die fünf Magier schauten einander betreten an.

»Wir gehen doch erst zurück ins Lager und sammeln uns«, sagte Helmar und marschierte los. Die anderen folgten ihm schweigend.

Kyrian wartete, hockte konzentriert im Schatten der zerstörten Kutsche. Um ihn herum sprossen auf der verbrannten Erde winzige Triebe von frischem Gras. Der Rückfluss der Energie, die er in sich aufnahm und zum Teil an die Natur zurückgab. Er erschuf zwei Robenträger, die im Lager umherwanderten. Die anderen beiden setzte er in Gedanken an den Rand. Nun erschien die Waldlichtung wieder belebt. Das Trugbild kostete Kraft – kein simpler Zauberspruch. Aber dafür war es perfekt.

Lange, bevor die Magier seine gezauberte Illusion bemerken konnten, entdeckte Kyrian sie. Fünf Männer, arglos in ein Gespräch vertieft, betraten die Lichtung. Er behielt die Personen im Vordergrund im Auge. Dann schnellte er aus der Deckung hervor, und eine Blitztriade verließ seine vorgestreckten Handflächen.

Helmar seufzte. »Ich habe es schon einmal gesagt: Wenn wir das Lager erreichen, sehen wir weiter.«

Die Männer hatten Angst. Genau wie er. Welches Wesen wandte eine leistungsstärkere Magie als die Bewahrer der Ruhe an? Was hätte Meister Bralag in dieser Situation getan?

Während die anderen diskutierten, erreichten sie die Waldlichtung.

»Vielleicht sollten wir gemeinsam reiten?«, rief ein blasser Bursche mit kahlem Schädel.

Ingmar blieb stehen. »Wir haben doch nur drei Pferde. Und eins davon steht mir zu, ich habe sie schließlich wieder eingefangen.«

Erneut seufzte Helmar. Er sah zwei Kriegermagier, die durch die zerstörte Lagerstätte schlenderten, den Blick zu Boden gerichtet. Immerhin waren noch ein paar von ihnen am Leben. Zwei andere Magier saßen reglos am Rand. Warum schaute niemand auf, als sie ankamen? Die Männer mussten sie doch bemerkt haben. Helmar stutzte. Irgendetwas störte ihn an dieser Szenerie. Dann kam die Erkenntnis. Im Lager war es still. Totenstill.

Zu spät gewahrte er die Gestalt, die hinter den schwelenden Überresten der einen Kutsche emporschnellte. Ein einziger gewaltiger Lichtball teilte sich in drei Blitze und schoss auf die Gruppe zu. Das Entsetzen lähmte Helmars Körper. Nie zuvor hatte er solch geballte Energie wahrgenommen. Hätte er es nicht mit eigenen Augen gesehen, hätte er den Erzähler dieses Geschehens Lügen gestraft. Doch ihm blieb keine Zeit, weitere Gedanken daran zu verschwenden. Noch ehe er reagieren konnte, durchfuhr ein heißer Schmerz seine Brust. Er wurde herumgewirbelt und stieß mit einem Kameraden zusammen. Der Mann war bereits tot, bevor beide auf der Erde aufschlugen.

Instinktiv rollte Helmar sich zur Seite. Er sammelte Erdenergie, schrie die Worte eines Gegenangriffs. Doch er konnte seinen Gegner nicht einmal sehen, sein Energiestrahl verpuffte zwischen den Bäumen. Zwei Lichtblitze schlugen unmittelbar in der Nähe ein, bedeckten seinen Körper mit Moos- und Sandbrocken. Ein ohrenbetäubendes Wiehern hallte in seinen Ohren wider, begleitet vom Todesschrei eines Menschen. Ingmar stürzte neben ihm zu Boden, einen Moment lang sah Helmar in die gebrochenen Augen des Freundes. Wie gelähmt resignierten seine Gedanken, nicht mehr in der Lage, einen weiteren Angriffsspruch zu formulieren. Wie konnte dieser Dämon in einer solchen Geschwindigkeit magische Sprüche anwenden? Oder war er …? Nein, das konnte nicht sein!

Die Lichtblitze durchdrangen seinen Leib wie ein glühendes Messer ein Stück Fassbutter. Atemraubender Schmerz durchfuhr ihn einen Moment später. Helmar riss den Mund auf, ein zischendes Geräusch entwich den Lungen, als er seinen letzten Atem aushauchte. Dann sackte er zusammen, die Schwingen des Todes trugen ihn fort.

Grabesstille legte sich über die Lichtung. Kyrian atmete tief durch, lauschte matt und erschöpft auf die Geräusche um sich herum. Keinerlei menschliche Laute drangen mehr an sein Ohr. Der Wald blieb stumm. Erst nach einer geraumen Weile vernahm er Vogelgezwitscher. Er schaute all die entseelten Körper an und war doch nicht von Genugtuung erfüllt. Targas' Verlust schmerzte. Seinen Tod konnten all die vielen Magier nicht wettmachen.

Was jetzt? Hier durfte er nicht bleiben. Er musste so schnell wie möglich Informationen über diese Welt erlangen. Die weiße Magierin. Die Trolle. So viele Fragen brannten in ihm. Wo sollte er anfangen?

Die Pferde waren fort. Ärgerlich, aber nicht zu ändern. Beim Durchsuchen der Leichen fand Kyrian mehrere lederne Geldsäcklein sowie einige Dolche und Essmesser. Fast jeder der Toten besaß ein eigenes Messer, jedoch keine weiteren Waffen. Verließen diese Menschen sich etwa ausschließlich auf ihre magischen Künste? Das war sehr dumm von ihnen.

Grinsend schüttete Kyrian alle Münzen zusammen, um sie in einem einzigen Beutel zu verstauen. In einer Kiste fand er Nahrung, die er gierig herunterschlang. Dann warf er sich eine nahezu unversehrte Robe über. Im nächsten Dorf würde er sich bäuerliche Kleidung besorgen. Unauffälligere Sachen.

Ein Sirren ertönte.

Kyrian schreckte hoch und stutzte. Es klang nicht bedrohlich, eher wie ein Tier. Ein Insekt vielleicht? Oder … Konnte es möglich sein? Täuschten ihn seine Augen? Sah er wahrhaftig … eine Fee?

Nicht größer als ein Singvogel, hatte das Wesen doch die Gestalt eines Menschen mit durchsichtigen, schimmernden Flügeln. Es schwirrte hektisch mal hierhin, mal dorthin und stieß dabei Laute des Ekels aus, wann immer es einen Toten entdeckte. Kyrian erhob sich. Die Fee erstarrte, als sie ihn erblickte. Misstrauisch und doch voller Neugier flatterte sie heran. In angemessenem Abstand verharrte das Geschöpf in der Luft, wobei seine Flügelchen das sirrende Geräusch erzeugten. Eine männliche Fee.

»Was'n hier los? Das ist ja ekelhaft.« Der Feenmann machte eher eine Feststellung, als dass er fragte.

Kyrian verzog den Mund und zuckte mit den Schultern.

Der Feenmann verengte die Augen. Wie der Blitz verschwand er in einer Baumkrone. Von dort rief er: »Du bist keiner von den Magiern.«

»Äh … doch. Die anderen sind kurz … austreten. Aber wer bist du?«

»Ja, klar! Ich kenne die Magier. Und du. Bist keiner. Von ihnen.«

»Das beantwortet nicht meine Frage.« Kyrian überlegte, mit welchem Zauberspruch er die Fee einfangen könnte.

»Wer ich bin? Das geht dich einen feuchten Kehricht an. Ich verschwinde wieder. Muss Bericht erstatten.« Das Sirren entfernte sich.

»Warte. Kennst du die weiße Magierin?« Regungslos lauschte Kyrian. Das sirrende Geräusch war noch da.

»Ich glaub, es regnet Walderdbeeren. Was willst du von mir?«

Als die Stimme in unmittelbarer Nähe ertönte, zuckte Kyrian zusammen. Er konnte den Standort der Fee nicht ausmachen. »Eine weiße Magierin. Ein junges Mädchen … die Haut so weiß wie Schnee …«

»Wenn du ein Weib suchst, geh ins Bumshaus! Ich verschwinde hier. Ständig hin- und herreisen … Wer bin ich denn überhaupt?«

»Warte! Bleib da … Verdammt! … Richte deinen Herren aus: Ich werde sie für das, was sie meiner Mannschaft angetan haben, töten. Ich werde euch alle töten!«

»Ja, ja, du mich auch«, klang es gelangweilt aus der Ferne.

Kyrian lauschte eine Weile schwer atmend, doch es war nichts mehr zu hören. Also raffte er seine Sachen zusammen. Höchste Zeit, abzuhauen. Wer konnte wissen, wo sich der nächste Stützpunkt der Magier befand. Er hatte nicht die geringste Lust, herauszufinden, wie schnell die Verstärkung seiner Feinde auf der Waldlichtung eintreffen würde.

IX
Valhelia

Der Magister betrat Valhelias Gemächer, ohne anzuklopfen.

Val fuhr herum. Ihre pechschwarzen Haare wirbelten umher, verdeckten jedoch nicht die Zornesfalte auf ihrer Stirn. »Au! Wer zum Hundsfott wagt es …?«

»Du solltest nicht so fluchen. Es geziemt sich nicht für eine Dame.« Er lachte, sein Blick glitt über die Rundungen ihres Körpers. »Du siehst honigsüß aus, wenn du wütend bist.«

»Nennt mich nicht süß. Euch gefällt es ganz offensichtlich, mich wütend zu machen. Seht, was Ihr angerichtet habt.« Sie deutete vorwurfsvoll auf einen mit Punkten und Streifen verzierten Kamm aus Geweih, den ihre schlanken Finger verkrampft umschlossen. Drei Zinken waren herausgebrochen.

»Ich kaufe dir einen neuen. Einen schöneren.«

Val lächelte. Achtlos fiel der Kamm zu Boden. Mit einer geschmeidigen Bewegung glitt sie an die Seite des Magisters und umarmte ihn. Sofort wanderte ihre Hand in seinen Schritt.

»Warte, nicht so ungestüm.« Er packte ihr Handgelenk.

»Ich dachte, Ihr mögt es wild und zügellos«, hauchte Val.

Der Magister küsste ihre vollen roten Lippen. Dann löste er sich und schob Val zum imposanten Himmelbett, in dessen samtenen Kissen mindestens vier Menschen Platz gefunden hätten. »Hör mir erst zu, was ich zu sagen habe.«

»Ich bin ganz Ohr, mein geliebter Herr und Gebieter.«

»Meine süß duftende Kirschblüte, heute ist ein außergewöhnlicher Tag. Eine überaus anspruchsvolle Aufgabe erwartet dich. Das ist der Grund, weshalb ich mir heute auch nicht viel Zeit für dich nehmen konnte.«

Mit jedem Wort verzog sich Vals Mund mehr und mehr zu einem Schmollen. »Und was ist das für eine Aufgabe?« Spielend kreisten ihre Finger über den hageren Körper des obersten Magiers, bis sie erneut an seinem Schritt ankamen.

Er nickte zustimmend und öffnete seine Robe. »Du sollst nach Ilmathori reisen.«

Augenblicklich hielt Val in ihrem Vorhaben inne. Der Magister schmunzelte, dann lachte er schallend, als er in zwei fragende rehbraune Augen blickte. »Du darfst ruhig anfangen. Ich weiß ja, dass du auch dabei genau zuhörst.«

Val stieß nun ebenfalls ein kehliges Lachen aus und begann gierig mit der Liebkosung.

Der Magister stöhnte auf, fuhr jedoch fort. »Wo war ich stehen geblieben? Ach ja, du wirst nach Ilmathori reisen. Von da aus reitest du die große Handelsstraße nach Süden und fängst einen ganz besonderen Transport ab.«

Val hielt abermals inne und sah ihn an. Ihre Frage glich eher einer Antwort. »Und das, was dort transportiert wird, ist von Bedeutung?«

»Ja, es ist brisant … und gefährlich.« Der Magister zögerte. »Es … handelt sich um einen Gefangenen in einem eisernen Gefährt. Einen Menschen. Du bringst die Kutsche unversehrt hierher. Unversehrt heißt ungeöffnet.«

»Ein Mann also? Sieht er gut aus?«

»Du fasst diesen Mann nicht an, ehe er hier bei mir ist. Ich will persönlich das Verhör leiten.«

»Wer ist dieser Mann?«

Der Magister stöhnte erneut auf. »Er ist von äußerster Wichtigkeit. Der König darf nichts von der Aktion mitbekommen. Das genügt vorerst. Au! Sei vorsichtig mit meinem besten Stück.«

Val stoppte. »Wer ist es?«

Der Magister seufzte. »Er ist vermutlich ein Zauberer.«

»Ein was?« Val schnellte zurück.

»Ein Zauberer. Vermutlich. Sein Wissen gibt mir die Macht, endlich die uralten Artefakte der Vergangenheit zu entschlüsseln, wodurch wir den Dummkopf von König ein für alle Mal loswerden. Ich will, dass du diesen Gefangenen zu mir bringst. Mit deiner speziellen Gabe ist es ein Leichtes, ihm seine Geheimnisse zu entlocken.« Er krallte sich in Vals Haare, blickte in ihre funkelnden Augen und zischte: »Aber hüte dich davor, den Mann ohne meine Erlaubnis zu berühren. Und jetzt mach weiter.« Keuchend drückte er ihren Kopf in seinen Schritt.

Als der Magister Valhelias Gemächer verließ, säuberte sie lächelnd ihren Mund. Die frühzeitlichen Artefakte – darum ging es ihm also. Viel wusste sie nicht darüber. Diese Dinger verstaubten in einer unterirdischen Grotte im Königswald, bewacht vom Volk der Zentauren. Höchstwahrscheinlich die einzigen intelligenten Wesen auf Rodinia, die den Magiern absolute Treue schworen. Genau wie die Trolle, die jedoch als strohdumm galten.

Val rekelte sich in ihrem Himmelbett, streckte den schlanken Körper und ergriff eine goldene Kordel, die neben der Schlafstätte von der Decke herabhing. Endlich bekam sie eine angemessene Aufgabe. All das Umgarnen des Magisters, all ihre Mühen zahlten sich letztlich aus. Nicht, dass es ihr keinen Spaß bereitete, das Lager mit ihm zu teilen. Dennoch fühlte sie sich eindeutig unterfordert. Sie langweilte sich im Magierturm von Königstadt noch zu Tode.

Auf ihr Läuten betraten zwei Kammerdiener das Schlafgemach. Ergeben traten die gutgebauten Jünglinge an ihr Bett.

»Du da, richte das Bad her. Ich will in drei Stunden abreisebereit sein.« Mit einer lässigen Handbewegung schickte sie den Burschen fort.

Der zweite Mann blieb an ihrer Seite stehen.

»Du bleibst bei mir. Pantsi lar!«

Die Hose des Dieners rutschte von Magie getrieben hinunter. Valhelia hatte noch genug Zeit, der Magister war nur die Vorspeise gewesen.

X
Flucht

Kyrian rannte durchs Unterholz. Er verlangsamte seinen Schritt erst, als der Wald sich lichtete. Zwischen knorrigen Bäumen hindurch erspähte er ein Feld, auf dem einige Knechte ihrer Arbeit nachgingen. Ihre Eggen und Hacken bearbeiteten den Ackerboden, als wollten sie noch an diesem Abend die frische Saat auslegen. Er schüttelte sich, um die Müdigkeit loszuwerden. Wann könnte er endlich ausruhen?

Gewiss lag ein Dorf in der Nähe oder zumindest ein Gehöft. Diese Orte würden seine Häscher mit größter Wahrscheinlichkeit ebenfalls heimsuchen, dennoch musste er es wagen. Er brauchte Nahrung, Kleidung – und vor allen Dingen Schlaf. In seinem Schädel hämmerte ein dumpfer Schmerz.

Die Bauern würden irgendwann ihr Tagewerk beenden, dann könnte er ihnen folgen. Irgendwann …

Seine Lider flatterten, allmählich fielen ihm die Augen zu. Düsternis umfing Kyrian. Durch eine schwarze Wand betrat er das Traumreich.

Weiß. Alles um ihn herum. Wabernde weiße Schwaden. Kyrian schwebte in einem undurchdringlichen Nebel.

»Hilf mir …«, rief ihm eine Stimme ins Ohr.

Er kannte die Stimme. *Sie* war es. Die weiße Magierin. Das schneeweiße Gesicht erschien unvermittelt vor ihm. Instinktiv zuckte er zurück.

»Hilf mir, wer immer mich erhört. Es muss ein Ende haben. Menschen sterben, Hunderte. Beende es. Die Magier töten mit ihrer Eisnacht unzählige Menschen. Das ist nicht recht …«

»Ich bin gekommen, um zu helfen«, rief er.

»Hilf mir …«

»Ich bin Kyrian aus dem Geschlecht der Theiosaner. Ich will dir helfen ...«

Die weiße Magierin reagierte nicht. Warum sandte sie ihm die Vision erneut? Er war doch jetzt in ihrer Welt, war ihr sogar bereits im Wald begegnet.

Langsam verblasste das Mädchen. »Hilf mir ...«

Das Bild verschwamm, veränderte sich. Die Statur wuchs, die Locken verschwanden. An ihre Stelle trat ein geflochtener hochgesteckter Haarschopf, ein schlanker Nacken ging in einen eleganten Rücken über. Sie sprach kein Wort, sondern wirbelte in einer fließenden, katzenhaften Bewegung herum. Die fingerbreite Klinge eines Degens streifte Kyrians Brust. Ein brennender Schmerz durchzuckte ihn. Blut spritzte hervor ...

... mit einem Schrei riss er die Augen auf. Sofort presste er sich die Hand auf den Mund und sah sich um. Die Feldarbeiter waren verschwunden.

»Verdammt!« Blinzelnd rappelte Kyrian sich auf. Die Dämmerung hatte eingesetzt und hüllte das Land in ein graues Tuch des Vergessens. Für einen Moment stellte er sich vor, liegen zu bleiben, zu schlafen. Ein undenkbares Unterfangen.

Er konzentrierte sich auf die Macht der Natur und aktivierte seine Kraftreserven. Selbst der simple Zauberspruch zur Verbesserung der Wahrnehmung bereitete ihm in seiner momentanen Übermüdung Schwierigkeiten. Trotzdem gelang es Kyrian, zu lauschen. Die Waldgeräusche drangen um ein Vielfaches verstärkt in sein Gehirn. Sein Geist blendete alles Unnötige aus, tastete den Wald, das Feld und die Gegend weit darüber hinaus ab. Er suchte nach einem bestimmten Geräusch.

Endlich vernahm er es. Das Knirschen der Wagenräder, dazu das Trampeln müder Schritte von Menschen, die einen harten Arbeitstag hinter sich hatten. Jetzt kannte er die Richtung. Er hatte ein Ziel.

Am Waldrand entlang glitt Kyrian von Baum zu Baum, immer dem Schall hinterher. Bald hatte er die Kolonne eingeholt. Seine Sorge vor einer Entdeckung war unbegründet, sie erreichten kein Dorf. Stattdessen bogen die Feldarbeiter schwatzend zu einem Gehöft ab. Die reetgedeckten Dächer von zwei Langhäusern und einer Scheune lugten aus der steinernen Umfriedung des Grundstücks heraus. Kyrian suchte sich einen Platz, von dem aus er das Eingangstor beobachten konnte. Rauch quoll durch den Schlot eines Gebäudes. Selbst in dieser Entfernung duftete es nach Eintopf mit Fleischeinlage. Wie sein Magen knurrte.

Das hölzerne Tor blieb geöffnet. Anscheinend fürchteten diese Menschen weder Diebe noch Raubtiere oder andere Angreifer. Oder handelte es sich bei ihnen ebenfalls um Magier, die sich um Gefahren nicht zu scheren brauchten? Er würde auf der Hut sein.

Geduldig wartete Kyrian in einem Gebüsch. Jedes Mal, wenn er gähnte oder ihm die Augen zufielen, schüttelte er sich und zog Grimassen. Irgendwann traten zwei Burschen aus dem Haus, verschwanden in einer Ecke und kehrten mit gefüllten Wassereimern zurück. Dann war es wieder ruhig.

Spät in der Nacht wurde seine Ausdauer belohnt, der Hof lag endlich in absoluter Finsternis vor ihm. Ein weiteres Mal konzentrierte Kyrian sich, bis er ein Kribbeln in den Füßen spürte. Eine Luftschicht legte sich unter die Sohlen der erbeuteten Stiefel und verschlang jegliches Geräusch.

Ohne einen Laut erreichte er den Innenhof. Er sah schwarze Silhouetten kleinerer Gebäude – sechs an der Zahl; Vorratshütten, Gerätehäuschen, eine winzige Schmiede. Der fahle Mondschein ließ die Holzschindeln eines Schuppens glänzen, als hätte es wenige Augenblicke zuvor geregnet.

Besonders interessierte Kyrian sich für ein Haus, dessen Dach bis auf die Erde reichte. Ein Grubenhaus. Das könnte die Speisekammer sein. Gut einen Meter tief ins Erdreich gebaut, blieb es darin auch tagsüber angenehm kühl. Er schloss die Augen und schnupperte an der Tür. Im ersten Moment roch es nach Holz. An einer Ritze zwischen den

Brettern kroch ihm dann jedoch der Duft von geräuchertem Schinken, Käse und Pökelfleisch entgegen, dass Kyrian sich die Lippen leckte.

An der Eichentür hing ein massives Eisenschloss. *Mist!* Er versuchte, sich zu konzentrieren, doch der pochende Schmerz im Schädel verwehrte ihm dies. Er brauchte Erholung. Dringend. Ohne Zauberei war er verwundbar.

Verzweifelt ballte Kyrian die Faust, beherrschte sich jedoch, gegen die Tür zu treten. Stattdessen schlich er zur Scheune hinüber, stieg zum Heuboden hinauf und richtete sich ein halbwegs angenehmes Bett her. Ein letztes Mal lauschte er, dann schloss er die Augen. Die Erschöpfung forderte ihren Tribut, fast sofort fiel er in einen traumlosen Schlaf.

Nach einem erfrischenden Bad, bei dem sie sich den Schweiß des Dieners vom Leib gewaschen hatte, begab Valhelia sich in ihren Ankleideraum. Ein Bote trat ein, sah Vals nackten Körper und senkte sofort den Blick. Sie schmunzelte, ließ den Mann aber nicht zu Wort kommen.

»Ich sagte bereits: Wenn ich fertig bin, werde ich erscheinen.« Damit scheuchte sie den Mann fort.

Schon im Bad hatte ein Diener eine Botschaft überbracht: Man erwarte ihre Person im Kellergewölbe am Erdknoten.

Val zog eine karmesinrote Hose und eine blütenweiße, hüftlange Tunika an, deren Kragen und Handgelenke blaue Seidenborten zierten. Ihr einziges Gepäckstück baumelte an einem mit Silberbeschlägen besetzten Gürtel und beinhaltete zwanzig Goldmünzen. Was Val benötigte, pflegte sie während einer Reise zu kaufen.

Schwarz oder Weiß? Nacht oder Nebel? Die Entscheidung fiel zugunsten einer wadenlangen, schneeweißen Robe mit einer goldfarbenen Brokatborte. Für einen Moment erwog sie, einen Schal mitzunehmen. Nein. Nichts sollte ihren schlanken Hals verdecken.

Als Val die Kapuze über ihre geflochtenen Haare zog, lächelte sie. Dieses Kleidungsstück glich einem Licht, das im Nebel übers Land schwebte. Ja, das war gut. Der Fremde schien dem Magister enorm bedeutungsvoll zu sein.

Im Kellergewölbe erblickte Valhelia sieben Magier. Voller Ungeduld schritt ein Mann in dunkelblauer Robe hin und her. Von Zeit zu Zeit warf er einen Blick auf eine Konstruktion aus verschiedenen miteinander verbundenen Glaskugeln, die sich nach und nach mit Wasser füllten. Zu jeder vollen Stunde entleerte sich das Gebilde selbsttätig, hatte der Magister ihr einmal erklärt.

»Ihr erscheint spät …«, begann der fast zwei Köpfe größere Mann in der dunklen Robe. Die Wasseruhr leerte sich gurgelnd. Mitternacht.

Val reagierte weder auf ihn noch auf die Uhr. Ohne ein Wort stolzierte sie auf den Erdknoten zu und glitt mit einem Schritt hindurch. Sie fühlte sich wie im freien Fall. Ein Gefühl der anregenden, vollkommenen Schwerelosigkeit.

Noch bevor sie etwas sah, vernahm sie die Stimme: »Was hat das Kind hier zu suchen?«

Wankend kam Val zum Stehen. Instinktiv drehte sie sich um und rief: »Kreu vakura gwachtod!«

Innerhalb eines Wimpernschlags entzog sie dem Erdreich die Energie. Ihre Hand vollführte eine kreisende Bewegung und ließ einen Sog entstehen. Der Sprecher keuchte, schnappte nach Luft, schlug unkontrolliert um sich und brach taumelnd zusammen.

»Löst das Vakuum!«, schrie einer der Wächter. »Sofort!«

Val funkelte ihn hasserfüllt an. Im selben Moment materialisierten sich die Magier aus Königstadt.

Sie zuckte gleichmütig mit den Schultern. »Datrys vakura.«

Der Mann hustete und röchelte, Blut lief ihm aus der Nase. Ehe jemand dem Verletzten aufhelfen konnte, trat Val an ihn heran. Sie umfasste sein Kinn mit einer Hand und drehte seinen Kopf in ihre Richtung, sodass seine blutunterlaufenen Augen nach oben blickten. »Nenn mich noch einmal Kind, und ich töte dich!« Ihre Stimme glich einem Zischen. Gleichzeitig durchlief ein leichter Schauer ihren Körper. »Darllenwich meddliau yrm gorffennol«, zischte sie.

Der Mann war zu benommen, um sich zu wehren.

Val schloss die Augen, um sie gleich darauf wieder zu öffnen. »Und deine hübsche Frau Darla töte ich auch. Bei allen Göttern, was hast du für ein langweiliges Leben.« Sie spie die Worte förmlich aus.

»Woher …?«, krächzte er.

»Ich sehe in die Vergangenheit der Menschen.«

Val spürte, wie jemand neben sie trat. Es war der Magier in der dunkelblauen Robe. »Meisterin Valhelia? Ich glaube, er hat es verstanden.«

Totenstille legte sich über die Anwesenden. Val blinzelte, dann ließ sie das Kinn des Mannes angewidert los. »Ist der Transport schon angekommen?«, fragte sie.

»Nein. Vermutlich rastet er in der Nacht.«

»Das ist nicht im Sinne des Magisters. Wir brechen sofort auf. Stehen die Pferde bereit?« Ohne auf die Antwort zu warten, verließ Valhelia das Kellergewölbe.

»Bei allem Respekt – so geht das nicht.« Der Magier in der dunkelblauen Robe, der neben ihr ritt, hatte sich als Meister Bertrosius vorgestellt. Er führte die Gruppe der begleitenden Bewahrer der Ruhe an.

»Er hat mich beleidigt«, antwortete Val knapp.

»Das ist kein Grund, ihn tätlich anzugreifen. Ihr hattet kein Recht dazu. Ich werde eine Beschwerde beim Magister einreichen müssen.«

»Tut das. In der Zwischenzeit erfülle ich meine Aufgaben. Wie sehen die örtlichen Begebenheiten aus?«

Der Mann sah sie an, die Lippen zusammengekniffen. Dann seufzte er. »In der Nähe des Waldes an der Handelsstraße zwischen Süd und Nord liegt ein Gehöft. Wir sollten es noch vor dem Morgengrauen erreichen. Falls der Gefangenentransport nicht ohnehin dort rastet, können wir mit frischen Pferden in den Wald reiten.«

»Gut. Tun wir das.« Val gab ihrem Reittier die Sporen und schoss als weißer Schatten in die Dunkelheit.

Im Zwielicht der morgendlichen Dämmerung öffnete Kyrian die Augen. Leicht benommen, aber kräftig genug, seinen Weg fortzusetzen, rappelte er sich hoch. Vielleicht könnte er in die Vorratskammer eindringen, wenn die Bauern auf dem Feld ihrer Arbeit nachgingen.

Seine Überlegungen wurden von verschiedenen Geräuschen überlagert. Vögel zwitscherten, Pferde schnaubten, das Getrappel unzähliger Hufe war zu vernehmen. Stimmen. Der Hof erwachte zu neuem Leben. Der Hof? Pferde? Die Laute von draußen ließen ihn innehalten. Ihm war, als gefror das Blut in seinen Adern. Das waren nicht die Geräusche eines erwachenden Bauernhofs. Entschieden zu viele Pferdehufe.

Er stürzte zur Dachluke und versuchte fieberhaft, durch einen Spalt zu spähen. Im schummrigen Innenhof tummelten sich eine Menge Reiter. Magier! Früher als erwartet. Immer mehr Robenträger ritten geradewegs in den Hof hinein. Zu zahlreich für einen offenen Kampf. Kyrian taumelte zurück, stolperte und fiel auf sein Hinterteil.

»Verdammt!«, entfuhr es ihm, als er an sich hinabsah. Er konnte sich unmöglich in der Kleidung der Magier zeigen, mit verräterischen Kampfspuren und Blut im Gesicht … Er brauchte andere Gewänder. Mit einer Handbewegung zerrte er sich die Robe vom Leib und stopfte sie unters Heu. Dann schlüpfte er in die Stiefel. Nackt, wie er war, stürzte er zur Leiter ins Erdgeschoss. Er rutschte hinunter, ohne die Sprossen zu berühren, und sprintete zu einer Tränke, um sich mit dem Wasser die Blutspritzer fortzuwaschen.

In einer Ecke des Stalls entdeckte er eine Holzkiste, erreichte sie mit einem Satz und riss sie auf. Putzlappen, Striegelzeug für die Pferde, Seile, Jutesäcke ... Sein Herzschlag beschleunigte sich. Endlich fand er eine zerschlissene Hose, besser als nichts. Er zerrte das Kleidungsstück heraus.

Im selben Augenblick schlug der Torflügel der Scheune auf. Die Sonne warf einen einzigen blutroten Streifen an die Wand vor ihm. Kyrian sah seinen eigenen Schatten.

Ein Pfiff ertönte, gefolgt von einem Lachen. Dann erklang eine junge weibliche Stimme: »Komme ich ungelegen?«

Kyrian schluckte hörbar. Sollte er sich konzentrieren? Auf was? Diese Mädchenstimme klang nicht wie ein Angreifer.

»Was für ein schöner Arsch. Ich wünschte, ich hätte mehr Zeit.« Erneutes Lachen. »Ich mag schüchterne Jungs.«

Er rührte sich nicht.

»He, Stallbursche. Willst du ewig Maulaffen feilhalten? Bring Wasser für die Pferde. Beeil dich. Von mir aus kannst du gern nackt bleiben.« Wieder dieses helle Lachen.

Kyrian brummte eine Zustimmung und zwängte sich in die Hose. Mit fliegenden Fingern band er sich einen Strick um die Hüfte, der dummerweise um ein Vielfaches zu lang war. Er musste ihn dreifach umlegen.

Von draußen ertönte eine männliche Stimme: »Warum stehen keine frischen Pferde bereit? Wir wollen gleich weiterreisen.«

Kyrian senkte das Haupt. Dann drehte er sich um und blinzelte. Im Türrahmen stand eine zierliche Gestalt. Für den Bruchteil eines Wimpernschlags stockte ihm das Herz. Die weiße Magierin?

Er beherrschte sich. Fast gemächlich trat er aus dem einzelnen blendenden Strahl der Sonne. Sofort erkannte er mehr: Die junge Frau reichte ihm allenfalls bis zum Kinn. Eine goldfarbene Brokatborte zierte die Ärmel und den kompletten Saum ihrer schneeweißen Kapuzenrobe. Ihr Gesicht zeigte eine normale Bräune, eindeutig nicht das Mädchen aus seiner Vision. Sie beobachtete ihn, zählte höchstens fünfzehn Winter. War diese Person überhaupt eine Magierin? Während Kyrian mit gesenktem Kopf an ihr vorbeischritt und auf den Hof trat, musterte sie ihn mit anzüglichem Lächeln.

Fieberhaft schaute er sich um. Jede Menge Magier. Aber wo war der Brunnen?

Die Ankömmlinge wirbelten herum, als die Tür des Hauses aufgerissen wurde und der Gutsherr auf der Schwelle erschien. »Oh, seid gegrüßt. Was verschafft uns die Ehre dieses hohen Besuchs?«

Ein hochgewachsener Mann, das Haar fast weißblond, erhob das Wort: »Wir benötigen Verpflegung, Reiter und Ross sind durstig. Aber keine Umstände, wir halten Euch nicht länger als nötig auf.«

»Ich hole sofort jemanden für die Pferde.«

Der Robenträger winkte ab. »Die Tiere sind bereits versorgt. Holt Ihr nur die Nahrungsmittel.«

Stirnrunzelnd verschwand der Hausherr. Kyrian schöpfte derweil Wasser aus dem mit Feldsteinen gemauerten Brunnen, den er in der Mitte des Platzes entdeckt hatte. Seine Gedanken überschlugen sich. Er musste schleunigst verschwinden, es war nicht ausgeschlossen, dass er unter diesen Umständen in einem Kampf unterlag. An die zwölf Reiter hatte er gezählt, wahrscheinlich waren es sogar mehr.

Momentan schien niemand zu bemerken, dass er kein echter Stallbursche war. Schließlich kannte ihn kein Mensch. Dummerweise auch nicht der Gutsbesitzer und die Anwohner. Zwei Burschen in seinem Alter führten die Pferde zu einer Tränke, die er mit Wasser füllte.

Aus den Augenwinkeln beobachtete er jede Bewegung der Magier. Das Mädchen, wo war es?

Sobald er seine Aufgabe erfüllt hatte, nickte Kyrian den Männern zu, ging in die Scheune zurück und zog das Tor leicht hinter sich zu. Draußen gewann das Tageslicht allmählich die Oberhand. Immer mehr Leute, Bauern wie Knechte, erschienen im Hof.

Er sah sich in der Scheune um. Eine Tür verband das Gebäude mit dem Haupthaus. Es war nur eine Frage der Zeit, wann einer der Bewohner hier antanzte. Geistesabwesend ergriff Kyrian eine Forke und begab sich in eine dunkle Ecke.

Mit einem Knarren schwang das Scheunentor erneut auf. Er fuhr zusammen, als er trippelnde Schritte vernahm. Sofort begann er, im Heu zu stochern. In der Scheune blieb es trotz der spaltbreit geöffneten Tür schummrig. Kyrian spürte, wie plötzlich jemand hinter ihm stand. Das Mädchen. Sein Körper versteifte sich, als sie ihre Hand auf sein Gesäß legte.

»Was für ein knackiger Hintern. Leider habe ich keine Zeit zum Spielen. Aber vielleicht auf dem Rückweg«, hauchte sie. Da Kyrian sich nicht rührte, lachte sie, wirbelte herum und rief im Fortgehen: »Halte dich bereit.« Dann sprang sie zur Tür hinaus.

War das real? War das gerade eben wirklich passiert? Waren diese Magier tatsächlich so einfältig?

Eine Stimme hinter ihm riss ihn aus seinen Gedanken. »Wer bist du denn? Was hast du hier zu suchen?«

Ohne dem Ankömmling Aufmerksamkeit zu schenken, deutete Kyrian mit der Handfläche auf ihn. »Schlaf weiter!«

Schon sank der andere schnarchend zu Boden. Kyrian trat ans Scheunentor und sah den Abreisenden hinterher. Die Reiter setzten sich in Bewegung, und kaum waren sie durchs Tor verschwunden, gingen innerhalb kürzester Zeit alle Bewohner wieder ihrem Tagesgeschäft nach.

Kyrian verkniff sich ein Lachen. Er musterte den schlafenden Mann mittleren Alters. Ein fettiger brauner Zopf zierte sein Haupt. Der Kleidung nach zu urteilen, schien der Kerl kein Stallbursche, sondern eher der Stallmeister zu sein. Zeit für einen Illusionszauber. Das Gesicht des Mannes veränderte sich, Bartstoppeln sprossen, das Haar färbte sich schwarz. Einen Moment darauf lag dort Kyrians Ebenbild.

Nur noch Hose und Tunika tauschen und erneut die Gedankenkraft sammeln. Die Verwandlung setzte ein, aus Kleidung wurden Federn, und eine Taube flog durch die Scheunentür ins Freie.

XI
Die Lichtung

Die gelblichen Finger der Sonnenstrahlen zwängten sich durchs dichte Blätterdach der Bäume und streichelten die sechzehn Reiter mit angenehmer Spätsommerwärme. Der wagenbreite Waldpfad verlief in Schlangenlinien, was einen Blick in die Ferne verwehrte. Die Magier ritten zu zweit nebeneinander. Val beobachtete ihre Umgebung wie auch die Bewegungen der Männer. Warum begegneten sie dem Gefangenentransport nicht? Hatte sich die Reparatur der Kutsche derart verzögert? Welchen anderen Grund gäbe es, nicht auf diesem Bauerngehöft einzukehren? Es existierte nur eine einzige Straße nach Ilmathori zum Mittelturm.

Ihr Pferd schnaubte unruhig. Seit die Bewahrer der Ruhe den Hof verlassen hatten, kroch ein seltsames Gefühl in ihr hoch. Val konnte es kaum beschreiben. Es war, als ginge sie in einen Raum, um etwas zu holen, und vergäße dann, was sie dort wollte.

Unvermittelt scheuten die vorderen Pferde und brachen ein paar Schritte zur Seite aus. Die Gruppe kam zum Stehen; alarmiert blickten die Magier sich um.

Val reckte den Hals, schnupperte. Was für ein merkwürdiger Geruch. »Riecht Ihr das?«

Bertrosius sog ebenfalls die Luft ein. Zweimal, dreimal. »Riecht nach einem Lagerfeuer.« Unsicherheit schwang in seiner Stimme mit.

»Nein. Da ist noch ein anderer Geruch dabei.« Val schloss die Augen und streckte den Kopf vor, als witterte sie etwas oder jemanden. Mit dem Schreck der Erkenntnis riss sie die Augen wieder auf. »Verbranntes Fleisch.«

Bertrosius zog die Brauen hoch. »Das ist … Unsinn.« Er nickte zwei Magiern zu. Augenblicklich verschwanden sie im Galopp hinter der Wegbiegung. Am Ende der Gruppe verteilten sich die Männer. Val stieg vom Pferd.

»Was tut Ihr da?«, fragte Meister Bertrosius.

Ohne ihn zu beachten, hockte sie sich hin und suchte den Boden ab.

»Meisterin Valhelia? Habt Ihr etwas entdeckt?«

Alle Anwesenden schraken auf, als die beiden Reiter um die Ecke preschten. Die Gesichter abgehetzt, kalkweiß und angstverzerrt, berichteten die Späher von einer Waldwiese, mit Leichen übersät.

Bertrosius wurde blass und nickte schwach. »Macht Euch bereit, auszuschwärmen. Wir müssen die Gegend absuchen und sichern. Habt Ihr die Gefängniskutsche gesichtet?«

»Ja. Aber wir wollten die Lichtung nicht betreten«, erklärte einer der Männer.

»Ihr tatet gut daran.« Zu Valhelia sagte Bertrosius: »Ihr könnt hier warten, um Euch den Anblick der Toten zu ersparen.«

»Nein, es wird schon gehen.«

»Bei allem Respekt, ich glaube, es wäre besser, wenn Ihr hier wartet, Meisterin Valhelia. Es ...«

»Glaubt Ihr, ich hätte noch nie eine Leiche gesehen?«, schnitt sie ihm das Wort ab. Mit freudlosem, kaltem Lächeln funkelte sie ihn an. »*Ich* wurde vom Magister beauftragt, einen Gefangenen zu übernehmen. Also werde *ich* auch mitkommen.« Bertrosius setzte zu einer Antwort an, doch das ließ Val nicht zu. »Euch stehen zwei Möglichkeiten zur Auswahl. Erstens: Ich befolge Euren ... *Ratschlag*, der wohlgemerkt den Befehl des Obersten aller Magier missachtet, und Ihr erklärt dem Magister diesen Schlamassel ganz alleine, indem Ihr ihm eine Botenfee schickt. Oder zweitens: Ihr übergebt mir die Befehlsgewalt und lasst mich somit meiner Bestimmung nachgehen. Der Magister hat Euch sicherlich über meine Fähigkeiten unterrichtet. Danach berichten wir *gemeinsam*, wo der Gefangene abgeblieben ist. Besser noch: Wir fangen den Entflohenen wieder ein, weil nur ich ihn aufspüren kann!« Vals Stimme hatte mit jedem Wort des letzten Satzes an Lautstärke zugenommen.

Alle Männer starrten sie an. Bertrosius schwieg eine Weile, nickte dann und trat zur Seite.

»Sehr gut, dass wir einer Meinung sind.« Val grinste zufrieden und wandte sich an die Magier. »Es wird nichts angefasst, bevor ich nicht den Platz des Geschehens inspiziert habe. Auf geht's!« Ohne eine Antwort abzuwarten, wirbelte sie herum, sprang auf ihr Pferd, trat ihm in die Seiten und schoss mit einem Satz an den Magiern vorbei. »Sucht die Gegend ab. Aber ich bin mir sicher, ihr werdet keinen Überlebenden finden.«

Bertrosius' Gesicht wechselte die Farbe von Rosa zu Rot. »Wartet! Wenn ... Ach, verdammt! Ausschwärmen! Sucht die Umgebung nach Spuren ab. Wir treffen uns auf der Lichtung.«

Wenige Atemzüge darauf kniete Val bereits am Rand der Waldlichtung am Boden. Sie schluckte. Ein säuerliches Brennen kroch aus den Tiefen ihrer Eingeweide empor. Die Realität wurde ihr jetzt bewusst. Trotzdem würde sie sich nicht übergeben. Außerdem sah sie nicht zum ersten Mal im Leben einen Toten. Sie hatte selbst erlebt, wie Lebenskraft einen menschlichen Körper verließ, und Freude bei ihrer Tat empfunden. Dieses Massaker jedoch übertraf jegliche Vorstellungskraft. Die Leichen mit ihren Brandwunden, der unerträgliche Gestank, der sich über die Lichtung gelegt hatte, die schwelenden, verkohlten Reste der Kutsche – all das verbreitete ein namenloses Entsetzen, das die abgestiegenen Reiter lähmte.

»Beim allmächtigen Gottvater ...«, erklang ein Flüstern.

Die Magier betrachteten die Stätte des Grauens. Val bedeutete den Männern mit erhobener Hand, zu warten. Sie suchte, analysierte das Geschehene. Genau aus diesem Grund hatte das Oberhaupt der Magierschaft Valhelia auserwählt.

»Wir müssen dem Magister Bericht erstatten, ebenso Meister Bralag«, flüsterte Bertrosius.

Val schnalzte mit der Zunge. »Ich dachte, das hätten wir geklärt. Oder wollt Ihr dem Magister Eure Inkompetenz auf die Nase binden? Außerdem ist Meister Bralag beurlaubt.«

»Be...urlaubt?«

Val ging nicht weiter darauf ein. »Wir sollten uns einen Überblick verschaffen. Begleitet Ihr mich, Meister Bertrosius?«

Durch einen magischen Spruch schwebte sie in die Luft. Die Magie kribbelte in ihren Haaren, die luftige Höhe tat das Gleiche in ihrem Bauch. Sechzig Fuß über der Lichtung kam sie zum Stehen. Bertrosius erschien neben ihr. Von hier oben hatte man einen herrlichen Ausblick – wären da nicht die vielen Toten am Boden gewesen. Die Fläche war überzogen mit grauen Verfärbungen.

Val deutete auf eine schwarz verbrannte Schneise bei der Metallkutsche. »Seht Ihr das? Da liegt das Zentrum des Kampfes. Alles geht von diesem Punkt aus in verschiedene Richtungen. Da müssen wir unsere Suche beginnen.«

Wieder auf dem Boden betrat Valhelia in Begleitung zweier Magier und Bertrosius' die Waldlichtung. Um mehr zu erfahren, war es unvermeidlich, mithilfe der Magie in die Vergangenheit der Getöteten zu blicken. Sie musste ihre letzten Momente sehen. Dazu zog sie ein geschmeidiges Messer unter der Robe hervor und kniete neben den sterblichen Überresten eines jungen Burschen. Um ihn herum leuchtete das Gras grün und saftig. Seine vor Entsetzen aufgerissenen Augen blickten leer in den Himmel. Eine leichte Trübung hatte die Pupillen erfasst. Er schien sich nicht gewehrt zu haben.

Val atmete tief ein, dann setzte sie die Klinge am Augenlid der Leiche an.

»Was tut Ihr?«

Sie zuckte zusammen. Fast hätte sie ins Auge des Toten gestochen und es damit zerstört. Zorneshitze durchzog ihr Gesicht. »Beim gewaltigen Arsch eines Drachen. Mach das nie wieder!«, zischte sie den Magier an, der vor sie getreten war. Sie kannte seinen Namen nicht, er war ihr auch gleichgültig.

»Was tut Ihr da?«, wiederholte der Mann seine Frage.

Vals Blick fiel auf seine unverbrauchten, dunkelbraunen Haare. Zwar älter als Val war er doch mit neunzehn Wintern sehr jung für einen Magier. Wie sie unwissende Neulinge hasste, die sie bevormunden wollten. Sie war kein Kind mehr!

Gerne hätte sie ihre Gedanken ausgesprochen oder ihm wenigstens das Messer in den Bauch gerammt. Stattdessen blaffte sie ihn an: »Das ist der Grund, weswegen du in irgendeiner stinkenden Mannschaftsbaracke haust, während ich im obersten Stockwerk des Magierturms von Königstadt residiere, in den du niemals in deinem gesamten Leben einen Fuß setzen wirst. Und jetzt lass mich meine Aufgabe erfüllen.«

Der Magier wich entsetzt zurück, eilte zu Meister Bertrosius und redete wild gestikulierend auf ihn ein.

Gleich darauf erschien der Anführer der Bewahrer. »Könntet Ihr mir erklären, was Ihr mit dem Messer vor- habt?«

Val verdrehte die Augen, ein knurrender Laut entwich ihrer Kehle. Dann seufzte sie. »Nur so kann ich die letzten Minuten des Toten miterleben. Die Vergangenheit der Lebenden ist leicht zu erkennen. Doch will ich durch die Augen der Toten sehen, brauche ich eine Verbindung – über die Sehwerkzeuge.« Nach einer kurzen Pause fügte sie hinzu. »Darf ich jetzt beginnen?«

Sie seufzte erneut, wandte sich um und begann, das Auge zu lösen. Ein winziger Schnitt am Augenlid, gefolgt von einer Hebelbewegung ließ den Augapfel schmatzend aus seiner Höhle ploppen. Val fasste das an einem Muskelfaden hängende Sinnesorgan vorsichtig zwischen Daumen, Zeige- und Mittelfinger. Dann schloss sie ihrerseits die Augen, konzentrierte sich und zog die Erdenergie der Umgebung ab. Augenblicklich fühlte sie einen Sog in sich, als füllte sich ein Ballon mit einem Gas, das ihn zum Schweben brachte. Die magische Formel wiederzugeben, fiel ihr nicht schwer. Der Magister hatte ihr einmal gesagt, das Sehen der Vergangenheit sei sowohl Fluch als auch Segen. Zum jetzigen Zeitpunkt sah Val nur Vorteile in dieser Gabe.

Einen Atemzug darauf verschwamm die Zeit. Die Reise in die Lebensgeschichte des Mannes begann. Bilder stürzten auf sie ein, ein Chaos an Informationen und Empfindungen. Alsbald fand Val, was sie suchte. Ihre außergewöhnliche Begabung erlaubte es ihr, die relevanten Dinge, die sie brauchte, zu filtern und alles Unwichtige auszublenden. Eines konnte sie jedoch nicht kontrollieren: die Gefühle.

Sie spürte …

… Angst … unbändige Angst … gehetzte Blicke … Laufen, immer weiter … zwei Magier rennen nebenher … stolpern über die Waldlichtung … ein Lichtblitz … SCHMERZ!

Val schrie auf. »Aah! Verdammt!« Ihre Faust hinterließ eine Mulde im grauen, vertrockneten Gras. Sie keuchte und murmelte mit zusammengebissenen Zähnen: »Das war nicht besonders hilfreich.«

Bertrosius stand neben ihr. Er starrte sie entsetzt an. »Ihr blutet aus der Nase.«

»Was?« Valhelia fasste sich an die Nasenspitze und spürte einen feinen Blutstreifen.

Bertrosius reichte ihr ein Tuch, mit dem sie die Blutung zu stoppen versuchte. Als ein Magier hinzutrat, wandte Bertrosius den Blick ab, um mit dem Mann zu reden. Val lauschte benommen. Ein leichtes Schwindelgefühl breitete sich in ihrem Schädel aus.

Der Ankömmling flüsterte erst stockend, dann überschlug sich seine Stimme. »Wir haben Meister Penthur gefunden. Er ist … tot. Seht ihn Euch an. So etwas habe ich noch nie gesehen.«

»Beruhigt Euch. Ist der Gefangene unter den Toten?«

»Die Zelle steht offen. Die Leiche eines Bewahrers befindet sich darin. Vom Gefangenen fehlt jede Spur.«

Val beäugte die Versengungen des Toten vor ihr. Feuer und Blitz, dieselben Sprüche wie die der Magier? Wer war dieser Fremde wirklich? Sie stand auf und schaltete sich in das Gespräch ein: »Führt mich zu ihm. So erlangen wir Gewissheit über den Verbleib des Fremden.«

Bereits von Weitem fiel ihr Blick auf die Kutsche, den Metallkasten inmitten eines komplett verkohlten Bereichs. Ihre Schritte verlangsamten sich, als eine zusammengekrümmte Gestalt am Boden in ihren Blick kam. Sie schien mit einer schwarzgrauen Schicht überzogen, Kleidung, Haare und Haut wirkten wie patiniert. Unmittelbar vor der Leiche stoppte Val. Nein, es bedeckte nichts den Körper, der Leichnam selbst war grau. Meister Penthurs Gesicht glich einer aschenen, entstellten Fratze, gleich der Erde, deren Energie angezapft und ausgeschöpft worden war. Dieser Fremde hatte ihm offenbar jegliche Magie entzogen.

Vals Hände zitterten. Nicht um alles Gold der Welt wollte sie die Vergangenheit des ehemaligen Vertreters des obersten

Heerführers sehen. Mit brüchiger Mädchenstimme sagte sie: »Dieser Mann starb keines natürlichen Todes. Hier ist ein Spruch am Werk, der sich meiner Kenntnis entzieht. Ich … untersuche zuerst die Gefängniszelle.«

Ruckartig wandte sie sich um und trat an den Metallkasten. Der Zugang wurde durch einen leblosen Körper versperrt. Val erkannte trotz der Dunkelheit im Innenraum das Loch in seiner Brust. Mit gefassterer Stimme fuhr sie einen der Magier an: »Schafft den Toten da raus. Wie soll ich die Zelle so betreten?«

Der braunhaarige Bursche trat vor. »Ich dachte, wir sollen nichts anfassen.«

»Der Magister bezahlt dich nicht fürs Denken. Du sollst gehorchen, Befehle befolgen. Mehr nicht.«

Der Mann sah unsicher zwischen seinem Vorgesetzten und Val hin und her, bis Bertrosius mit einem Nicken seine Zustimmung unterstrich. »Tut es. Schafft den Toten da raus.«

Der Magier verzog das Gesicht. Dann zog er ächzend die Leiche hervor und ließ sie ins verkohlte Gras gleiten.

Die schwarze, gähnende Öffnung verbarg einen winzigen Raum. In dem Moment, in dem Val hineinklettern wollte, legte Bertrosius seine Hand auf ihre Schulter. »Wartet. Ihr könnt dort drinnen keine Magie anwenden, um Eure Untersuchungen anzustellen. Die Kutsche wurde eigens für *spezielle* Gefangene konstruiert. Der Platz im Innern ist gesichert.«

Vals Augenbraue wanderte nach oben. »Seid Ihr Euch sicher? Viel genutzt hat diese Sicherung ja nicht.«

Bertrosius blinzelte verwirrt. »Nein, ich …«

Seufzend kletterte sie in den Innenraum. Ihre zierliche, schlanke Figur verlieh ihr eine Wendigkeit, die jedem ausgewachsenen Mann fehlte.

Die geöffnete Tür hatte für eine ausreichende Luftzirkulation gesorgt und den Mief aus der Zelle getragen. Val schnupperte. Selbst ohne Magie hing deutlich der Geruch des Todes in der Luft. Dazwischen schwebte ein anderer Wohlgeruch. Sie schnüffelte erneut. Schweiß. Männlicher Schweiß. Ein leichter Schauer der Erregung durchlief ihren Körper. Sie konzentrierte sich und sagte eine simple Formel zur Verbesserung ihres Geruchssinns auf. Es funktionierte.

»Hier drinnen herrscht kein Konzentrationsbann. Ich kann normale Magie anwenden«, rief sie nach draußen. Noch während sie sprach, intensivierten sich die unterschiedlichsten Düfte: Salzwasser, Schweiß, Blut ... der Fremde.

Der Geruch kam ihr vertraut vor. Urplötzlich schoss das Gefühl wieder durch ihren Geist: Irgendetwas hatte sie vergessen. Es lag ihr auf der Zunge, greifbarer als je zuvor und doch unerreichbar.

Val brauchte Klarheit. Vielleicht wäre kein zusätzlicher Toter nötig, um das Aussehen dieses Gefangenen zu entschlüsseln. Der Raum verriet es ihr. Sie murmelte die Worte der magischen Formel, strich zaghaft über die Konturen des eisernen Stuhls mit seinen Fesseln. Im selben Atemzug formierte sich ein Schatten ...

... eine Gestalt. Gedrungen hockt er auf dem Eisensitz. Gefesselt, der Mund versiegelt. Blaues Licht. Augen. Tief und blau. Diese Augen, so unendlich ... Öffne die Tür!

Val keuchte. So schnell sie konnte, kroch sie rückwärts aus der Zelle und ballte die Hände zu Fäusten. Auch wenn sein Gesicht zum zweiten Mal nicht zu erkennen war, seinen Geruch würde sie nicht vergessen. »Ich brauche ein Medium, das in direktem Kontakt zum Gefangenen stand.«

Vals Blick fiel auf die Leiche vor ihr. Wenn er die Zellentür geöffnet hatte, dann hatte er den Gefangenen zwangsläufig gesehen. Sie musste vorsichtig zu Werke gehen, im rechten Moment die Verbindung lösen. Erneut den Tod mitzuerleben, war zu riskant, das hatte ihr die blutende Nase gezeigt. Jäh sickerte die Wahrheit in ihren Verstand, sie begriff, was der Magister mit dem Fluch ihrer Gabe gemeint hatte.

Dennoch packte sie die sterblichen Überreste des Magiers zu ihren Füßen, konzentrierte sich und sprach die magische Formel. Sie reiste zurück, sah ...

… die Lichtung. … Wie wunderschön der Platz ist. Das Sonnenlicht glänzt auf ihr … Ich will eine Fee sehen … So gerne.

Val stockte, das war nicht die gesuchte Information. Sie wühlte weiter in den Gedankenschwaden bis …

… eine schneeweiße Frau … höchstens neunzehn Winter alt … sieht aus wie eine von vielen, das Haar bieder hochgesteckt … Dorfbewohner. Penthur schickt sie fort … Ich soll die Kutsche kontrollieren … Hinter dem Fenster … zwei Augen … Tief und blau und unergründlich …

Augenblicklich löste Val die Verbindung. Sie verharrte schwer atmend. »Befindet sich unter den Toten ein Mädchen … mit einer Haut, so weiß wie Schnee?«

Allgemeines Verneinen.

Wer war dieses Mädchen? Gehörte sie zum Schmied? Vielleicht seine Tochter? Val zog die Stirn kraus.

Ein Stöhnen ging durch die Anwesenden, als drei Reiter auftauchten und weitere Leichen herbeischafften. Betretenes Schweigen breitete sich aus.

Ihr Blick wurde von einem der Toten auf dem Pferderücken angezogen, schweifte auf der Lichtung umher und wanderte zurück zu dem leblosen Körper. »Alle Magier tragen die gleichen Stiefel. Warum der da nicht?« Sie deutete auf den Leichnam, dem das Schuhwerk fehlte.

»Vielleicht im Kampf verloren?«, mutmaßte der Reiter.

»Einen Schuh, das wäre möglich. Aber beide?« Val zog die Augenbrauen zusammen. Blitzschnell zerrte sie die Leiche herunter und fasste deren Füße an. Entsetztes Ächzen um sie herum. »Bird unverhall darsum, ford wyn gorfall«, flüsterte sie und tauchte ab …

… ein Mann nähert sich … die Stiefel des Toten … *er nimmt Maß. Er ist … hochgewachsen, rabenschwarze Haare, markantes Kinn, düstere Erscheinung. Sein verwegenes Aussehen … Er zieht die Schuhe an und geht fort …* ein schöner Arsch! …

Vals Augen weiteten sich. Jetzt wusste sie, was die ganze Zeit über in ihrem Kopf gespukt hatte, was sie vergessen zu haben glaubte und nicht hatte fassen können: die Stiefel!

»Zurück zum Hof!«, schrie sie.

Die Magier schauten sich verständnislos an.

»Er war dort! Der Bursche, der das Wasser für die Pferde geholt hat. Der Stallbursche auf dem Bauerngehöft, der Knackarsch. Das war *er*.«

Bertrosius trat vor. »Wie kommt ihr ...?«

»Dieser Kerl trug die Stiefel eines Magiers! Und zwar die hier!« Sie zerrte am Fuß des Toten.

Jetzt reagierten die Männer. Val schwang sich, ohne abzuwarten, auf ihr Pferd und trat ihm in die Seiten.

Der Fremde. Sie kannte nun sein Aussehen und – wichtiger noch – seinen Geruch. Sie würde ihn unter Tausenden erkennen. Die Jagd konnte beginnen.

XII
Birkenbach

Kyrian flog über die Wipfel der Bäume und betrachtete die Welt. Im Westen lagen gewaltige Bergkämme, deren schneebedeckte Spitzen das Himmelszelt berührten. Der Rest des Landes wirkte flach, teilweise bewaldet, andernorts von Wiesen oder Feldern durchzogen oder mit den bunten Tupfen der Städte besprenkelt. Der Norden leuchtete grün, der Süden schimmerte seltsam grau, und im Osten zeigte sich in weiter Ferne eine gelblich gewellte Ebene – vielleicht eine Wüste? Das ganze Land unterschied sich nicht großartig von seiner Heimat.

Ein gutes Dutzend zierlicher Rauchfahnen schwebten aus einer bewohnten Siedlung in der Nähe. Das Dorf bestand aus einer lang gezogenen Hauptstraße, von der nur wenige mit Sand befestigte Nebenstraßen abzweigten. Die Häuser machten einen intakten Eindruck, einige Gehöfte gingen durchaus als wohlhabend durch. Diese Ortschaft wirkte … reich. Vielversprechend. Besonders um den runden Dorfplatz herum, wo ein zweigeschossiges turmartiges Gebäude sein Interesse anzog. Der Sitz der weißen Magierin?

Er landete am Waldrand zwischen Birken und knorrigen Kastanien. Während sich das Federkleid in seine Kleidung zurückverwandelte, fühlte er den Schweiß an sich hinabrinnen. Er steuerte das Dorf an, und schon nach kurzer Zeit schälten sich die ersten Häuser aus der Ferne. Der Weg verlief außen am sattgrünen Wald entlang, auf der anderen Wegseite wuchs das Gras spärlich, allenfalls knöchelhoch. Eine graue, vertrocknete Steppe.

Kyrian verlangsamte seine Schritte. Er konnte unmöglich als Fremder hier auftauchen. Nicht nach dem vergangenen Tag. Vielleicht wusste man im Dorf bereits Bescheid. Dieses Mädchen, die weiße Magierin, hatte mit Sicherheit sämtliche Bewohner informiert. Er musste sich tarnen, eine Gestaltwandlung durchführen. Wieder einmal. Also kletterte er auf einen Baum und spähte zur Ortschaft. Wessen Gestalt könnte er annehmen?

Ein Greis humpelte die Straße hinunter. *Zu gebrechlich.*

Zwei dicke Marktweiber, die Körbe mit Gemüse gefüllt, schlenderten tratschend vorbei. *Zu zweit.*

Ein hässliches, mageres Mädchen kam aus einem Haus gerannt. »Uh …« Er zog eine Grimasse.

Eine geraume Weile blieb der Dorfeingang menschenleer. Dann sprang ein kräftiger Bursche über einen schmalen Graben und stiefelte zum Waldrand. Dort angekommen urinierte er gegen einen Busch. *Perfekt.*

Ein breites Grinsen trat auf Kyrians Gesicht, ehe er sich vom Baum schwang und konzentriert auf den Kerl zu schlich. Der Junge verstaute gerade sein bestes Stück in der Hose, als Kyrian ihm die Hand auf die Schulter legte. »Du siehst müde aus, mein Freund. Schlaf ein wenig. Schlaf. Schlaf!«

Der Jüngling blinzelte, dann sackte er schnarchend in sich zusammen. Kyrian packte die drahtige Gestalt, ehe sie den Boden berührte. Mit einem Blick auf die Umgebung schleifte er sein Opfer in ein trockenes Gebüsch, konzentrierte sich und prägte sich die Erscheinung genau ein. Jede Unebenheit des Gesichts, die körperliche Statur. Er schloss die Lider, immer noch das Antlitz des Burschen vor Augen. Ein Reißen und Zerren setzte ein, als seine Gesichtshaut sich rapide straffte. So könnte er sich im Dorf frei bewegen.

Natürlich war er sich der Gefahr bewusst, die ein Aufenthalt in dieser Siedlung mit sich brachte. Aber er brauchte mehr Geld als die paar Münzen, die er den Magiern abgenommen hatte. Und es war unmöglich, sämtliche Gegenstände durch Zauberei zu besorgen. Im schlimmsten Fall schlüge ein Zauberspruch fehl, im geringsten Fall widerstanden die Opfer dem Zauber. »Ist alles schon vorgekommen«, erklangen Targas' Worte in seinem Gedächtnis. Zwar ging er nicht davon aus, dass ihm so etwas passierte; schließlich war er Kyrian der Schwarze. Aber er konnte diese Zauber auch nicht ewig aufrechterhalten.

An oberster Stelle stand zunächst einmal die Beschaffung von Informationen. Was er über dieses Stück Erde wusste, hatte er in den Chroniken seiner Heimatwelt gelesen. Einst hatten hier die Zauberer geherrscht. Damals hatte man die Welt »Rodinia« genannt. Ob der Name heute, nach fast tausend Jahren, noch zutraf? Es interessierte ihn nicht wirklich. Aber er benötigte Fakten. Wie viele strategisch günstig gelegene Städte und Militäranlagen gab es? Wo wohnten ihre Anführer? Wo lagen die Häfen? Wo befand sich das Zentrum der Magier? Und ... wie könnte er sie für den Untergang seines Schiffs büßen lassen?

Träge schlenderte Kyrian die Dorfstraße entlang. Er wollte gelangweilt wirken. In einer Schenke kursierten ständig Neuigkeiten. Leider sah er keine Schenke. Eigentlich war das auch zu riskant. Ein Schmied wäre eine ausgezeichnete Wahl. Handwerker kamen weit herum. Sie waren oftmals wahre Informationsquellen an Geschichten und Gerüchten.

»Rassmuss. He, Rassmuss!«

Kyrian drehte sich um. Was für eine Gestalt: grobschlächtig, Bauchansatz, schütteres, dunkles Haar – die typische Schlägervisage. Kyrian senkte das Haupt und wollte seinen Weg fortsetzen. Doch als der Mann wild gestikulierend rief, wurde ihm bewusst, dass der Kerl ihn meinte.

»He! Rassmuss. Hörst du nicht? Komm auf der Stelle her, du Bengel!«

Vorsichtig trat Kyrian an ihn heran. Der Rufende klatschte in einer fließenden Bewegung die flache Hand gegen Kyrians Hinterkopf. »Was treibst du dich hier rum?«, blaffte er. »Warum bist du nicht auf dem Feld bei den anderen? Es ist immer das Gleiche mit dir, du Faulpelz.«

Zu perplex, um zu reagieren, ließ Kyrian die Schimpftirade des Mannes über sich ergehen. »Tut mir leid«, murmelte er. »Die ... die anderen haben mich nach Hause geschickt. Ich fühl mich nicht so gut. Hab wohl was Falsches gegessen.«

»Wer hat dich nach Hause geschickt? Der alte Claasen?« Eine weitere Welle von Flüchen folgte.

Kyrian verzog den Mund. Vielleicht war die Gestalt doch nicht so perfekt gewählt.

Mit einem Mal hielt der Kerl inne und fasste Kyrian am Kinn, eine Zornesfalte zwischen den Augen verdüsterte sein Gesicht. »Hast du etwa gesoffen? Dann gnade dir Pranos ...«

Weiter kam der Schimpfende nicht, Kyrian hielt das Maß endgültig für voll! Innerhalb eines Wimpernschlags legte er dem Mann die Hand auf die Schulter, wodurch dieser sofort verstummte. Freundschaftszauber beendeten seit Anbeginn der Zauberkunst jede unliebsame Diskussion. So auch in diesem Fall. Kyrian lächelte. »Wir sollten uns an einem ungestörten Ort unterhalten. Dann stelle ich die Fragen. Nicht wahr, mein Freund?«

Der Kerl nickte mit ausdruckslosem Gesicht, drehte sich um und wankte in sein Haus. Kyrian warf einen Blick auf die menschenleere Straße und folgte dem Mann in das Gebäude.

In gestrecktem Galopp erreichten die Magier den Gutshof, allen voran Valhelia. Sie erfasste am Eingangstor einen Pulk Menschen, in deren Mitte eine gefesselte, mit einem Sack verhüllte Gestalt stand. Während die eine Hälfte der berittenen Magier in den Innenhof preschte, umzingelte die andere das Gehöft. Die Kriegermagier sprangen von ihren Pferden, verteilten sich in einer Angriffsposition und kesselten die verängstigten Anwohner ein.

Aus der Mitte des Pulks trat zitternd der Hausherr. »Werte Herren ... edle Dame«, stammelte er. »Wir ... ich will eine Meldung machen. Diesen Kerl hier ...« Er packte den Sack an der Stelle, wo sich der Kopf befand »... haben wir aufgegriffen.«

Val, die immer noch im Sattel saß, blickte unbeeindruckt auf beide hinunter. In gelangweiltem Tonfall fragte sie: »Wie lange haltet ihr ihn bereits fest?«

Stolz schwang in der Stimme des Gutsbesitzers mit, als er verkündete: »Meine Feldarbeiter entdeckten ihn, nachdem Ihr fort wart. Sie wollten die Pferde anspannen, heute wird das Heu eingefahren. Die Sau hat im Pferdestall geschlafen.«

»Löst den Leinenbeutel.«

»Seid Ihr von Sinnen?«, schrie Bertrosius. »Was tut Ihr? Er ist äußerst gefährlich.«

Ein verächtliches Lächeln überzog Vals Gesicht. »Das wird sich zeigen.« Der fragende Blick des Truppführers nötigte sie zu einer Erklärung: »Ich halte ihn nicht für unseren Gesuchten. Auch, wenn er dessen Aussehen trägt.«

Bertrosius verzog die buschigen Augenbrauen. »Ihr meint, es sei eine Illusion?«

Val lachte abfällig. »Ihr seid ja ein schlauer Fuchs.«

Obwohl der Hausherr einem Knecht Zeichen gab, rührte sich niemand. Val schnaufte vor Ungeduld, lenkte ihr Pferd kurzerhand zum Gefesselten und zerrte ihm den Sack vom Kopf. Die Magier zuckten zusammen, die Bauern ebenfalls.

Der Gutsbesitzer riss die Augen auf. »Aber das … das …«

Val umfasste das Kinn des Gefangenen. Er hatte eine Beule am Schädel und eine aufgeplatzte Lippe. Durch seinen glasigen Blick wirkte er benommen.

»Bei allen Göttern«, plapperte der Hausherr. »Das ist ja Reimund, unser Stallmeister. Aber wie ist das möglich? Ich sah doch diesen anderen Kerl …?«

»Könnt Ihr ihn beschreiben?«, fuhr Bertrosius dazwischen.

»Na ja, ich … wir …«

Valhelia hob die Hand. »Schweigt! Alle beide!« Sie konzentrierte sich. »Bird unverhall darsum, ford wyn gorfall.«

Augenblicklich tauchte sie ins Gedächtnis des Mannes ein, die Vergangenheit offenbarte sich. Sie brauchte nicht lange zu forschen …

… Wer ist da? … rabenschwarze Haare, Bartstoppeln … sieht aus wie ein Landstreicher. Oder ein Verbrecher … »Wer bist du denn? Was hast du hier zu suchen?« … SCHLAF …

Schwärze umfing Valhelia.

Val schlug die Augen auf. Sie lag auf dem Fußboden, umringt von besorgten Gesichtern. Sie fühlte sich ausgeruht.

Bertrosius beugte sich vor. »Was ist geschehen? Ihr seid vom Pferd gestürzt.« Kaum hörbar fügte er hinzu: »Besser gesagt, Ihr seid eingeschlafen.«

»Wie lange war ich weggetreten?«

»Nicht sehr lange.«

Sie nickte. »Es ist … enorm. Seine Kraft wirkt sogar durch die Gedanken anderer …«

Das Gesehene übertraf all ihre Vorstellungen. Das also hatte der Magister ihr verschwiegen. Oder hatte er es selbst nicht gewusst? Der Fremde war einzigartig. Vielleicht die Chance, mit ihm an ihrer Seite die Welt zu beherrschen.

Val rappelte sich hoch und stürzte in die Scheune. Bertrosius und zwei Kriegermagier folgten ihr in gemäßigtem Abstand. Wie ein Tier schnüffelte sie im Gebäude, schnupperte mal hier, mal dort. Nachdem sie den Schlafplatz ausfindig gemacht und dessen Vergangenheit gesehen hatte, trat sie auf die drei Männer zu. »Er war an diesem Ort.« Sie seufzte. »Wo kann er von hieraus hin?«

»Es gibt ein Dorf in der Nähe«, meinte Bertrosius.

Val drehte sich zu ihm um. »Was für ein Dorf?«

»Birkenbach. Eine Siedlung am Rand der grauen Steppe. Es erscheint mir jedoch abwegig, dass er sich in eine Gefahr wie diese begibt.«

»Keineswegs.« Val umarmte Bertrosius überschwänglich und rief lachend: »Worauf warten wir noch?«

Die erhaltenen Informationen befriedigten Kyrians spezielles Interesse an Wissen nicht im Mindesten. Der Mann nannte nur wenige Münzen sein Eigen und war für ihn nutzlos. Aber es war ein Anfang, er kannte jetzt den Weg zum Schmied und dessen Namen. Er wusste, wie der Bürgermeister hieß, wofür auch immer das gut sein sollte. Obwohl … Besaß ein Dorfoberhaupt nicht für gewöhnlich Gold oder zumindest Silber? Eine prall gefüllte Stadtkasse? Genau das Richtige in Kyrians Lage. Er kratzte sich gedankenversunken am Kinn. Schmied oder Dorfschulze? Waffen oder Geld? Viel Zeit blieb nicht, um sich zu entscheiden. Bei einem Schmied fand er vermutlich beides.

In der Gestalt von Rassmuss wanderte er die Straße entlang. Zu beiden Seiten standen Häuser, deren weidengeflochtene Wände mit Lehm befestigt waren. Zahlreiche Gebäude zierten Fenster, was auf milde Winter hindeutete.

Er trug einen hölzernen Spaten unterm Arm, dessen Grabfläche mit Metall ummantelt war. Etwas Passenderes hatte er auf die Schnelle nicht auftreiben können. Ein kräftiger Schlag gegen die Metallummantelung hatte einen Riss erzeugt, das rechtfertigte einen Besuch beim Schmied. Höflich grüßte er eine Gruppe Personen, die ihm begegneten, ließ sich jedoch nicht aufhalten.

Als die Werkstatt endlich vor ihm auftauchte, ließ eine Stimme ihn zusammenfahren. »He, Rassmuss. Da wirst du kein Glück haben.«

Kyrian verharrte. Ein halbwüchsiger, rotgelockter Bursche lehnte am Zaun und glotzte ihn an. Die schlaksige Gestalt redete weiter. »Wo warst du gestern? Wir haben an der verwunschenen Linde auf dich gewartet.«

»Ich, äh … ich fühlte mich nicht.« Kyrian konzentrierte sich instinktiv. Lauernd fragte er: »Womit habe ich kein Glück?«

»Brauchst nicht gleich angepisst zu sein.« Der Junge deutete mit dem Kopf auf den Spaten in Kyrians Hand. »Die Schmiede hat zu, ist schon der zweite Tag. Vielleicht ist der alte Pallak ja krank oder so.«

»Aha. Ich überzeuge mich lieber selbst.«

Die Schultern des Burschen ruckten in die Höhe. »Musst du ja wissen.«

»Ja, weiß ich auch.« Er drehte sich um und setzte seinen Weg fort. Die Schmiedewerkstatt stand auf einer Wiese, das kurz geschnittene Gras bot einem eventuellen Brand kaum Nahrung. Neben der Arbeitsstätte befand sich ein ansehnliches zweigeschossiges Haus, halb aus Stein, halb aus Holz gefertigt. Ein künstlich angelegtes Wasserbecken mit einem schmalen Bachlauf trennte beide Gebäude. Wie zu erwarten, verschloss ein massiver Fensterladen die Vorderfront der Werkstatt. Kein Feuer brannte, kein Qualm und keine Geräusche drangen aus dem Inneren heraus. Es würde schwer, ungesehen dort einzudringen. Aber nicht unmöglich.

Der Junge hinter ihm lehnte noch immer am Zaun und beobachtete ihn. Kyrian seufzte. Zeit für eine Lektion in Körperkunde. Er konzentrierte sich, während er weiterschlenderte, entzog der Erde die Energie und leitete einen Teil zurück. Dann blieb er stehen. Unweigerlich musste er grinsen, da er dem Jungen eine Verstauchung sandte.

Der Bursche strauchelte, rutschte jammernd zu Boden. »Au … verdammte Hacke«, hörte Kyrian ihn fluchen. Der käme ihm nicht mehr in die Quere.

Hinter der Werkstatt fand er einen rechteckigen Schuppen, drückte sich in dessen Schatten und stellte den Spaten ab. Der Tümpel führte zu einem zweiten, noch kümmerlicheren Wasserloch inmitten der Wiese. Jetzt erkannte Kyrian auch, warum die Fläche so schmuddelig aussah. Zwei hüfthohe schornsteinartige Kegel ragten aus dem Trümmerfeld aus Lehm hervor, daneben verteilte sich ein ansehnlicher Holz- und Kohlehaufen. Eisenverhüttung. Diese vielen Kohlestückchen, die Schlote … Kyrian lächelte. Das ergäbe ein hübsches Feuerwerk für den Fall, das er entdeckt werden sollte.

Einen Zauberspruch später schlich er unsichtbar über eine Holzbrücke auf das Haupthaus zu, umrundete es und erreichte eine Hintertür. Der Riegel ließ sich ohne Probleme zurückschieben, sodass Kyrian lautlos in den dunklen, länglichen Raum glitt. Selbst hier roch es nach Rauch und Metall. Rechts befanden sich zwei Türen, links führte eine Treppe parallel zum Gang nach oben, geradeaus endete der Weg ebenfalls an einer Tür. Ein matter Lichtschimmer drang durch einen Spalt.

Er lauschte. Aus dem oberen Teil des Gebäudes ertönte durchdringendes Schnarchen. Vor ihm rumorte es. Ein Schmatzen, gefolgt von einem hässlichen Knacken, das

Geräusch eines brechenden Knochens, ließ ihn verharren. Ein Hund? Er konzentrierte sich auf einen Schlafzauber und schlich geräuschlos voran. Beim Erreichen der Eichentür linste er durch die Öffnung. Der Raum dahinter entpuppte sich als eine geräumige Küche, deren Mitte von einer gewaltigen Feuerstelle dominiert wurde. Eine zweite Tür führte zur Straßenseite hinaus.

Ein stämmiger Mann, offensichtlich der Schmied, hockte, den Rücken zu ihm gewandt, am lodernden Herdfeuer. In einer seiner wuchtigen Pranken hielt er eine beachtliche Gänsekeule, mit der anderen warf er ein Holzscheit in die Flammen. Gedankenverloren biss er ein großes Stück aus dem Fleisch. Auf einem Tisch in der Nähe lag ein Holzbrett mit den Resten eines saftigen Bratens. Daneben stand ein Tonkrug mit süßlich duftendem Bier. Kyrians Magen gab einen knurrenden Laut von sich.

Sogleich sah sich der Mann um, sprang zur Tür und riss sie auf. Er schaute Kyrian direkt an, konnte ihn allerdings nicht sehen. Angst zeigte sich in seinem Blick. Er lauschte. Wovor fürchtete er sich?

In diesem Moment fiel Kyrian die Feldesse ein, die er auf der Waldlichtung gesehen hatte. Der Schmied war dort gewesen. Was wusste er? Jedenfalls nutzte er schlafend nichts. So könnte Kyrian vielleicht seinen Hunger stillen, jedoch nicht den Durst nach Informationen. Ein Freundschaftszauber wäre angebrachter.

Nachdem der Schmied die Eichentür wieder angelehnt hatte und zum Herdfeuer getreten war, schlüpfte Kyrian in die Küche. Er hatte den Mann fast erreicht, als der Bratenduft ihm erneut in die Nase stieg. Wieder protestierte sein Magen.

Der Handwerker wirbelte herum. Da Kyrian sich gerade auf einen anderen Zauber konzentrierte, wurde er sichtbar. Der Mann zuckte so stark zusammen, dass die halbabgenagte Gänsekeule in hohem Bogen ins Feuer segelte. Seine Angst wandelte sich in Zorn. »Rassmuss, du Arschfurunkel einer Sumpfkröte!«

Mit einem Satz war Kyrian bei ihm und packte seine Hand. »Guten Tag, Pallak.«

Im selben Moment wirkte der Zauberspruch. Die Wut verflog aus Pallaks Gesicht. Stattdessen trat in seine Züge ein Ausdruck des Erkennens. »Du Arsch hast mir einen verdammten Schrecken eingejagt. Wenn wir nicht so dicke Kumpels wären, wäre ich echt sauer.«

»Wir wollen niemanden stören«, flüsterte Kyrian.

Der Schmied lachte verhalten. »Meine Alte schläft, wie ein Stein. Etwas Gänsebraten? Dein Magen knurrt ja bis auf die Straße. Ich dachte schon, ein Wolf steht im Hausflur.«

Das ließ Kyrian sich nicht zweimal sagen. Beherzt griff er sich den Braten. Er wusste um die Dauer eines Freundschaftszaubers. Bei so einem massigen Kerl würde die Wirkung nicht lange anhalten.

»Ich habe nicht viel Zeit«, sagte er schmatzend und schnappte sich den Krug. Gierig nahm er einen tiefen Schluck. »Ich muss … verreisen. Meine Tante ist krank. Ich brauche Geld für Medizin aus … der nächstgrößeren Stadt. Kleidung wäre auch nicht schlecht, vielleicht ein Mantel.«

Der Schmied zog die Augenbrauen hoch. »Du hast gar keine Tante. Willst du einem Weib imponieren? Da kann ich dir ein paar Tipps geben.«

»Nicht nötig. Du brauchst die Dinge, die ich verlange, nicht mehr.« Kyrian legte dem Mann erneut freundschaftlich die Hand auf die Schulter.

Pallak lachte. »Du hast recht. Warte hier.«

»Ich komme lieber mit.«

Der Schmied zuckte mit den Schultern. »Auch gut. Folg mir. Aber sei leise, nicht, dass der Drache doch noch aufwacht.« Er zwinkerte lachend, als sie den Küchenraum verließen.

Val schnupperte. Sie reckte die Nase in den Wind, schloss die Augen und schnüffelte ein paar Mal, wie ein Tier, das Witterung aufnimmt. Ihren Körper durchlief ein leichtes Zittern. Erst biss sie sich auf die Unterlippe, dann öffnete sie unvermittelt die Augen. »Er ist im Dorf.«

»Wie sicher seid Ihr Euch?«, fragte Bertrosius.

»Ich weiß es einfach. Ich rieche ihn.« Wieder erschauerte sie.

»Gut. Ich vertraue Euch.« Der Anführer gab knappe Anweisungen und teilte die Kriegermagier in vier Gruppen auf. Je vier Magier aus Ilmathori verteilten sich links und rechts des Dorfrands, drei Mann ritten zum östlichen Dorfeingang, um ihn zu versperren. Val und Bertrosius warteten eine Weile.

»Wir sollten keinesfalls alle gleichzeitig ins Dorf reiten«, sagte Valhelia. »Umstellt es, das ist gut. Der Rest von uns reitet auf direktem Weg in zwei Einheiten in die Siedlung.«

»Was habt Ihr vor?«

»Ich kümmere mich um den Schmied und den Gefangenen. Schnappt Ihr Euch dieses Mädchen. Eine schneeweiße junge Frau sollte leicht zu finden sein. Immerhin ist sie eine echte Seltenheit.«

Bertrosius nickte schweigend.

Val zwinkerte zwei Männern mit weißblondem Haar zu. »Ihr beiden kommt mit mir. Wir gehen jagen!« Damit trieb sie ihr Pferd an und ritt in Birkenbach ein. Die anderen Magier folgten in angemessenem Abstand.

Ein schwarzer Schatten sprang Mira entgegen. Der Fremde! Er packte zu und schleuderte sie wie eine Puppe in Richtung Feuerwand. Innerhalb eines Wimpernschlags stand ihr Körper in Flammen. Ihre Hände zerfielen zu Asche, die Luft zum Atmen schwand … Aufwachen … Du musst aufwachen. WACH AUF!

Mira keuchte, als sie erwachte. Ihre Stirn war schweißnass, ihr Herz raste. Matt sank sie zurück. Sie hatte die halbe Nacht nicht geschlafen, die zweite Hälfte wurde durch diese Albträume bestimmt. Jeder Traum endete gleich. Unzählige Male starb Mira, wobei die spektakulärste Todesart ein rot-blau gezackter Feuerball war. Oder war es doch der Lichtblitz mit anschließender Explosion, in der ihr Körper in Abermillionen

Funken zerstob? Jedenfalls vergrößerte sich die Angst, wieder einzuschlafen, von Traum zu Traum. Zu müde, um wach zu bleiben, verfiel sie in einen Dämmerzustand.

Es musste bereits später Vormittag sein, die Sonne warf ein bizarres Muster an die Wand des Dachbodens. Wie gleißendes Feuer ... Mira schüttelte sich. Ihre Mutter hatte sie ohne Zweifel schlafen lassen. Eine nette Geste. Auch wenn es nichts gebracht hatte. Sie quälte sich aus dem Bett und kletterte die Stiege nach unten in den Wohnraum.

»Mutter?« Sie gähnte. »Mutter? Bist du da?«

Im Haus war es still. Vollkommen still. Die letzte Glut des Herdfeuers erstarb in einer kräuselnden Rauchfahne. Dabei hätte ein Tee ihr jetzt gutgetan. Ihre Kehle fühlte sich trocken an, der Kopf dröhnte. Sie schritt zu einem Wandschrank, entnahm ihm eine Kräutermischung und schnappte sich den Kupferkessel. Er war leer. Mal wieder fehlte Wasser.

Mira seufzte. Vielleicht hatte sie Glück und ihre Mutter war in diesem Moment auf dem Weg zum verhassten Brunnen. Gedankenverloren Griff sie ein Stück Brot, legte es jedoch gleich wieder fort. Ihr war nicht nach Essen zumute.

Träge sickerten Stimmen von außerhalb des Hauses in ihr Bewusstsein. Sie lauschte. Ein männlicher, beruhigender Klang, unterbrochen durch ein schrilles Keifen. Der Sprecher redete zu leise, um zu verstehen, worum es ging. Das Schimpfen stammte eindeutig von ihrer Mutter. Brauchte sie Hilfe?

Mira wollte ihr beistehen, falls es Ärger geben sollte, auch wenn ihre Mutter durchaus jede Unbill selbst regeln konnte. Als sich eine zweite Stimme einmischte, wuchs Miras Schrecken. Dann fiel ihr Name. Oh nein! Sie hatte doch wohl nicht schon wieder irgendwelche Freier für sie besorgt? Sie schnappte sich den Schürhaken und schlich zur Tür. Noch auf der Türschwelle erstarrte sie.

Kyrian wog einen braunen Lederbeutel in seiner Hand. Fünfundzwanzig Silbermünzen zählte er. Der Schmied hatte es von den Magiern der Waldlichtung als Lohn für die Reparatur eines Kutschenrads bekommen, so erzählte er. Außerdem erfuhr Kyrian etwas mehr über die regierenden Magier. Demnach gab es Kriegermagier und die Bewahrer der Ruhe, was aber wohl auf das Gleiche hinauslief. Er konnte Pallak nicht ganz folgen. Ein sehr unbefriedigendes Gespräch.

Befriedigender war da schon seine Ausbeute. Von einer Hose hatte Kyrian abgesehen, da der Schmied viel massiger war als er. Eine Tunika nahm er dankend an, sie wurde ohnehin durch einen Gürtel zusammengehalten. Hinzu kam ein Rechteckmantel, der gleichzeitig als Decke dienen konnte. Pallak hatte ihn gerne gegeben, da er über zwei Mäntel verfügte. Er verstaute alles in einem ledernen Rucksack und überreichte ihn Kyrian mit einem Lächeln.

Dann gingen sie zurück in die Küche, wo Pallak begann, Proviant in den Ledersack zu packen. »Sollst ja nicht vom Fleisch fallen, wenn du so eine weite Reise machst.«

Kyrian nutzte die Situation und fragte frei heraus: »Sag mal, mein Freund, wie komme ich an ein Schiff?«

»Ein Schiff?« Pallaks Augen weiteten sich. Dann brach er in schallendes Gelächter aus. »Was willst du mit einem Schiff? Du verarschst mich.«

»Durchaus nicht. Eine Seefahrt, die ist lustig, heißt es doch.«

»Eine was? Das habe ich ja noch nie gehört.« Der Schmied konnte sich kaum beruhigen.

Kyrian konzentrierte sich. Ein wenig Zauberei machte jedes Wesen gesprächiger.

»Es gibt keine Schifffahrt. Die einzigen Boote Rodinias gehören dem König, und der sitzt in Königstadt.«

»Eine Kriegsflotte?«

»Nein«, stieß der Schmied mit fast entsetztem Gesicht hervor. »Fischerboote.«

Kyrian runzelte die Stirn. »Der König besitzt keinerlei Kriegsschiffe?«

Pallak lachte. »Wozu? Es gibt nichts und niemanden, der uns etwas Böses will. Am Ende der Welt liegt der Nebel. Außerdem beschützen die Magier uns vor allem Unheil.«

Dann schüttelte der Schmied den Kopf und knuffte Kyrian in die Seite. »Man könnte glatt meinen, du bist nicht von hier. Ah … Du treibst deine Späße mit mir.«

»Ja, ein Spaß«, sagte Kyrian lächelnd. Er trat an eine schmale Fensteröffnung und spähte nach draußen. Sollte es so leicht sein? Seine Gedanken wirbelten umher wie ein Zweig im Sog eines Wasserstrudels. Keine Seestreitmacht, keine Gegenwehr. Lediglich der Nebel musste verschwinden …

Er wandte sich um. »Noch etwas: Du besitzt nicht zufällig ein einfaches Buch? Über die Schmiedekunst vielleicht?«

»Ein was?« Der Wirt prustete vor Lachen.

Kyrian verzog missmutig das Gesicht. »Äh …?«

»Ein Buch?« Pallak schüttelte lachend den Kopf. »Schriftwerke sind den Magiern vorbehalten. Na ja, allenfalls noch den Apothekern oder Alchemisten. Was auf das Gleiche hinausläuft. Sie gehören alle der Magierschaft an. Das ist wie mit den Schiffen. So was gibt es ausschließlich in Königstadt. Der König nennt sie sein Eigen, aber die Magier sind die Verwalter aller Schriften. Nichts geschieht ohne ihre Einwilligung.«

»Und wie viele Magier gibt es so im Reich?«

Pallak brach erneut in schallendes Gelächter aus. »Jetzt verarschst du mich wirklich.«

Kyrian lachte ebenfalls, um kein Misstrauen zu erregen, und warf einen raschen Blick zur Tür. Das Schnarchen war verstummt. In diesem Moment erklangen knarzende Schritte auf der Treppe. Eine Stimme ertönte. »Pallak? Warum hast du mich so lange schlafen lassen?«

Kyrian wandte sich wieder zum Schmied. »Ich muss los.«

Der begann die Stirn zu runzeln und blinzelte verwirrt.

Der Freundschaftszauber ließ nach! Kyrians Puls beschleunigte sich. Erneuern oder ausschalten? Pallak durfte nichts von diesem Gespräch verraten. In diesem Moment huschten zwei Schatten am Seitenfenster vorbei in Richtung Hintertür.

Kyrian sprang in den Flur. Auf der Treppe entdeckte er eine rundliche Frau in einem grauen Nachthemd. Als sie ihn erblickte, drehte sie sich mit einem Aufschrei um und lief hinauf. Er sprintete los, ohne auf Pallaks erstauntes Rufen zu achten. Im selben Augenblick hörte er, wie die Tür des Werkstattraums aufschlug.

Magier! Vor dem Haus standen fünf Männer in dunkelgrünen Roben. Die Magier aus dem Wald. Sie hatten Mira gefunden! So schnell? Ihre Gedanken überschlugen sich, ihr Mund wurde trocken und ihr Herz begann zu rasen. Hatte Pallak, der Schmied, sie verraten? Andererseits: Mit ihrer Hautfarbe könnte sie sich auch als brennende Kerze in einem dunklen Raum verstecken.

Ein Mann, dessen braunes Haar von dicken, weißen Strähnen durchzogen war, redete mit ihrer Mutter, die energisch etwas verneinte und dabei so heftig den Kopf schüttelte, dass ihr Zopf umherwirbelte. Mira wollte sich zurückziehen, doch ihre Beine gehorchten ihr nicht. Die Angst lähmte ihren Körper, schnürte ihre Kehle immer weiter zu.

Ihre Starre löste sich erst, als ihre Mutter keifte: »Fragt sie doch selbst. Das faule Ding schläft im Haus.«

Augen und Mund weit geöffnet, schrie sie innerlich. *Mutter! Warum tust du das?* Hätte sie nicht sagen können, Mira wäre auf dem Feld? Oder Holz hacken?

Die Hitze schoss ihr ins Gesicht, als sich die Blicke der vier Magier in ihre Richtung wandten. Vier? Hatten da nicht gerade noch fünf Männer gestanden? Mira drehte sich zögernd um. Mit einem Aufschrei prallte sie gegen eine Gestalt. Die dunkelgrüne Robe war aus dem Nichts hinter ihr aufgetaucht. Als sich die Finger des Magiers um ihr Handgelenk schlossen, entglitt ihr der Schürhaken.

»Wohin so eilig?«, fragte der Mann.

Mira brachte keinen Laut heraus. Ohne Gegenwehr zog er sie mit sich nach draußen. Was nun folgte, war an Peinlichkeit nicht zu überbieten. Gerade erst erwacht, ungewaschen und ungekämmt, trug sie ihre schmutzige Kleidung vom Vortag. Glücklicherweise hatte das Gezeter ihrer Mutter bis dahin noch keine Nachbarn angelockt. Was sich jederzeit ändern konnte.

»Das muss sie sein«, äußerte ein blonder Magier.

Ein Schwarzhaariger mit buschigen Augenbrauen nickte. »Du wirst uns begleiten. Wir haben ein paar Fragen an dich.«

Mira versuchte zu sprechen, krächzte nur: »Und Pallak?«

»Der Schmied? Er befand sich unter ständiger Aufsicht. Seine Unschuld steht außer Frage.«

Der Boden wankte, Mira drohte, den Halt zu verlieren. Seine Unschuld? »Ich bin … angeklagt?« Ihre Stimme versagte.

Der Magier lächelte. Ein routiniertes, kaltes Lächeln.

Sofort mischte ihre Mutter sich ein. »Was wirft man ihr vor? Was geschieht mit ihr?« Ohne eine Antwort abzuwarten, drehte sie sich zu Mira um. »Was hast du wieder angestellt. Warum bereitest du uns immer nur Kummer? Immer treibst du dich in diesem Wald herum, statt auf dem Hof deine Arbeit zu verrichten. Du kannst von Glück sagen, dass dein Vater nicht da ist.«

»Ich wollte …«

»Du wolltest. Was wolltest du? Herumtreiben wolltest du dich. Aber eins sage ich dir: So bekommst du nie einen Ehemann ab. Die Leute reden schon genug über dich, und nun das. Du stürzt uns alle ins Unglück!«

Mira seufzte. Sie brauchte nichts zu erwidern, schwieg in der Gewissheit, dass ein Weiterreden sinnlos war, wenn sich ihre Mutter derart im Zorn befand.

Nachdem der Magier sich die ganze Zeit zurückgehalten hatte, rief er urplötzlich: »Schweig, Weib! Eskeleuarum!«

Augenblicklich verstummte das Gezeter, wenn auch nicht wirklich freiwillig.

Der Magier, dessen Blick unablässig zwischen Mira und ihrer Mutter gependelt war, atmete tief und geräuschvoll durch. Dann fuhr er in ruhigem Tonfall fort. »Du wirst uns begleiten. Pack ein paar Sachen zusammen, es wird eine lange Reise.«

Mira brachte all ihren Mut auf. »Wohin fahren wir?«

»Nach Königstadt«, antwortete der Magier.

Ihre Mutter schlug die Hand vor den Mund.

Den Schmied zu finden, war viel einfacher als bei dem weißen Mädchen. Am Dorfeingang woben Val und die beiden Kriegermagier eine gemeinsame Illusion. In Gestalt bescheidener Bauern ritten sie zur Schmiedewerkstatt. Meister Bertrosius bog mit vier Männern auf einen Seitenweg ein. Die Krieger stiegen ab, da der Weg sich als zu schmal erwies.

Val trabte weiter. Kurz vor der Schmiede entdeckte sie einen Burschen, dessen Knöchel von einem nassen Wickel verhüllt wurde. »Mein Pferd lahmt. Wo ist der Hufschmied?«

»Die Schmiede hat zu«, maulte der Junge und massierte sein Bein. Sein ausgestreckter Finger deutete auf das gegenüberliegende Gebäude.

»Freundlichkeit ist nicht die Stärke des einfachen Volks. Undankbares Pack«, murmelte Val kaum hörbar.

Sie umrundete das Haus bis zur Hälfte, um sich ein Bild von der Lage zu machen. Drei Türen, drei Magier, das passte perfekt. Sie raunte den beiden Männern zu: »Zählt bis sechzig. Dann dringen wir *gemeinsam* in das Gebäude ein. Habt ihr verstanden?«

Die Kriegermagier nickten und liefen los. Val begann zu zählen. »Eins, zwei, drei, vier ...«

»Einbrecher!«, brüllte Kyrian. Während er mit einem Illusionszauber sein Aussehen auf Pallak zauberte, sprintete er drei Treppenstufen gleichzeitig nehmend ins Obergeschoss. Der Schmied stürmte, ohne zu überlegen, zur Hintertür. Oben angelangt, sah Kyrian sich der Gemahlin des Handwerkers gegenüber, die sich mit einem Nudelholz bewaffnet hatte. Wo hatte dieses Weib das Ding her? Im Untergeschoss barst eine weitere Tür unter der Wucht einer Detonation.

»Ich bin ein Freund, unten sind die Eindringlinge«, rief Kyrian, doch die Frau reagierte nicht. Stattdessen warf sie sich ihm mit einem Schrei entgegen. Er wich elegant zur Seite aus und verpasste ihr einen Handkantenschlag ins Genick. Nach zwei Schritten sank sie polternd zu Boden.

Durch ein Fenster fiel Licht zum hinteren Hof. Er spähte hindurch. Als er niemanden entdeckte, sprang er mit einem Satz hinaus. Lautlos wie eine gefallene Feder landete er auf dem Wiesengrund. Das Gras erblühte um ihn herum, als er sich konzentrierte. Manchmal erwies sich der Energierückfluss als Nachteil.

Im Haus ertönten Schreie. Erst Männerstimmen, dann eine weibliche. In rascher Folge schoss Kyrian drei Feuerbälle in die beiden Schlote auf der Wiese. Mit einem verpuffenden Geräusch explodierte das sich erhitzende Kohle-Eisenschlacke-Gemisch im Inneren und verstreute sich in der Umgebung. Brennende Kohlestücke regneten vom Himmel herab und entzündeten die umliegenden Häuser.

Val war erst bei fünfzig angelangt, als sie einen Schrei vernahm. Gleich darauf barst eine Tür im hinteren Bereich des Gebäudes. Waren die beiden zu dumm zum Zählen?

»Blödmänner!« Sie ließ die Vordertür mithilfe eines Magiestoßes aufspringen. Als sie eintrat, sah sie, wie eine Gestalt mit einem Aufschrei durch den Flur geschleudert wurde. Der Mann zerschmetterte das Treppengeländer und sackte zu Boden. Ein Rauchfähnchen kräuselte sich empor.

»Ich will ihn lebend, ihr Idioten!«, schrie Val.

Ein Magier kniete neben dem leblosen Körper. »Es ist der Schmied. Er ist tot«, sagte er tonlos.

»Der andere ist nach oben«, rief der zweite Kriegermagier. Val hastete wie von Sinnen an ihm vorbei ins erste Stockwerk. Als die Detonation ertönte, sprintete sie zum Fenster. Gerade noch rechtzeitig zog sie einen magischen Schutzschild und wehrte die glühenden Funken ab, die ihr entgegenstoben. Ein Schatten verschwand zwischen zwei Häusern, dann leckten die Flammen an den Holzgebäuden.

Mira packte das Nötigste zusammen. Ein Robenträger mit kurz geschorenem blonden Bart begleitete sie und trieb zur Eile an. Einzig auf Anraten ihrer Mutter, deren Sprachbann durch die Magier gelöst worden war, gelangten ihr blaues Kleid und einige andere nützliche Dinge in ihre Tasche. Die selbst genähte Hose steckte Mira heimlich ein. Hosen waren einfach praktischer.

»Wenn ich bitten darf.« Der Magier lächelte wieder sein freudloses Lächeln, ihre Mutter fing sofort zu weinen an.

Mira hasste es, wenn sie ihretwegen weinte. Auch so fühlte sie sich schon schuldig genug. »Mach dir keine Sorgen, Mutter. Es ist alles gut.«

Der Weg bis zur Hauptstraße war zu schmal für eine Kutsche, sodass die Kriegermagier Mira in ihre Mitte nahmen und unter den Augen der neugierigen Nachbarn, die sich allmählich einfanden, abführten. Na prima, damit war das letzte Fünkchen Ansehen im Dorf dahin.

Allein die Tatsache, dass man sie nicht in Fesseln legte, gab ihr die Hoffnung, keine Gefangene zu sein. Aber was wollten die Magier dann von ihr? Das Reden mit einem Sträfling konnte doch nicht strafbar sein? Gut, kurz darauf hatte es einen Tumult gegeben. Und dann die vielen Explosionen ... Trotzdem, warum befragte man sie nicht hier und jetzt?

Eine Detonation ließ alle Anwesenden zusammenzucken. Der Magier mit den buschigen Augenbrauen reagierte als Erster. »Vorwärts, beeilt euch. Bringt das Mädchen weg! Ihr beiden, zu mir!«

»Feuer! Es brennt!«, erklang es aus der Ferne.

Miras Haare stellten sich augenblicklich auf, sie bekam eine Gänsehaut. Das Dorf brannte? Panik ergriff Besitz von ihr. Ein Brand war einer ihrer entsetzlichsten Albträume. Das durfte nicht sein! Sie blieb stehen. Auf der Hauptstraße stand der Kutschwagen des Bürgermeisters bereit. Durch tränennasse Augen sah sie die Menschen, die mit Eimern bewaffnet aus ihren Häusern strömten und in Richtung Teich liefen, allen voran ihre Mutter. »Wartet, was ist hier los? Mutter!«, schrie Mira.

Als Antwort packte jemand ihr Handgelenk und riss sie fort. »Sofort in die Kutsche! Wir müssen weg!«

Mira wurde in den Innenraum des Wagens gestoßen, zwei Magier stiegen zu ihr. Ein Mann sagte etwas, doch sie verstand ihn nicht. Hatte er überhaupt mit ihr gesprochen? Sie war sich sicher, dass er irgendetwas gesagt hatte … Es war Mira einerlei. Die Müdigkeit übermannte sie so abrupt wie nie zuvor. Ihre Augenlider flatterten, ein traumloser Schlaf kam über sie und sie rutschte kraftlos zur Seite.

Kyrian schlug einen Haken, überwand einen Graben und gelangte in einen angrenzenden Garten. »Feuer! Es brennt!«, schrie er.

Einen Atemzug darauf stürzten die Menschen aus ihren Hütten und rannten mit Eimern zur Wasserstelle der Schmiedewerkstatt. Der Qualm verteilte sich.

In welche Richtung sollte Kyrian laufen? Er hatte versäumt, den Schmied danach zu fragen. Doch dafür war es zu spät. Als er um eine Ecke bog, wich er sogleich zurück. Zwei Männer zogen das weiße Mädchen in eine Kutsche, dann raste der Wagen davon. Kyrian sah drei weitere Magier über eine Seitengasse auf die Hauptstraße rennen. Er sprintete zurück, schwang sich über ein Gatter und durchquerte den Stall eines Langhauses. Einem verdatterten Knecht rief er zu: »Die Robenträger haben die Schmiede angezündet. Es brennt!«

Sofort eilte der Bursche nach draußen.

Durch die Hintertür betrat Kyrian einen Pfad, der aus dem Dorf hinausführte. Vom Wald her ritten vier Männer in Roben auf die Siedlung zu. Als sie das Stadttor passiert hatten, sprangen sie von ihren Pferden und liefen aufs Feuer zu. Magier. Sie waren überall.

Er zwang sich zur Ruhe, schlenderte einen Weg entlang auf ein Gartentor zu und drehte sich nicht einmal um, als er jemanden rufen hörte. Kaum aber hatte er die Gartenanlage betreten, stürmte er los, schlängelte sich zwischen Lehmhäusern hindurch, überwand mehrere Zäune und hielt auf den nahe liegenden Wald zu. Warum nur musste jeder sein Grundstück einzäunen? Kyrian fluchte innerlich, als er eine weitere Abzäunung überquerte. Wenige Meter noch trennten ihn von den schützenden Bäumen. Gleich hätte er es geschafft …

Abrupt stoppte er seinen Lauf, als ein Pferd vor ihm auftauchte. Das Tier scheute, der Robenträger darauf hatte Mühe, sich im Sattel zu halten. Der Pferdeleib versperrte Kyrian die Schussbahn. Also warf er sich mit einem Satz nach vorn und packte das Bein des Mannes. Dann schleuderte ein Energiestoß den Reiter in hohem Bogen aus dem Sitz. Kyrian konzentrierte sich. Im plötzlich aufquellenden Nebel schwang er sich auf das Pferd und tauchte ins Dunkel des Waldes ein.

Val sprang. Bevor sie den Fußboden erreichte, wirkte die gesprochene magische Formel zum Landen. Dummerweise entzog der Spruch die benötigte Energie der näheren Umgebung, nicht dem Erdreich. Die Dachschindeln des Schmiedehauses trockneten dermaßen aus, dass die darauf liegenden glühenden Kohlestückchen augenblicklich das Dach entzündeten, als hätte jemand Öl darübergegossen. Val interessierte es nicht, die stürmte weiter. Während sie lief, sog sie Energie auf, von allen Seiten, egal woher. Es musste schnell gehen.

Weit kam sie nicht. Durch ihre Konzentration brannte das Umfeld bald lichterloh. Ihr weißer Mantel fing am Saum Feuer, ihr blieb nichts anderes übrig, als das Teichwasser umzuleiten. Dabei jedoch entstand Qualm, der es unmöglich machte, den Fremden zu verfolgen, geschweige denn, ihn zu riechen. Immer mehr Menschen rannten schreiend herbei, halfen beim Löschen und versperrten den Weg. Trotz allem gelang es ihr, den Dorfrand zu erreichen.

Was war das? In der kurzen Zeit konnte kein Brand die gesamte Ebene bis zum Wald verqualmt haben. Fluchend schnupperte Val. Geruchloser Nebel.

Auf einmal taumelte ein Schatten aus dem Dunst. Ohne zu zögern, schoss sie einen Lichtblitz ab. Der Mann flog zurück und verschwand in der sich allmählich auflösenden Vernebelung. Kampfbereit schlich sie der Gestalt entgegen. Sie ahnte bereits, dass es nicht der Fremde war. Nebelschlieren lösten sich auf und zeigten den am Boden liegenden, toten Reiter. Von seinem Tier fehlte jede Spur, ebenso von ihrer Beute.

Als sie den Schmiedeplatz erreichte, stand Bertrosius inmitten einer Gruppe Dörfler, die unter ausholenden Gesten debattierten. Er ließ sich nicht verunsichern, erklärte in beruhigendem Tonfall, dass es nichts zu befürchten gäbe. Gemeinsam mit zahlreichen Dorfbewohnern löschten die übrigen Magier die einzelnen Brandnester.

Valhelia stapfte schnurstracks auf die zwei Männer zu, die laut ihrem Befehl das Wohnhaus des Schmieds hatten betreten sollen, und schrie sie an: »Sagt mal, seid Ihr zu dumm zum Zählen? Ihr habt es verbockt!«

Bertrosius trat hinzu. »Was ist geschehen?«

»Wenn diese Idioten nicht zu früh ins Haus eingedrungen wären, hätten wir ihn erwischt. Und wenn die anderen Vollidioten nicht ins Dorf geritten wären, sondern am Wald gewartet hätten, wie befohlen …« Val sog die Luft scharf ein, ehe sie mit hochrotem Kopf fortfuhr: »Auch dann hätten wir ihn geschnappt!«

»Wir sahen Qualm, die Siedlung brannte. Wir wollten helfen«, verteidigte sich einer der Männer.

»Niemandem wird ein Vorwurf gemacht«, sagte Bertrosius, während Val ein paar Mal tief durchatmete.

Ihre Stimme nahm einen bedrohlichen Ton an: »Der Magister wird nicht erfreut sein. Der Schmied ist tot und einer der Reiter ebenfalls. Ich fand ihn am Dorfrand.«

Bertrosius seufzte schwer. Natürlich verschwieg Valhelia, dass der Mann durch ihren eigenen Lichtblitz gestorben war.

Es war ihr ohnehin egal. Viel wichtiger war, wie sie dem Magister den Misserfolg erklären sollte. Ihr musste eine gute Lösung einfallen. Unter der Vielzahl an Gedanken stutzte Val und runzelte die Stirn.

Bertrosius stellte sich neben sie. »Stimmt etwas nicht?«

»Ich weiß nicht. Ich finde es nur seltsam, dass hier auf dieser völlig ausgedörrten Sandfläche ein mickriger Streifen grün bewachsen ist. Zumal es überall brannte.« Sie kniete vor der frischen Grasfläche und strich darüber.

»Eine Laune der Natur?« Bertrosius kratzte sich am Kinn.

Val schüttelte den Kopf. »Es sieht aus wie ... Fußspuren.« Sie verfolgte die Spur mit vier hüpfenden Schritten. Dann hockte sie sich wieder hin, murmelte die Worte der magischen Formel und versuchte, in die Vergangenheit zu schauen. Für einen winzigen Moment erschien ein Mann, der in rascher Folge drei Feuerbälle in die Erzöfen schoss. Das Bild verblasste abrupt. Val schaute zu Boden. Das Gras vor ihr war ausgesaugt, grau und verdorrt.

»Konntet Ihr etwas sehen?«, fragte Bertrosius.

»Verfluchter Mist. Nein!« Sie stampfte mit dem Fuß auf, das Gesicht hochrot verfärbt. »Ihr schafft hier Ordnung, während ich zur Kutsche aufschließe. Ich werde dieses blasse Mädchen nach Königstadt begleiten.«

»Und der Bericht an den Magister?« Mit unglücklicher Miene sah er Val an.

»Darum kümmere ich mich, macht Euch keine Sorgen.«

Der Anführer der Magier nickte nur.

XIII
Ungewollte Reise

Oleri berichtete. Er erzählte alles, was er auf der Lichtung gesehen hatte. Kein Detail verschwieg er. Es bereitete ihm sogar ein wenig Freude, die Worte des Fremden gelangweilt zu zitieren: »Warte! Bleib da … Verdammt … Richte deinen Herren aus: Ich werde sie für das, was sie meiner Mannschaft angetan haben, töten … Ich werde euch alle töten! Bekomme ich jetzt mein Gebäck? … Oh, Entschuldigung, der letzte Satz gehörte nicht zur Botschaft.«

Der Magister starrte ihn an. Dann stieß er ein entsetzliches Brüllen aus, raufte sich die Haare und begann, die Einrichtung des Raums zu zertrümmern.

»Spät geworden, ich muss los, mein Meister wartet …«

»Du gehst nirgends hin!«, schrie der Magister und stieß den Feenmann mit einem magischen Spruch in einen Käfig.

Dort rieb Oleri sich den schmerzenden Arm. »Das bedeutet wohl: keinen Keks«, murmelte er beleidigt.

Mira öffnete die Augen. Wo befand sie sich? War sie zu Hause beim Sticken eingeschlafen? Ihr fehlte die Erinnerung dazu. Allmählich realisierte sie das Ruckeln, wie in einem Karren zur Heuernte. Sie blinzelte benommen, reckte sich, streckte die Glieder und gähnte ausgiebig. Trotz ihres schmerzenden Rückens fühlte Mira sich ausgeruht. Sie hätte augenblicklich loslaufen können, einem einjährigen Fohlen gleich, das im Spiel über die Weide tobte.

Erst jetzt bemerkte sie die grazile, jugendliche Frau auf der gegenüberliegenden Polsterbank. Die beachtlichen schwarzen Haare zu einem Zopf geflochten, verzog sie die vollen, sinnlichen Lippen zu einem amüsierten Lächeln. Miras Aufmerksamkeit wurde hypnotisch von einem beeindruckenden Busen angezogen, der den Stoff der schneeweißen Tunika spannte. Eine blaue Borte mit verschnörkelten Blumenranken verstärkte die Wirkung des Ausschnitts sogar noch. Als das Mädchen Miras Blick folgte, verbreiterte sich sein Lächeln.

Mira zuckte zusammen, Hitze schoss ihr in die Wangen. Peinlich berührt blickte sie zu Boden auf eng anliegende, karmesinrote Hosenbeine. Sie trug selber gerne Hosen, doch in ihrem gesamten Leben hatte sie noch keine dermaßen eleganten Beinkleider gesehen. Als die junge Frau ein Gespräch begann, schaute sie wieder auf.

»Fühlst du dich gut? Oder bist du krank?«

Mira zog die Stirn kraus. »Ich … verstehe nicht.«

Das Mädchen beugte sich vor und betrachtete sie weiterhin mit unverhohlener Neugier. »Du bist so blass. Ich frage mich schon eine ganze Weile: War das immer so?«

Diese Reaktion kannte Mira zu Genüge. Daher sagte sie monoton: »Ja, es geht mir gut.«

Die Augen des Mädchens erinnerten an rotbraun schimmerndes Herbstlaub. Zugleich lag Feuer darin. Es mochte kaum etwas geben, das ein anderes Wesen so sehr in den Bann ziehen konnte wie die Augen dieses Mädchens. Mit Ausnahme ihres Brustumfangs natürlich, der noch eher ins Blickfeld eines Betrachters rückte. Nicht, dass die Dinger für ihre zierliche Gestalt …

»Willst du sie mal anfassen?«

Mira erstarrte. »Bitte?« Ihr Mund blieb halb geöffnet. Hatte diese Jugendliche die Frage wahrhaftig gestellt?

Ihr Gegenüber lehnte sich entspannt zurück und sagte in schnippischem Tonfall: »Ist es nicht unhöflich, jemandem, den man nicht kennt, derart auf die Brüste zu starren?«

Miras Augen weiteten sich. Sie brachte keinen Ton heraus.

Das Mädchen beugte sich wieder vor. »Ich weiß ja nicht viel über das Leben auf dem Lande, aber bei uns in der Stadt stellt man sich erst einmal vor.«

Mira starrte die Frau leicht verwirrt an. Irgendwo hatte sie ja recht. Deshalb antwortete sie, wie es die Höflichkeit gebot:

»Ich heiße Mira. Eigentlich Mirabella. Mirabella Hafermann, um genau zu sein. Aber ...«

»Weiß ich doch.«

Mira verstummte. Sie stand kurz davor, die Hand auszustrecken, doch sie ließ es bleiben.

Die Stimme des Mädchens nahm einen versöhnlicheren Ton an. »Mein Name ist Valhelia. Du darfst mich Val nennen. Ich bin bis Königstadt deine Begleitung. Wächterin ist ein zu hartes Wort, finde ich. Ich bin schließlich keine Bedienstete.«

Miras Augen weiteten sich. »Ich bin Eure Gefangene?« Sie stockte, als die Erinnerung gewaltsam in ihr empordrang. Das Dorf hatte gebrannt, es war keine Einbildung gewesen. Wieso fiel es ihr erst jetzt ein? »Was ist mit meinem Heimatdorf?«, platzte es aus ihr heraus. »Und mit meiner Mutter? Ich muss zurück.«

Das Lächeln verschwand vom Gesicht des Mädchens. Eine unerträgliche Stille legte sich über den Innenraum der Kutsche. Die Hufe der Pferde klapperten in monotonem Rhythmus auf der Handelsstraße. Mira vernahm ihren eigenen Atem. Nach einer gefühlten Ewigkeit antwortete die junge Frau: »Du brauchst dir keine Sorgen zu machen. Birkenbach wurde dank der Hilfe der Magierschaft gerettet.«

»Aber ...«

Val schnitt ihr scharf das Wort ab. »Ich sagte doch, es ist alles in Ordnung. Die Magier ...« In sanfterem Ton fuhr sie fort: »Wir bleiben dort und sorgen für Frieden.«

Mira schwieg, die Zähne aufeinandergepresst. Sie kämpfte gegen die Tränen an, die allmählich die Oberhand zu gewinnen drohten. Die Arme um ihren Oberkörper geschlungen schaute sie ins Abenddunkel hinaus. Inzwischen zog die Dämmerung übers Land. Die Schatten wuchsen in die Länge, überzogen die Landschaft mit hoffnungsloser Schwärze.

Val brach das Schweigen. »Du solltest dich jetzt schlafen legen. Es wird Nacht, und ich will mich auch ausruhen. Ich habe keine Lust, die gesamte Zeit auf dich aufzupassen.«

»Ich bin nicht müde«, entgegnete Mira.

»Doch, das bist du, glaub mir.« Val redete, doch Mira verstand die Worte nicht mehr. Sie blinzelte und fühlte sich, als hätte sie von Sonnenaufgang bis Sonnenuntergang auf dem

Feld gearbeitet. Dann schlossen sich ihre Augen und sie fiel in eine alles verschlingende Dunkelheit.

Wie Bralag es hasste, unvorbereitet dem Magieroberhaupt gegenüberzutreten. Der geflügelte Bote hatte keinen Grund genannt, und sein eigener Bote Oleri war unterwegs. Mit einem flauen Gefühl im Magen betrat er den Saal.

Der Magister begrüßte ihn überschwänglich: »Bralag, alter Freund. Habt Ihr Euch gut erholt?«

»Ich kann nicht klagen, mein Magister.«

»Ihr fragt Euch sicherlich, warum ich Euch verfrüht aus Eurem Urlaub zurückbeordern lasse. Aber ich habe triftige Gründe. Die Lage ist ernst.«

Bralag schmunzelte innerlich. Val hatte es verbockt. Äußerlich blieb er gelassen, ein ausdrucksloses Höflichkeitslächeln im Gesicht. »Ich bin stets bereit, dem Reich zu dienen. Stillstand ist der Tod.«

Der Magister lachte. »Bralag, treuer Freund. Wie ich Euch kenne, seid Ihr eh schon wieder im Bilde. Ich will nicht lange um den heißen Brei herumreden.« Sein Lächeln verebbte, eine tiefe Falte bildete sich auf seiner Stirn. »Der Gefangene ist entkommen«, stieß er ohne Zögern aus.

Auch Bralag wurde ernst. »Wie konnte das passieren?«

»Irgendwelche Schuldzuweisungen helfen nicht weiter. Der Geflohene ist äußerst gefährlich. Ich habe mich getäuscht. Er ist kein gewöhnlicher Zauberer. Er scheint mir eher ein Dämon aus einer anderen Welt zu sein.«

Die Stirn gerunzelt, fragte Bralag: »Was haben die Wächter des Trosses berichtet?«

»Sie sind alle tot.« Der Magister sprach ohne Regung.

Bralag spürte, wie das Blut seine Wangen verließ. »Alle? Ich meine, es muss doch … Wie könnt Ihr Euch sicher sein?«

»Glaubt mir. Sie sind allesamt getötet worden. Eine Botenfee hat einen ausführlichen Bericht abgeliefert.«

»Wurden die Familien unterrichtet?«

»Die Familien, die Familien.« Das Gesicht des Magisters färbte sich rötlich. »Uns plagen ganz andere Sorgen, als die Angehörigen zu unterrichten. Dieser Fremde ist eine Gefahr für die Magierwelt. Unsere gesamte Existenz! Versteht Ihr?«

Bralag biss die Zähne aufeinander. »Was können wir tun?«, fragte er schließlich.

»Es gibt eine Überlebende.«

»Von außerhalb?« Bralag zog die Augenbrauen hoch.

»Ganz recht. Ein einfaches Bauernmädchen aus dem Dorf Birkenbach. Sie begleitete einen Schmied. Anscheinend hat sie etwas mit dem Verschwinden des Fremden zu tun.«

»Wo befinden sich das Mädchen und der Mann jetzt?«

»Der Schmied ist tot. Valhelia konnte nicht verhindern, dass er von diesem Monster ermordet wurde. Wir vermuten, er wollte sich auch das Mädchen schnappen. Val konnte sie retten und ist jetzt mit dem Mädchen auf dem Weg hierher.« Der Magister kratzte sich am Kinn, ehe er fortfuhr. »Ich weiß, Ihr beide habt nicht das beste Verhältnis zueinander. Dennoch erwarte ich, dass Ihr zusammenarbeitet.«

Bralag öffnete den Mund, doch der Magister ließ ihn nicht zu Wort kommen. »Lasst mich ausreden. Ihr leitet das Verhör mit diesem Bauernmädchen. Ich vertraue ganz Eurer Kunst der Wahrheitsfindung. Jagt ihr ruhig ein wenig Angst ein. Danach überlegen wir uns die weiteren Schritte. Das ist kein Wunsch, sondern ein Befehl. Ihr werdet Euren Zwist beilegen.«

Bralag nickte mit zusammengepressten Lippen.

Der Magister legte ihm eine Hand auf die Schulter. »Bralag, dieses Monster hat den kompletten Tross ausgelöscht. Neunzehn Magier. Und Ihr wisst am besten, dass es gute Männer waren. Eure Männer. Also enttäuscht mich nicht und arbeitet zusammen. Val besitzt eine besondere Gabe, die Ihr gemeinsam zu unser aller Vorteil nutzen könnt.«

Erneut nickte Bralag, auch wenn er dem nicht zustimmte. Valhelia war ein verzogenes Kind, verschlagen und hinterlistig dazu. »Wie Ihr wünscht, mein Magister. Wann wird Meisterin Valhelia in Königstadt erscheinen?«

»In zwei bis drei Tagen. Euch bleibt genug Zeit, alles vorzubereiten.«

»Weiß man etwas über den Fremden? Über seine Ziele?«

Der Magister begann, im Raum auf und ab zu wandern. »Nein. Wir hoffen, Aufschluss durch dieses Bauernmädchen zu erlangen. Er hat sie am Leben gelassen. Mehr nicht.«

In diesem Moment schwirrte eine Botenfee zum Fenster herein. Sie flog direkt auf den Obersten der Magier zu und blieb vor ihm in der Luft stehen.

Der Magister blaffte die ansehnliche männliche Fee an: »Was störst du uns ungefragt? Gibt es Neuigkeiten, sprich.«

Der Feenmann warf einen Blick in Bralags Richtung.

»Er ist ein Vertrauter. Sprich endlich«, fuhr der Magister ihn an.

Diese streckte sich, strich ihr bräunliches Gewand glatt und spulte ihre Nachricht ab. »Eine Botschaft von Meisterin Valhelia: keine Spur vom Fremden. Befinde mich auf direktem Weg über die Nord-Süd-Route. Die Gegend um Ilmathori wurde abgeriegelt. Ende der Meldung.« Der Feenmann verbeugte sich.

»Gut«, blaffte der Magister. »Halte dich bereit.«

Mit einer unwirschen Bewegung scheuchte er die Fee fort. Sie flog in eine Ecke des Raums und ließ sich auf einem samtroten Kissen nieder. Dort widmete sie ihre Aufmerksamkeit einem mächtigen Stück Gebäck.

Der Magister wandte sich an Bralag. »Wir müssen diesen Fremden finden. Sucht das gesamte Land ab. Dreht jeden Stein um, wenn es sein muss. Aber findet diesen Bastard!«

Bralag lächelte innerlich. Jetzt brauchte der Magister ihn wieder; er sollte die Kastanien aus dem Feuer holen. Aber das machte nichts, schließlich konnte er das am besten. »Ich fange mit der Weststraße an. Wir sperren den Zugang zum Gebirge, der Weg dorthin wird ihm nicht gelingen. Und ist er bereits dort, kann er Winterland nicht mehr verlassen. Die Trolle werden ihn aufgreifen und uns übergeben. Ihr könnt Euch auf mich verlassen, mein Magister.«

»Das hoffe ich. Ihr habt drei Tage Zeit, alles abzuriegeln.«

XIV
Die Herberge im Wald

Kyrian versuchte, den Geist vom Körper zu lösen. Er musste seine Rache in den Hintergrund stellen und die weiße Magierin suchen. Sie ging ihm nicht mehr aus dem Kopf. Wie von selbst öffneten sich seine Augen, die Konzentration verflüchtigte sich wie der feine Rauch einer Pfeife. Es war offensichtlich: Sie hatte ihn gerettet. Verständlicherweise war sie im Wald vor Angst geflohen. Das Mädchen kannte ihn nicht, und er hatte es attackiert. Das hatte die Situation mit sich gebracht. Doch nun war es zu spät, die Magierin blieb fort. Er konnte nur hoffen, ihre Spur wiederzufinden.

Kyrians Plan, diese Welt zu erobern, ging nicht auf. Dabei hätte es so leicht sein können. Er wäre in dieses Land gekommen, hätte sich das Vertrauen der Trolle durch Präsente erkauft und die Magier zu einer friedlichen Aufgabe bewegt. Doch jetzt lief sein Vorhaben aus dem Ruder. Targas, sein Lehrmeister war gestorben, wie auch seine Freunde. Das Schiff war gesunken, die Geschenke lagen auf dem Meeresgrund. All das war seine Schuld – wegen einer Vision.

Momentan sah es alles andere als rosig aus. Ziellos irrte Kyrian seit Tagen im Wald umher, war knapp einer erneuten Gefangennahme entgangen. Er hatte diese Magier unterschätzt. Nun musste er eine Entscheidung fällen.

Die Trolle! Selbst ohne Buch könnte er das Trollvolk besuchen. Es galt, mit ihnen eine Armee aufzustellen und diese jämmerlichen Magier in Grund und Boden zu stampfen. Zwei Fliegen mit einer Klappe. So käme er zu seiner Rache und könnte das Reich für seinen Vater übernehmen. Um die weiße Magierin würde er sich später kümmern.

Aber wo sollte er die Suche beginnen? In überlieferten Schriften stand, die Trolle wohnten in einem riesigen Wald. Dabei gab es nur ein Problem: Dieser Wald existierte nicht mehr. Er war vor tausend Jahren durch den Krieg zerstört worden.

Ein Gedanke durchzuckte seinen Kopf wie ein zuschnappendes Drachenmaul: Was, wenn die Trolle gar nicht mehr lebten? Konnte ein Volk aussterben? Kyrian wollte es sich nicht vorstellen. Von allen Lebewesen gab es zahlreiche Exemplare in seiner Welt. Niemand verschwand, ohne Spuren zu hinterlassen. Spuren ... natürlich! Er schnellte hoch, bestieg sein Pferd und ritt los.

Zwei Stunden darauf spähte Kyrian zwischen den Zweigen eines dornigen Strauchs hindurch. Eine geraume Weile betrachtete er nun schon den Haupteingang des einsam gelegenen Gasthofs. Die Holzfassade hatte sich durch das Einwirken der Sonne grau gefärbt. Ein verblichenes Holzschild schwang sanft im seichten Wind hin und her. Trotz der abblätternden Farbe konnte Kyrian den Namen der Herberge entziffern. »Zum Waldschrat« prangte in einst kunstvoll geschwungenen Buchstaben auf dem Schild. Der Hof hatte eindeutig bessere Zeiten erlebt. Und dabei hatte Kyrian noch nicht einmal die Rückseite dieser Absteige gesehen.

Niemand hatte bis jetzt das Gasthaus betreten oder verlassen. Gut besucht schien es nicht zu sein. Also könnte er einen Versuch wagen. Er benötigte dringend Informationen. Über das Land, die Magier, die Trolle.

Kyrian strich sich über den Bartansatz und schaute naserümpfend an seinem Körper hinab. Ein Bad wäre nicht schlecht. Die Kleidung des Schmieds aus Birkenbach starrte vor Schmutz, an mehreren Stellen war sie aufgerissen – Zeichen seiner Flucht.

Es würde schon klappen. Er galt als der begabteste Zauberer der Welt. Seiner Welt. Und doch blieben die Zweifel, die vergangenen drei Tage seiner Flucht durch die Wildnis hatten ihm gezeigt, dass er viele Probleme nicht mit Zauberei lösen konnte. Nahrung ließ sich nur schwer herbeizaubern. Für Gold jedoch bekam man alles. Warum sollte es in dieser Welt anders sein als in seiner Heimat? Zu Hause ...

Kyrian klopfte sich den Dreck vom Mantel. Zumindest versuchte er es. Dann eilte er zur doppelflügeligen Eingangstür, verharrte davor und lauschte. Sein Magenknurren übertönte allerdings jedes Geräusch aus dem Inneren der Herberge. Entschlossen wollte er die Tür aufdrücken … und stieß hart mit der Schulter dagegen.

Schritte, dann eine Stimme dröhnte von drinnen: »Hinten rum! Die Tür ist kaputt!«

Kyrians Miene verdüsterte sich schlagartig. Kein Wunder, dass hier niemand ein- oder ausging. Sollte er umkehren? Nein. Er müsste auf der Hut sein, aber er sollte es versuchen. Aufmerksam umrundete er das Gebäude. Im Garten standen drei Grubenhäuser, ein Stall und mehrere Verschläge, in denen Holz gelagert wurde. Ein dickes Weib kniete neben einem Holzhaufen und wusch Wäsche in einem Zuber. Sie beachtete ihn nicht. Der gesamte Hof sah gleichermaßen heruntergekommen aus. Allein der Schaft einer Axt, die in einem Hauklotz neben der Frau steckte, leuchtete neu.

Eine geöffnete Holztür zog Kyrians Aufmerksamkeit auf sich. Warum hatte er nicht gleich hinterm Haus nachgeschaut? Aber der Hunger war größer als die Vorsicht. Dämmrige Dunkelheit umfing ihn, als er den schmalen Flur betrat. Der Gang führte zu einer angelehnten Tür. Stimmengemurmel drang von dort an Kyrians Ohr. Vielleicht befanden sich nur der Wirt und ein Gast in der Schenke.

Seine Hoffnungen wurden jäh zerstört, als die Tür aufschwang und die Sicht auf einen gemütlichen, mit allerlei Volk gefüllten Schankraum freigab. Kaum trat er ein, richteten sich sogleich alle Blicke auf seine abgerissene Gestalt. Der Hass der Anwesenden war spürbar.

Während er zur Theke schritt, an der drei stämmige Burschen lehnten, erfasste er die Gäste. Die Kerle sahen alle gleich aus: Kurze dunkle Haare, bartlos, durchtrainierte Körper. Lediglich ein paar Winter älter als er. An einem Tisch in Türnähe saßen Suppe schlürfend zwei weitaus betagtere Männer, deren Gesichter von zu viel Sonne gezeichnet waren. Ein abgenagtes Hühnchen vor ihnen machte einen kläglichen Eindruck, auch der vertrocknete Blumenstrauß in einer Vase hatte auf jeden Fall bessere Zeiten erlebt. Dennoch lief Kyrian das Wasser im Mund zusammen. In der hintersten Ecke schütteten zwei Zentauren an einem Stehtisch eine undefinierbare Flüssigkeit aus Holzkrügen in ihre Kehlen. Keiner der Gäste trug eine Waffe, ein positives Zeichen. Die Holzfälleräxte, die an der Theke lehnten, sahen schon gefährlich genug aus.

Der Wirt, ein schlaksiger Kerl, die rötlichen Haare zu einem Pferdeschwanz zusammengebunden, polterte: »Wo kommst du denn her?«

Kyrian räusperte sich, ohne auf die Frage einzugehen. Mit so viel Aufmerksamkeit hatte er nicht gerechnet. Dennoch blieb seine Stimme ruhig. »Ist es möglich, ein Zimmer zur Nachtruhe zu bekommen?«

»So wie du aussiehst?«, fuhr ihn der Wirt an.

»Der kommt mir wie ein Thrallstädter vor«, brummte der Mann in der Mitte des Tresens, dessen schulterlanges Haar seinen Nacken verdeckte. Seine muskulösen Arme stützten sich auf die massive Holzplatte, unter der Schafsfellweste zeichnete sich ein beachtlicher Brustumfang ab. Unverhohlene Neugier spiegelte sich in wasserblauen Augen, die sich an Kyrians Gestalt hefteten. Etwas Forschendes lag darin, sie tasteten ihn ab. Auf Stärke, Gewandtheit, Geschicklichkeit.

Kyrians Schultern sackten leicht nach unten. Ein hilfloses Aussehen könnte ihm in einem Kampf den entscheidenden Vorteil geben. »Ich bezahle auch. In Gold.« Er versuchte, freundlich zu schauen, doch bei seinem Erscheinungsbild bewirkte er das Gegenteil.

»Woher hat einer wie du Goldmünzen? Die hast du doch gestohlen.« Diese Unterhaltung nahm definitiv eine unangenehme Wendung. Genau das hatte Kyrian nicht beabsichtigt.

Beschwichtigend hob er die Hände. »Ich will keinen Ärger.«

Bei dieser Geste zuckten alle Anwesenden zusammen.

Die Augen des Wirts blitzten zornig. »Was fällt dir ein! Verspottest du die hohen Herren der Magierschaft?«

Die drei Männer am Tresen ergriffen ihre langstieligen Äxte und bauten sich drohend vor ihm auf.

Kyrian senkte abrupt die Hände. »Wir können das alles in Ruhe regeln. Wir sind doch zivilisierte Menschen.«

Jetzt sprangen die beiden Pferdewesen vor. »He, hast du was gegen das Volk der Zentauren? Bist du ein Rassist?«

Schlagartig wurde Kyrian klar: Diese Leute suchten Ärger. Er stöhnte und fuhr sich mit der Hand über die Stirn. Während er sich konzentrierte, murmelte er: »Sagt nicht, ich hätte es nicht versucht.«

Die Zeit verlangsamte sich. Zähflüssig wie ein Tropfen Sirup drang die Szenerie in Kyrians Kopf. Der Schafsfellmann, der in aller Ruhe die Axt hob, flankiert von seinen grinsenden Kumpanen. Die Zentauren, die ein wieherndes Lachen ausstießen und sich dabei schüttelten. Die Suppenschlürfer, die mit aufgerissenen Augen auf die vertrocknete Blume vor sich starrten, die allmählich erblühte. Konzentriert und siegessicher lächelte er.

In diesem Moment betraten zwei in Roben gekleidete Männer den Schankraum. »Was geht hier vor?«

Wo kamen plötzlich die beiden Magier her? Kyrian vernahm ein Murmeln, ihm fehlte die Zeit, zu überlegen. Ehe er reagieren konnte, traf ihn ein Schlag, der ihm den Atem raubte, alle Luft aus ihm sog. Wenig später prallte sie mit einem Knall gegen seinen Kopf, zurück in die Lungen. Er taumelte, ging zu Boden, wie seine drei Gegner. Ein ohrenbetäubendes Pfeifen lähmte seinen Gleichgewichtssinn, benommen blieb er liegen. Blut rann ihm aus der Nase, er blinzelte einen rötlichen Schleier vor den Augen fort. Erst nach einigen Augenblicken verebbte das Pfeifgeräusch und er hörte dumpfe Stimmen, als hätte er sich eine Bettdecke über den Kopf gezogen.

»Spinnst du? Wir brauchen die Hinterwäldler zum Bäumefällen. Du kannst doch kein Vakuum erschaffen.«

Der zweite Robenträger, ein Hüne von Magier, ließ sich nicht beeindrucken. »Noch habe ich das Sagen«, knurrte er. »Also noch mal: Was geht hier vor? Wer ist der Penner?« Er pustete sich eine schlohweiße Haarsträhne aus dem länglichen Gesicht.

Der Mann am Tisch hielt seinen Suppenlöffel nach wie vor in der Hand. »K-keine Ahnung«, stotterte er. »Ist eben eingetroffen.«

Der erste Magier, die ellenlangen Haare zu einem Zopf gebunden, trat zu Kyrian. Trotz seiner schmächtigen Figur zerrte er ihn mühelos auf die Beine. »Schau dir diesen Latrinenreiniger an. Der ist voll im Arsch.« Er gluckste lachend.

Kyrian ließ den Kopf kraftlos in den Nacken sinken, um im nächsten Moment blitzschnell zuzustoßen. Er traf sein Gegenüber direkt an der Stirn. Ein trockenes Knacken folgte, als das Nasenbein brach. Der Zopfträger ließ los, Kyrian sackte zusammen. Noch im Fallen konzentrierte er sich.

Der Zauberspruch brachte ihn Körper hinter die Theke. Mit einem Tritt holte er den Wirt von den Beinen. Ehe der begriff, wie ihm geschah, rammte Kyrians Ellenbogen sein Kinn. Im nächsten Moment lag der Schankwirt da und rührte sich nicht mehr.

Kyrian rappelte sich schwerfällig auf und fixierte die beiden Robenträger. Der Langhaarige presste sich die Fäuste gegen den Schädel, während der andere Magier sich im Schneckentempo zum Tresen drehte. Den Mund halb geöffnet, die Augen aufgerissen, starrte er auf Kyrians Hände, aus denen jeweils ein Strahl schoss. Die Wucht der Schockstrahlen schleuderte die beiden quer durch die Schenke.

Die Männer am Esstisch flohen. Die Zentauren wieherten panisch, als Kyrian seine Handflächen gegen die Pferdemenschen richtete.

»Freunde?«, fragte der Schmächtigere von ihnen.

»Legt euch schlafen«, entgegnete Kyrian mit ausdrucksloser Miene.

Ehe der Zauberspruch seine Wirkung entfaltete, registrierte er aus dem Augenwinkel eine Bewegung. Er spürte den Luftzug der Axt, die in die Tresenplatte einschlug, und sprang zurück. Die drei Holzfäller hatten ihre Benommenheit abgelegt. Ächzend riss der Hüne seine Spaltaxt aus der Platte.

»Haltet ihn auf, ich hole Hilfe!«, brüllte einer der Zentauren und galoppierte hinaus.

Kyrian sandte ihm einen Blitzstrahl hinterher, ohne zu erkennen, ob er getroffen hatte. Der Kerl mit der Holzfälleraxt forderte seine Aufmerksamkeit. Hinzu kamen ein zweiter Mann und der verbliebene Zentaur. Erneut konzentrierte Kyrian sich. *Euch kriege ich!*

Sein Luftwirbel schleuderte die drei Holzfäller gegen das Pferdewesen. Die hochgerissenen Waffen fielen scheppernd zu Boden. Knochen brachen, als die Luftmassen die Körper zu einem Knäuel verbanden. Zwei der Männer und der Zentaur regten sich nicht, der Dritte versuchte, davonzukriechen. Ein weiterer Windstoß erfasste ihn und trug ihn zum Fenster hinaus. Sein Schrei endete draußen mit einem Schlag.

Völlig verausgabt senkte Kyrian die Arme und schloss die Augen.

Als sich jemand hinter ihm räusperte, fuhr er herum. Im Türrahmen lehnte ein Mann. Eine gestreifte Hose und ein farbenfrohes, von unzähligen Flicken übernähtes Hemd verbargen einen kompakten Körper. Ein Hut mit Federbusch hing, durch ein Band gehalten, am Rücken, darunter eine Laute. »Frühstück wird jetzt wohl nicht mehr serviert, oder?«

Unbekümmert stieg er über den am Boden liegenden Magier und trat an die Theke heran. Er griff sich eine Flasche nebst Tonbecher, goss ein wenig von der dunklen Flüssigkeit ein, schnupperte daran und schüttete den Inhalt in einem Zug herunter. Schwer atmend beobachtete Kyrian ihn.

»Na, das ist was«, sagte der Mann, schüttelte den Kopf und deutete auf den üppig blühenden Strauß auf dem Tisch. »Ich sah noch nie Blumen während eines Kampfes erblühen.« Als keine Erwiderung kam, fuhr er fort: »Raues Volk, diese Holzfäller. Prügeln sich ständig.« Er drehte sich zu Kyrian um und streckte die Hand aus, zog sie allerdings sofort wieder zurück. »Parcival mein Name … Ich hoffe doch schwer, du wirst mich nicht töten.«

»Kommt drauf an.« Kyrian verengte die Augen.

Parcival schluckte. »Worauf denn?«

»Ob du mir sagst, was ich wissen will.«

»Oh, reden kann ich hervorragend, sagt man.«

Kyrian schmunzelte, hob eine Hand und konzentrierte sich. »Das trifft sich gut. Dann sollten wir uns unterhalten.«

Doch es blieb keine Zeit für ein Gespräch. Ein schriller Schrei ertönte hinter Kyrian, Parcivals Gesicht verzog sich vor purer Panik. Kyrian fuhr herum: Das Weib aus dem Garten schoss in die Wirtsstube herein und schwang das Handbeil über dem Kopf – das mit dem erneuerten Schaft.

Kyrian schickte die Frau mit einer lässigen Bewegung in den Schlaf. Sie stolperte und schlug der Länge nach hin, das Beil rutschte vor Kyrians Füße.

Er hob es auf, wandte sich um und schaute Parcival in die Augen, während er ihn an der Schulter berührte. »Wir sollten von diesem Ort verschwinden, mein Freund.« Der Freundschaftszauber wirkte auch diesmal zuverlässig.

»Ja, das … sollten wir.« Parcival schaute verwirrt drein. Als sein Blick sich festigte, antwortete er: »Unsereiner muss zusammenhalten.«

»Scheint so, ja«, murmelte Kyrian. Einen angreifenden Feind zu töten, war eins, aber einen wehrlosen Gaukler …

XV
Das Verhör

Mira verbrachte die siebentägige Reise nach Königstadt zwischen Schlaf und Wachen, Wirklichkeit und Traum. Sie hatte zwar den Mut gefunden, ein paar Fragen zu stellen, die Valhelia bereitwillig beantwortet hatte, dennoch verlief der größte Teil ihres Weges schweigsam.

Sieben Tage. Sieben höllisch lange Tage, in denen Mira sich ausmalte, was die Magier alles mit ihr anstellten. Womöglich würde man sie foltern. Ein Todesurteil war schnell gesprochen. Mindestens aber würde sie in einem Kerker verrotten. Je näher die Hauptstadt des Reichs rückte, desto unerträglicher empfand Mira diese Ungewissheit. Das Schweigen füllte den Innenraum der Kutsche wie Regenwasser einen Bottich. Die Furcht vor der unvermeidlichen Zukunft schnürte ihr die Kehle weiter und weiter zu.

Ihr Gegenüber schien sich an dieser Angst zu weiden. Jedes Mal, wenn Mira vor dem innerlichen Zerbersten stand, eröffnete das Mädchen ein belangloses Gespräch, um kurz darauf mitten im Satz abzubrechen und zu verstummen. Sie interessierte sich keinen Deut für Miras Seelenleben. Wann immer sie zu weinen begann, murmelte Val entnervt unverständliche Worte, woraufhin Mira einschlief. Wann endete diese Fahrt nur endlich?

Wie auf ein Stichwort meldete sich Valhelia zu Wort. »Wir erreichen jetzt die Hauptstadt des Reiches.«

Mira schreckte hoch, als die Stimme so urplötzlich in ihren Geist drang. Sie streckte den schmerzenden Körper.

»Hast du jemals Königstadt gesehen?«, fragte Val. Ein spöttisches Lächeln erschien auf ihrem Gesicht, als sie Miras Kopfschütteln sah. »Wohl kaum.«

Mira versuchte sofort, aus dem Seitenfenster zu spähen. Der Kutschwagen überquerte einen Fluss, in dessen breiten

Lauf ihr gesamtes Heimatdorf gepasst hätte. Eine gigantische Steinbrücke führte hinüber. Behauene Bögen mit Statuen darin, stattlicher als Trolle, säumten die vier Kutschen breite Straße. Ein monströses Stadttor aus Holz kam in Sichtweite, flankiert von Wachposten. Rechts und links davon ragte eine gewaltige Stadtmauer über zehn Körperlängen in die Höhe, weitaus höher als der Turm des Bürgermeisters in ihrem Dorf.

Nach einer scharfen Kurve verdunkelte sich der Weg vor ihnen. Zu Miras Überraschung befanden sie sich in einer Art Tunnel, offenbar im Inneren der Stadtmauer.

»Du solltest dich ausruhen«, sagte Val.

Mira schaute sie fragend an. Hatte sie nicht fast die Woche mit Schlafen zugebracht? Oder zumindest den größten Teil? Sie verspürte keinerlei Müdigkeit und war obendrein viel zu aufgewühlt, als dass sie hätte schlafen können.

»Nun schau nicht wie ein Huhn, wenn es donnert.« Val lachte kurz, dann trat ein kalter Ausdruck in ihren Blick. Sie murmelte diese Worte, die Mira nicht verstand, die sie aber schon ein paar Mal auf der Reise gehört hatte.

»Nein, warte ...«

»Schlaf jetzt!« Die Stimme der Magierin klang melodiös und gleichzeitig monoton. Ein Säuseln. Vor Miras Augen verschwamm die Welt. Ihre Augenlider sanken herab. Einmal. Zweimal. Sie konnte sehen, wie Val zufrieden lächelte. Ein abfälliges, kaltes Lächeln. So sehr Mira auch versuchte, gegen die Müdigkeit anzukämpfen – einen Wimpernschlag später schlief sie ein.

Träumte sie noch? Wo befand sie sich? Was war geschehen? Wie Birkenpech sickerte die Erinnerung in ihren schläfrigen Verstand. Sie lag in einem fremden Bett, in einem fremden Zimmer. Auf dem Nachtschrank daneben stand eine Waschschüssel. Ein runder Tisch mit einem Stuhl bildete das restliche Mobiliar des Raums. Alle Möbelstücke waren aus weiß bemalten Holz gebaut und mit Schnörkeln und diversen Verzierungen versehen. Die Einrichtung zeugte von Geschmack.

Mira erhob sich. Wasser im Gesicht würde sicher ihre Lebensgeister anregen. Zu ihrem Bedauern war die Wasserschüssel leer. Als sie an die Tür trat, stutzte sie: Es befand sich kein Griff daran, kein Riegel oder Ähnliches, um sie zu öffnen.

Tränen stiegen ihr in die Augen. Ihr Herzschlag beschleunigte sich. Sie taumelte, erreichte das Bett und sank darauf nieder. Warum hatte man sie an diesen Ort gebracht? Er schien so schön und war doch eine Gefängniszelle. Die Magier hätten sie ebenso gut in Birkenbach befragen können. Warum diese Reise? Mira verstand es nicht. Die Unwissenheit steigerte ihre Angst ins Unermessliche. Ihre Atmung ging unregelmäßig. Luft, sie brauchte frische Luft.

Ein Sonnenstrahl, der durch eine Öffnung in Deckenhöhe in den Raum drang, erregte ihre Aufmerksamkeit. Mira sprang auf und eilte zu der Fensteröffnung, die in unerreichbarer Höhe lag. Wenn sie einen Stuhl unters Fenster schob?

Ein Geräusch vor der Tür unterbrach ihre Überlegungen. Mit einem Sprung erreichte sie das Bett und hockte sich stocksteif hin. So schnell es ging, wischte sie die nassen Schlieren von den Wangen. Ihr Herz hämmerte wild gegen die Brust.

Wie von Geisterhand schwang die Holztür auf. Ein Mann in Miras Alter betrat das Zimmer. Er hatte die kohlrabenschwarzen Haare zum traditionellen schulterlangen Zopf gebunden und trug das gleiche Gewand wie die Magier von der Waldlichtung.

Ohne ein Wort zu sagen, füllte er die Waschschüssel. Dann wandte er sich zu Mira und lächelte. Ein warmherziges, beruhigendes, ehrliches Lächeln. Selbst seine Augen schienen zu lächeln. Ja, ein regelrechtes Strahlen ging von ihnen aus.

Er verließ den Raum, erschien jedoch sogleich wieder mit einem Tablett, gefüllt mit Brot, Schinken, Käse, frischem Obst und einem Becher Wasser. Das Tablett stellte er auf den Tisch und zeigte in einer einladenden Geste darauf. Als Mira ihren Kopf schüttelte, begann er zu sprechen. Zumindest versuchte er es. »D-du m-musst … etwas t-trinken.«

»Wie bitte?« Mira verkniff sich ein Grinsen. Der Junge stotterte erbärmlich.

Er verzog den Mund, doch das Lächeln seiner Augen blieb bestehen. Wieder deutete er auf das Essen, nickte und drehte sich um. An der Tür verharrte er. »W-wenn ... wenn d-du w-was b-brauchst, dann k-k-k-kl-kl-kl...« Er atmete tief durch. »Klopf einfach.« Damit verschwand er.

Mira musste kichern. Ihr Blick glitt zum Tisch. Der Duft von Schinken und Käse stieg ihr in die Nase. Doch sie würde bestimmt nichts von dieser Henkersmahlzeit anrühren. Auch wenn das Knurren ihres Magens diesen Vorsatz im Keim zu ersticken versuchte. Höchstens einen Apfel und eine Handvoll Weintrauben ...

Wenig später hatte sie das halbe Tablett geleert. Nach dem Essen wusch sie ihr Gesicht und hockte sich aufs Bett. Was nun? Sollte sie klopfen, wie der Junge es angeboten hatte? Was konnte eine Gefangene schon verlangen? Sie erhob sich, trat an die Tür und klopfte zögerlich. Sogleich öffnete die Tür sich lautlos und der Stotterer stand im Türrahmen.

»Ich bin fertig«, sagte Mira, ohne zu wissen, warum. Sie suchte Gesellschaft, wollte nicht allein mit ihrer Ungewissheit bleiben.

Nach einer Weile des Schweigens antwortete der Junge: »Sch-schön f-für d-dich.« Er zuckte mit den Schultern.

Die beiden sahen einander an.

»Was geschieht jetzt mit mir?«

Erneut zuckte er mit den Schultern. Mira seufzte und drehte sich fort. Als sie sich wieder umwandte, war die Zimmertür verschlossen.

Bald darauf klopfte es. Wieso klopfte jemand an einer Gefängniszelle an? Sie sprang auf und sah sich gehetzt um, besann sich jedoch, den Gast hereinzubitten.

Auf ihren zaghaften Ruf trat ein hochgewachsener Mann mit kurzem, schlohweißem Haar ein. Sein Körper war in eine prunkvolle dunkelgrüne Robe gehüllt. Er stutzte. Für einen winzigen Moment schienen ihm die Gesichtszüge zu entgleisen. Dann fing er sich, holte tief Luft und räusperte sich.

»Ich bin ... mein Name ist Bralag. Oberster Heerführer der Bewahrer der Ruhe und zweiter Magier des Reiches.« Er bedeutete Mira, sich zu setzen. »Hast du bereits etwas zu sagen?«

Sofort schossen Tränen in Miras Augen. »Ich ... ich weiß doch gar nicht, warum ich hier bin«, stammelte sie.

»Nun. Wir werden sehen. Morgen findet eine Anhörung statt, in der du die Vorkommnisse im Wald bei Birkenbach schildern sollst. Bis dahin bleibst du in deinem Zimmer. Eine Flucht ist aussichtslos, und aus dem Fenster kannst du dich auch nicht stürzen. Also sei vernünftig. Morgen wird sich alles aufklären.« Damit eilte er hinaus.

Schluchzend ließ Mira sich in die Kissen sinken. Warum sagte er das? Sie hatte nicht vor zu fliehen, geschweige denn, sich aus dem Fenster zu stürzen. Aber was, wenn sie am nächsten Tag für schuldig befunden würde? Wer sollte hier schließlich ihre Unschuld beweisen wollen?

Mira schluchzte noch immer, als erneut Geräusche auf dem Flur erklangen. Sie wischte die Tränen fort.

»Öffnen!«, befahl eine herrische Stimme.

»Sehr wohl, mein Magister.«

Sie erschrak. Ihre Gedanken überschlugen sich, die Panik schnellte wie eine angreifende Schlange empor. Der Mann mit den weißen Haaren hatte von morgen gesprochen. Warum kamen sie jetzt schon?

Mira sackte zusammen. Es gab nur eine logische Antwort: schuldig! Sofort zitterte sie am ganzen Körper. Sie war noch nie von zu Hause fort gewesen. Die Waldlichtung war der entfernteste Ort, den sie je besucht hatte. Doch nun saß sie in der Hauptstadt des Reiches in einem wundervoll eingerichteten Gefängnis und wusste nicht, was mit ihr geschah.

Die Tür öffnete sich. Doch herein schritten nicht, wie erwartet, die Häscher, um Mira zur Folter zu führen, sondern ein weißhaariger Herr gesetzten Alters und das Mädchen, das sie hierher begleitet hatte. Der Name war Mira trotz der siebentägigen Fahrt entfallen.

Der ältere Herr eröffnete das Gespräch. »Wie heißt du, mein Kind?«

Höflichkeitsfloskeln. Als wenn sie ihren Namen nicht längst wüssten. »Mirabella Hafermann«, antwortete sie dennoch. Ihre Stimme klang belegt und schrecklich verheult.

»Mirabella ist ein schöner Name.« Er lächelte, seine Augen blieben hart. Etwas Kaltes, Eisiges lag darin. »Ich bin der Magister, oberster Magier des Reichs und engster Vertrauter des Königs. Meisterin Valhelia kennst du bereits von der Herfahrt. Mirabella, du weißt, warum du hier verweilst?«

Mira schüttelte den Kopf.

Der Magister tauschte einen Blick mit Valhelia, hob dann einen Finger vor Miras Gesicht. »Sieh mich an. Edrycharna!«

Sie vernahm Valhelias gemurmelte Stimme, die in einen Singsang überging, konnte den Blick jedoch nicht mehr von der Hand des Magisters lösen.

Rasch trat Valhelia ans Bett heran und packte ihre Schulter. Augenblicklich erfasste Mira ein heftiger Schwindel, Zeit und Raum verschwammen zu einer zähen Masse. Wie fremdgesteuert, hielt sie die Luft an.

Valhelias Gesicht erschien vor ihr. Die Lippen der Magierin bewegten sich, formten eine Frage, die Mira nicht verstand. Weder den Sinn dahinter, noch die gesprochenen Worte. Zu ihrer eigenen Verwunderung aber gab sie eine Antwort. Doch auch diese Erwiderung begriff sie nicht, hörte nicht einmal den Wortlaut. Die Umgebung war wie in Schafwolle verpackt und mit einem dunklen Schleier verhüllt. Schmerz stieg in ihr auf. Eine anschwellende Welle. Irgendetwas tastete in ihrem Gehirn herum. Vergangenes quoll empor. Ihr Vater schrie: »Warum bist du kein Junge geworden? Ein Junge wie Gerald!«

Das Gefühl verschwand so schnell, wie es gekommen war. Keuchend sog Mira die Luft ein, ein Schütteln durchlief ihren Körper. Schwindel wechselte sich mit Übelkeit ab. Verwirrt sah sie zwischen dem Magister und Valhelia hin und her.

»Sie sagt die Wahrheit«, sprach jemand.

»Gut.« Er lächelte milde. »Wir wissen nun alles, was wir wissen wollten. Es bestehen keine Beweise für eine eindeutige Schuld deinerseits. Wir ziehen uns zur Beratung zurück. Ruh dich ein wenig aus.«

Die beiden verließen das Zimmer.

Miras Gedanken wirbelten umher. Erst nach einiger Zeit klärte sich ihre Wahrnehmung. Irgendetwas hatte in ihrem Kopf gegraben, ihre Erinnerungen durchwühlt, wie ein nach Eicheln suchendes Wildschwein den Waldboden durchpflügt. Was hatte der Magier gesagt? Das hieß doch nichts anderes, als dass ihre Unschuld ebenfalls nicht bewiesen war.

Bilder blitzten in ihrem Geist auf. Die Waldlichtung. Eine Feuerwand … Hatte der Fremde durch ihr Einwirken fliehen können? War das Unglück im Wald ihre Schuld? Was hatte sie getan? Sie wusste es nicht, wünschte nur, die Augen zu schließen und einzuschlafen. Doch dafür war sie viel zu aufgewühlt.

Als Bralag das Zimmer betrat, war die Dämmerung schon hereingebrochen. Das blassweiße Mädchen lag auf dem Bett und starrte zur Decke. Seine Haut leuchtete wahrhaftig weiß wie Schnee. Bralag dachte an damals. Sie besaß so viel Ähnlichkeit mit ihr ... Seit er dieses Bauernmädchen zum ersten Mal gesehen hatte, hielt ihn die Sehnsucht umklammert, hatte er sich mehr als einmal gefragt, wie sein Leben verlaufen wäre, wenn *sie* heute noch am Leben wäre.

Die junge Frau registrierte ihn nicht. Sie blickte weiterhin starr an die Zimmerdecke. Das war der Nachteil, wenn man in den Gedanken anderer herumpfuschte. Bralag seufzte bitter. Die Vergangenheit zu sehen, war das eine, in den Geist und die Erinnerungen eines Wesens einzudringen, diese zu durchforschen, war weitaus komplizierter. Es erforderte Feingefühl. Ging man nicht behutsam vor, konnten bleibende Schäden entstehen, bis hin zu einem Zustand völliger Umnachtung. Aber nicht er hatte etwas vermasselt, sondern Valhelia.

Das Mädchen blinzelte.

Bralag versuchte es. »Mirabella? Mirabella Hafermann?«

Erst mit dem dritten Ansprechen und einem leichten Rütteln an der Schulter zuckte sie zusammen. Verwirrt schaute sie auf, nach und nach klärte sich ihr Blick. Sie zitterte am ganzen Körper.

»Unsere Beratung ist beendet«, sagte Bralag. »Deine Schuld ist nicht eindeutig bewiesen. Eine Verhandlung wird nicht nötig sein. Ich habe beschlossen, dass du nach Hause darfst.«

Der Mann mit dem schlohweißen Haar brachte Mira hinaus, dunkle Gänge und Korridore entlang, viele Treppen hinab. Sie ließ es geschehen. Die Welt verschwand in einem alles verschlingenden Nebel. Der Magier hatte kein Wort mit ihr gewechselt. Oder hatte er doch etwas gesagt? Mira wusste es nicht mehr.

Es dauerte eine Ewigkeit, bis sie eine Kutsche bestieg, die sie nach Birkenbach zurückbringen sollte.

Wie würden ihre Eltern auf den Vorfall reagieren? Wie ihr Heimatdorf? Mira malte sich die tuschelnden Dörfler hinter ihren Türen aus, die sie auf dem Marktplatz mit Blicken, durchbohrten, scharf wie Pfeilspitzen. Aber spielte das eine Rolle? Sie blieb ein Niemand. Eine Schnee-Eule, nichts weiter. Nach ihrer Rückkehr sähe es genauso aus. Es machte keinen Unterschied. Diese Erkenntnis wich einem anderen Gedanken, der sich in ihrem Kopf festbrannte und jegliches Denken auslöschte: Sieben lange Tage wäre sie in dieser Kutsche eingesperrt.

Sieben endlos lange Tage.

Sieben.

XVI
Grandiose Ideen

Als die Kutsche mit dem Bauernmädchen abgefahren war und Bralag gerade seinen eigenen Kutschwagen besteigen wollte, kam ein jugendlicher Robenträger herbeigeeilt.

»Meister Bralag, Meister Bralag!«

Der oberste Heerführer hielt inne.

»Meister Bralag, der Magister … wünscht … Euch zu sehen«, keuchte der Mann mehr, als dass er sprach.

»Wo?«

»Im … im Turm … Privatgemächer.«

Die Gemächer des Magieroberhaupts lagen in der Turmspitze. Eine wunderbare Aussicht, zum Laufen jedoch viel zu hoch. »Ihr befindet Euch am Anfang Eures Magierstudiums?«, fragte Bralag beiläufig, während sie auf das Eingangsportal zuschritten.

»Ganz recht. Erstes Semester.«

»Nun, dann steht Euch noch ein weiter Weg bevor. Im wahrsten Sinne des Wortes.« Bralag erreichte den Eingangsbereich. Er lächelte. »Richtet dem Magister mein Erscheinen aus. Ich komme gleich nach.«

Der Novize sackte in sich zusammen, nickte ergeben und verschwand im Bauwerk. Bralag schaute ihm einen Moment hinterher. Anschließend murmelte er einen Magiespruch, der ihn in die Höhe schweben ließ. Zwölf Atemzüge darauf landete er auf einem Balkon im obersten Stockwerk.

Der Magister lief im Zimmer hin und her. Als er Bralag erblickte, blieb er stehen. »Wo habt Ihr so lange gesteckt?«

»Ich habe die Entlassungspapiere fertig gemacht, damit das Mädchen zurück in sein Dorf kommt.«

»Ich wusste, er vermasselt es.«

Bralag erkannte die Stimme, ohne die Person zu sehen. »Meisterin Valhelia. Ich wusste nicht, dass es etwas zu vermasseln gab.«

Valhelia glitt an die Seite des Magisters und hängte sich an seinen Arm. Dieser ließ es geschehen und fragte Bralag zornig: »Ihr habt was? Ich hatte nichts davon gesagt, dass man sie freilassen soll.«

»Es bestand keine Veranlassung, das Mädchen weiterhin festzuhalten. Eine Verhandlung sollte nicht stattfinden, daher nahm ich an, der Hohe Rat stimmte einer Entlassung zu.«

»Papperlapapp.« Der Magister starrte ihn finster an.

Val schaltete sich erneut ein: »Der Grund liegt doch wohl auf der Hand. Sie ist die einzige Überlebende des Massakers im Wald.« Ihr eindeutiges Grinsen zeigte Bralag, wie sehr sie ihre Position an der Seite des Magisters genoss.

Das Magieroberhaupt zerfloss unter ihren Worten. »Holt diese Mirabella Hafermann zurück.« Er hielt inne, als Val ihm etwas ins Ohr flüsterte. »Gut, sehr gut.« Er legte den Zeigefinger an die Unterlippe. »Eine ausgezeichnete Idee. Daran solltet Ihr Euch ein Beispiel nehmen, Bralag. Ein Magier hat gute Ideen. Ein Magier gepaart mit einem Weib aber hat grandiose Ideen.« Lachend streichelte er Val die Wange, die diese Berührung wie ein Kätzchen aufnahm. Sie gab sogar ein schnurrendes Geräusch von sich.

Bralag warf einen Seitenblick zu Valhelia, richtete seine Frage jedoch an den Magister. »Weiht Ihr mich diesmal in Eure Pläne ein?«

»Nur zu, erklär es ihm, Val.«

»Der Fremde hat dieses Mädchen gesucht, zweimal. Einmal auf der Waldlichtung und dann in ihrem Dorf. Er wird es erneut versuchen.«

»Warum seid Ihr Euch so sicher?«

»Sie ist die einzige Zeugin, die letzte Überlebende.«

»Ihr wollt sie als Köder benutzen?«, fragte Bralag mit hochgezogenen Augenbrauen.

»Wieso nicht? Wir sollten den Umstand nutzen, dass der Fremde sie im Wald nicht getötet hat. Sie besitzt etwas, das dieser Bastard haben will. Zumindest war er auf der Suche nach ihr. Ich konnte dummerweise nicht erkennen, warum.«

Bralag runzelte die Stirn. »Wieso sollte Mirabella für den Fremden von Interesse sein? Ein einfaches Bauernmädchen.«

Valhelia stemmte die Arme in die Seiten. »Dass er sie sucht, ist offensichtlich. Wenn wir sie als Köder benutzen, wird der Fremde früher oder später in unsere Falle gehen.«

Der Magister sah ihn an. »Ihr zweifelt?«

»Bei allem Respekt, das ist kompletter Unsinn«, erwiderte Bralag und gestikulierte mit den Händen. »Dieser Mann wird niemals seine Sicherheit wegen eines Mädchens aufgeben. Warum sollte er? Nennt mir einen Grund. Er wird sich verkriechen und auf eine Gelegenheit warten, uns zu dezimieren.«

Valhelias Gesicht erhellte sich. »Lasst es schneien. Im Schnee ist er hilflos. Er muss aus seinem Loch gekrochen kommen oder er wird erfrieren.« Vor Begeisterung klatschte sie in die Hände.

Die Idee eines Kindes. Doch Bralag blieb in Gegenwart des Magisters besonnen. »Mit Verlaub, wir haben Herbstmond. Die Ernte ist noch nicht vollständig eingefahren. Ihr könnt es nicht schneien lassen.«

Der Magister überlegte. Ihm schien die Idee zu gefallen. »Die Ernte ist ersetzbar«, sagte er nach einer Weile. »Schiebt es auf den Fremden. Das Volk wird ihn hassen.«

Bralag sah ihn ausdruckslos an. »Es untergräbt unsere Autorität. Es sähe aus, als könnten wir Magier das Wetter nicht mehr kontrollieren. Wegen eines einzelnen Mannes?«

Der Kiefer des Magisters arbeitete, als er die Zähne zusammenbiss. Sein Gesicht verfärbte sich zartrosa. Er brachte Val, die ihre Idee verteidigen wollte, mit einem finsteren Seitenblick und einer Handbewegung zum Verstummen. »Was schlagt Ihr vor?«

Valhelia warf Bralag einen vernichtenden Blick zu.

Er musste seine gesamte Willenskraft aufbringen, um nicht zu lachen. Diese Schlacht hatte er gewonnen. »Wir sollten auf traditionelle Weise die Gegend durchsuchen und weitere Straßensperren errichten. Die vorhandenen Sperren haben ihn offenbar zurückgehalten, bis jetzt ist er nur in Mittelland gesichtet worden.«

Der Magister fuhr sich übers Kinn. »Einen Versuch ist es wert. Wir lassen das Mädchen in ihrem Heimatdorf beobachten. Sendet einen geflügelten Boten nach Ilmathori. Die ansässigen Magier sollen sich bei ein paar Leuten im Dorf einnisten. Nicht zu viele. Wir wollen kein unnötiges Aufsehen erregen. Schiebt es auf die Steuereintreibungen, die Holzeinteilung, auf was weiß ich. Lasst Euch etwas einfallen.«

Bralag setzte zu einer Antwort an, doch das Oberhaupt der Magierschaft ließ ihn nicht zu Wort kommen. »Und schickt an alle Wettertürme eine Botschaft: Sie sollen wenigstens Wolken erschaffen. Ohne Sonne kann dieser Bastard sich nicht mehr orientieren. Er wird durch die Lande irren. Früher oder später greifen wir ihn uns.«

Valhelia grinste breit. »Meister Bralag könnte die Geschehnisse vor Ort kontrollieren. So hätte er die Situation voll im Griff und wäre in jeden Plan involviert.«

»Eine ausgezeichnete Idee«, rief der Magister lachend. »So kommt Ihr mal wieder raus aus dem Trott. Und Euch behagen ja weiße Mädchen. Na dann: auf, auf! Das wäre alles.«

Erstaunlich, wie sehr Valhelia den Magister in ihrem Bann hielt. Bralag überlegte kurz. Mit ausladenden Schritten marschierte er zur Tür, drehte sich jedoch noch einmal um. »Ach, da fällt mir etwas ein, mein Magister. Habt Ihr zufällig meinen geflügelten Boten Oleri gesehen? Er ist von seinem letzten Auftrag nicht zurückgekehrt. Er lieferte doch seinen Bericht bei Euch ab?«

»Nein.«

Bralag verharrte einen Augenblick. Das war nicht die Antwort, die er erwartet hatte.

Der Magister wandte sich um. »Ihr bekommt einen neuen. Ich lasse Euch einen bringen. Ihr dürft gehen!«

Eine knappe Verbeugung, und Bralag schritt mit finsterer Miene zur Tür hinaus. Reisen! Er hasste es, zu reisen. Woher hatte der Magister die Informationen, wenn nicht von Oleri? Der Feenmann war zwar patzig in seinen Reden, dennoch blieb er ein zuverlässiger Bote. Was war mit ihm geschehen? Und warum ließ es den Magister derart kalt?

XVII
Parcival

Kyrian schaute sich im Schankraum um. Sein Aufenthalt war gewaltig in die Hose gegangen – was noch untertrieben war. »Hilf mir, die Spuren zu beseitigen.«

»Das wird nicht nötig sein, mein Freund.«

Kyrian stutzte. Wirkte sein angewandter Freundschaftszauber nicht bei diesem Mann? »Warum nicht?«, knurrte er.

»Weil das Feuer alles verzehren wird. Feuer ist gut darin.«

»Zum Henker, ich will kein … oh, verdammt!« Jetzt erst bemerkte Kyrian die Rauchschwaden, die aus dem Flur durch die geöffnete Tür in den Schankraum drangen. »Verdammt, verdammt, verdammt!«

»Schade um das schöne Gesöff.« Mit gleichgültigem Gesicht schnappte Parcival sich eine Schnapsflasche vom Thekenregal.

Wie auf Kommando schossen mit einem lauten Knall die Flammen in den Raum. Offensichtlich hatte Kyrians Lichtblitz nicht den fliehenden Zentauren getroffen, sondern die Flurtreppe entzündet.

»Wir müssen hier raus. Schnapp dir den Wirt«, schrie er, während die Hitze hereinflutete.

Von draußen brüllte es heiser: »Zeig dich, du Bastard!«

Zwei feurige Kugeln schlugen in einen Tisch und die Theke ein. Kyrian stieß Parcival zu Boden. In einer Öffnung der Hauswand erspähte er den Magier, der zuvor von seinem Schockstrahl durch die Wand geschleudert worden war. Er stand draußen, ein Arm hing seltsam abgewinkelt am Körper herab. Ein dritter Feuerball durchschlug die Holzverkleidung und entzündete die berstenden Flaschen im Regal hinter dem Ausschank.

Kyrian zauberte einen Schutzschild aus Energie und duckte sich dahinter. Glassplitter, Ton und bläuliche Flammen ergossen sich auf seine unmittelbare Umgebung. Für die Rettung des Wirts blieb keine Zeit mehr. Also packte Kyrian den schreienden Parcival am Kragen und kroch mit ihm zum Ausgang, während er mit der anderen Hand die versperrte Ttür aufsprengte. Er schleuderte den Gaukler hinaus, rappelte sich hoch, sprintete um die Hausecke und schoss zwei Lichtblitze in Richtung Magier.

Der Robenträger wurde durch die Wucht gegen einen Baum geschleudert, wo er reglos liegen blieb. Im gleichen Moment ließ ein entsetzliches Wiehern Kyrian herumfahren. Ein Zentaur preschte an ihm vorbei und warf ihn um. Von Panik getrieben, galoppierte er mit versengtem Schweif ins Dickicht des Waldes hinein. Dann wurde es still. Die knisternden Feuerzungen eines stetig wachsenden Flammeninfernos verschlangen alle Geräusche umher.

»Sieht so aus, als wärst du der letzte Überlebende hier.« Kyrian zerrte den Gaukler auf die Beine. Jetzt hatte er diesen Mann am Hals …

»Beil dich.« Kyrians Laune erreichte einen Tiefpunkt. Er hatte im Gasthaus weder Informationen bekommen noch – was weitaus bedauerlicher war – hatte er Lebensmittel mitnehmen können. Kein Bad, kein Bett, kein Abendessen. Zu allem Unglück war sein Pferd verschwunden. Die Explosion und das Feuer hatten es vertrieben. Der Gaukler allerdings war ein kleiner Lichtblick, auch wenn Kyrian ihm im ersten Moment am liebsten den Hals umgedreht hätte.

Parcival erzählte ununterbrochen Geschichten. Über das Land, das Volk, die Magier. Er war weit gereist, in vielen Orten und Städten herumgekommen. Vielleicht war es doch Schicksal, diesen Mann getroffen zu haben. Doch Kyrian glaubte nicht an Schicksal. Er wandte ein paarmal einen Wahrheitszauber an, um sicherzugehen, dass Parcival ihm keine Lügen auftischte. Irgendwann war er sicher, keine brauchbaren Informationen mehr zu erhalten. Er beschloss, Parcival laufen zu lassen.

»Du bist ein Quatschkopf«, sagte er beiläufig.

»Was hast du erwartet? Ich bin ein Gaukler. Ich lebe davon, Geschichten weiterzugeben. Hättest du mich am Leben gelassen, wenn du es vorher gewusst hättest?«

»Meine Geschichte wirst du mit Sicherheit nicht erzählen.«

Parcival blickte ihn fragend an. »Was meinst du damit?«

Kyrian schwieg. Dann seufzte er erneut. »Unter einer Bedingung lasse ich dich laufen.« Er streckte die Hand aus und konzentrierte sich.

»Ich kann gehen? So ganz ohne …« Parcivals Blick fiel auf den Rasen, der zu Kyrians Füße zu wachsen anfing. Sein Gesicht nahm eine unendliche Traurigkeit an. »Du willst mich doch töten?«

»Keine Sorge. Du wirst noch viele Geschichten in deinem Leben erzählen, nur eben nicht meine. Du schläfst eine Weile, und wenn du erwachst, erinnerst du dich an nichts, was in der Waldherberge geschehen ist.«

»Aber …«

Kyrians hob die Hand. »Akzeptiere es oder stirb.«

Parcival nickte.

Gegen Abend stapfte Kyrian einsam durch das Waldgebiet. War es ein Fehler gewesen, einen Zeugen am Leben zu lassen? Immerhin hatte er einen Löschungszauber angewandt und so die Erinnerung des Geschichtenerzählers gelöscht.

Er dachte oft an den Gaukler. Vielleicht waren doch nicht alle Wesen dieser Welt schlecht und er müsste nicht gleich ganz Rodinia auslöschen. Es gab eine Menge Menschen, die nichts mit dem Tod seiner Mannschaft zu tun hatten. Dafür waren die Magier verantwortlich. Aber waren wirklich alle Magier schuldig? Rechtfertigte seine Rache den Tod eines ganzen Volkes, eines ganzen Landes?

Kyrian schüttelte den Kopf. Seine Gedanken kehrten zu den Trollen zurück. Er musste das Trollvolk finden, damit es sich mit ihm verbündete. Was hatte Parcival erzählt? Sie lebten inzwischen im großen Gebirge im Westen Rodinias. Sicher hatten die Magier längst die Straßen um diese Region abgeriegelt. Obwohl sie seine Pläne natürlich nicht kannten, aber dort lag das Gebiet seiner ersten Flucht. Und dort wäre die Wahrscheinlichkeit am größten, die weiße Magierin wiederzutreffen. Gute Gründe für einen Weg in diese Gegend.

Es musste ja nicht unbedingt der kürzeste Weg sein. Kyrian entschied, einen Bogen nach Osten zu laufen. So könnte er seine Spuren verwischen, für eine Weile der direkten Konfrontation entgehen. Auf ein paar Tage mehr kam es nicht an. Er hatte ja alle Zeit dieser Welt.

XVIII
Drei Wochen später

Miras Befürchtungen bewahrheiteten sich nicht. Es kam schlimmer, als sie es sich vorgestellt hatte. Viel schlimmer. Zwei Wochen Hausarrest. Sie nähte, stickte, putzte, bis es ihr zum Halse heraushing. Danach half sie unter Aufsicht ihrer Mutter bei der Arbeit im Garten.

Im Dorf hatte sich eine Gruppe Magier eingenistet, wie eine Maus in einem katzenlosen Haushalt, wo sie sich jeden Käse und Speck unter den Nagel reißen konnte. Alle Dorfbewohner schienen das Haus der Familie zu beobachten. Ihr Vater redete kein Wort mehr mit ihr, auch ihre Mutter war schweigsamer als je zuvor. Wenn ihre Eltern miteinander sprachen, dann nur im Streit. Schlimmer konnte es wirklich nicht mehr werden …

Die Sonne stand hoch am Himmel, als ihre Mutter nach ihr rief. »Mira, komm mal her.« Ein derart säuselnder Ton bedeutete meistens, dass sie Gefälligkeiten einforderte.

»Ja, Mutter?«

»Wir bekommen heute Besuch. Und da will ich, dass du ein Kleid trägst.«

»Muss das sein?«

»Ja, es muss sein! Du brauchst den Rest des Tages auch nicht mehr bei der Hausarbeit helfen.«

Ein freier Nachmittag hörte sich gut an. Unter normalen Umständen wäre sie in den Wald zur Lichtung gelaufen. Doch nach dem Überfall vor vier Wochen traute sie sich nicht mehr dorthin. Sie verließ kaum noch das Haus. Außerdem wimmelte es im Dorf von Magiern.

»Muss es unbedingt ein Kleid sein?«, versuchte sie es erneut.

Ein Blick ihrer Mutter ließ sie verstummen. »Zieh dein bestes Kleid an. Das mit der bestickten Schürze.«

»Mein Festkleid?« Mira riss verwundert die Augen auf.

»Ja. Ein angesehener Händler besucht uns. Da sollst du keinen schäbigen oder gar burschikosen Eindruck hinterlassen. Du weißt, wie es dein Vater hasst, wenn du so rumläufst.«

Ihr blieb nichts anderes übrig, als auf den Speicher zu trotten. Dort öffnete sie eine hölzerne Truhe und holte das Gewand hervor. Nachdenklich strich sie über die filigrane Bestickung, zog die feinen Linien nach. Was finge sie mit ihrem Nachmittag an? Da lag noch die dünne Leinenhose. Unter dem Kleid würde die gar nicht auffallen, und sie bräuchte das Kleid nur abstreifen, sobald der Gast fort wäre …

»Mirabella! Kommst du?«, drang die Stimme von unten aus der Wohnstube.

Was für ein Aufwand. Eine düstere Vorahnung in Miras Kopf verdichtete sich zu einem Wolkenband am Horizont. Unten angelangt fragte sie: »Mutter? Kann es sein, dass ...?«

»Jetzt nicht!«, unterbrach ihre Mutter sie barsch, zupfte Miras Kleid zurecht, strich ihr über das geflochtene Haar und öffnete die Haustür.

Da Mira ihre Anspannung spürte, blieb sie stumm. Beim Hinaustreten stutzte sie. Zuerst erblickte sie Gerald, der mit drei seiner Kumpane im Hintergrund des Hofes stand. Ein breites Grinsen bedeckte sein Gesicht. Was hatte *der* hier zu suchen? Der ließ sich doch sonst nicht in der Nähe ihres Hauses blicken.

Als Mira den Bürgermeister schwatzend neben ihrem Vater erkannte, blieb sie misstrauisch stehen. Das Wolkenband war nachtschwarz. Was ging hier vor sich?

Ihr Vater unterbrach ihre Gedanken. »Komm näher, Mirabella, Kind. Lass dich anschauen.«

Mira lächelte gezwungen. Doch ehe sie darauf eingehen konnte, wurde ihre Aufmerksamkeit abgelenkt: Ein Wagen bog in den Hof ihrer Eltern ein. Zwei Männer saßen auf dem Bock vor der abgedeckten Pritsche.

Als der Wagen stoppte, sprang ein stämmiger Mann vom Bock herunter. Hochgewachsene, kräftige Statur, das schwarze Haar geölt und nach hinten gekämmt. Zumindest war er ansehnlich gekleidet. Seine Füße steckten in Lederstiefeln, den Körper verhüllte ein knöchellanger, graubrauner Mantel, den eine feine Staubschicht bedeckte.

Ihr Vater begrüßte den Gast demütig. Die beiden unterhielten sich eine Weile, dann schritten sie gemächlich auf Mira zu. Das Lächeln des Mannes ließ sie erschaudern. Dieser Gesichtsausdruck – etwas Abschätzendes lag darin. So schauten die Händler, die zu ihrem Vorteil Getreide von den Hafermanns erwerben wollten.

»Was ist hier los?«, fragte Mira.

Ihre Mutter reagierte nicht. Hinter dem nächsten Gartenzaun gafften die Nachbarn. Es war Geralds breites Grinsen, das ihr die Augen öffnete. Er lachte und schien in das Gespräch mit seinen Kumpels vertieft, doch er ließ Mira nicht aus den Augen. Als ihre Blicke sich trafen, machte er einen Kussmund und deutete an seinen Ringfinger.

Das bestätigte Miras Verdacht, warum dieser Mensch hier erschienen war. Sie wandte sich zu ihrer Mutter und flüsterte: »Ich dachte, ihr wolltet mir keinen Bräutigam mehr vorsetzen.«

»Sei still!«, zischte die mit derart zorniger Stimme, dass Mira erschrak. So kannte sie ihre Mutter gar nicht. Eine schleichende Angst kroch in ihr empor.

Ihr Vater kam mit dem Mann auf die beiden zu. »Das ist meine Tochter Mirabella. Sie ist keine Schönheit, viel zu blass, ich weiß. Aber sie ist fleißig und tut, was man ihr sagt.«

»Vater!« Wie konnte er nur so gemein sein?

»Nein, nein, das Weiße stört mich nicht.« Der Fremde schritt um sie herum. Mira fühlte sich wie ein Stück Vieh bei der Fleischbeschau. Der Mann blieb neben ihrem Vater stehen. »Und sie ist Jungfrau? Ich meine, sie hat einige Winter hinter sich gelassen. Zwanzig?«

»Selbstverständlich ist sie noch Jungfrau, dafür verbürge ich mich«, erhob ihr Vater die Stimme.

Mira schluckte schwer. Wie konnten ihre Eltern so rücksichtslos sein? In solchen Momenten verabscheute sie die beiden.

»Meine Tochter ist siebzehn«, log ihre Mutter und nickte. »Die Haarfrisur lässt manch einen älter erscheinen.«

Der Mann trat auf ihre Mutter zu, als sähe er sie erst jetzt, ergriff ihre Hand und hauchte einen Kuss darauf. »Verzeiht meine Unhöflichkeit. Halfdan von Khalassom.«

Ihre Mutter kicherte. Khalassom? Das klang nach …

Halfdan wandte sich Mira zu. Sein sonnengebräuntes Gesicht wurde von einem Dreitagebart überzogen. Erneut lächelte er. Ein schmieriges Lächeln, das sie frösteln ließ.

Ihre Mutter gab ihr einen Knuff in die Seite, also machte Mira höflich einen Knicks, zog ihre Hand jedoch aus Halfdans Zugriffsbereich.

»Ich mag schüchterne Mädchen.«

Eine peinliche Pause entstand. Halfdan nestelte an seiner Gürteltasche und brachte einen Lederbeutel zum Vorschein. »Tja, wenn wir uns einig sind.« Es klimperte, als er ihrem Vater den ledernen Beutel überreichte.

Alles um Mira herum verschwamm beim Klang dieses Geräuschs. Ein Gefühl wie eine eiskalte Pranke, die ihr Herz zerquetschte, breitete sich in ihrem Inneren aus. Die Erde schwankte. Sie wartete auf das Loch, das sich vor ihr auftun würde, um sie zu verschlingen.

»Ihr … verkauft mich?«, würgte sie die Worte hervor.

»Verkaufen? Kindchen ... Du sollst es doch einmal besser haben als wir«, antwortete ihre Mutter.

Mira glaubte an einen Scherz, während ihr Vater die Münzen im Geldbeutel zu zählen begann. »Hast du geglaubt, wir füttern dich bis ans Ende aller Tage durch? Wird Zeit, dass wir endlich mal ein klein wenig zurückbekommen.«

Hatte ihr eigener Vater das gerade gesagt? Liebten ihre Eltern sie nicht mehr? War es etwa ihre Schuld, dass diese Situation überhaupt eingetreten war?

Mit Beenden des Zählens nickte ihr Vater dem Händler zu. Sofort ergriff Halfdan Miras Hand, doch sie blieb wie angewurzelt stehen. Fassungslos starrte sie von einem Elternteil zum anderen. Tränen der Verzweiflung schossen ihr in die Augen. Der Mann war nicht zimperlich. Er packte fester zu und riss sie als ihr zukünftiger Ehemann mit einem Ruck herum. Seine Hände fassten sie an den Schultern, sein Griff glich einem Schraubstock.

»Hör mal gut zu, Täubchen«, flüsterte er. Sein Atem stank nach Weinbrand. »In der Hochzeitsnacht darfst du gerne ein bisschen wilder sein. Jetzt aber hast du zwei Möglichkeiten: Entweder du verhältst dich ruhig und darfst vorn auf dem Bock sitzen. Oder du fährst in einer Kiste hinten auf der Pritsche mit. So oder so wirst du auf diesem Wagen fahren!«

Mira verstummte starr vor Entsetzen. Ihre Lippen bebten, die Tränen liefen von ganz alleine.

»Na bitte«, brummte der Mann. »Und hör auf zu flennen!« Als sie weiterhin keine Anstalten machte, mitzugehen, warf er sie mühelos über seine Schulter.

Mira hob den Kopf. Ein Blickkontakt zu ihren Eltern kam nicht zustande, ihre Mutter hatte sich bereits weggedreht und auch ihr Vater schaute feige zur Seite. »Dafür hasse ich euch!«, schrie sie.

Ihr Vater bekam einen seiner Wutanfälle. Das Gesicht hochrot brüllte er: »Du undankbares Geschöpf! Du solltest dich freuen, dass du überhaupt einen Mann abbekommst. Dich nimmt doch sonst keiner!«

Geralds Lachen fraß sich in Miras Innerstes. Die bohrenden Blicke der Nachbarn. Das alles war zu viel. Sie versuchte, Halfdan zu schlagen, der gerade die Kutsche erreichte. Er warf Mira auf die Ladefläche. Ihr Kopf prallte hart auf den Pritschenboden, sodass Sterne vor ihren Augen zerplatzten und ein bizarres Muster bildeten.

Aus der Ferne erklang die Stimme ihrer Mutter. »Sträub dich nicht. Dann tut es nicht so weh!«

Mira verstand nicht. »Mutter …« Ihre Stimme brach, dicke Tränen rannen ihr über das Gesicht.

Sie spürte, wie sie gefesselt und mit einem stinkenden Lappen geknebelt wurde. Mira ergab sich ihrem Schicksal. Sie hoffte auf die Gnade einer Ohnmacht, oder darauf, in ihrem Bett aufzuwachen. Wohlbehütet. Aber weder das eine noch das andere geschah. Sie war gefangen in einem Albtraum …

XIX
Oleri

»Bin ich nur von unfähigen Idioten umgeben?« Der Magister lief im Raum auf und ab, wobei er seine wirren Haare glättete, nur, um sie erneut zu zerraufen. »Die Männer sollten das Mädchen nicht aus den Augen lassen. Bralag ist doch vor Ort! Ein einfacher Befehl. Was ist daran nicht zu verstehen?«

Der Feenmann Oleri zuckte mit den Schultern. »Meister Bralag ist zu einer Herberge im Wald gereist. Die ist nämlich abgebrannt, das sagte ich bereits.«

»Schweig, du Ausgeburt der Erdtiefen.«

»He, kein Grund, unfreundlich zu werden. Ich bin bloß der Überbringer.«

Valhelia erhob sich geschmeidig von einem Liegestuhl und glitt schlangenhaft an die Seite des Magisters. »Wo ist Meister Bralag denn jetzt? Soweit ich weiß, wurde diese Spur vor zwei Wochen entdeckt.«

Oleri kratzte sich am Kopf. Er hatte von seinem Besitzer erfahren, dass diese kindliche Frau mit Vorsicht zu genießen sei. Dennoch wusste er um die Position seines Gebieters, des obersten Heerführers. Sollten diese Magier ruhig merken, dass er und sein Herr sie nicht mochten. Darum antwortete er lapidar: »Ach ja, ups, fast vergessen. Mein Meister Bralag und die Magier aus Ilmathori verfolgen die Fährte des Mädchens.«

Der Magister ballte die Faust.

Oleri, bemüht ein ausdrucksloses Gesicht zu zeigen, platzte innerlich vor Belustigung. »Soll ich jetzt gleich losfliegen oder kann ich erst ne Runde pennen?«

Der Magister funkelte ihn an. »Du überbringst deinem *Meister* eine Botschaft: Er soll sich unverzüglich hier melden. Nein, er soll sich nicht ohne diesen Zauberer blicken lassen.«

Oleri verzog den Mund. »Was denn nun? Ich kann mit derart schwammigen Aussagen nicht arbeiten. Soll er nun erscheinen, ja, nein, mit wem?«

»Gurtrack Haswenn!«

Augenblicklich legte sich ein unsichtbares Seil um den Feenmann, sodass er wie ein Stein zu Boden plumpste.

Val umrundete den Magister. Sie raunte ihm in einer Lautstärke ins Ohr, dass Oleri es gerade noch hören konnte: »Er ist ziemlich frech für eine Botenfee. Sollen wir uns das bieten lassen? Wenn Ihr jemanden bestrafen wollt, trefft ihn da, wo es wehtut. Hat es nicht schon einmal funktioniert?«

Der Magister vollführte eine Bewegung mit der Hand und murmelte. Oleris Körper schwebte auf ihn zu. Angst kroch in dem Feenmann empor. Die Einsicht, dass er zu weit gegangen war, kam zu spät.

»Ich habe es mir anders überlegt«, knurrte der Magister. »Du gehst nirgendwo mehr hin, kleine Drecksfee. Ihr glaubt, ihr seid etwas Besonderes, weil wir euer mickriges Geheimnis der Entfernungsüberbrückung nicht herausbekommen. Aber ihr seid nichts weiter als Ungeziefer.« Die Stimme des Magisters erhob sich, als er die magische Formel sprach, die die Umgebung veränderte.

Im Hintergrund schrie Valhelia: »Nehmt mich mit!«

Oleris Augen weiteten sich vor Entsetzen, als er direkt auf einen blutbesudelten Altar blickte.

»Willkommen in meinem Labor. Ich bin gespannt, wie viel Lebenszeit du mir schenken wirst.« Das Lachen des Magisters war das Letzte, was Oleri vernahm.

Valhelia schritt im Raum auf und ab. Was bildete sich der Magister ein? Zum wiederholten Mal verschwand er allein mit einem Lebewesen. Die magische Formel, die er aufgesagt hatte, war Valhelia bekannt. Sie diente zur Überwindung von Entfernungen. Der Sprecher musste den genauen Zielort kennen, sonst erwies sich der Spruch als tödlich. Es war vorgekommen, dass jemand, der diesen Magiespruch anwandte, für immer verschüttging oder seine Körperteile aus irgendwelchem Mauerwerk ragten, wenn er sich verschätzte.

Als der Magister erschien, verharrte Val schmollend an derselben Stelle, die Arme in die Hüften gestemmt. »Das war nicht nett, einfach zu verschwinden.«

»Die akuten Umstände machten ein derartiges Handeln erforderlich.« Er wirkte jünger, frischer.

»Ihr habt das Ritual durchgeführt«, rief Val in anklagendem Tonfall. »Wann nehmt Ihr mich endlich mit.«

Der Magister nahm sie in den Arm. »Alles zu seiner Zeit. Du wirst es schon noch erfahren. Es gibt Wichtigeres zu tun.« Als Val etwas erwidern wollte, küsste er sie stürmisch. Dann flüsterte er: »Es ist eine Katastrophe von göttlichem Ausmaß, wenn wir diesen vermaledeiten Zauberer nicht finden.«

XX
Verkauft

Warum ließ sich kein Magier blicken? Hasste die ganze Welt sie? Diese Frage schwirrte seit Stunden wie ein lästiges Insekt in Miras Kopf, während sie auf der Pritsche des Wagens ausharrte. Sie konnte sich kaum rühren. Die Fesseln scheuerten an ihren Handgelenken, der Knebel drückte ihr in den Mundwinkeln. Bei dem Gedanken daran, was für ein Dreckslappen dieses Stück Stoff in ihrem Mund war, musste sie würgen. Das Pochen am Hinterkopf bedeutete sicherlich eine dicke Beule. Eine Zeit lang versuchte sie, die Stricke zu lösen. Als die Männer ihre Versuche bemerkten, bedachten die beiden Mira mit Spott und Gelächter.

»Gib dir keine Mühe«, rief Halfdan. »Spar lieber deine Kraft, die wirst du noch brauchen.«

Er und Daro, der zweite Mann auf dem Bock, unterhielten sich eine Weile über Belanglosigkeiten. Nichts, was auf das Ziel ihrer Reise hindeutete. Mira konnte ohnehin keinen klaren Gedanken fassen. Ständig drängten sich panikartige Wogen in ihr hoch. Was würde mit ihr geschehen?

Die Resignation gewann die Oberhand. Kraftlos ergab sie sich ihrem Schicksal. Vielleicht hätten die Männer dann ein Einsehen und würden wenigstens ihren Knebel lösen. Sie lauschte den Worten der beiden, doch allmählich verstummten die Gespräche.

Mira erkannte hinter der Plane des Wagens die Sonne als hellen Fleck. Demnach fuhren sie Richtung Osten. Da sie auf dem Rücken lag, fingen ihre Glieder an zu schmerzen. Irgendwann verschwand der helle Fleck und wich gedämpftem Licht. Mira erhaschte einen Blick auf das vorbeirauschende Grün eines Waldes.

Halfdan streckte sich. »Ich werde mich mal mit meiner Zukünftigen bekannt machen.«

Daro schien nicht begeistert. »Ich dachte, wir wollten sie verkaufen. Du weißt, dass sie unversehrt das Doppelte einbringt? Erst recht so eine blasshäutige Jungfrau. Das ist ein echter Glücksgriff!«

»Ja, ganz genau. Und aus diesem Grund muss ich doch die Ware prüfen. Stell dir mal vor, die ist krebsrot am Arsch.«

Daro lachte hustend. »Ich mein ja nur. Mach nichts kaputt! Ist schließlich auch meine Kohle.«

»Du kommst noch zum Zug, versprochen, mein Freund.« Damit kletterte Halfdan vom Kutschbock, begab sich in den hinteren Teil der Kutsche und kniete sich neben Mira.

Er betrachtete ausgiebig ihren erstarrten Körper. »Hallo, mein Täubchen«, raunte er grinsend. Sein Lächeln wirkte in keiner Weise freundlich. Gier loderte in seinen dunklen Augen, das ließ sich nicht übersehen. Zwar war Halfdan nicht hässlich: braun gebrannt, muskulös, ansehnliche Zähne, die er geduldig lächelnd bleckte. Doch die Gier verlieh ihm etwas Schmieriges, etwas Abstoßendes. In dieser unangenehmen Nähe roch der Mann penetrant nach Schweiß. Alles, was zuvor an einen vornehmen Herrn erinnert hatte, war verschwunden. Mira begann sich zu winden, was in Anbetracht der Fesseln kaum möglich war. Ihre Unsicherheit wuchs. Ob ihren Eltern das Ausmaß ihrer Tat bewusst war? Sie konnten *das* nicht vorher gewusst haben.

Halfdan grinste breiter. »Ich mag heißblütige Frauen.«

Sie wehrte sich nicht weiter gegen die Fesseln, versuchte lieber, durch das Tuch zu sprechen, um an das Gewissen des Mannes zu appellieren. Doch ihrem Mund entwich nur ein unverständliches Nuscheln.

Halfdan legte den Zeigefinger über Miras Knebel. »Sch-sch-sch« zischte er. Vielleicht sollte das beruhigend klingen, doch ihre Angst wurde dadurch nur noch gesteigert. Es klang wie das Zischen einer Schlange. Einer Giftschlange. Seine Finger glitten an Miras Wange entlang, ihren Hals hinunter. Angewidert drehte sie den Kopf zur Seite, bis ihr Gesicht das fleckige Holz des Pritschenbodens berührte. Sie begann, unkontrolliert zu wimmern, Tränen tropften zu Boden.

»Dass ihr Weiber ständig flennen müsst!« Halfdan nestelte an seiner Hose herum und löste den Gürtel. »Scheiß drauf. Ich halt's nicht mehr aus!«

Daro warf einen unruhigen Blick nach hinten. »Wir wollen sie doch verkaufen!«, rief er aufgebracht.

»Halt's Maul, Mann!«, kam die Antwort. »An der ist kaum was dran. Aber schön weiß ist sie … weiß wie Schnee.« Halfdans Stimme sank zu einem Flüstern: »Ich will sehen, ob du überall so blass bist …« Seine Erregung war nicht zu überhören.

Mira schickte ein Stoßgebet zu ihrer Schutzgöttin.

Offenbar erhörte Hestinia ihr Gebet, der Wagen stoppte mit einem Ruck. Im letzten Moment krallte Halfdan sich an der Plane fest. Mit hochrotem Kopf brüllte er: »Was soll der Scheiß! Hab ich nicht gesagt, du kommst auch noch dran?«

Daro erblasste: »Da ist grade so ein Arsch vor den Wagen gesprungen.«

»Dann mach ihn platt.«

»Nee, echt … kein Scherz. Der hat mir einen gehörigen Schrecken eingejagt.«

Halfdan zerrte die hintere Plane zur Seite. Mira bäumte sich auf und erspähte eine wankende Gestalt am Straßenrand.

»Betrunkener Penner!« Halfdan schwang die Faust.

Einen winzigen Moment hoffte Mira, er würde hinausspringen und den Kerl totschlagen oder zumindest verprügeln. Aber vielleicht genügte diese Ablenkung. Wenn sie sich bemerkbar machte … jetzt.

Sie schrie aus Leibeskräften. Durch den Knebel erzeugte ihr Hilfeschrei einen kläglichen, erstickten Laut. Unhörbar – oder nicht? Sie erkannte, dass die Person verharrte. Zur Freude blieb ihr keine Zeit. Im nächsten Atemzug verdeckte Halfdan die Sicht. Er sprang auf Mira zu und gab ihr eine Ohrfeige, die den Stoff schmerzhaft in ihre Mundwinkel drückte. Augenblicklich begann ihre Wange, zu glühen.

Halfdan schaute kurz zur Straße. »Hau bloß ab, du Penner!« Dann drehte er sich zurück ins Wageninnere. »Fahr weiter!«, schnauzte er genervt nach vorne. Die Kutsche setzte sich in Bewegung. Er grinste Mira an. »Wo waren wir?«

Hektisch zerrte er ihre Fußfessel ab und fixierte die Beine, um nicht getreten zu werden. In aller Ruhe schob er ihr Kleid hoch. Sein gieriges Grinsen wich einem Ausdruck des Staunens, als er Miras Hose bemerkte. »Was ist das denn für eine Scheiße? Das glaub ich jetzt nicht. Bist du ein Kerl?«

Er griff in Miras Schoß und ließ erst ab, nachdem er keine männlichen Gliedmaßen ertastet hatte. »Na also«, stellte er zufrieden fest. »Du stehst wohl nur auf Frauen was? Aber das treibe ich dir aus. Wenn du meinen Prügel gespürt hast, willst du gar nichts anderes mehr!«

Sein dreckiges Lachen dröhnte in Miras Ohren. Mit schreckgeweiteten Augen sah sie, wie Halfdan seine Hose herunterzog.

Nach einer Reise querfeldein war Kyrians Laune auf dem Tiefpunkt angelangt. Er war nun seit drei Wochen durch die Gegend geirrt. Aus Angst, die Magier könnten seine Spur entdecken, zauberte er nicht. Er wäre gerne geflogen, oder hätte sich anderweitig fortbewegt, war sich aber nicht sicher, wie stark die magischen Sprüche seiner Gegner waren. Konnten sie Zauberei erkennen? Besser, er zauberte nur im äußersten Notfall.

Die weiße Magierin hatte sich nur in seinen Träumen blicken lassen, von den Trollen fehlte jede Spur. Das Land bestand zwar aus Wäldern, aber sie waren derart licht, dass es Kyrian vollkommen sinnlos vorkam, sich darin zu verstecken. Hier lebten nie und nimmer Trolle. Warum hatte er nicht auf Parcival gehört und war zum großen Gebirge gewandert?

In Gedanken versunken betrat er eine Straße. Zu spät bemerkte er den Wagen, der mit der Geschwindigkeit eines wintermüden Bären seinen Weg kreuzte. Er fuhr ihn fast über den Haufen; taumelnd wich Kyrian zur Seite aus.

»Betrunkener Penner!«, brüllte jemand.

Vielleicht sollte er mit diesem Gefährt weiterreisen. Bequemer wäre es allemal. Er konzentrierte sich, lauschte, um zu hören, wie viele Männer sich auf oder in dem Wagen befanden. Überdeutlich vernahm er einen erstickten Schrei, dann das Klatschen einer Ohrfeige. Es ging ihn nichts an, wer welche familiären Streitigkeiten dort im Innern ausfocht. Schließlich konnte er nicht einfach eine Familie auslöschen.

Er stutzte. Noch ein Geräusch mischte sich ins Knirschen der Wagenräder. Schritte.

Kyrian zuckte zusammen, als die Stimme des Kutschers erneut brüllte: »Hau bloß ab, du Penner!«

Kaum zu glauben. Der Kerl hatte ihn zum zweiten Mal »Penner« genannt. Jetzt wollte Kyrian auf jeden Fall mit diesem Wagen fahren. Er sah zwar aus wie ein Landstreicher, aber beleidigen lassen musste er sich nicht. Außerdem hatte der Schrei sich nach einem Hilferuf angehört.

In dem Moment, da die Schritte verstummten, verschmolz Kyrian nach rechts mit dem Dickicht.

»Was ist denn nun noch?«, schrie Halfdan, als der Wagen erneut stoppte.

Mira hielt den Atem an.

»Halfdan, ... es wäre besser, d-du kommst nach vorn.«

Ihr Peiniger zog die Hose wieder an. »Mist, verfluchter ...« Er beugte sich dicht an Miras Ohr. »Lauf nicht weg. Ich bin gleich zurück.« Er richtete sich auf. »Du tust so, als wenn du schläfst. Einen Mucks, und du wünschst dir, niemals geboren zu sein.« Er wickelte Mira bis über Mund und Nase in eine kratzige Plane ein und kletterte nach vorne.

Mira hörte gedämpfte Stimmen. Sie verstand nicht alles.

»Was verschafft uns die Ehre?« Halfdan war wieder der professionelle Geschäftsmann, den er schon bei Miras Eltern abgegeben hatte.

Waren dort Magier? Sollte sie versuchen, um Hilfe zu schreien? Sie zögerte, hörte, wie Halfdan unterdessen gelassen die genaue Richtung beschrieb, in der eine Gestalt im Gebüsch am Wegrand verschwunden war.

Die Furcht überwog. Mit geschlossenen Augen lag Mira erstarrt auf der Pritsche. Und schwieg. Selbst, als die Plane kurzzeitig beiseitegeschlagen wurde. Tränen rannen ihr Gesicht hinab, als eine männliche Stimme sagte: »Los! Ihr dürft weiterfahren!«

Sie wollte die Augen nicht mehr öffnen. Nie wieder.

Allerdings fuhr der Wagen nicht an. Stattdessen ertönten Schritte, und ein Befehl folgte. »Wartet! Er soll die Stelle zeigen!«

Halfdan wurde ungehalten. »Herrschaftszeiten. Das kann doch nicht so schwer sein. Da hinten.«

Die Geräusche entfernten sich. Auch Daro stieg vom Bock ab und fing ein Gespräch mit einem der Magier an. Mira verstand die Worte kaum. Die Luft unter der Plane wurde knapp. Grenzenloses Entsetzen wuchs in ihr heran.

Für eine Flucht reichte die Zeit nicht. Eine Gruppe Magier hatte die Straße hinter der Biegung gesperrt. Das also waren die Schritte, die Kyrian vernommen hatte. Beängstigender erschien ihm die Tatsache, dass sich Reiter näherten, was er dank des verbesserten Wahrnehmungszaubers hörte.

Er benötigte unbedingt den Wagen, um schleunigst hier wegzukommen. Also schlug er einen leichten Bogen im Wald. Der Wagen stand noch immer still. Ein Mann redete mit einem Robenträger. Offenbar der Kutscher.

Lautlos glitt er in das Gefährt hinein. Unter einer dicken Plane bewegte sich etwas oder jemand. Ein Körper. Kyrian wurde förmlich davon angezogen. Was um alles in der Welt ging hier vor sich? Mit einem Ruck riss er den Stoff fort.

In all seinem Erstaunen brachte er nur ein einziges Wort heraus. »Du?«

XXI
Befreiung

Luft! Mira glaubte, unter dem schweren Stoff ersticken zu müssen. Sie zerrte an ihren Fesseln. Schweiß brach ihr aus und durchnässte ihre Kleidung. Angst lähmte ihren Verstand. Bunte Lichtpunkte blitzten vor ihren Augen auf, als die Plane unvermittelt fortgerissen wurde. Gierig sog sie die Atemluft ein. Verschwommene Konturen verdeckten ihr die Sicht.

»Du?«

Mira erschrak. Diese Stimme. Die Waldlichtung. Der Fremde. Nackte Panik umklammerte all ihre Gedanken wie ein eiserner Griff. Ihre Muskeln verkrampften sich. Mit einem Ruck lösten sich die Fesseln, ihre Starre zerfloss wie eine Sandburg in der Brandung. Mit der Kraft der Verzweiflung stieß Mira den Mann von sich hinunter, sodass er rückwärts hinausflog.

Sofort schrie jemand: »Da ist er! Hierher! Hier…«

Ein Blitz flackerte, die Rufe brachen in einem gellenden Schrei ab. Todesschreie wechselten mit dem Zucken der Lichtblitze. Mira presste sich die Hände auf die Ohren. Ihr Lebenserhaltungstrieb kreischte: »Flieh! Flieh aus dem Wagen!«

Doch ein Blick nach vorn verriet ihr, dass es zu spät war. Daro bestieg den Kutschbock, die Peitsche knallte und der Ruck des anfahrenden Wagens warf sie zurück. Mit steifen Gliedern rappelte Mira sich auf, doch Halfdan erklomm bereits die Ladefläche.

»Wohin mein Täubchen?«, rief er.

Der Fausthieb in ihre Seite ließ sie zusammensacken, einer Marionette gleich, der man die Fäden durchtrennt hatte. Die Luft blieb ihr weg. Ein Fußtritt folgte, stieß Mira um, sodass sie wie ein Käfer auf dem Rücken lag. Sie hatte verloren. Ihre Gegenwehr erstarb. Pulsierender Schmerz durchwogte ihre Körperseite.

Wieder zog Halfdan die Hose runter.

Daro beugte sich nach hinten: »Bist du bescheuert. Willst du etwa jetzt die Kleine durchnehmen?«

»Na klar!« Halfdan grinste. Er bückte sich, streckte gierig die Hand aus … und verschwand. Als hätte jemand ihn mit einem Lappen fortgewischt. Kein Schrei, kein einziger Laut.

Mira schaute blinzelnd auf. Allmählich durchschaute sie die Situation. Ein elektrisches Knistern lag in der Luft, Wind schlug ihr ins Gesicht. Es roch nach schwelender Wolle … und verbranntem Fleisch. An einer Seite der Wagenplane zeichnete sich ein winziges Loch ab, dessen Ränder glommen, als ob sie gebrannt hätten. Auf der gegenüberliegenden Seite klaffte eine menschengroße Öffnung. Die Plane flatterte knatternd im Fahrtwind.

Als ein zweiter, greller Lichtblitz an ihr vorbeischoss und das Gefährt erfasste, zuckte Mira zusammen. Daro flog in hohem Bogen vom berstenden Bock. Sein Schrei erstarb unter den Hufen der Pferde. Es holperte zweimal, während sein Körper vom Wagen überrollt wurde.

Sie musste hier raus! Immerhin gelang es ihr, aufzustehen.

Abermals schlug ein Lichtblitz ein, riss eines der Räder in Stücke. Mira wurde gegen die Plane geschleudert, da sich der Wagen zur Seite neigte. Das Geräusch der schleifenden Achse und Miras spitze Schreie heizten offenbar die Panik der Pferde an. Außer Kontrolle rasten sie die Landstraße entlang.

Vorsichtig kroch Mira um hinteren Ausgang, hielt sich krampfhaft an der Seite des Wagens fest. In der Ferne kämpften die Magier gegen den Fremden. Fasziniert starrte sie auf einen feurig roten Punkt, der sich in rasender Geschwindigkeit näherte. Ihre Augen weiteten sich. Die Angst kehrte zurück. Mira zog sich mit aller Kraft auf und sprang …

Die Straße flog ihr entgegen. Eine heiße Woge schoss an ihr vorüber, dann folgte der Aufprall. Mit ohrenbetäubendem Knall explodierte der Wagen hinter ihr in einem Feuerinferno. Splitter zischten vorbei. Die Wucht katapultierte Mira wieder in die Luft. Sie landete kurz auf den Beinen, überschlug sich durch den Schwung fünf-, sechsmal, einer mörderischen Karussellfahrt gleich, und blieb benommen vor einer Kiefer liegen. Unbändiger Schmerz wütete in ihrem Körper, verdunkelte ihre Sinne, bis Schwärze sie umfing. Das Pferdewiehern entfernte sich. Stille trat ein.

Komm zu dir …

Mira konnte nicht lange bewusstlos gewesen sein, sie atmete immer noch schwer. Ihre Augen öffneten sich in dem Moment, da ein Lichtblitz direkt über ihr im Baum einschlug. Nadeln, Holzsplitter und schwelende Kiefernzapfen vermischt mit winzigen Harztropfen regneten herab.

Schreiend rappelte sie sich hoch. Die Gefahr war nicht vorüber. Ihr Kleid ließ sie straucheln. Ohne nachzudenken, zerriss sie den Stoff bis zu den Knien und lief Hals über Kopf los …

Kyrian rannte. Zwei Robenträger hatte er ausgeschaltet. Der Planwagen, in dem die weiße Magierin saß, entfernte sich viel zu schnell. Schweratmend blieb Kyrian stehen. Warum hatte das Mädchen ihn aus der Kutsche gestoßen?

Ein feuriger Ball schoss an ihm vorbei. Es roch verbrannt, als sich seine Armhärchen unter der enormen Hitze kräuselten. Schnell wie der Wind warf er sich herum und fegte den Gegner mit einem Schockstrahl von den Beinen. In einiger Entfernung detonierte der Feuerball.

Verdammt, einen Magier brauchte er lebend. Der letzte Mann war genauso unvorsichtig wie seine drei Kollegen: Er lugte hinter einem Baum hervor; ein schlechter Versuch, falls er sich verstecken wollte.

Grinsend schwebte Kyrian über ihm heran und packte zu. Sein Griff setzte einen Lähmungszauber frei. »Sprich, wie viele Magier gibt es von euch und wo halten sie sich auf?«

Der Mann starrte geradeaus. »Ich … ich weiß es nicht.«

»Wenn du nicht willst, dass ich dir die Haut vom Leib ziehe«, zischte Kyrian, »solltest du mir antworten.« Zur Verstärkung seiner Worte drehte er dem Magier den Arm um, sodass dieser einem Schmerzlaut ausstieß. »Wo sind eure Stützpunkte?«

»In … in Türmen. Wettertürmen«, presste der Mann hervor.

»Wettertürme?«

»Wir Magier leben in Turmbauwerken, die das Wetter der Welt machen.«

»Wie das?« Kyrian kannte komplizierte oder einfache Wetterzauber, aber er hatte noch nie gehört, dass man das Wetter kontrollieren konnte. Allenfalls beeinflussen.

»Ich weiß nicht, wie es funktioniert …« Der Robenträger stöhnte, als Kyrian den Druck auf seinen Arm verstärkte. »Kristalle, es sind die Kristalle …«

»Wie viele Magier befinden sich in einem solchen Turm?«

»Hundert, vielleicht zweihundert … vielleicht auch fünfhundert. Du wirst niemals gegen uns ankommen. Gib auf!«

Der Mann hatte Mut. Ein Wahrheitszauber gäbe Aufschluss, ob der Kerl log. Kyrian konzentrierte sich, kam jedoch nicht mehr dazu, seinen Zauber auszuführen.

In diesem Augenblick preschten Reiter um die Straßenbiegung. Kyrians Konzentration brach ab, der Lähmungszauber verlor seine Wirkung. Der Magier riss sich los, doch Kyrian bekam die Robe zu fassen und schleuderte ihn zu Boden.

Würden doch die Männer vom Schiff noch leben … Er brauchte einen Verbündeten, einen Freund. Ein zweites Ich hätte ihm schon gereicht. Doppelgänger. Das war es, das war die Lösung.

Während Kyrian sich konzentrierte, schrie ein weißhaariger Mann an der Spitze der Gruppe Befehle: »Arbeitet zusammen! Schützt euch! Bildet eine Einheit! Ich will ihn lebend!«

Bralag trieb sein Pferd an. Er spürte den Kampf, die Lichtblitze, das Zucken und Knistern der Energieentnahme. Die Energie der Natur, gewaltig, vielschichtig, göttlich. Ebenso spürte er den Tod, der mit einem Donnerschlag einher kam. Sein Pferd wieherte und bäumte sich auf. Er wollte diesen Fremden lebend, das hatte er seinen Bewahrern der Ruhe eingetrichtert. Kein leichtes Unterfangen. Noch ehe sie die Wegbiegung erreicht hatten, roch Bralag verbranntes Fleisch. In der Ferne leuchtete der grelle Schein eines Lichtblitzes. Er preschte an verkohlten Überresten eines Wagens vorbei, den Leichen am Wegrand schenkte er keine Beachtung.

Als sie um die Biegung galoppierten, entdeckte er einen Magier. Ein zweiter lag am Boden. Der Mann winkte hektisch und deutete in die Waldung hinein. Bralag machte eine Handbewegung, um seine Kriegermagier anhalten zu lassen, doch zwei Reiter stürmten weiter.

Die Gestalten vor ihnen verdoppelten, vervierfachten sich. Dann waren es acht, sechzehn, zweiunddreißig ... Im gleichen Augenblick streckten Lichtblitze beide Reiter nieder.

Bralag wirkte einen Schutzschild. »Arbeitet zusammen! Schützt euch! Bildet eine Einheit! Ich will ihn lebend!«

Er hatte nicht erkennen können, welcher der Gegner die tödlichen Geschosse gesandt hatte. Jeder der Feinde hatte einen Lichtblitz verschossen, doch nur zwei Blitze hatten ihr Ziel getroffen. Wer war der reale Widersacher, wer die Illusion, und wieso zwei Blitze? Kamen sie von einer Person? War eine derart rasante Schussfolge überhaupt möglich?

Er fixierte die Gegner. Mehr als einhundert Männer zogen sich, kreuz und quer laufend, zurück. Jede getroffene Illusion verpuffte, dezimierte den Feind beständig. Seine Kriegermagier zielten immer präziser. Lediglich zwei Geschosse schlugen in ihren eigenen Reihen ein. Zwei Lichtblitze – zwei Gegner. So musste es sein! Wer war der andere Mann? Ein Verbündeter? Ein Verräter?

Bralag konzentrierte sich auf den Kampf. Ein Blitz prallte an seinem magischen Schild ab. Der Fremde könnte seine Kraftquelle nicht ewig nutzen. Irgendwann wäre er erschöpft. Vielleicht jetzt?

Nur noch ein Mann schoss. Wo befand sich der zweite? Der Schütze schüttelte sich und mit ihm eine Unzahl seinesgleichen. In diesem Moment wusste er, wer sein Gegner war.

Unvermittelt erschien eine Nebelwand. Bralag wischte sie durch einen Windspruch hinfort, ebenso erstickte er eine dunkle, nachtschwarze Wolke im Keim. Mit einem gezielten Geschoss fegte er den Mann von den Beinen. Augenblicklich fiel die Hälfte der Feinde. Nun schoss niemand mehr, der Angriff kam zum Erliegen.

»Schießt weiter«, schrie Bralag. Doch er ahnte, dass der Fremde bereits fort war.

Kyrian erkannte einen hochgewachsenen, grauhaarigen Mann an der Spitze der Gruppe. Dessen Kopf wanderte suchend hin und her, dann ruckte er in seine Richtung. Zwei Wimpernschläge darauf flogen mehrere Blitze auf ihn zu. Kyrian schleuderte einen eigenen Lichtblitz gegen den Grauhaarigen, doch das Geschoss verpuffte an einem unsichtbaren Schild. Verdammt, nicht gut …

Exakt in diesem Augenblick wurde ihm klar, dass er den Kampf verlieren würde. Sein Amulett verstärkte zwar seine Zauberkräfte, dennoch konnte er seine Konzentration nicht ewig aufrechterhalten. Er müsste verschwinden. Doch an die Pferde kam er nicht heran, und der Wagen war zerstört.

Der Magier, den er mit einem Freundschaftszauber belegt hatte, schüttelte sich. Verflucht, auch dass noch! Kyrians Zauber wirkte nicht länger. Er erschuf eine Nebelwand, die der weißhaarige Mann mit einer einfachen Handbewegung fortwischte, ebenso seine erschaffene dunkle Wolke. Doch dieser Moment reichte zur Flucht. Kyrian verwandelte sich in eine Schwalbe und sauste durch den Wald davon.

Und nun? Er hatte zwar die Straßensperre durchbrochen, es aber wieder nicht geschafft, mit der weißen Magierin zu reden. Wieso hatte man sie gefangen? Seinetwegen? Vermutlich war es nur eine Frage der Zeit gewesen, bis die Magier Verdacht geschöpft hatten. Aber das war einerlei. Die weiße Magierin wusste nichts über seine Pläne.

Die Gedanken schwirrten durch Kyrians Kopf. Zuerst musste er sich in Sicherheit bringen. Die Verfolger waren ihm dicht auf den Fersen. Vor allem der Reitertross bereitete ihm Sorgen. Es waren zu viele, und sie bewegten sich schnell. Selbst wenn er keine Zauberei benötigte, um zu kämpfen, besagte ein Sprichwort seiner Heimat: »Viele Jäger sind des Hasen Tod.« Rückzug galt daher nicht als Feigheit.

Kyrian prägte sich das Gesicht des weißhaarigen Magiers ein. Sicherlich hätte er ihn nicht zum letzten Mal gesehen. Dieser Mann war gefährlich.

XXII
Hals über Kopf

Laufen. Nur weg! So hämmerte es in ihrem Schädel im Takt des eigenen Herzschlags, der ihren Körper im Wettlauf zu überholen drohte. Das Blut dröhnte rauschend in ihren Ohren unterbrochen von einem wellenartigen Pfeifen. Mira lief und lief und lief …

Nur weg. Immer weiter. Ihre Füße gaben nach. Sie stürzte zu Boden, keuchte, kam zu Atem, rappelte sich auf und hastete erneut los, bis ihre Lungen brannten und die Stiche in der Seite unerträglich wurden. Am Ende ihrer Kräfte schleppte Mira sich zu einer gewaltigen Linde, rollte sich an dem verworrenen Wurzelwerk ein und schluchzte hemmungslos. Wann würde sie bloß aus diesem Albtraum erwachen?

Mit nachlassender Anspannung übernahm die Erschöpfung Kontrolle über ihren Körper. Doch statt Schlaf kamen die Schmerzen. Ein Pochen, Brennen, Ziehen und Reißen an unzähligen Stellen. Mira betrachtete ihre von Splittern übersäten Arme und Hände, untersuchte fahrig den Körper auf Verletzungen. Sie entfernte die meisten der Holzsplitter, bis ein Schmerz an der Wade alles andere überdeckte. Ein fingerlanger Metallsplitter steckte darin.

»Oh Göttin«, flüsterte sie weinend. Sie schob sich einen abgebrochenen Ast zwischen die Zähne, biss darauf und versuchte, das Stück herauszuziehen, bekam es aber nicht zu fassen. Stecken bleiben durfte es nicht, es musste raus. Sofort. Also umwickelte sie den Splitter mit ihrem Kleid und zog ihn heraus.

Blut sickerte aus dem entstandenen Schnitt. Apathisch starrte Mira das sickernde Rot an. Sie würde verbluten.

Als Kind hatte sie Verletzungen gemeistert, allein, ohne Freunde. Im Wald auf der Lichtung. Zu Hause im Garten. Bis ihre Mutter ihr alles abnahm. »Das kannst du doch nicht«, klang deren Stimme in ihrem Kopf. »Du kannst das nicht! Du kannst gar nichts! NICHTS!«

Ihre Mutter. Widerstand regte sich in Mira. Nein, sie würde nicht verbluten! Sie schniefte, riss mechanisch den Saum ihres Kleids ab und legte ihn als Verband um die Wunde.

Dann umnebelte die Ohnmacht ihren Geist.

Ein einziges Mal wachte sie auf. Der Abend war mild. Während die Nacht hereinbrach, zollten Müdigkeit, Anstrengungen und der Schock ihren Tribut. Erneut versank sie in einen traumlosen Schlaf.

Das Zittern ihres Körpers reichte, um sie zu wecken. Kälte, vermischt mit einem Schmerz, durchzog und schwächte ihren Leib, ließ sie nicht mehr an Schlaf denken. Das zarte Licht des Tages focht seinen ewigen Kampf gegen die Nacht aus und vertrieb unaufhaltsam die Dunkelheit.

Trotz ihres Hungers hatte Mira keinen Appetit. Eine Weile lauschte sie den Geräuschen eines zögernd erwachenden Waldes. Nichts deutete auf den Kampf vom Vortag hin. Sie wischte sich mit dem Handrücken über die Nase. Sofort verzog sich ihr Gesicht zu einer schmerzerfüllten Grimasse. Ein paar Splitter schienen sich noch in ihrer Hand zu befinden, ihr Handgelenk war angeschwollen. Was geschah nun? Wohin sollte es gehen? Sie wusste es nicht.

Als genügend Licht durch die dichten Baumkronen drang, quälte Mira sich hoch. Einen Moment lang hielt sie die Augen geschlossen, unterdrückte die aufsteigende Hilflosigkeit und lauschte. Nichts. Sie musste jetzt stark sein. Sollte sie das zerrissene Kleid in eine nützliche Form bringen? Kurz überlegte sie, es bis zu den Knien abzureißen, dann aber entschloss sie sich, die Enden um den Bauch zu binden. Jeder kleinste Fetzen Stoff spendete ihr in der Nacht Wärme. Erneut inspizierte sie ihren Körper. Am Ellenbogen klaffte ein Loch im Ärmel, rötlich gefärbt vom Blut einer Schürfwunde.

Mutlos setzte Mira sich in Bewegung, einen Schritt vor den anderen, schlug sie sich durchs Dickicht des Waldes. Wohin würde ihr Weg führen? Sie besaß weder Geld noch Nahrung. Ihr blieb einzig die Kleidung am Leib. Sie lächelte verbittert. Zum ersten Mal hatte sich ihr Hang ausgezahlt, sich über die elterlichen Kleidervorschriften heimlich hinwegzusetzen und eine Hose anzuziehen. Dabei hatte ihre Mutter gesagt: »Zieh doch ein Kleid an. Wir bekommen Besuch …«

Besuch. So etwas Verlogenes! Bei dem Gedanken daran stieg Zorn in Mira empor. Tränen der Wut vermischten sich mit Verzweiflung. War es ihren Eltern zu verdenken? Hatte sie wahrhaftig geglaubt, auf dem Elternhof bis ans Ende ihrer Tage wohnen zu dürfen? Wieder vergrub sie ihr Gesicht in den Händen.

Sie zwang sich, weiterzugehen. Irgendwo würde sie ein Dorf finden, einen Ort zum Bleiben. Es galt, eine Arbeit zu suchen, Geld für Essen zu verdienen. Sie blieb stehen. Das hier war ein Wald. Wo, bitte schön, sollten da Menschen leben?

Sie schob die Bedenken beiseite und setzte ihren Weg fort. Augenblicklich krochen die Gedanken zurück in ihren Kopf. Bestimmt gab es Siedlungen in Wäldern … Und wenn nicht?

Was, wenn nicht?

Diesen und den nächsten Tag lief Mira durch die Wildnis, doch sie fand kein Dorf. Nicht einmal eine Straße. Mal taumelnd, mal schwankend irrte sie umher. Der Herbst hatte Einzug gehalten, die Sonne ließ sich selten blicken. Die Welt versank in einem unwirklichen Grauviolett. Aus der eisigen Nacht weckte ein feiner Nieselregen Mira bereits nach ein paar Stunden. Sie schlotterte vor Kälte, aber so würde sie zumindest nicht verdursten.

Bis zum Mittag blieb sie im Regen sitzen, dann waren Hände und Beine so taub vor Kälte, dass sie sich bewegen musste, wollte sie nicht erfrieren. Wenigstens hatte das Brennen in der Wade nachgelassen. Planlos schleppte sie sich vorwärts. Ohne Ziel, immer weiter. Hinzu kamen die allgegenwärtigen Gedankenspiralen. Gedanken an ihr Zuhause und an ihre unsichere Zukunft.

Mira hielt sich nicht für sonderlich schlau. Sie war zwar in ihrem Leben zurechtgekommen, aber um in der Wildnis zu überleben, fehlte ihr definitiv das Wissen. Ein paar Pilzarten konnte sie zwischen ungenießbar, giftig und für den Verzehr geeignet unterscheiden, das war alles. Sie war kein Überlebenskünstler. Ein Überlebenskünstler hätte sicherlich damit begonnen, einen Unterschlupf zu bauen. Er hätte aus einem Steinsplitter ein urzeitliches Messer gefertigt, ein paar Fallen gebastelt, um zusätzliche Nahrung zu den gefundenen Waldfrüchten und Insekten zu haben. Ganz zu schweigen vom sofort angelegten, wohlgemerkt trockenen Holzvorrat für die zuvor ausgehobene Feuerstelle. Ein Überlebenskünstler hätte sich ein neues Heim geschaffen und ein warmes, schmackhaftes Mahl aus Käfern, Kräutern und Früchten zubereitet.

Das wusste Mira, nur war sie eben kein Überlebenskünstler. Sie besaß weder die Geschicklichkeit eines Fallenstellers noch den Instinkt eines Jägers. Sie wusste nicht einmal, ob sie ein Tier töten könnte, wenn es aus großen Augen zu ihr aufschaute. Die Zubereitung war kein Problem. Oft genug wurde gemeinsam gekocht, wenn ihr Vater nach erfolgreicher Jagd …

Ihre Eltern …

Verkauft! Sie hatten sie tatsächlich verkauft!

Wut stieg in Mira hoch. Sie konnte sich nicht gegen diese Gefühle wehren, wollte es auch gar nicht. Diese Wut tat ihr gut. Diese Wut trieb sie an, weiterzugehen. Ein paar Walderdbeeren dienten bis zum Abend als einzige Speise.

Die Dämmerung setzte ein. An Schlaf war auch in dieser dritten Nacht nicht zu denken. Durchnässt und hungrig kauerte Mira mit angezogenen Knien an einem Baum, die Arme um die Beine geschlungen. Sie erwachte jedes Mal durch ihr eigenes Zittern, meist fielen ihre Augen rasch wieder zu. Und wenn nicht, war es auch egal. Alles in ihr hatte sich in pure Resignation verwandelt.

Als der Morgen graute, blieb sie, ganz ihrem Schicksal ergeben, an dem knorrigen Baumstamm liegen und schlief endlich ein – in der Überzeugung, nie wieder aufzuwachen.

Steh auf … Sieh hin!

Ein Raunen. Eine Mädchenstimme. Wer war das?

Mira erwachte. Sie lauschte, quälte sich empor. Stille lag vor ihr. In dem Moment, da sie wieder am Baumstamm herabsinken wollte, entdeckte sie ein Buschwerk. Brombeeren!

Mira stürzte sich auf einen mit dicken, schwarzen Brombeeren behangenen Strauch. Die Dornen rissen ihre Finger beim Pflücken der Früchte blutig. Gierig verschlang sie die Beeren, deren köstlicher Geschmack sie alles vergessen ließ. Schmerz. Gedanken. Zeit – nichts hatte Bedeutung. Erst, als der Busch abgeerntet war, trottete sie weiter.

Der Tag zeigte sich grau, ein kalter Wind blies über die Baumwipfel, fand Lücken zwischen dem Blattwerk und kroch an kahlen Stämmen bis ins Dickicht hinunter.

Miras Gedanken schweiften weit ab. Vermischten sich mit der Realität. Vielleicht sollte sie in die Stadt der Magier gehen, nach Königstadt, und dort in den Dienst des Königs treten. Vielleicht gab es dort einen schönen Prinzen oder Edelmann mit einer festlich gedeckten Tafel. Jeden Tag zu essen. Vielleicht … Vielleicht starb sie auch in diesem Moment oder verlor ihren Verstand.

Mira schnappte sich einen Ast und schleuderte ihn schreiend in den Wald hinein. Dann sank sie auf die Knie, atmete schwer. Mehr denn je knurrte ihr Magen. Der Durst quälte sie, ihre Wade brannte wieder wie Feuer.

Erneut rappelte sie sich hoch, erneut erschien das Bild eines Prinzen vor ihrem inneren Auge. Er würde ihr die feinsten Speisen servieren. Kuchen in Massen, Puddings und andere Süßspeisen. Die ausgefallensten Früchte und Gemüse aller Art tischte man ihr auf. Feigen, Pflaumen, sogar Kaktusfrüchte aus der gefährlichen, von Drachen bewohnten Wüste würde ihr Prinz für sie holen. Dazu Hühnchen, Reh und Wildschwein …

Miras Gedanken ließen sich nicht bändigen. Realität und Traum verschwammen. Der Geruch von gebratenem Fleisch stieg ihr in die Nase. Ihr lief das Wasser im Mund zusammen. Wildschweinbraten! Mit knuspriger Kruste! Goldbraun!

Wie hypnotisiert humpelte sie vorwärts. Der Duft intensivierte sich, vermischt mit dem Rauch von Feuer. Ein versonnenes Lächeln zeichnete sich auf ihrem Gesicht ab. Wahrscheinlich erzeugte ein Wahnzustand diese Fantastereien. Es ging zu Ende. Sie verlor den Verstand. Lag sie bereits auf dem kalten Waldboden und hauchte ihr Leben aus?

Ein grummelndes Knurren erklang. Mira strich sich über den Bauch, den Magen, der seit zwei Tagen ständig »HUNGER« brüllte. Plötzlich merkte sie, dass ihr Körper sich immer noch vorwärtsschleppte. Obwohl jegliches Gefühl in ihr verebbt war, starb sie nicht. Noch nicht …

Feuer … das Dorf brennt …

Mira stockte der Atem. Da *war* Qualm! Keine fünfzig Schritte vor ihr qualmte es hinter einem Gebüsch. Stimmen, die sich unterhielten. Eine davon besaß eine weibliche, helle Klangfarbe. Zu erwachsen, um die Mädchenstimme aus ihrem Traum zu sein. Ein Musikinstrument ertönte. Sie verlor den Verstand. Ganz offenbar.

Spielten Räuber Flöte? Oder Magier? Wohl kaum. Mira blieb stehen, dachte nach, der Schluss eines Sprichworts fiel ihr ein: Böse Menschen haben keine Lieder.

Noch zwanzig Schritte. Das Flötenspiel verstummte. Eine warmherzige Stimme rief: »Herbei, herbei. Wer es auch sei. Ist es ein Wandersmann, so komm er an unser Feuer ran. Doch bist du ein räuberischer Schuft, reiß lieber aus und verduft!«

Gelächter. Mira schluckte. Ihr Blick wanderte an ihrem Körper herunter. Sie gab ein fürchterliches Bild ab. Schmutzstarrend, die Haare voller Kletten, die Augen rot verheult und in abgerissenen, feuchten Kleidern. Hinzu kamen blutverkrustete Schürfwunden. Aber wenn sie überleben wollte, musste sie hingehen. Ihre Arbeitskraft blieb ihr, auch wenn das nicht viel war.

Plötzlich teilte sich das Gebüsch vor ihr und sie zuckte zusammen. Ein stattlicher, bunt gekleideter Mann schaute daraus hervor. Seine Gesichtszüge verzerrten sich zu einem erstaunten und zugleich entsetzten Ausdruck. Dann erschien ein mildes Lächeln auf dem länglichen, von schwarzen Haaren eingerahmten Gesicht. Seine Sprechweise besaß etwas Beruhigendes, Einnehmendes. »Oh, wer besucht uns da? Es ist eine holde Maid von zarter Gestalt!« Er vollführte eine vorsichtige, einladende Geste Richtung Lagerplatz und sagte sanft: »Mein Name ist Ruven. Hab keine Angst.«

Hinter dem Mann mit dem Haar wie Kohle fragte die weibliche Stimme: »Oh, Tanduriel, Tanduriel. Wer ist's zu später Stund?« Dann kicherte sie.

Ruven antwortete über seine Schulter hinweg: »Es ist eine holde Maid. Ich vermute, sie fürchtet sich.«

»Quatschkopf!«, ertönte es. »Komm wieder ans Feuer.«

»Nein, ungelogen.«

Als er keinerlei Anstalten machte, sich zu regen, entgegnete die Mädchenstimme in gespielt ärgerlichem Tonfall: »Wenn du mich schon wieder anflunkerst, Ruven, dann kannst du was erleben!«

Mira stand starr in gebückter Haltung da, wie von einer Schlange hypnotisiert, unfähig, die Flucht zu ergreifen. Sie hatte die Arme um den Oberkörper geschlungen. Neben Ruven erschien eine Frau in Miras Alter. Als ihre Blicke sich trafen, färbte das Gesicht des Mädchens sich aschfahl. Ein unkontrolliertes Zittern durchlief ihren Körper. Es legte sich erst, als der Mann ihre Schulter berührte. Rehbraune Mandelaugen starrten Mira voll Entsetzen an. Die leicht geschwungenen Augenbrauen waren perfekt gestutzt. Doch weder Mitleid noch Abscheu lag in ihrem wachsamen Blick. Eher Besorgnis. Ihr Aussehen war demnach viel schlimmer als erwartet.

»Ist sie eine Magierin?«

»Das glaube ich nicht.« Der Mann schüttelte den Kopf.

»Hallo«, sagte das Mädchen nun sanft. »Ich bin Rahia. Du brauchst keine Angst zu haben. Bist du überfallen worden?«

Überfallen? Endlich regte sich Mira. Sie wollte etwas sagen, brachte aber nur ein Krächzen hervor. Auch nach einem Räuspern wurde es kaum besser. »Mira … mein Name … Mira.« Ihre Stimme war zu brüchig, um gehört zu werden. Das Mädchen schien sie dennoch zu verstehen.

»Mira. Ein schöner Name.« Rahia näherte sich zaghaft. Sie sah ganz anders aus als die Menschen aus Miras Dorf. Ihre Haut war ebenmäßig und hatte die Farbe von geschliffenem Kirschholz, wirkte durch ihr fast schwarzes Haar sogar noch dunkler. Ihr Lächeln zeigte Zähne, so weiß wie der Schnee auf den Gipfeln des westlichen Gebirges.

Dann hatte Rahia Mira erreicht. Vorsichtig nahm sie Miras Arm und redete in beruhigendem Tonfall: »Du musst frieren. Hunger hast du sicher auch. Komm. Wir sind Gaukler, wir tun dir nichts. Hier bist du in Sicherheit.«

Rahias Stimme vermittelte Mira ein Gefühl von Vertrauen. Sie ließ sich am Handgelenk zum Lagerplatz ziehen. Inmitten einer kreisrunden Lichtung lag eine Feuerstelle, über der ein wohlriechender Braten brutzelte. Beim Anblick einer dritten Person stoppte Mira. Ein wohlbeleibter Mann saß am Feuer und drehte unablässig den Bratenspieß.

»Das ist Unna, unser kleiner Vielfraß. Wir reisen als Gauklertrio durch die Lande.« Rahia lächelte.

Ohne das Fleischstück aus den Augen zu lassen, sagte der Mann, der als Unna vorgestellt worden war: »Verzeih, dass ich meine Aufmerksamkeit vorerst nur dem Gelingen des Bratens widme.« Seine Stimme klang irgendwie verzerrt.

»Er ist in der heißen Phase!«, fügte er hinzu. Er zerrte einen Fleischbrocken ab, pustete und steckte ihn schmatzend in den Mund, wobei er kurz aufschaute. Wie ein Wolf grinsend nickte er.

Mira meinte, etwas zu hören, und drehte sich um. Auf einmal stand Halfdan neben ihr und leckte sich gierig über die Lippen. Ihre Mutter lachte schrill. Sie war verloren.

Einen Moment später wurde Mira schwindelig und ihre Beine gaben nach.

Gebannt starrte Kyrian auf die schneeweiße Haut. Das Mädchen stand zehn Schritte entfernt und starrte zurück. Etwas Trauriges und zugleich Liebevolles lag in ihren Augen. Augenblicklich durchströmte ihn ein Gefühl von Vertrautheit. Sie war nicht gealtert. Kyrian konnte sich keinen Reim darauf machen, warum er diese Magierin mit Zauberkräften in seinen Träumen als Kind sah, nicht in ihrer Gestalt als junge Frau. Sie versuchte, ihm gestikulierend etwas zu sagen. Warum kam kein Ton aus ihrem Mund? Hatte ihre Gefangennahme damit zu tun? Befand sie sich erneut im Gewahrsam der Magier? Er hatte doch ihre Fesseln in der Kutsche gelöst.

Das Mädchen drehte sich unvermittelt um. Sie verblasste. An ihrer Statt erschien ein uraltes Gesicht, von Runzeln übersät. Schwarze Augen starrten Kyrian an. Er sah in unendliche Tiefen. Ohne Vorwarnung schossen die Pupillen glitschige Tentakel auf ihn, umschlangen seinen Leib und drückten alle Atemluft aus dem Körper. Kein Entkommen …

Schweißgebadet schreckte er hoch. Er fuhr sich übers Gesicht und strich eine seiner nassen Haarsträhnen zurück. Dann atmete er tief ein und pustete die Luft geräuschvoll heraus. »Was willst du mir mitteilen?«, flüsterte er.

Diesen greisen Mann hatte er nie zuvor gesehen. Sollte er das sein? Aber diese Fangarme. Es waren dieselben, die sein Schiff zerstört hatten.

Je länger Kyrian nachdachte, desto mehr nahm seine Verwirrung zu. Seine Rache musste warten. Alleine könnte er es sowieso nicht mit allen Magiern aufnehmen. Die Trolle könnten ihm helfen. Sobald er sie gefunden hätte, würde er sich auf die Suche nach der Magierin machen. Dann würde sich alles aufklären. Blieb zu hoffen, dass sie noch lebte.

XXIII
Unter Gauklern

Behaglichkeit. Das Nächste, was Mira spürte, war die Wärme, die ihren Körper fast schmerzvoll durchströmte. Sie öffnete die Augen. In eine Decke gehüllt, saß sie direkt am Feuerplatz. Rahia hockte stützend neben ihr und hielt einen Becher Wasser in der Hand. Sie reichte ihr erst ein paar Tropfen, die sie mit dem Zeigefinger in ihren Mund tropfen ließ. Nach Dutzenden ersten Trinkversuchen für eine fast Verdurstete riss Mira ihr den Becher aus der Hand und trank gierig. Ein Teller mit einer Brotscheibe folgte. Hastig verschlang Mira das angebotene Mahl, was sofort in einem Hustenanfall endete.

»Gemach, gemach. Dein Körper muss sich erst an das Essen gewöhnen.« Rahia holte eine Tonflasche hervor und schenkte eine grünliche Flüssigkeit in einen Miniaturbecher. »Ich weiß nicht, wann du das letzte Mal gegessen hast, aber bevor du vom fettigen Braten isst, solltest du das zu dir nehmen. Du verdirbst dir sonst den Magen.«

Mira hielt beim Essen inne und wich einige Zentimeter zurück. Misstrauisch beäugte sie Rahia, dann den Becher.

Rahia nippte selbst daran, gurgelte damit und schluckte. »Siehst du: nicht giftig. Es ist ein Kräutertrank, der deinen Magen beruhigen wird. Wir wollen dir nichts Böses.«

»Danke«, murmelte Mira.

Das Getränk roch nach Minze, Fenchel und anderen Kräutern, die sie nicht einzuordnen vermochte. In einem Zug schüttete sie den Trank hinunter, wieder erfasste ein Hustenreflex ihren Körper. Sie hatte Schärfe erwartet, doch ein wohliger Geschmack breitete sich in ihr aus, gefolgt von einer inneren Wärme.

»Wie lange sie wohl im Wald umhergeirrt ist«, hörte Mira das Mädchen zu dem Mann im bunten Gewand raunen.

Ruven zuckte mit den Schultern.

Mit jedem Bissen, den Mira herunterschlang, wuchs die unendliche Erschöpfung in ihren Gliedern. Auf einmal war ihr alles egal. Sie hatte nichts zu verlieren, war der Barmherzigkeit dieser Menschen ausgeliefert. Als ihr die Augen zufielen, erschrak sie. Das Mädchen hielt ihr eine zweite Decke hin. Sie sagte etwas, doch Mira bekam es nicht mehr mit. Die Welt versank erneut in vollkommener Schwärze.

Die Sonne stand hoch am Himmel, als Mira am nächsten Tag erwachte. Verstohlen schaute sie sich um. Das Lagerfeuer sandte ihr eine angenehme Wärme, die in einer Woge ihren Körper erschauern ließ.

Das Mädchen, dessen Namen sie bereits wieder vergessen hatte, saß neben ihr und erhitzte Wasser in zwei Kesseln. »Guten Morgen. Du willst dich sicherlich waschen.«

Mira nickte stumpf. Ihre Wade brannte, ihr Leib fühlte sich schrecklich an. Zumindest fror sie nicht mehr.

Diese drei Menschen waren gar nicht so seltsam anzuschauen. Mira hatte sich keinen der Namen merken können. Der dicke Mann trug ein hellblaues Obergewand, dazu eine graue schlichte Wollhose. Die Gewänder des schlaksigen Manns waren in Erdtönen gehalten: braune Tunika, hellbraune Wildlederhose und Stulpenstiefel. Auf einer Decke lagen Musikinstrumente ausgebreitet, die er akribisch mit einem Tuch reinigte. Neben ihm ruhte ein Spazierstock – dabei sah er für eine Gehhilfe viel zu jung und beweglich aus.

Mira liebte Musik, Gaukler und Artisten. Ein einziges Mal hatte das fahrende Volk ihr Dorf besucht, doch bevor es zu einem Auftritt kam, waren sie vom Bürgermeister verjagt worden. In Birkenbach lebten anständig arbeitende und ehrbare Bauern, die nicht durch derartiges Theater von ihrem Tun abzuhalten seien, hatte er gesagt. Mira war sich sicher, dass der eine oder andere in ihrem Heimatort die Aufführung gerne gesehen hätte. Aber so waren die Gaukelspieler noch am selben Tag weitergereist. Doch der kurze Einblick hatte ihr genügt. Es war faszinierend, wie diese Leute aus Sackpfeifen, Flöten und Lauten so wunderschöne Melodien zauberten.

Am darauffolgenden Morgen hatte Mira von einem Nachbarjungen eine Holzflöte gegen eine Schinkenkeule eingetauscht. Ein unfairer Handel, doch sie hatte diese Flöte unbedingt besitzen wollen. Es hatte einen gewaltigen Ärger wegen des Schinkens gegeben. Seitdem hielt Mira das geschnitzte Musikinstrument unter ihrem Kopfkissen versteckt. Darauf spielen konnte sie nicht. Gewiss hatte ihre Mutter sie beim Aufräumen längst entdeckt. Ihre Mutter … Mira bekämpfte die aufkommenden Tränen mit Trotz. Gut, wenn ihre Mutter sich über den Ungehorsam ihrer Tochter geärgert hatte.

Ihr Augenmerk wanderte zur dunkelhäutigen Frau. Sie gefiel ihr auf Anhieb, nicht nur, weil sie ebenfalls Hosen aus Leder unter ihrem dunkelroten Rüschenhemd trug. Sie schien ihren Blick zu bemerken. »Hast du Hunger? Mira ist dein Name, nicht wahr?«

Mira zuckte zusammen. Das Mädchen hielt ihr eine Holzschale hin, auf der ein saftiges Stück von rotbraun gegrilltem Fleisch lag, daneben eine ebenso dicke Scheibe Brot. Mira schüttelte den Kopf.

»Du wirst etwas essen.« Das Mädchen lächelte entwaffnend. Erneut bestaunte Mira ihre Schönheit. Diese ebenmäßigen Züge, diese braun gebrannte Haut … Sie konnte sich noch immer nicht entsinnen, wie ihre Retterin hieß, und es war ihr unangenehm, sie zu fragen. Von einem Seufzen begleitet, nahm sie den Teller entgegen.

Das Mädchen lächelte weiter und stellte ihr einen gefüllten Tonbecher hin. »Wasser.«

Der Bratenduft stieg Mira in die Nase, hungrig schlang sie ihr Stück Fleisch hinunter, während das Mädchen Holz nachlegte.

»Wenn du nicht darüber reden willst, brauchst du es nicht. Ich werde nicht weiter fragen. Aber du sollst wissen: Falls dir danach zumute ist, bin ich eine gute Zuhörerin.«

»Danke …« Mira zögerte.

»Rahia. Mein Name ist Rahia«, beantwortete das Mädchen Miras unausgesprochene Frage.

»Tut mir leid … ich muss bestimmt noch ein paar Mal nachfragen.« Sie rang sich ein Lächeln ab.

»Ist nicht schlimm. Du kannst heute Nacht bei mir schlafen. Es sind genug Decken da. Wir reisen erst morgen weiter. Aber vorher solltest du dich waschen. Ich erhitze schon das Wasser.«

Mira bemerkte wieder ihren verdreckten Körper. Welche Verletzungen kämen zum Vorschein? Sie hatte sich selbst im Wald nur flüchtig untersucht. Aber wo konnte man hier baden? Sie traute sich nicht, zu fragen, und nickte stumm.

Rahia half ihr beim Aufstehen und brachte sie zu einem rechteckigen Kutschwagen, der ein Stück abseits der Feuerstelle stand. Befand sich darin ein Bad? Er war ihr am Vorabend nicht aufgefallen. Genauso wenig wie der Moropus, der friedlich neben der Kutsche graste. Mira kannte diese Zugtiere aus ihrem Dorf. Vom Körperbau den Bären gleich, mit vier krallenbewährten muskulösen Beinen, ähnelten ihre Köpfe denen von Pferden. Sie konnten die schwersten Lasten ziehen und waren extrem ausdauernd.

Auf der Rückseite des Wagens hatte jemand einen Bereich mit Tüchern abgehängt. Dahinter verbarg sich ein winziger Waschzuber.

Mira schaute Rahia mit großen Augen an. Das Mädchen erwartete doch nicht etwa von ihr, dass sie sich hier vor ihr entblößte?

Rahia goss heißes Wasser in den Minizuber. »Soll ich dir helfen?« Als sie Miras erstauntes Gesicht sah, fügte sie hinzu: »Es ist gewöhnungsbedürftig, aber man bekommt es auch alleine hin. Hier hängt eine Bürste für deinen Rücken. Ich warte draußen.« Damit schlüpfte sie durch den Vorhang. »Ruf einfach, wenn du etwas brauchst.«

Mira entkleidete sich, wobei ihr Kleid vollends zerriss.

»Kein Problem«, ertönte es von jenseits des Vorhangs. »Ich besitze Nadel und Faden. Soll ich dir nicht lieber helfen.«

»Nein, nein, es geht schon«, antwortete Mira. Doch als sie ihre Hose auszog und dabei die Wade berührte, brach sie von einem Schmerzenslaut begleitet zusammen. Tränen rannen ihre Wangen hinab.

Einen Augenblick darauf stand Rahia neben ihr und sog scharf die Luft ein. »Zeig her. Ich bin in der Kunst des Heilens bewandert. Hat man dir Gewalt angetan? Hat man dich …?«

»Nein«, entgegnete Mira heftiger als gewollt. Sie erschrak vor sich selbst. »Es … tut mir leid. Ich …« Ihre Stimme versagte.

»Das braucht es nicht«, antwortete Rahia leise.

Mira betrachtete nun ebenfalls die dunkelblauen Verfärbungen an der Hüfte, dort, wo Halfdans Fausthieb sie getroffen hatte. Mit der Erinnerung quollen erneut Tränen aus ihren Augen, ohne dass sie sich dagegen wehren konnte.

Rahia nahm Mira sanft in den Arm und wiegte sie wie einen Säugling. »Ist schon gut. Alles ist gut.«

Nichts war gut. Mira war sich nicht sicher, was besser war: keine Eltern zu haben oder von den eigenen Eltern nicht geliebt und verkauft zu werden. Eine wahre Tränenflut löste sich, als sie den Kopf in Rahias Schulter vergrub.

»Ist gut. Lass alles raus«, säuselte eine beruhigende Stimme.

Mehrere Striche auf der Stundenkerze waren heruntergebrannt. Inzwischen war Mira gewaschen, frisch eingekleidet und ihre Wade mit einem Verband umwickelt. Rahia hatte ihr ein passendes Obergewand aus grober Wolle gegeben.

Jetzt betrachtete das dunkelhäutige Mädchen den Stofffetzen, der einmal Miras Festkleid gewesen war. »Die Hose kann man waschen, aber ich fürchte, das Kleid ist nicht mehr zu retten. Vielleicht können wir die Borte oder die Bestickung noch verwenden.«

»Verbrenn es«, murmelte Mira. Als Rahia nicht reagierte, riss sie ihr das Kleid aus den Händen und warf es ins Lagerfeuer. Dann setzte sie sich hin, zog die Knie an den Körper und starrte apathisch in die Flammen. *Verkauft.* Allmählich gewann die Wut die Oberhand.

Rahia stieß einen Seufzer aus und entfernte sich. Irgendwann kam sie wieder. »Willst du dir meinen Wohnwagen anschauen?«

Mira schüttelte ihren Kopf, ließ sich aber dennoch sanft hochziehen. Warum nicht? Im Moment verspürte sie keinerlei Lust, alleine zu sein. Die Reise würde so oder so mit diesen Leuten bis zum nächsten Ort verlaufen. Sie betrachtete Rahias wohlgeformten Körper, ihren kräftigen und zugleich schlanken Rücken. Merkwürdigerweise vermittelte das Mädchen ihr Kraft. Anders konnte Mira ihr Gefühl nicht beschreiben. Rahia strahlte Stärke aus – und pure Freude. Als könnte die Welt einstürzen, ohne dass es sie erschütterte.

Als die beiden den Wagen erreichten, trat Mira zuerst ein. »Wow! Das … ist … unglaublich.«

Im Innenraum des Gefährts war es eng, aber gemütlich. Ein längliches Oberlicht erhellte den Raum, dessen Einrichtung aus dunkel gemasertem Holz bestand. Die komplette Stirnseite nahm ein durch dunkelrote Wollvorhänge abtrennbares Bett ein. Darüber lag ein Fenster, durch das ebenfalls Licht fiel, solange niemand auf dem Kutschbock davor saß. Zwei lederbezogene Sitzbänke standen neben und gegenüber einem mit Schnörkeln reich verzierten Schminktisch. Sämtliche Verzierungen waren in roten, grünen und gelben Farbtönen bemalt. Eine wahre farbenfrohe Augenweide.

Noch mehr erregte ein massiver Metallkasten in der Größe einer Kleidertruhe Miras Aufmerksamkeit. Ein Teekessel stand darauf, Steinplatten sicherten die Wände um dieses Ding herum; und … es strahlte Wärme ab. Schwach, aber durchaus spürbar. Nie zuvor hatte Mira etwas Ähnliches gesehen. Geschah das mithilfe von Magie?

»Es … es ist wunderschön«, stammelte sie, ohne das Metallding aus den Augen zu lassen.

»Danke. Willkommen in meinem bescheidenen Reich. Unna und Ruven schlafen meistens draußen. Nur wenn es regnet oder zu kalt ist, nutzen sie die Bänke. Hier sind unsere Kostüme und der ganze Krempel für unsere Aufführungen untergebracht. Na ja, das hier ist unser Leben«, erklärte Rahia schwärmerisch. »Ach ja, pass auf den Ofen auf. Jetzt im Herbst heizen wir oft.«

»Ein … Ofen?«

»Äh … ja.« Rahia schaute sie entgeistert an. »Ein Reiseofen. Wir haben ihn witzigerweise aus Feuerland. In der Wüstengegend fertigen sie die besten Gegenstände aus Eisen. Ein Fürst hat ihn uns als Lohn für eine harte Woche von Aufführungen geschenkt.« Rahia strahlte vor Stolz. Unter der gegenüberliegenden Bank zog sie eine Kiste hervor, in der Holz und Kohle lagen. Dann nahm sie den Teekessel fort, öffnete mit einem Schürhaken einen runden Deckel und ließ die Stücke durch die Öffnung fallen.

Mira streckte die Hände vor den Ofen. Sofort stieg die Wärme auf. Sie lächelte und klatschte verzückt.

»Schau dich ruhig um. Wir können uns das Bett teilen.«

»Ich kann auch draußen schlafen«, sagte Mira.

»Quatsch. Du brauchst wirklich keine Angst zu haben.« Rahia kramte aus einer Kiste ein Nachthemd hervor. »Du kannst meins anziehen.«

»Aber du hast mir schon so viel gegeben.«

»Keine Widerrede. Wenn es etwas gibt, was ich im Überfluss habe, dann Kleidung.« Rahia lachte.

Mira kamen erneut die Tränen. Sie wollte nicht weinen, doch sie konnte sich nicht dagegen wehren. Noch war sie nicht bereit, sich diesem Mädchen anzuvertrauen. Andererseits wuchs das Gefühl, innerlich zu platzen. Kurz darauf war der Moment gekommen, und die Worte sprudelten nur so aus ihr hervor.

Zitternd lag Mira auf dem Bett. Die Kälte der Vortage ließ sich doch nicht so leicht vertreiben. Hinzu kam die Einsamkeit. Vor Müdigkeit fielen ihr ständig die Augen zu, obgleich sich kein Schlaf einstellte; eher ein Dämmerzustand.

Erschrocken riss sie die Augen auf, als Rahia den Raum betrat und zu ihr unter die Decke kroch. Das Mädchen schmiegte sich hinter ihr an. Was geschah hier? Miras Geist wehrte sich in einer Welle der Angst. Scham stieg in ihr auf.

Doch Rahia tat nichts, außer ihren Körper zu umarmen. Das Gefühl der Angst verebbte. Stattdessen trat ein anderes hervor. Es war fast schmerzhaft, ein lange vermisstes Gefühl, wenn sie es überhaupt je gekannt hatte. Geborgenheit.

Mira ließ es geschehen. Eine Woge der Wärme durchströmte sie. Mit der Wärme kam der Schlaf. Sie fiel und schwebte zugleich, spürte den sanften Kuss der Dunkelheit. Ganz allmählich betrat sie den äußersten Kreis im Reich des Vergessens.

Rahia hielt das blasse Mädchen mit den Armen umschlungen. Sie bekam eine zweite Chance, die sie unter keinen Umständen vermasseln würde. Vielleicht könnte sie dadurch Frieden mit sich schließen.

Nachdem Mira eingeschlafen war, stand Rahia wieder auf. Sie hüllte sich in eine Decke, legte ein Kohlestück in den Ofen und trat in die Nacht hinaus.

Unna und Ruven gingen gerade zum gemütlichen Teil des Abends über, als Rahia sich setzte. Die beiden saßen schwatzend am Feuer und genossen das süffige Getränk aus einem kleinen Fass. Unaufgefordert hielt sie Unna ihren Krug hin, den dieser sogleich mit der schäumenden Flüssigkeit füllte.

»Mira schläft.« Nach einem kräftigen Schluck nickte sie anerkennend. »Das tut gut!«, sagte sie mit einem Seufzer.

»Und?«, fragte Ruven. »Hat sie gesagt, was passiert ist?«

»Sie hat einiges durchgemacht. Kurz, aber heftig, würde ich sagen. Zum Glück hat man ihr keine Gewalt angetan. Ihre Wade sieht schlimm aus, offenbar von einem Splitter. Nur durfte ich die Verletzung nicht genauer untersuchen.« Rahia trank einen zweiten Schluck. »Ich vermute aber, die Wunde entzündet sich. Wer weiß, wie lange Mira durch die Wälder geirrt ist. Zumindest ist ihr Körper immer noch völlig unterkühlt.«

»Hat diese Mira etwas auf dem Kerbholz? Bekommen wir wegen ihr irgendwo Ärger?«, fragte Unna geradeheraus.

»Puh, äh … schwer zu sagen«, druckste Rahia herum. »Sagen wir mal so: Sie ist mit Magiern in Berührung gekommen. So wie es sich anhörte, wohl einer Menge Magier. Es … gab einen Kampf.«

Unna schlug die Hände über dem Kopf zusammen.

»Mehr hat sie nicht erzählt. Danach ist sie geflohen.«

Stille machte sich breit, bis Ruven sie mit einem Räuspern unterbrach. »Was meinst du, Rahia: Was tun wir?«

»Wir nehmen Mira mit. In der nächsten Stadt kann sie immer noch ihrer eigenen Wege gehen.« Rahia grinste. »Außerdem bin ich dann nicht so alleine.«

Ruven grinste ebenfalls, tat aber pikiert. »Genügen wir dir nicht mehr?«

»Ihr seid Männer.«

Unna blieb ernst und schüttelte den Kopf. »Ich bin dagegen. Zu gefährlich. Was, wenn sie gesucht wird? Wir verlieren womöglich ihretwegen unseren Freibrief.«

»Dann haben wir sie eben nie zuvor gesehen. Sie hatte einfach denselben Weg in die Stadt wie wir. Außerdem, du bist doch der Redner von uns.«

Unna funkelte Rahia an. »Nee … da hab ich aber ein Problem mit.«

Ruven räusperte sich. Rahia wusste: Wenn es Probleme gäbe, wäre er der Erste, der sie zu lösen vermochte. Meist auf unkonventionelle Art. »Wir stimmen ab. Wer ist dafür, dass Mira mitkommt?«

Rahia und Ruven hoben die Hand.

»Das war ja klar«, sagte Unna beleidigt.

»Mehrheitsentscheid! Problem gelöst?« Ruven stieß seinen Becher gegen Unnas und Rahias Gefäß. Dann trank er und starrte gelangweilt ins Feuer. Als er die Blicke der beiden auf sich spürte, zuckte er mit den Schultern. »Haben wir bisher immer so gemacht.«

Rahia grinste nur, während Unna die Augen verdrehte. »Problem gelöst«, brummte er.

XXIV
Aufgenommen

Dunkelheit erschwerte Kyrians Weg durch den Wald nach Westen. Er hatte eine weite Strecke fliegend zurückgelegt, doch inzwischen waren seine Zauberkräfte nahezu erschöpft. Gestaltwandlungen kosteten enorm viel Energie. Er konnte sich nicht mehr konzentrieren. Bei seinem letzten Flug war das Gebirge am Horizont zum Greifen nah erschienen. In der Hoffnung, ausreichend Abstand zwischen sich und die Magier gebracht zu haben, rastete er.

Er müsste lediglich die Trolle finden. Aber würden sie ihm helfen? Es war zu hoffen. Alles hing von einem uralten Schwur ab, den das Trollvolk vor mehr als tausend Jahren geleistet hatte. Kyrian schüttelte den Kopf. Was hatte er sich nur bei der ganzen Sache gedacht? Seine einzige Hoffnung beruhte auf einer Sage. Er war sich nicht einmal sicher, ob das Volk der Trolle überhaupt existierte.

Die Zeit heilt alle Wunden, so heißt es. Mira benötigte noch eine Weile. Gedanken wälzten sich schwerfällig durch ihren Geist, während sie in einem weichen Bett lag. Dieses Mädchen, Rahia war nicht da. Was hatte sie ihr gestern alles offenbart? Sie erinnerte sich nicht richtig. Die Lichtung im Wald, die Magier, der Überfall. Nein, ihr war nichts weiter passiert. Dann der Verkauf, ihre eigenen Eltern. Die Tatsache, dass ihr vermeintlicher Ehemann ein Sklavenhändler war, verschlimmerte ihren Gemütszustand immens. War das ihren Eltern bewusst gewesen, als sie sie verkauft hatten? War Mira ihnen so egal? Oder trug letztlich sie die Schuld an allem? Hätte sie es vorausahnen können, sogar *müssen*?

Vor dem Wohnwagen erklangen Stimmen. Schwerfällig richtete Mira sich auf. Sie fühlte sich schlapp, ihr war schwindlig und unendlich heiß. Dieser Ofen heizte wahnsinnig ein. Rasch schlüpfte sie in die von Rahia bereitgelegten Kleidungsstücke und humpelte hinaus. Hinter dem Außenvorhang stand eine Waschschüssel, daneben ein gefüllter Eimer.

Nachdem sie ihre Morgenwäsche beendet hatte, rückte sie die Tunika zurecht und ging zum Lagerfeuer. Unna schnitzte an einem löffelähnlichen Stück Holz, während Ruven einen Rucksack inspizierte. Rußgeschwärzte Fackeln ragten daraus hervor. Die beiden grüßten freundlich.

Rahia begann ein Gespräch. »Guten Morgen. Konntest du gut schlafen?«

»Ja, aber dieser Ofen ist unglaublich. Du brauchst wegen mir nicht einzuheizen.«

Rahia verzog den Mund. »Der Ofen? Der müsste längst erkaltet sein.«

»Ich mein ja nur.« Verstohlen wischte Mira sich über die Stirn. Obwohl Wolken den Himmel bedeckten, empfand sie die Temperatur angenehm, fast zu warm.

»Tagsüber heize ich nicht. Das verbraucht zu viel Kohle. Willst du gleich frühstücken? Die anderen sind schon fertig, ich hoffe, das macht nichts. Ich leiste dir Gesellschaft.«

»Ich habe keinen Hunger. Außerdem … kann ich euch gar nichts geben«, druckste Mira herum. »Ich könnte euch höchstens …«, sie zuckte mit den Schultern, »bei irgendwas helfen.«

Ruven erhob sich. »Ein gutes Stichwort. Wir haben uns was ausgedacht. Eine helfende Hand könnten wir gut gebrauchen. Jemanden, der während der Aufführung den Hut rumgehen lässt. In ein paar Tagen reisen wir zu einer Ortschaft namens Großmist und führen unser Winterprogramm auf.«

Mira blickte misstrauisch zu Rahia, doch Ruven kam ihr zuvor. »Rahia hat nichts erzählt. Wir wissen nicht genau, was dir widerfahren ist, und nehmen dich nicht aus Mitleid mit, sondern akzeptieren dich unvoreingenommen.«

»Ich weiß nicht.« Tief in ihrem Inneren hatte Mira sich bereits entschieden. Was hätte sie auch anderes machen sollen? Alles war besser, als nach Hause zurückzukehren. Nach Hause … Sie hatte kein Zuhause mehr, und sie hatte keine Eltern mehr! Eine Rückkehr gab es nicht!

»Komm mit uns«, sagte Rahia beschwörend. »Was hast du zu verlieren?«

Mira zwang sich zu einem Lächeln und bemerkte, dass es ihr gar nicht schwerfiel. »Gut … ich bleibe bei euch.«

Rahia klatschte begeistert in die Hände. »Sehr gut! Sehr gut!«

»Aber ich will niemandem zur Last fallen«, fügte Mira rasch hinzu.

Ruven winkte ab. »Ach hör auf. Wir sagen schon, wenn uns was nicht passt.«

»Genau.« Theatralisch und mit weit ausholenden Gesten rief Unna in den grauen Himmel: »Ein hungriges Maul mehr! Ich hoffe nur, wir werden nicht verhuuuungern!« Dann sank er auf die Knie und verbarg sein Gesicht in den Händen, lugte aber grinsend zwischen den Finger hindurch.

Rahia knuffte Unna: »Es wird schon noch genug für dich übrig bleiben, du Vielfraß!«

Die Gaukler lachten. Und dieses Lachen steckte Mira an. Zum ersten Mal im Leben fühlte sie sich bei wildfremden Menschen wohl.

Verstohlen wischte sie sich den Schweiß von der Stirn.

XXV
Trollfurt

Als Kyrian endlich das Bergmassiv erreichte, war er todmüde. Er fühlte sich schlecht, sein Körper war ausgezehrt, die Kleidung zerschlissen, ein Bart zierte sein Gesicht. Er mied die Dörfer, weil er nicht sicher sein konnte, ob sie Magier beherbergten. Von den zwei abgelegenen Gehöften, die er entdeckte, umrundete er eins weitläufig. Bei dem zweiten Hof drang er in die Speisekammer ein und stahl, was in seine Taschen passte. Bevor der Diebstahl bemerkt wurde, war er in den Bergen verschwunden. Das wolkenreiche Wetter erwies sich als Vorteil. Zusätzlich erzeugte Kyrian einen weitflächigen Nebel, der seine Flucht verschleierte.

Noch einmal sah er auf das Land zurück, ehe er in die zerklüfteten Felsspalten eintauchte. Kalt und grau lag der Süden vor ihm. Alles erschien düster.

Kyrian hielt die Nase in den Wind, die kühle Luft roch nach Schnee. Genau so hatte es zu Hause immer gerochen, wenn er als kleiner Junge hinauslief. Traurigkeit erfüllte ihn. War diese Welt am Ende doch nicht so anders als seine Heimat?

Nein! Dieses Land verdiente es, unterzugehen. Dafür würde er sorgen, und die Trolle täten das Übrige. Mit ihnen konnte er diese Welt erobern. Dann wäre auch sein Vater endlich stolz auf ihn.

Er trat in die Dunkelheit. Der üble Gestank der Trolle verursachte einen pelzigen Belag auf der Zunge, sodass er sich den Umhang vor Mund und Nase zog. So übel hatte er es sich nicht vorgestellt. Der Lichtstrahl, der seinen Handflächen entsprang, ließ Stein und Geröll in der Finsternis auftauchen.

Als Kyrian das erste Trollgesicht entdeckte, zuckte er zusammen. Für den Bruchteil eines Wimpernschlags lugte es hinter einem Felsen hervor, um sofort wieder zu verschwinden. Hoffentlich hielten die Trolle ihn nicht für einen Magier.

Irgendwann erreichte er eine Höhle mit mehreren Öffnungen zu weiteren Gängen. Welchen sollte er beschreiten? Welcher war der richtige? Gab es überhaupt falsch oder richtig? Kyrian fuhr sich mit der Hand übers Gesicht. Was tat er hier eigentlich? Eine einzige Fehleinschätzung seiner Zauberkräfte, und er verlöre sich für immer in den Tiefen dieses Höhlenlabyrinths.

Er seufzte. Keine Zeit vergeuden. Mit der Nase versuchte er, zu ergründen, ob er aus einer der Öffnungen einen frischeren Lufthauch spürte, doch nichts dergleichen war der Fall. Alle Gänge stanken gleich.

Einem Impuls folgend, sah er zur Decke. Dort klaffte ein Loch, so groß, dass vier Menschen gleichzeitig hindurchgepasst hätten. War das der Eingang in ihr Reich oder nutzten sie einen anderen Weg? Wie bewerkstelligten die Trolle das Hindurchklettern? Kyrian schnaubte verächtlich. Für ihn stellte der Zugang kein Problem dar. Er konzentrierte sich und schwebte empor.

Der Gang führte geradeaus, ging diverse Male bergauf und bergab, um schließlich in einer Höhle von gigantischem Ausmaß zu enden.

Dicht bei Kyrian tropfte Wasser in eine Pfütze. Er zog eine Grimasse, während er die Umgebung mit einem Lichtstrahl aus seiner Hand beleuchtete. Eine kohlrabenschwarz glitzernde Ebene erstreckte sich vor ihm. Ein See. Der Durchgang lag doch hoffentlich nicht in diesem Gewässer ...

Er leuchtete in den See hinein. Außer undurchdringlicher Schwärze erkannte er absolut nichts. Wenigstens war der Gestank nicht mehr so beißend. Trotzdem: Es musste einen anderen Weg geben, als in die kalten Fluten zu steigen.

Ein Geräusch ließ ihn herumfahren. Mit einem unterdrückten Schrei prallte er zurück, als sich drei Trolle aus dem Schatten einiger Stalagmiten schälten.

Die imposanten Wesen waren so verschmutzt, als hätten sie zuvor den halben Berg umgegraben. Ihre Haut schimmerte wie Granit, ihre Haare hingen in wilden Zotteln von den gewaltigen Schädeln. Felle und Leder umhüllten ihre Körper wie zerschlissene Lappen. Die Keulen, die sie bei sich trugen, wirkten wie Spielzeuge in ihren Pranken. Die Trolle funkelten Kyrian an, offenbar unschlüssig, was sie tun sollten.

Kyrian beeilte sich, etwas zu sagen: »Freund. Ich Freund. Urrtlin Aurr.« Er wusste nicht, ob er die Worte, die er in den vergilbten Büchern gelesen hatte, richtig aussprach, aber die Trolle schienen ihn zu verstehen. Knurrende, abgehackte Laute entronnen ihren Kehlen. Lachten sie etwa?

Eine Antwort folgte, doch Kyrian verstand keine einzige Silbe. Bis zu dem Zeitpunkt, da der Troll »Harr Pruschtrag basten? Maglor!«, knurrte.

Maglor, das Wort für Magier war Kyrian im Gedächtnis geblieben. »Nein. Nix Maglor. Ich … Zauberer. Zarpudras!«

Die Trolle hielten inne und sahen einander an. Einer stupste Kyrian mit einem astähnlichen Stock an, wollte ihn offenbar zu einer weiteren Erklärung animieren.

»Ich friedlich. Komme in Frieden.« Mehr zu sich selbst murmelte er: »Hätte ich jetzt bloß ein Buch … verdammt!«

»Buch?«, fragte ein anderer Troll. »Was Buch?«

Kyrian horchte auf. »Ein Buch … Es ist … vernichtet worden. Als ich … kurz vor der Küste eurer Welt.«

»Titel?«

»Der Köhler und der Wald von …«

»Das Märchen von Arnd Gablung. Ein langweiliger Schinken«, raunte der Troll seinem Nebenmann zu. »Oh!« Ertappt erstarrte er und versuchte wieder, grimmig zu blicken, was ihm jedoch misslang.

Kyrian runzelte die Stirn. »Ihr sprecht meine Sprache.«

Der Größere von ihnen knurrte: »Wir sind nicht dumm. Also, was willst du?«

»Zu eurem König.«

»Es gibt keinen König mehr. Wer bist du?«

»Ich bin Kyrian der Schwarze vom Geschlecht der Theiosaner. Ich komme aus der Welt hinter dem Nebel.«

Die Trolle wechselten Blicke. »Hinter dem Nebel ist nichts!«, sagte einer.

Kyrian lächelte. »Und doch komme ich von dort. Ich bin ein Zauberer, *kein* Magier.«

Erneut unsichere Blicke. Ein fettes Exemplar trat aus der Dunkelheit der Höhle hervor. Er übertraf die anderen an Körpergröße und Fülle um eine Kopflänge. »Beweise es!«

Ein selbstgefälliges Grinsen überzog Kyrians Gesicht. »Nichts leichter als das.« Er überlegte kurz. Was mochten diese Wesen am liebsten? Dann hatte er die rettende Idee. »Wenn ich ein Magier wäre, sollte mir dies nicht gelingen.« Er blieb angewurzelt stehen, die Hände auf dem Rücken, und konzentrierte sich. Die Luft begann zu flimmern. Ein leuchtendes Buch erschien in der Mitte der Höhle. Die simple Illusion entlockte den Anwesenden Laute des Staunens.

Der dicke Troll fing sich als Erster. »Warte hier.« Er, offenbar ein Anführer, verschwand im hinteren Teil der Höhle.

Es dauerte eine geraume Weile, bis er zurückkam. Ein Troll in einer annehmbaren Bekleidung begleitete ihn. Er stützte sich auf einen gewundenen Stab. Graues Haar hing ihm wirr vom gewaltigen Schädel.

»Das ist er«, raunte der Anführer dem Neuankömmling ins Ohr, der Kyrian sogleich beäugte.

»Du kommst in friedlicher Absicht?«, fragte er.

Kyrian nickte knapp. Seine Augen verengten sich minimal. Unruhig bewegte der Troll sich um ihn herum. Der Stab in seiner Pranke zitterte, doch das Zittern war nicht auf sein Alter zurückzuführen.

Kyrian konzentrierte sich auf einen Schutzschild. Keinen Augenblick zu früh. Die Hand, und damit der Stab des Trolls zuckte mit einer Schnelligkeit vor, die Kyrian ihm nicht zugetraut hätte. Aber sein Schild hielt dem Schlag stand.

Bedächtig nickend zog der Troll die Hand zurück. »Du scheinst wahrlich ein Zauberer zu sein. Dann ist die Prophezeiung also wahr … Folge mir!« Zackig drehte er sich um und eilte davon. Kyrian brauchte eine Sekunde, um sich aus der Starre zu lösen, dann lief er hinterher.

Hinab in die Tiefen der Erde.

XXVI
Auf der Schwelle des Todes

In der Nacht kam die Übelkeit. Da Mira sich nicht im Bett übergeben wollte, humpelte sie panisch hinaus. Die Verletzung ihrer Wade raubte dem Bein jegliche Kraft, ließ es haltlos umknicken, sodass sie stürzte. Schwer atmend robbte sie bis vor die Stufen des Wohnwagens und brach zusammen.

Durchgeschwitzt erwachte sie wieder auf dem feuchtkalten Waldboden der Lichtung. Hitzewellen wechselten sich mit Kältewellen ab, ihr schien es, als wandelte sie über eine ellendicke Moosschicht, obwohl sie sich nicht bewegte.

»Hilfe … Rahia?« Ihre zaghafte Stimme glich einem heiseren Flüstern. Unsäglicher Durst plagte sie, die Zunge lag wie ein klebriger Lappen in ihrem Mund.

Endlich öffnete sich die Tür, und die Gauklerin erschien. »Mira. Was ist geschehen?«

»Ich weiß nicht … Mir ist nicht gut.«

Rahia wollte ihr aufhelfen, doch mit einem Schmerzensschrei brach Mira wieder zusammen. »Bei Tanduriel. Du glühst ja. Ruven!«

»Nein, es …«

»Ich habe es geahnt. Dein Bein hat sich sehr wohl entzündet. Ruven!«

Schlaftrunken eilte der Gaukler aus der Nähe des Lagerfeuers herbei. »Was ist passiert?«

»Wir müssen sie zurück in den Wagen bringen.«

»Ich … es tut mir leid.« Mira sah verschwommen, dass Unna im Hintergrund auftauchte. Für einen Moment schloss sie die Augen.

Als sie sie wieder öffnete, lag sie im Bett. »Durst … Au«, murmelte sie. Ein Becher erschien in ihrem Blickfeld, wanderte an den Mund. Gierig trank sie.

Rahia entfernte den Verband an der Wade. »Trollkacke! Warum hast du nichts gesagt?«

Erneut dämmerte Mira weg.

»Wir müssen gleich morgen früh weiterreisen. Sie stirbt sonst«, raunte Rahias Stimme.

Ein Seufzen folgte. Ruven. Seine Worte drangen undeutlich in Miras Ohr. »Gut. Packt eure Sachen zusammen. Wir steuern die nächste Herberge an.«

Damit stürzte Mira endgültig in einen schwarzen Schlund, auf dessen Grund ein Meer aus Flammen wütete.

Rahia kletterte nach vorne zu den Männern. In den vergangenen zwei Tagen war sie nur selten von Miras Seite gewichen.

»Wie geht es ihr?«, fragte Ruven.

»Der Fieberklee schlägt nicht an und die Galgantwurzeln sind alle.« Sie gähnte. »Sie braucht Salz!«

Ruven nickte. Rahia streckte die Hand zu Unna aus, als der nicht reagierte, gab sie ihm einen Klaps auf den Arm.

»Aua.«

»Gib mir das Salz.«

Unna schaute sie fragend an. »Warum?«

»Blöde Frage! Falls du es noch nicht bemerkt hast: Mira hat Fieber und schwitzt wie ein Schwein, und wenn man schwitzt, verliert der Körper Salz. Also: Gib mir das Salz.« Erneut hielt sie ihre Hand hin.

»Wir besitzen nur noch diesen einen Salzstein.«

»Genau. Gib ihn mir!«

Unnas Blick wurde vorwurfsvoll. »Steinsalz ist teuer!«

Rahia verdrehte die Augen. Brummend kramte Unna rotbraunen daumengroßen Klumpen aus seinem Rucksack hervor. Er zögerte, ehe er ihn in Rahias Handfläche legte.

»Was, wenn es ansteckend ist?«, flüsterte er.

Nach kurzer Überlegung nickte Rahia. Sie zog ihr Messer und schlug mit dem Griff auf den Stein. Klackend zerbrach er in mehrere Splitter verschiedener Größe. Sie behielt ein mittelgroßes Stück, gab Unna die restlichen Bruchstücke und kletterte ins Wageninnere zurück.

Dort betrachtete sie die unruhig schlafende Mira. Die vom Fieber geröteten Wangen verliehen ihrer Blässe eine unnatürliche rosa Färbung. Winzige Schweißperlen ließen ihre Stirn glitzern. Das schneeweiße Haar, die weißen Wimpern, die blassen Lippen – alles an ihr wirkte geisterhaft. Rahia fröstelte. Es war nicht wie damals. Nichts war wie damals.

Sie rüttelte Mira sanft, bis sie erwachte, und flößte ihr etwas Wasser ein. Dann hielt sie ihr das Salzsteinstück hin. »Hier. Salz. Leck dran.«

Mira zog fragend die Augenbrauen hoch, nahm aber wie mechanisch den Stein und leckte daran. Augenblicklich verzog sie das Gesicht.

»Schön weiterlecken!«, befahl Rahia und lächelte.

Es war zwecklos, nach kurzer Zeit ließ Mira entkräftet den Arm sinken und sackte in die Kissen zurück. Rahia seufzte. Unter keinen Umständen durfte dieses Mädchen sterben.

Durch eine sanfte Stimme geweckt schreckte sie hoch.

»Rahia, wir sind da. Unna verhandelt bereits mit dem Wirt«, flüsterte Ruven.

Unna gab sich als Händler aus. Ein altbewährter Trick, den die Gruppe anwandte, um in Herbergen oder Schenken eine bessere Behandlung zu genießen. Er sei auf dem Weg, neue Waren abzuholen, pflegte er stets zu sagen. So bekamen sie auch diesmal ein sauberes Zimmer zugewiesen, das ihrem Geldbeutel entsprach.

Rahia hatte Mira verkleidet. Ein übergroßer Hut zierte ihr Haupt und eine Federboa umhüllte den Hals. Sie sah fast aus wie eine feine Dame.

Dessen ungeachtet musterte der Wirt sie misstrauisch. »Ist sie krank? Dann könnt ihr euch gleich wieder fortmachen.«

Unna besänftigte ihn: »Nein, nein, ach wo. Es ist meine Tochter, das arme Geschöpf hat nur dem Wein zugesprochen.«

»So früh am Morgen?«

»Liebeskummer.« Unna winkte kopfschüttelnd ab und versuchte, das Thema zu wechseln. »Apropos früh am Morgen. Wir hatten eine beschwerliche, anstrengende Reise, da interessieren mich Speis und Trank gar sehr. Vor allem Ersteres.«

Ein Lächeln überzog das Gesicht des Wirts. »Na, da seid ihr bei mir genau richtig.« Sogleich begann er, die Speisen aufzuzählen.

Rahia und Ruven hakten Mira unter und erreichten das letzte Zimmer eines langen Gangs im ersten Stock. Das einzige Fenster darin wies zum Garten. Der Wirt hatte nicht übertrieben, als er das Zimmer als das ruhigste der Herberge angepriesen hatte. Ruven trug Mira zum Bett, wo Rahia sie von ihrer Verkleidung befreite.

»Besorgst du die Heilkräuter? Ich komme alleine klar.«

Der Gaukler nickte und eilte aus dem Raum.

Einige Zeit später erschien Unna. Sein Gesichtsausdruck war alles andere als fröhlich. »Ist es wahr, dass Ruven Heilmittel kauft?«, polterte er los. »Du kannst nicht eine wildfremde Person aufnehmen und für diese ohne Absprache über unsere gesamten Ersparnisse verfügen. Sind wir die Herren der Barmherzigkeit?«

Rahia ballte die Fäuste. »Ich dachte, es wäre geklärt. Wir haben sie aufgenommen. Vergiss das nicht!«

»Ihr habt mich überstimmt! Ich war dagegen!«

Rahia funkelte ihn an. Was sollte sie erwidern? Unna hatte ja recht: Mira war eine Fremde, das Gauklertrio wusste wenig aus ihrer Vergangenheit. Und doch schien es Rahia, als bekäme sie eine zweite Chance. Sie wandte sich ab und betrachtete Miras ebenes, blasses Gesicht. »Ich weiß auch nicht. Ich mag sie. Sie strahlt etwas aus … etwas Unschuldiges. Wie damals …« Rahia verstummte.

Unna schnappte nach Luft. Ob er ihre Traurigkeit spürte? Ließ die ihn ebenfalls verstummen?

Mit zitternder Stimme fuhr Rahia fort: »Du weißt nichts von mir und meiner Zeit als Straßenkind in Königstadt, damals, als ich noch eine von ihnen war.« Sie fing sich wieder. »Hätte Ruven damals gezaudert, weil er mich nicht kannte, säße ich nicht hier. Glaub mir, ich sah fürchterlicher aus. Ich werde ihr helfen. *Wir* – werden ihr helfen!«

Unna schwieg. Die Wut verflog von seinem Gesicht wie der feine Rauchfaden einer ausgebrannten Kerze, fortgewischt von einem Windstoß. Er nickte und ging zur Tür. Ehe er den Raum verließ, brummte er: »Ist nicht bös gemeint. Ich wollte damit nur sagen … Mach dir keine allzu großen Hoffnungen. Sie wird sterben.«

Rahias Schultern sanken herab, als die Gedanken der Erinnerung wie Dolchspitzen in ihr Bewusstsein drangen. Das Schlimmste daran war die Angst, dass Unna recht haben könnte.

XXVII
Im Reich der Trolle

Der Troll mit dem Stab führte ihn über verschlungene Pfade immer tiefer ins Erdinnere hinab. Kyrian hatte aufgehört, die Zeit zu messen. Es mussten viele Stunden gewesen sein. Das Trollvolk verstand es, sein Reich zu verstecken.

Endlich verbreiterte sich der Gang zu einer Straße, die von überdimensionalen Statuen aus Granit flankiert wurde, und endete an einem gewaltigen Steintor. Obwohl schwer bewaffnete Wächter den Zugang sicherten, verwehrte ihnen niemand den Zutritt.

Vor Kyrian erstreckte sich eine Grotte von gigantischem Ausmaß. Er öffnete den Mund, doch kein Laut verließ seine Kehle. Leider fehlte die Zeit, diese Landschaft genauer zu betrachten. Viel zu schnell drängte ihn sein Führer, dessen Stab mit jedem Schritt rhythmisch auf dem Boden klackerte, zu einer Rikscha, die von einem Troll gezogen wurde. Sobald Kyrian das Gefährt bestiegen hatte, lief der Lenker los. Sie passierten Tunnel, Brücken, Gänge und Tore und gelangten schließlich an einen Palast, in dem die Gruppe bereits erwartet wurde. Ein Troll von überragender Größe, die Schultern mindestens sechs Fuß breit, saß auf einem Steinthron, dessen Seiten verschiedene bärtige Fratzen verzierten. Zwergenschädel?

Der König trug ein grünlich schimmerndes Lederwams, das den Anschein von frischem Moos erweckte. Seinen monströsen Schädel schmückte eine silberne Krone aus Zweigen, die entfernt an ein Vogelnest erinnerte. Es kostete Kyrian viel Mühe, sich das Grinsen zu verkneifen. Er trat vor das Oberhaupt und deutete eine Verbeugung an, wie es die Etikette für einen Vertreter seines Standes verlangte. »Seid gegrüßt Herrscher des Trollvolks. Ich bin …«

Der Troll winkte ab. »Ja ja. Was sucht ein Menschlein in den Tiefen der Erde, wenn es kein Gold ist?«

Anscheinend liebte der König die Direktheit. Kyrian verspürte ebenfalls kein Bedürfnis, um den heißen Brei herumzureden, und ging in die Offensive. »Euch an Euren Eid erinnern«, platzte es aus ihm heraus.

Der Trollkönig straffte seinen Körper und beugte sich vor. »Du wagst es, einen Eid einzufordern, und kennst anscheinend nicht einmal meinen Namen? Sag mir, wie ich heiße, und ich lasse dich am Leben.«

Erst jetzt bemerkte Kyrian, dass auch dieses Exemplar seiner Gattung die Sprache der Menschen perfekt beherrschte. »Nun, ich ... es liegen eintausend Jahre zwischen meinem Wissen und dem heutigen Tag.« Er schluckte.

»Meinen Namen!«

Augenblicklich senkten sich mehrere Lanzen in seine Richtung. Selbst wenn er sich auf einen Angriffszauber konzentrierte, gegen diese Übermacht verlöre er jeden Kampf. Was stand in den vergilbten Chroniken, die die Zauberer in ihre Welt gerettet hatten? Hitze stieg in ihm auf, seine Hände wurden feucht. Die Antwort lag ihm auf der Zunge, aber er konnte sie nicht fassen. Wie lautete der Name des einstigen Trollkönigs? Kyrians Auge zuckte, ebenso die Lanzen, die ungeduldig nach seinem Blut zu lechzen schienen. Er räusperte sich, um Zeit zu gewinnen.

»Meinen Namen!«, schrie der Herrscher.

»A...Ackarian, Fürst vom *Bagharatan* Dunkelhain ... der ... der Vierte.« Kyrian hoffte, dass er richtig geraten hatte. Bei einer Lebenserwartung der Trolle von dreihundert Jahren ging er von der vierten Dynastie aus. Er hielt den Atem an.

In der Halle war es totenstill. Niemand rührte sich. Dann begann der Trollkönig zu lachen. Ein dumpfes, raues Donnern. Die Erde bebte, Kyrian zog den Kopf ein, befürchtete fast, das Geräusch brächte die Höhle zum Einsturz.

Des Königs Lachen verebbte. Lauernd grollte er: »Namen sind Schall und Rauch. Das beweist nichts.« Müde rieb er sich über sein furchiges Gesicht. »Du kommst hierher und sprichst von einem Eid? Woher willst du wissen, dass wir dich nicht heute Mittag verspeisen?«

Nun lächelte Kyrian seinerseits. »Eure Sprache ist gebildet. Dass Ihr wisst, zu welcher Stunde die Mittagszeit vorherrscht, sagt mir, dass ihr so etwas wie ein Stundenglas besitzt. Also beherrscht ihr die Zeitrechnung und seid somit intelligente Wesen, die keinen Menschen töten, um ihn zu … *verspeisen.*«

Wieder lachte der König dröhnend. »Warum sollten wir dir glauben. Von welchem Eid sprichst du überhaupt?«

»Erzählt mir nicht, Ihr wüsstet nicht, wovon ich rede.«

Der Troll mit dem Stab trat vor. »Genug. Ich habe gehört, was nötig ist. Verzeiht, dass wir gewisse Sicherheitsvorkehrungen treffen mussten. In einer Welt der Magier ist niemandem zu trauen.«

Kyrian verstand nicht. Er blinzelte abwechselnd vom König zum Stabträger. Dieser ließ seinen grauen Umhang fallen, zum Vorschein kam eine reich verzierte, glänzende Lederrüstung. Das Wappen dreier Bäume prangte auf der Brust.

»Du hast deine Sache gut gemacht, Trocklock.«

Der vermeintliche Herrscher drehte sich um und verbeugte sich vor dem Stabträger. »Ich habe getan, was ich konnte, mein Gebieter.«

»Du bist nicht der König«, stellte Kyrian fest. »Aber Ihr seid der König.«

Die beiden Trolle lachten dröhnend. »Ja, ich bin Ackarian – der *Fünfte.*« Der König lehnte seinen Stab an die Seite und setzte sich auf den Thron aus Granitgestein.

»Dann erinnere ich *Euch* an den Eid«, rief Kyrian.

»Der Eid …« Ackarian sah traurig in die Runde. »Mein Volk lebt schon zu lange unter der Erde. Ja, wir waren einst ein stolzes Volk, doch was ist geblieben? Die Waldtrolle haben sich in den Höhlen der Berge verkrochen, die Magier halten uns für Tiere. Aber das ist auch gut so. Sie haben uns versklavt. Wir können also keinem Eid nachkommen.« Mit einem Seufzer wandte er sich Kyrian zu. »Wer bist du, dass du meinst, es allein mit einem Magister aufnehmen zu können? Sie werden dich vernichten! Und wenn du schon lange nicht mehr lebst, müssen wir uns immer noch mit den Magiern herumschlagen.«

»Wie könnt Ihr Euch sicher sein, dass ich verliere?«

»Wie kannst du dir sicher sein, dass du gewinnst?«

Kyrian blinzelte. »Weil ...« Sollte er seine Vision offenbaren, seinen besten Trumpf ausspielen? Würden die Trolle ihm dann glauben? Es musste sein. »Weil ich eine Vision hatte.«

Der König schmunzelte, doch seine Augen blitzten wachsam. »Visionen hat jeder, oder nicht?« Er breitete die Arme aus und schaute sich im Saal um. Die Trollkrieger lachten.

»Weil ich eine Verbündete habe.« Kyrians trotzige Stimme erschreckte ihn fast selbst.

»Eine Verbündete?« Der Trollkönig hob die Augenbrauen.

Für einen winzigen Moment erwachte in Kyrian ein Gedanke: Was, wenn die Trolle treu ergebene Untertanen der Magier waren? Dann plauderte er seinen Plan aus, lieferte die weiße Magierin ans Messer und wanderte wenig später an den Galgen. Doch er verbannte das Gefühl, das Falsche zu tun, in die hinterste Ecke seines Kopfes. Es war einerlei. Es gab kein Zurück mehr. Also berichtete er von seiner Vision, von dem Plan zu helfen, von der weißen Magierin, von Freiheit und einer neuen Weltordnung. Er schmückte die Geschichte so weit aus, dass die Trolle unmöglich ablehnen konnten. Allerdings ließ Kyrian die Sache mit seinem Vater weg. Sie mussten nicht gleich erfahren, dass er diese Welt verschenken wollte.

Der König hörte aufmerksam zu, nickte ab und an, schwieg jedoch. Als Kyrian geendet hatte, richtete er sich auf. »Dann ist die Prophezeiung also wahr, auch wenn wir nicht wissen, wer die weiße Magierin ist oder ob sie überhaupt existiert.«

Trocklock zog eine Schriftrolle aus einer hölzernen Röhre und las die Verheißung vor: »Schatten und Licht, Nacht und Tag, Asche und Schnee, Kommen und Gehen, tagein, tagaus. Leben und sterben und wieder leben. Nach tausend Jahren, wenn Bruder und Schwester vereint, eine neue Königin erstrahlt.«

Kyrian brach die eingetretene Stille. »Was bedeutet das?«

Ackarian zuckte mit den Schultern. »Wir wissen es nicht. Wir haben uns nie darum gekümmert. Eintausend Jahre sind eine lange Zeit.«

»Was gedenkt Ihr nun zu tun? Werdet Ihr mir helfen?«

»Wir müssen uns beraten«, antwortete der König ausweichend. »Barathur und Uschtra führen dich derweil herum.«

Kyrian nickte. Einen winzigen Moment lang überlegte er eine Antwort, doch er entschied sich, zu schweigen.

Die zwei Trolle führten ihn weg, während hinter ihnen die Diskussion entbrannte. Kaum betraten sie die Höhle vor dem Palast, die sich wie das ganze unterirdische Reich von erschreckender, atemberaubender Schönheit zeigte, verebbte der Klang der Stimmen, bis er gänzlich verstummte.

Seltsame Kristalle erleuchteten die Unterwelt. Alles schimmerte in einem grünlich-diffusen Licht. Schächte, die in die Decke geschlagen waren, sorgten für Frischluft. Was Kyrian für einen grob behauenen, teilweise mit Moos bedeckten Fels hielt, erwies sich bei näherer Betrachtung als filigranes Muster. Er verlangsamte den Schritt und blieb schließlich stehen. Voller Unglauben flüsterte er: »Sind das …?«

»Bäume«, vervollständigte Barathur Kyrians Frage. Er ließ seine Hand über das Gestein gleiten, während er mit rauer Stimme erklärte: »Die meisten von uns sahen niemals einen Wald … und sie werden auch niemals einen sehen.«

Jetzt erkannte Kyrian die komplexe Struktur. Längliche Riefen, mal dicker, mal dünner gehalten. Geschickte Steinmetze hatten den Fels in Baumrinde, Blätter und Astwerk verwandelt. Das gesamte Höhlensystem bildete steinernen Wald.

Uschtra sah Kyrian finster an. »Gib ihnen nicht etwas, das du nicht halten kannst.«

Kyrian schluckte. »Ich weiß nicht, was du meinst.«

»Hoffnung. Gib ihnen keine Hoffnung, wenn es keine Hoffnung gibt.« Ohne eine Antwort abzuwarten, setzten die Trolle sich in Bewegung.

Sie gelangten in eine weitere Grotte. Auch hier schien es, als stünde man auf einer Waldlichtung. Das grünliche Licht trug sein Übriges zu dieser Stimmung bei. Seine beiden Begleiter hockten sich hin, Barathur verschränkte die Arme hinter dem massigen Schädel.

Kyrian merkte, wie beide ihn anstarrten. »Was tun wir jetzt?«

»Warten!«

XXVIII
Das Orakel

Der Magister fühlte sich kraftlos. Furchen zeichneten sich auf seiner Stirn ab, unter den Augen lagen dunkle Ringe. Die Jagd nach diesem Zauberer zerrte an seinen Nerven, genau wie Valhelia. Unablässig wollte sie sein Geheimnis erfahren. Sollte er ihr das Ritual verraten? Er liebte Val, ohne Zweifel, aber konnte er ihr bedingungslos vertrauen? Sie beteuerte ihre Liebe, doch er zweifelte, ob sie über die Reife für ein derartiges Wissen verfügte, ob sie nicht der Macht, verfiele, die sich daraus ergab.

Er benötigte das Orakel. Es war Zeit, Antworten zu finden.

Dämpfe verhüllten die schummrige Kammer, in der sich nichts weiter als eine Schlafmatte auf dem Boden befand. Darauf saß das Orakel im Schneidersitz, die Augen offen, den Blick starr geradeaus gerichtet. Der Magister ließ sich vor ihm nieder und blickte in die Schwärze der leeren Pupillen. Mitten in ihrem Inneren glommen winzige silberne Lichtpunkte. Wie die Sterne des Universums. Auf einmal fühlte der Magister sich unermesslich klein. Ein Gefühl der Schwäche überkam ihn, als er in diese Augen schaute. Auch wenn es ihm missfiel, er musste standhaft bleiben. Er schluckte. »Was siehst du?«

»Ihr Lebenslicht erlischt.« Ein Flüstern, kehlig und dumpf. Eine Stimme, geboren in den Tiefen eines unendlichen Seins, drang aus dem Mund des Orakels.

»Wessen Licht?«

»Das Mädchen … sie steht an der Schwelle.«

»An welcher …?« Der Magister schüttelte den Kopf. »Das Bauernmädchen interessiert mich nicht. Wo ist der fremde Zauberer?«

»Sein Licht versinkt.«

»Beim Gottvater, du sprichst in Rätseln. Wie ich das hasse. Wo befindet sich der Fremde? Ist er bei dem blassen Mädchen?«

»Er ist mal hier, mal dort, doch er verweilt nie zweimal am selben Ort.«

Der Magister ballte die Fäuste und atmete durch. Er musste sich zusammenreißen. Ihm war bewusst, dass seine Ungeduld unklare Antworten erzeugte. Das Orakel wog den Kopf hin und her, als folgte es einer lautlosen Melodie.

Mit der Betonung auf jedem einzelnen Wort fragte er: »Wo. Befindet. Sich. Der Fremde?«

Die Augen des Orakels begannen zu flimmern, wechselten von Tiefschwarz zu Grau und zurück zu Schwarz. »Im inneren Kern.«

Der Magister stöhnte erkennend. »Im Erdinnern?«

Das Orakel nickte.

»Unter der Erde?«

Erneutes Nicken.

»Unter der Erde, unter der Erde ...«, murmelte der Magister. »Was befindet sich über dem Fremden?«

»Das Universum. Luft. Gestein.«

»Steine? Kein Sand?«

Wieder bejahte das Orakel: »Stein über Stein, älter, als das Reich besteht.«

Der Magister schritt im Raum auf und ab, überlegte angestrengt. Abrupt blieb er stehen, sah sich um und stürzte zum Sitzenden. »Er ist bei den Trollen!«

Das Orakel begann zu zittern, die Augen flatterten, die Schwärze darin verlor an Dunkelheit.

Kniend rüttelte der Magister an seinen Schultern. »Was will er dort? Sag es. WAS?«

Es war zu spät. Die Augen zeigten eine trübe, bläuliche Färbung. Vor ihm saß ein normaler Mensch. Der Magister stöhnte. »Wir haben sie also verloren!«

XXIX
Verräter

Der Schatten verschmolz mit der Dunkelheit, war kaum auszumachen in der Schwärze der Nacht. Erst vor dem Tor von Ilmathori gab er sich zu erkennen. In all seiner gewaltigen Größe erhob er sich.

Die Magier tauchten das imposante Wesen in gleißendes Licht. Schrecken und Pein ließen es brüllen. Es trug die Rüstung der Trollfurt-Wächter, durch seine Verbeugung zeigte es sich als ergebener Diener der Magierschaft.

»Was willst du hier? Die Hände der Torwache weisen auf dich«, erscholl eine dröhnende Stimme.

Der Ankömmling beugte sich tiefer, bis sein Haupt den Boden berührte. »Habe Nachricht. Wichtig«, grunzte er.

»Was könnte von derartiger Bedeutung sein, dass sich ein Steinfresser vor die Tore unserer Stadt wagt?«

Der Troll überhörte die Beleidigung. Stattdessen antwortete er mit einem einzigen Wort. »Zauberer.«

Schweigen. Einige Augenblicke später schwebte ein Magier von der Stadtmauer hernieder. »Wovon sprichst du?«

Der Troll wollte den Kopf heben, doch der Robenträger zischte ihn feindselig an. »Wage es nicht, dich zu rühren. Unzählige Hände warten nur darauf, dich in Stücke zu schießen. Also: was für eine Botschaft?«

Der Troll begann zu sprechen. Nachdem er seine Nachricht vollendet hatte, zerbiss er die giftige Nuss, die er vor Erreichen des Stadttors in den Mund geschoben hatte. Er sah noch einen Gedankenleser herabschweben, dann brach er röchelnd zusammen.

Der Magister eilte die Gänge entlang. »Er ist wieder aufgetaucht! Dieser Bastard hat sich tatsächlich in den Bergen versteckt gehalten. Die Trolle haben ihn beobachtet.«

Bralag versuchte, mit ihm mitzuhalten. »Seid Ihr sicher? Warum sollte er sich beobachten lassen?«

»Diese hirnlosen Wesen können doch nichts. Dumm in der Gegend herumglotzen und beobachten, das ist ihre einzige Aufgabe. Es sind Trolle. Wofür haltet Ihr sie?«

Sie erreichten die Arbeitszimmer des Magisters und begaben sich zu einem Tisch, überfüllt mit Karten, Schriftrollen und in Leder gebundenen Folianten. Zwei leicht bekleidete Dienerinnen huschten auf eine Handbewegung wie Geisterwesen davon.

»Ihr habt Eure Dienerschaft ausgewechselt?«, bemerkte Bralag stirnrunzelnd.

»Ja, ja. Die Weiber waren verbraucht. Unwichtig. Sie bleiben eh nicht lange.«

Bralag nickte. Hoffentlich würde er nicht eines Tages ebenso belanglos *ausgewechselt*. Unwillkürlich dachte er daran, wie hoch Valhelia in der Gunst des obersten Magiers stand.

Als hätte der Magister seine Gedanken gelesen, kam er auf seine Schülerin zu sprechen. »Val befindet sich bereits in Ilmathori. Der Troll ist verendet, ehe er uns mehr Auskünfte geben konnte.« Er fegte einige Karten vom Tisch, bis er die Richtige gefunden hatte und ausrollte. Entschieden deutete er auf eine Stelle, an der ein Gebirge verzeichnet war. »Dort. Dort wurde er zuletzt gesehen. Davor sah man ihn hier, hier und hier.« Sein Finger fuhr tippend in einem Bogen über die Landkarte und endete vor Königstadt. Er sah hoch. »Er wandert direkt hierher.«

Bralag schluckte. Sollte dieser Fremde, das Wesen aus dem Nebel, derart mächtig sein? Oder war es simple Dummheit, die Magier in der Hauptstadt anzugreifen? Oder wollte er sie vielleicht gar nicht angreifen?

Der Magister unterbrach sein Denken. »Wir müssen Vorkehrungen treffen. Laut diesem Troll ist er auf dem Weg in unsere Bibliothek, um unser geballtes Wissen zu vernichten.

Wenn er hier erscheint, fangen wir ihn am Stadttor ab. Er soll als Magieschüler getarnt sein. Die Trolle konnten ihn mit einem Sekret markieren.«

»Was für ein Sekret?«

»Was weiß ich. Trollpisse vielleicht.« Der Magister kicherte über den missratenen Scherz. In letzter Zeit erschien er Bralag zu unbedarft. Diese Geschichte war einfach unglaubwürdig.

»Wir nehmen jeden, der nach Troll riecht, in Gewahrsam.« Der Magister lachte erneut. »Riegelt die Tore ab und verdoppelt die Bewahrer der Ruhe. Gut, dass im Frühling die Anwärter der Magierschulen kommen. Das gibt frisches Blut in unseren Reihen.«

In diesem Moment, da er das diabolische Grinsen im Gesicht des obersten Magiers sah, fragte Bralag sich, für wen das frische Blut besser war: für die Kampfkraft der Bewahrer der Ruhe oder für die Jugend des Magisters.

XXX
Die Zeit danach

Rahia legte die Blumen vor das Grab am Wegrand. Der schmale Stein wirkte verlassen und doch nicht allein, umrahmt von Efeu und den Pflanzen eines im Frühling erwachenden Waldes. »Wer du auch warst«, flüsterte sie, »vielleicht verweilst du nun in einer besseren Welt.«

Ruvens Stimme riss sie zurück in die Realität: »Kommst du? Wir müssen weiter.«

Rahia sah seufzend auf, erhob sich und lief zum Wagen, der sich gemächlich entfernte. Sie sprang hinein und schloss die Tür hinter sich. Ihr Weg führte nach Norden. Der erste Auftritt wartete, denn das Leben drehte sich im steten Lauf der Zeit.

Es erfüllte Mira mit Freude, Rahia zu beobachten, wenn die Sonnenstrahlen ihre Haut zum Leuchten brachten und sie in tiefen, bewussten Atemzügen die Luft einsog. Wie sie ihren Kopf aus dem Wohnwagen streckte, Richtung Sonne, gleich einem Kind. Nein, eher wie ein scheues Tier, das nach monatelangem Winterschlaf erwachte und nun vorsichtig schnuppernd seine Höhle verließ.

Bekam jeder eine zweite Chance, sein Leben neu zu bestimmen? Auch sie war als kleines Mädchen stets bei den ersten wärmenden Strahlen aus dem Haus geschlüpft, um die Kraft der Sonne zu genießen.

Wie wunderschön der Frühling war. Alles erwachte zu neuem Leben, die Welt wurde grün. Unwillkürlich musste Mira lächeln. Ja, sie hatte eine zweite Chance dank der Hilfe dieser Gaukler erhalten und durfte ein neues Leben beginnen. Das hatte vor Wochen ganz anders ausgesehen. Die Erinnerung an diese Zeit verursachte ein Schütteln ihres Körpers.

Noch nie in ihrem Leben war Mira so schwer erkrankt gewesen. Die Spielleute hatten nichts verraten, aber Mira ahnte, dass sie durch die Entzündung fast ihr Bein verloren hätte. Kaum mehr als ein Kratzer, allerdings mit fataler Auswirkung. Rahia, so erfuhr sie später, hatte alles darangesetzt, ihr Leben zu retten. Mira wusste nicht, warum, und Rahia antwortete nur ausweichend. Wie ein Theaterstück kam ihr die Erinnerung daran jetzt vor.

Tagelang hatte sie dahingesiecht, vom Fieber gepeinigt, mehr tot als lebendig. Dann, irgendwann, erwachte sie in einem bequemen Bett. Ihr Schlafplatz zu Hause war nicht annähernd so weich gewesen. Sicherlich ein Traum, so konnten sich nur Wolken anfühlen. Sie richtete sich auf, doch ein heftiger Schwindel zwang sie zurück in die Kissen. Behutsam, mit geschlossenen Augen versuchte sie es erneut. Und dann spürte sie es: Hunger. Ein gutes Zeichen. Sie lebte also noch.

Die Einrichtung des komfortablen Zimmers bestand aus einem Tisch, an dem zwei Stühle standen, einem Schrank, ihrem Bett und einem gepolsterten Sessel. Als ihr Blick auf darauf fiel, zuckte sie zusammen. Dort saß jemand.

»Rahia?« Ihr Krächzen endete in einem Hustenanfall, wovon die Gauklerin augenblicklich erwachte und an Miras Seite sprang.

»Mira. Wie geht es dir?«

»Ging schon mal besser.«

Rahia strahlte über ihr gesamtes Gesicht. Sie reichte Mira einen Becher Wasser, den sie in vorsichtigen Schlucken leerte.

»Ich habe Hunger.«

»Das kann ich mir gut vorstellen.« Rahia lachte. »Du hast eine ganze Woche durchgeschlafen.«

Mira riss die Augen auf, was Rahia erneut zum Lachen brachte. »Ich hole Euch sofort etwas. Einen besonderen Wunsch, werte Herrin?«, scherzte sie.

Mira schüttelte den Kopf, musste aber lächeln. Bevor die Gauklerin die Tür erreichte, rief Mira: »Ach, Rahia? ... Hast du ... warst du die ganze Zeit über hier?« Verlegen zog sie die Bettdecke höher.

Rahia überlegte kurz. »Wir haben uns abgewechselt. Ja … doch … überwiegend.« Als sie Miras Verlegenheit bemerkte, fügte sie todernst hinzu: »Aber Unna hat dich umgezogen.«

Miras entsetztes Gesicht entlockte ihr ein herzhaftes Gelächter. »Das war ein Scherz!« Damit schlüpfte sie zur Tür hinaus.

Genau drei Wimpernschläge dauerte es, bis Ruven und Unna ins Zimmer stürzten.

»Mira, du bist wohlauf. Den Göttern sei Dank!« Erleichterung spiegelte sich in Ruvens Augen wider. Und auch Unna schien sich ehrlich zu freuen.

Viele Wochen waren seitdem vergangen.

Rahia hatte damals so müde ausgesehen, kam es Mira wieder in den Sinn. Warum sie das wohl getan hatte? Eines Tages würde Mira das alles wiedergutmachen. Sie wollte die Gaukler auf keinen Fall enttäuschen.

Rahias Lachen riss sie aus ihren Gedanken. Die Gauklerin schlug mehrmals ein Rad und landete vor Mira. Dann schwang sie sich den nächsten Baum hinauf. Rahia hatte vor dem Winter immer dünn gewirkt, doch nun waren ihre Wangen regelrecht eingefallen. Unna war ebenfalls kaum wiederzuerkennen. Einzig Ruven blieb schlaksig wie eh und je. Er glich einer schlanken Pappel. Mira kam nicht umhin, sich die Schuld für die missliche Ernährungslage zu geben. Die Gaukler hatten eine Menge Geld für Heilkräuter und Arzneimittel ausgegeben. Wie könnte Mira diese Tat jemals ausgleichen?

Kopfüber wie ein Kobold erschien Rahia in ihrem Blickfeld und fragte unvermittelt: »Kannst du singen?«

Mira grinste schief. »Lieber nicht.«

»Komm schon. Sing was.«

»Was soll ich denn singen?«

»Ein Frühlingslied?« Rahia summte eine Melodie.

»Ich kenne keine Lieder«, behauptete Mira.

»Och Mann. Du wirst doch irgendein altes Kinderlied kennen. Hat dir deine Mutter als Kind nie vorgesungen?«

Mira verzog das Gesicht zu einer traurigen Grimasse.

Die Gauklerin stoppte das Schaukeln. »Oh, tut mir leid. Ich wollte nicht ...«

»Schon gut. Ist nicht schlimm.«

Nach einer Pause fragte Rahia: »Also?«

»Also was?«

»Ein Lied? Vielleicht ein Volkslied?«

Mira stöhnte entnervt auf, überlegte kurz und entschied sich für ein Erntelied. Es war mehr gesummt, als dass sie sich an den Text erinnerte. Auch die Melodie stimmte nicht.

»Guuuut«, Rahia zog die Stirn kraus. »Singen ist jetzt nicht unbedingt deine Stärke, um es mal vorsichtig auszudrücken.«

»Sag ich doch«, maulte Mira.

»Wir finden schon was! Jedes Wesen verfügt über eine Begabung für irgendwas, und ich glaube, ich weiß, worin deine liegt.«

»Ach ja? Und worin liegt meine *Begabung*?«

Rahia überlegte kurz. »Im Nettsein«, sagte sie dann.

Mira starrte sie entgeistert an. Im nächsten Moment prustete sie lachend los. »Im was? Im Nettsein? Etwas Dümmeres ist dir wohl nicht eingefallen.«

»Ich meine es ernst. Seit du bei uns bist, haben wir mehr Besucher als je zuvor. Weil du zu jeder Person ... nett bist. Wir sind auch freundlich zu jedem Zuschauer, aber du machst es auf eine besondere Art, selbst ohne Worte.«

»Nett? Sag doch gleich, ich kann nix. Na ja, wenigstens ist es eine *nette* Umschreibung.« Mira drehte sich weg, damit Rahia ihr Grinsen nicht sah.

»Mann, so war das nicht gemeint. Sei doch keine Mimose.«

»Jetzt auch noch eine Mimose. Das wird ja immer schöner.«

Die Gauklerin ließ sich vom Baum plumpsen. »Tut mir leid.«

Mira konnte ihren gespielten Unmut nicht länger aufrechterhalten und lachte lauthals los.

»Oh, du ... und ich dachte ...« Rahia atmete pustend aus. »Schauspielern, das kannst du auf jeden Fall.«

XXXI
Der Entschluss

Kyrian hatte aufgehört, die Tage zu zählen, unter der Erde hatte er jegliches Zeitgefühl verloren. Die Trolle begegneten ihm mit Misstrauen, doch die meisten waren einigermaßen freundlich. Wieder ein Punkt auf Kyrians Liste, den er von den wenigen Bewohnern Rodinias, die er auf seiner Flucht befragt hatte, anders gehört hatte.

Die Trolle verfügten über beeindruckenden Erfindungsreichtum und eine Fingerfertigkeit, die Kyrian diesen Wesen niemals zugetraut hätte. In einer Werkstatt für Spielzeuge entdeckte er eine mit filigranen Figuren besetzte Spieluhr, die eine traurige, ihm unbekannte Melodie spielte. Es war unglaublich. Grinsend sagte er: »Ich befürchte, ich muss all mein Wissen über euch überdenken.«

Der Spielzeugmacher sah auf. »Was erzählt man denn in der Oberwelt über uns?«

»Mir erzählte man, ihr wärt ein durchaus barbarisches Volk.«

»Stinkende, tierähnliche Wesen?«

»Ja.«

»Und wir fressen kleine Kinder?«

Kyrian nickte. »Ja.«

Als der Troll in donnerndes Gelächter ausbrach, fielen ihm die Werkzeuge aus der Hand, er hielt sich den Bauch vor Lachen. »In Büchern«, brachte er fast atemlos hervor, »in den Schriften der Magier … steht noch weitaus mehr.«

»Schon möglich.« Kyrian begann sich allmählich zu ärgern. Bücher waren kein gutes Stichwort für ihn.

Der Troll ergriff wieder seine Werkzeuge. »Dann hat sich unsere Jahrhunderte andauernde Kampagne gelohnt. Es steckt viel Arbeit darin, sich einen Ruf zu erschaffen.«

»Jaja, ist der Ruf erst ruiniert …« Kyrian grinste halbherzig.

»… lebt es sich ganz ungeniert«, ergänzte der Troll. »Gib zu: Das ist genial. So lassen uns die Magier in Ruhe.«

Kyrian nickte. »Das ist wahr. Aber habt ihr keine Angst, dass euer Geheimnis entdeckt wird?«

Der Troll schüttelte seinen massigen Schädel. »Du bist der Einzige, der davon weiß. Allein deswegen wird der König dir vermutlich den Kopf abschlagen lassen«, antwortete der Spielzeugmacher beiläufig.

Kyrian zog die Augenbrauen hoch.

Sofort prustete der Troll los. »Reingelegt. Du hast das doch nicht …? Doch, du hast es geglaubt. Gib es ruhig zu.«

»Sehr witzig.« Kyrian verzog den Mund. Ein böses Grinsen legte sich auf sein Gesicht. »Als ob er das schaffen würde.« Seine Antwort ging im donnernden Gelächter des Trolls unter, Kyrian meinte, herauszuhören: »Er würde, mein Freund, er würde.« Aber sicher war er sich nicht.

»Wir haben einen Entschluss gefasst«, begann König Ackarian. »Wir trauen dir nicht, deshalb unterziehen wir dich einer Prüfung. Wenn du diese Prüfung bestehst, helfen die Trolle dir und erneuern den Eid.«

Endlich! Kyrians Herz zersprang fast vor Freude. »Ich kann Euch jederzeit einen überaus großen Beweis meiner Macht geben. Sagt nur, was ich …«

Der Trollkönig hob die Hand und sah ihn ernst an. »Es gibt nur eine einzige Möglichkeit, uns zu beweisen, dass du ein Zauberer bist.«

»Und die wäre?« Kyrian zog eine Augenbraue hoch. Ein flaues Gefühl breitete sich in seiner Magengegend aus.

»Bring uns das letzte verbliebene Buch der Zauberwelt.«

»Verstehe ich das richtig? Ein popeliges Buch?«

»Es ist kein gewöhnliches Buch. Nur ein Zauberer vermag es zu öffnen. Es nennt sich ›Allgarettura – das Buch der verzauberten Pflanzen‹ und ist im Besitz der Magier. Allerdings in den Händen eines Mannes, der sich dem Wohl der Natur verschrieben hat. Er ist uns zwar wohlgesonnen, dennoch weiß er nicht viel über die wahre Existenz des Trollvolks. Du verstehst, dass wir ihm nichts verraten dürfen. Es ist zu gefährlich. Dieser Mann ist im Besitz des Buches. Wenn du uns das Werk bringst und es öffnen kannst, werden wir dir glauben.«

»Und wie erkenne ich den Schinken? Wie sieht es aus?«

»Es besteht aus Majok-Holz, verziert mit Ranken. Glaub mir, du wirst es erkennen, wenn du es siehst.«

»Ich gehe ungern irgendwelche Risiken ein, indem ich mich etwas Unbekanntem aussetze.«

Der König schmunzelte. »So so. Du kanntest also uns Trolle und dieses Höhlensystem?«

»Ich habe mich durch die Schriften meiner Welt informiert. Auch wenn sie fast tausend Jahre her sind, stimmt die ... Lebensweise überein ... teilweise.«

Der Trollkönig sah ihn ausdruckslos an. »Damals lebten wir in einem Wald. Sieh dich um. Du weißt nichts von uns und unserem Leben.«

Kyrian kratzte sich schweigend am Hals.

»Tu es oder lass es. Es liegt an dir, zu gehen oder auf ewig zu bleiben. Du verstehst sicher: Wir dürfen dich nicht so einfach ziehen lassen. Immerhin kennst du unser Geheimnis.«

Kyrian schluckte, als er in die entschlossenen, dunklen Augen der Trolle blickte. »Sieht aus, als hätte ich keine andere Wahl.«

Als Kyrian fort war, erschien der Riesentroll vor dem König.

»Trocklock, ich freue mich, dich zu sehen.«

»Auftrag ausgeführt, mein König«, grollte der Ankömmling. »Die Magier sind informiert.«

Der Trollkönig nickte. »Dann wissen sie jetzt, dass der Zauberer kommen wird.«

»Ja, Gebieter.«

»Ist der Überbringer ...?«

»Tot. Wie Ihr befohlen habt. Das Gift wirkte, bevor sie sein Gehirn durchforschen konnten.«

»Opfer müssen erbracht werden. Die Prophezeiung wird sich erfüllen.«

»Warum dieser Zauberer? Ich sah seine Zauberkraft mit eigenen Augen.«

Ackarian schmunzelte. »Augen lassen sich täuschen. Du denkst, der Zauberer sei ein Opfer? Nein. Wenn er das ist, was er zu sein vorgibt, wird er es schaffen.«

»Womöglich werden die Magier einen Trick nutzen und die Gedanken seiner Vergangenheit durchforschen.«

Der König schnaubte. »Was dann? Sie sehen ein Höhlensystem aus Bäumen. Einen Wald unter dem Berg. Wer glaubt so etwas?« Er lachte dumpf. »Nicht einmal Magier schenken dem Glauben. Außerdem könnten sie es für Erinnerungen aus seiner Welt halten. Soll er die Prüfungen bestehen. Nur dann ist er ein wahrer Zauberer, für den es sich lohnt, sein Leben zu opfern. Vielleicht sogar das Leben aller Trolle Rodinias.«

Trocklock nickte. »Wenn er die Falle überlebt und das Buch hierherbringt …«

»… und die Samen.«

»… und die Samen, was geschieht dann?«

»Dann werden wir ihm blind folgen.«

»Und wenn er von unserem Verrat erfährt?«

»Er wird es nie erfahren. Wenn er scheitert, können wir unsere Hände in Unschuld waschen und sagen, wir haben es den Magiern gemeldet. Somit steht unsere Loyalität außer Frage. Gesetzt den Fall, er scheitert nicht und erfährt es, so sagen wir, wir mussten die Magier mit diesem Trick aus ihrem Versteck locken. Wenn er es schafft, ist alles gut.« Der König seufzte. »Wo befindet sich der Zauberer jetzt?«

»Bai Barathur. Meinst du, er hat etwas mitbekommen?«

»Warum sollte er? Ich vertraue deinen Fähigkeiten, Trocklock, und deiner Verschwiegenheit. Schickt ihn auf seine Reise zur Bibliothek der Magier.«

Der Troll nickte bedächtig. »Was geschieht danach?«, fragte er nach einer Weile.

Ackarian lächelte. »Wir warten. So, wie wir es seit tausend Jahren tun.«

XXXII
Lustig ist das Gauklerleben

Die letzten Schneeflecken tauten. Viel zu lange hatte diesmal die weiße Decke das Land unter dem Mantel des Vergessens gehalten. Mit Frost rechnete niemand mehr. Endlich begann die Reisezeit der Gaukler.

Ruven hatte Rahias Wohnwagen von einem Bauernhof geholt. Der Bauer war ein Freund, bei dem er einen geheimen Vorrat an Münzen anzulegen pflegte, eine Notreserve für schlechte Zeiten. Dank Miras Anwesenheit verliefen die Auftritte der Gauklergruppe zufriedenstellend. Ihr Silbersäckchen hatte sich trotz der Kosten für Miras Medizin spärlich, aber stetig gefüllt. Moropus und Wagen befanden sich wegen der trockenen Unterstellmöglichkeit in einem gepflegten Zustand.

An diesem Abend, als die Gruppe um ein wärmendes Feuer saß und Kaninchenfleisch sowie frisches Brot mit Butter verspeiste, war die Stimmung zum ersten Mal seit Winteranbruch ausgelassen. Die Sonne hatte allen gutgetan. Endlich wurde wieder miteinander gelacht und gescherzt.

Nach einer Weile ergriff Rahia das Wort: »Wir sollten zum Frühlingsfest reisen.«

»Genau! Wir sind letztes Jahr schon nicht hingefahren«, rief Unna. »Ich finde, das ist eine vortreffliche Idee.«

Ruven schaute Rahia fragend an, doch sie warf einen verlegenen Blick in Miras Richtung. »Ich weiß, was du fragen willst, Ruven. Die Antwort lautet: Ja, ich bin mir sicher.« Mehr zu sich selbst sagte sie: »Auch wenn ich die Stadt nicht mag, kann ich das Fest trotzdem mögen. Irgendwann muss ich mich ja meiner Vergangenheit stellen.«

Unna schob sich ein Stück Fleisch in den Mund. »Iff könnte meine Schwefter besuchen«, nuschelte er kauend und wechselte so das Thema. »Dann brauche ich endlich nicht mehr ständig eure miesepetrigen Gesichter sehen.« Er lachte herzhaft. Selbst Ruven, den die Winterabende schwermütig gestimmt hatten, fiel ins Lachen ein.

Nach einer Weile nahm Rahia das Gespräch wieder auf. »Wir sollten Mira eintragen lassen, dadurch würde sie offiziell zu uns gehören.« Sie zeigte ein strahlendes Lächeln.

»Wir wissen ja gar nicht, ob es Mira recht ist, als Gauklerin durch die Welt zu ziehen«, antwortete Ruven.

Mira sah die beiden fragend an, während Unna sich Nachschlag in seine Holzschale schaufelte. »Eintragen lassen?«

»Jeder Gaukler erhält einen Freibrief. Dort ist er oder seine Gruppe eingetragen und darf, je nach Wichtigkeit des Freibriefs, auf dem Land, in Dörfern, Städten oder sogar länderübergreifend auftreten« , erklärte Rahia.

»Wir dürfen zum Beispiel alles«, warf Unna mit vor Stolz triefender Stimme ein.

»Fast alles«, ergänzte Ruven. »Jedenfalls dürfen wir in ganz Rodinia unsere Vorstellungen geben.«

Mira schaute die drei mit riesigen Kulleraugen an.

»Genau so.« Rahia wies auf Mira. »Was hab ich euch gesagt? Wenn sie so guckt, dann werden wir reich. Das ist gut, das ist sehr gut.« Sie lachte.

»Wie schau ich denn?«

»Unschuldig, süß … Man muss dich einfach mögen.«

Mira zog die Stirn kraus. »Ihr veräppelt mich.«

»Nein, Rahia hat ganz recht.« Ruven straffte sich. »Seit du bei unseren Auftritten den Hut rumgehen lässt, ist wesentlich mehr drin als vorher.«

Unna schaute missbilligend auf, widmete sich aber wortlos seinem Teller.

Rahia und Ruven erhoben sich. Mira ließ sich von dem dunkelhäutigen Mädchen auf die Beine ziehen. Etwas Feierliches lag in Ruvens Stimme. »Mira, wir haben uns besprochen, und wir würden uns freuen, wenn du unserer Gruppe als festes Mitglied beitrittst.«

»Ich weiß nicht. Ich kann doch nichts«, nuschelte sie.

»Hallo? Hast du nicht zugehört?« Ein Schreck huschte über Rahias Gesicht. »Du wirst doch nicht gesucht, oder?«

»Nein, natürlich nicht.«

»Also, was soll schon passieren?«, rief Rahia.

Mira überlegte. Wovor fürchtete sie sich? Das Verhör der Magier hatte bewiesen, dass sie unschuldig war. Weshalb wich ihr Angstgefühl nicht? Sie musste und wollte ein neues Leben beginnen. Warum nicht als Gauklerin? War es die Angst vor Neuem? Sie schob alle Bedenken beiseite. »Na gut.«

Rahia packte Miras Hände und wirbelte mit ihr im Kreis herum. »Juhu! Wir fahren zum Frühlingsfest! Wir fahren zum Frühlingsfest!«

»Wohin? Halt ...« Mira wurde schwindelig, trotzdem musste sie lachen.

Ruven fügte erklärend hinzu: »Die Stadt lädt mehrmals im Jahr zu einem Fest ein, bei dem sich auch der König zeigt. Aber das Frühlingsfest ist das beste von allen.«

Rahia blieb stehen. Während sie die taumelnde Mira festhielt, rief sie begeistert: »Der größte Auftrittsort der Welt! Nach Königstadt!«

Auf einmal wurde Mira klar, was sie so ängstigte: die vielen Menschen in einer Großstadt.

Unna schnarchte bereits, Ruven blickte in die letzte Glut des Feuers. Die Nacht war kühl.

Rahia schwärmte den restlichen Abend vom Festablauf, von den Aufführungen, den Musikanten und Jongleuren und dem Essen. Bunte Lichter, Fackeln, die in unterschiedlichen Farben brannten, Getränke im Überfluss. Selbst als Mira neben ihr im Bett lag und die beiden sich in ihre Decke kuschelten, erzählte sie flüsternd weiter.

»Dort trifft sich alles, was Rang und Namen hat. Akrobaten aus ganz Rodinia. Hautfarben und Rassen spielen keine Rolle, alle sind freundlich gestimmt. Es ist wie ein großes Familienfest. Ich muss dich unbedingt einer Menge Leute vorstellen. Hörst du mir noch zu, Mira? Mira?«

Mira brummte zustimmend, während der Schlaf sie bereits in den Armen wog. Sie war sich nicht sicher, ob diese verrückte Welt der Gaukler auch ihre Welt war …

»Gute Nacht«, flüsterte Rahia. »Ich hab dich lieb.« Die letzten Worte vernahm sie nur noch im Dämmerschlaf.

XXXIII
Königstadt

Es musste Tage gedauert haben, aber die Trolle leisteten ganze Arbeit. Sie konnten weder zaubern noch Magie anwenden, und doch hatten sie sein Äußeres derart entstellt, dass Kyrian sich selbst nicht wiedererkannte. Seine Haare wiesen eine rötliche Färbung auf, die buschigen Augenbrauen ebenfalls und seine Nase glich einer Kartoffel. Er wirkte wie ein sechzehnjähriger Jüngling. Die Trollfrauen zeigten ihm, wie er sich mithilfe der Tinkturen und klebrigen Salben verwandelte. War nur zu hoffen, dass er das Zeug aus dem Gesicht auch wieder loswurde. Auf jeden Fall waren diese Wesen tatsächlich hochbegabt.

Zum Frühjahr, so erzählte Barathur, kamen aus aller Welt die Anwärter zur Magierschule nach Königstadt gereist. »Am Ende eines außergewöhnlichen Fests nimmt die Magierschaft die Fähigsten von ihnen durch eine Prüfung auf. Du wirst nicht auffallen. Man wird glauben, du seist ein magisch Begabter.«

Kyrian grinste. Nach Monaten des Wartens würde er sich endlich auf die Reise begeben. Dann dürfte er offiziell zaubern. Er verwarf den Gedanken jedoch gleich wieder, schließlich zelebrierten die Magier ihre Sprüche anders als die Zauberer.

Das Land zeigte sich grün, saftige Wiesen säumten den Weg. Die Bäume erstrahlten in wachsender Blätterpracht, als wären die Farben auf der Palette eines Malers zusammengemischt worden. Doch Kyrian hatte keine Augen für die Natur. Er hatte eine Aufgabe zu bewältigen. Genau wie es Barathur vorausgesagt hatte, begegnete ihm eine Vielzahl an Reisenden, die alle nach Königstadt wollten. Er erfand viele Ausreden, um sich keiner Gruppe anschließen zu müssen, und wanderte meistens allein.

Der Pfad führte bergauf. Kyrian stoppte, als am Horizont zwei Gebäude aufragten, die sich als Turmspitzen entpuppten. Eine Spitze formte sich zu einer Krone, die andere trug ein kuppelförmiges Dach. Beide Türme ragten fast bis in den Himmel hinein. Von dort oben konnte man mit Sicherheit nicht nur auf die gesamte Stadt niederblicken, sondern auch auf die Landschaft zu ihren Füßen. Und durch Magieeinwirkung sogar auf die ganze Welt …

Er erreichte ein Plateau. Mächtige Felsen mit vom Regen ausgewaschenen Furchen säumten einen Rastplatz und gewährten einen Blick auf das gigantische Ausmaß der Stadt. Sein Plan, in der hiesigen Bibliothek das Buch zu besorgen und wieder zu verschwinden, löste sich in Luft auf. Hineinzugelangen war nicht das Problem, das wusste er. Die Trolle hatten ihn mit allen Informationen versorgt, die er benötigte. Doch jetzt sah alles so anders aus.

Kyrian musste sich einen Überblick verschaffen. Er konzentrierte sich auf den Zauberspruch Weitsicht zur Verbesserung der Sehkraft. Ob die Magier einen ähnlichen Spruch kannten? Seine Ankunft vielleicht bereits beobachteten?

Eine immense Klarheit durchflutete ihn. Die Dinge, die er fixierte, erschienen hundertfach vergrößert. Sein geschultes Auge suchte nach taktischen Positionen von Kasernen, nach dem Hafen, der Armee. Solche Informationen benötigte ein Krieger über eine Stadt: Zugänge, Brücken, Ein- und Ausgänge, Stadttore.

Eine breite Steinbrücke führte auf das Haupttor zu. Ein Kontrollposten überprüfte die bunte Schar der Ein- oder Ausreisenden. Das war zu erwarten.

Sollte er einen Zauberspruch zur Ablenkung einsetzen? Nein, zu gefährlich. Es erregte zu viel Aufmerksamkeit. Vielleicht konnten die Magier seinen Zauber erkennen und wüssten dann, dass er angekommen war. Kyrian zählte ein ganzes Dutzend der dunkelgrünen Roben. Roben, wie sie die Männer damals im Wald getragen hatten. Magierpack!

Ein Schreck durchzuckte ihn. Was, wenn Trolle und Magier gemeinsame Sache machten? Eintausend Jahre waren eine lange Zeit. Mit einem Mal kam es ihm nicht mehr wie ein guter Einfall vor, als Magierschüler Königstadt zu betreten. Er musste sich etwas anderes ausdenken, um ins Stadtzentrum zu gelangen. Vielleicht als Gaukler? Kyrian schüttelte den Kopf. Warum sollte er nicht einfach in diese Stadt fliegen? Er konnte sich nicht vorstellen, dass die Magier es schafften, eine komplette Metropole dieser Größe mit einem dauerhaften Schutzspruch zu belegen. *Probieren wir es aus.*

Am Abend – die letzten Schatten wichen der Dunkelheit – wagte Kyrian einen Versuch. Er konzentrierte sich auf einen Flugzauber und flog in weitem Bogen über die Stadtmauer. In seiner dunklen Kleidung verschmolz er mit dem Nachthimmel. Er erkannte die flackernden Lichter der Häuser; Menschen wuselten, winzigen Ameisen gleich, durch die Straßen.

Auf einer freien Fläche landete er und lauschte. Nichts. Kein Alarm. Hatte ihn niemand bemerkt? War die Stadt derart ungesichert? Konnten diese Magier so naiv sein?

Einerlei. Jetzt musste er untertauchen, eins werden mit Königstadt. Als Jugendlicher war er oft aus dem Palast seines Vaters ausgerissen, hatte sich Nacht für Nacht in den Vergnügungsvierteln herumgetrieben. Targas hatte ihn jedes Mal aufgespürt. So war ein regelrechter Wettstreit entstanden. Seitdem wusste Kyrian genau, wie man sich versteckte.

Unschlüssig schlenderte er los. Sollte er das Buch holen oder lieber alles für seine Flucht vorbereiten und dafür nach einem Schiff Ausschau halten? Wo war der Hafen? Ihm fiel auf, dass er nichts dergleichen gesehen hatte. Das Meer durchaus, aber keine Boote darauf. Kyrian bekam seine Gedanken nicht in den Griff. Er atmete tief durch.

Aus der Ferne drangen Lachen und gedämpfte Musik an sein Ohr. Eine Schenke? Er brauchte einen Schlafplatz, denn er verspürte nicht die geringste Lust, eine weitere Nacht unter freiem Himmel zu schlafen. Zudem sehnte er sich nach einem Bad, einem weichen Bett. Der Blick in seinen Geldbeutel versprach ein angenehmes Nachtlager.

Wenig später betrat er eine Herberge. Der Wirt besorgte ihm einen Badezuber mit heißem Wasser. Geld bewirkte eben auch in dieser Welt Wunder.

Nachdem er ausgiebig gebadet hatte, begab er sich in sein Zimmer. Es war nicht schön, sehr spartanisch eingerichtet: ein einfaches Bett und eine Holzkiste für die Habseligkeiten der Gäste. Es sah jedoch sauber und die Schlafstätte annehmbar aus. Der Rest interessierte ihn nicht. Er streifte die Stiefel ab, ließ sich nieder und schüttete den Inhalt seines ledernen Geldbeutels auf die Bettdecke. Die Trolle hatten ihn gut ausgestattet. Inmitten von Kupfer-, Bronze-, Zinn- und Silbermünzen fand Kyrian sogar eine Goldmünze. Damit verfügte er über ein kleines Vermögen – vorausgesetzt, die Währung ähnelte der in seiner Welt. Andererseits: Gold blieb Gold. Das besaß vermutlich überall einen ähnlichen Wert.

Er gähnte herzhaft, verstaute die Münzen wieder im Beutel und legte ihn, festverschnürt, unter das Kopfkissen.

Der Schlaf konnte kommen.

XXXIV
Der Steckbrief

Die Stadt wirkte wie frisch gekalkt. Sie erschien Mira viel freundlicher als bei ihrer ersten Ankunft. Ein Meer aus blauen Blüten zog sich die Hügel hinab, alles erstrahlte im Sonnenlicht. Bunte Wimpel und Banner, die im seichten Wind umhertanzten, schmückten die Türme der Magier und die Festung des Königs. Feine Rauchfähnchen kräuselten sich in der Luft, um sich in Nichts aufzulösen.

»Komm schon. Wir wollen weiter«, rief Rahia ihr zu.

Der endlose Strom von Fuhrwerken und Lebewesen verstopfte die einzige Straße, die zur Hauptstadt führte. Mira rutschte unruhig auf dem Kutschbock hin und her, während sie ihren Hals Richtung Steinbrücke reckte. Bewohner aus allen Teilen Rodinias schoben sich quälend langsam durchs Stadttor, Feen schwirrten umher. Sie entdeckte Zwerge, Zentauren, Nomaden der grauen Steppe, Wüstenbewohner, kleine Menschen der Hügelebenen. Und überall dazwischen tummelten sich Musiker und buntgekleidete Gaukler.

»Warum bist du so angespannt? Bleib mal locker.« Rahia kaute an einem Stück Süßholz, mit dessen faserigem Ende sie sich die Zähne säuberte.

»Ich weiß auch nicht. Ich habe ein ungutes Gefühl.«

»Du hast doch nichts verbrochen.« Rahia lachte.

»Natürlich nicht …« Mira knibbelte an ihren Fingern und erntete dafür von ihrer Freundin einen zärtlichen Klaps auf die Hand.

»Na also. Was soll schon passieren?«

»Ich habe eben nicht die besten Erinnerungen an diese Stadt.« Als sie die dunkle Öffnung betrachtete, musste sie an ein Drachenmaul denken. Drei Wagen trennten sie noch vom Eingang. Wie konnte Rahia nur so unbekümmert sein? Noch zwei Wagen, und sie lachte fröhlich.

»Wenn du wüsstest, welche Erinnerungen ich an diese Stadt hege … aber lassen wir das. Das war vor meiner Zeit als Gauklerin.« Sie verstummte, als ein Magier die Kutsche vor ihnen stoppte. Akribisch durchsuchte er Inhalt und Mitfahrer.

»Was meinst du damit?«

»Erzähl ich dir ein andermal … vielleicht.« Ihre Freundin schaute zur Seite. Es schien Mira, als verdunkelte ein Schatten Rahias Gesicht, obwohl sie lächelte.

»Trollkacke«, entfuhr es Rahia plötzlich, ihr Lächeln verschwand. »Du wirst ja doch gesucht?«

»Häh? Wovon redest du?«

Die Gauklerin deutete mit dem Daumen über ihre Schulter auf ein Pergament an der Wand des Tordurchgangs. Die Zeichnung zeigte eine Frau, die Mira verdammt ähnlich sah.

»Oh Mist. Was … was mach ich denn jetzt?«

In diesem Moment setzte sich die Kutsche vor ihnen in Bewegung.

XXXV
Erkundigungen

Nachdem Kyrian erwacht war und sich angekleidet hatte, begab er sich in den Schankraum. Der Wirt, ein stämmiger Kerl im besten Mannesalter, rollte gerade ein Fass herein. Er hielt inne, wischte sich die Hände am Hemd oberhalb der ledernen Schürze ab und erwiderte Kyrians Gruß. »Ah, der Langschläfer. Ihr kommt nicht von hier, stimmt's? Sucht Ihr Arbeit?«

»Schon möglich. Eigentlich suche ich die Bibliothek.«

Der Mann starrte ihn an, dann stieß er ein rauchig hustendes Lachen hervor. »Die hiesige Bibi ... Das ist gut ... Ihr seid ein Scherzkuchen.«

Kyrian zog die Augenbrauen hoch.

Das Lachen des Wirtes verebbte. »Magieschüler?« Er sah an Kyrians Gestalt herab und schüttelte den Kopf. »So seht Ihr nicht aus, eher wie einer, der auf dem Frühlingsfest sein Glück sucht.«

»Warum?«, fragte Kyrian vorsichtig.

»Ganz einfach: Da Ihr Euch hier in der Vorstadt befindet, nehme ich an, Ihr seid noch nicht großartig herumgekommen.« Er deutete hinter sich. »Die Bibliothek liegt im Magierviertel und ist nur Magiern vorbehalten. Ihr macht, verzeiht mir meine Ehrlichkeit, nicht gerade einen vertrauenserweckenden Eindruck.« Abwehrend hob er die Hände. »Und ich will auch gar nicht wissen, woher Ihr euer Geld habt. In dieser Gegend stellt man keine Fragen. Das solltet Ihr wissen.«

»Hm ...« Kyrian zögerte. Die Nummer mit dem Schüler zog nicht, deshalb sagte er: »Da mögt Ihr recht haben. Ich komme aus Bandorin. Ich bin in Wahrheit ein Gaukler und habe eine sehr weite und unerfreuliche Reise hinter mir.«

»Bandorin? Das erklärt einiges.« Der Wirt schob das Fass mühelos beiseite. »Dann wollt Ihr Euch sicher registrieren lassen. Was führt Ihr auf? Jonglieren, Artistik, Feuerspucken?«

»Oh, ich habe mich noch gar nicht festgelegt.«

»Also ein Skalde.« Der Wirt lachte erneut. »Geschichtenerzähler kommen immer gut an. Egal, ich kann Euch sagen, wo die Anmeldung stattfindet, damit man Euch vor den Ausschuss treten lässt.« Während er das volle Bierfass aufrichtete, schüttelte er den Kopf. »Aber so wird das nix.«

»Was muss ich tun?«, fragte Kyrian. Es war nie verkehrt, über die Örtlichkeiten Bescheid zu wissen, rechtfertigte er sein geheucheltes Interesse.

Der Wirt hievte das Fass auf ein hölzernes Podest. Seine Stärke war respekteinflößend. Unweigerlich musste Kyrian an Wulfbert, denken, einen Mann seiner ehemaligen Schiffsbesatzung. Der hatte auch ein volles Bierfass stemmen können.

Kaum schwerer atmend als zuvor wischte der Wirt sich mit seinem Putztuch einen einzigen Schweißtropfen von der Stirn. »Da seid Ihr bei mir an der falschen Adresse.« Er schaute Kyrian noch einmal seufzend von oben bis unten an. »Sucht Euch als Erstes einen Schneider und lasst Euch ein ordentliches Gewand schneidern. Und dann rasiert Euch. Oder lasst Euch einen anständigen Bart wachsen. Nicht das Gefissel in Eurem Gesicht.«

»Äh, das …« Kyrian hatte sich tatsächlich seit mindestens zwei Wochen nicht rasiert.

Der Wirt lachte auf, als Kyrian sich sein Gesicht befühlte. »Ganz genau.« Er nahm Hammer und Zapfhahn vom Tisch und versenkte mit zwei gekonnten Schlägen den Hahn im Fass. »Kostprobe gefällig?«

Kyrian schüttelte den Kopf. »Wo finde ich einen Schneider?«

Statt zu antworten, füllte der Wirt einen Krug, strich diverse Male den überschüssigen Schaum ab und trank einen kräftigen Schluck, sodass sein halber Kinnbart vom Schaum bedeckt war. Mit dem Ärmel wischte er den Mund ab, zapfte Bier nach und streckte seinem Gast den Krug entgegen. »Ich bin Lemmy.«

Kyrian zögerte. »Keil, angenehm.«

»Du brauchst nicht *irgendeinen* Schneider, Keil. Damit du beim Rat ankommst, musst du was Besonderes sein. Besondere Kleidung, besonderes Aussehen, besonderes Können. Sonst wird das nix.«

Kyrian nippte am Getränk. Ein süßlicher Geschmack breitete sich auf seinem Gaumen aus. Zustimmend nickte er und nahm einen kräftigen Schluck, was dem Wirt ein schallendes Lachen entlockte. »Gut, nicht wahr! Kommt aus dem Zwergenland jenseits der großen Berge. Bekommt man nicht alle Tage, aber ich habe Verbindungen.«

»Wie mir scheint, nicht nur zum Zwergenland. Du wolltest gerade von einem Schneider erzählen.«

Als der Krug geleert war, wusste Kyrian, wo er einen ausgezeichneten Schneider und einen exzellenten Schuster finden würde, wo die arbeitende Bevölkerung einkaufen ging und wo die feinen Herrschaften es taten. Er hatte sogar erfahren, wo genau sich die Bibliothek befand und wo das sauberste Freudenhaus der Stadt stand.

Kyrian lächelte. Das war mehr, als er erwartet hatte. Ein Wirt war immer noch die beste Informationsquelle. Sein Lächeln verschwand. Genau: Der Wirt verfügte über viele Informationen, zu viele. Er kannte Kyrians Gesicht, er würde ihn jederzeit wiedererkennen. Vielleicht wäre es gut, ihm ein wenig von seiner Last abzunehmen.

XXXVI
Unter Magiern

Ruven zog ein Dokument hervor. »Wirft man ihr etwas vor? Wenn ja, so sprecht und lasst es mich wissen.«

Sie standen zu siebt in dem beengten Turmzimmer. An einem Eichenholzschreibtisch saß ein hagerer Mann, dessen braunes Haar von weißen Strähnen durchzogen war und der in einem dicken Buch schrieb. Er trug die Robe der städtischen Bewahrer der Ruhe. Mira befand sich wenige Schritte abseits der drei Gaukler inmitten von zwei Wächtern.

Der Magier inspizierte das Schriftstück, drehte es und stellte dann trocken fest: »Hier sind nur drei Namen eingetragen. Ich sehe aber vier Personen.«

Er hob die Augenbrauen, als Ruven sein Dokument zitierte: »Laut Bestimmung neunzehn ist es uns erlaubt, neue Mitglieder aufzunehmen und erst bei nächstmöglicher Gelegenheit in der nächstgrößeren Stadt, vorzugsweise der Gebietshauptstadt, von der Magierschaft eintragen zu lassen. Wir kommen geradewegs aus dem Westen ...«

Der Mann am Schreibtisch schnitt ihm das Wort ab. »Ihr braucht nicht weiterzureden. Ich kenne die Regeln eines Freibriefs. Wir Magier haben sie erstellt.«

Mira biss sich auf die Lippe. Warum wollte man sie mitnehmen?

Ruven ließ nichts unversucht. Blitzschnell änderte er seine Taktik: »Es kommt letztendlich unserem König doppelt zugute: Ein fröhliches Volk arbeitet besser, und da ist eine abgabenzahlende Gauklerin mehr, die die Staatskasse füllt.«

»Wenn ihr denn Steuern zahlt«, konterte der Magier. »Die pünktliche Zahlung der Steuerabgaben nimmt das fahrende Gauklervolk ja nicht so genau.«

Ruven entgegnete entschuldigend: »Wir sind stets auf Reisen. Dafür gibt es diese Sondergenehmigungen. Da blickt ja kein Mensch durch.«

»Richtig. Kein *Mensch.*« Der Magier grinste süffisant. »Deshalb sorgen wir Bewahrer der Ruhe für Ordnung!« Damit war seine Position eindeutig klargestellt. Es entstand eine Pause, in der Ruven verlegen lächelte. Der Magier starrte ihn an, vermerkte etwas in seinem Buch und übergab das Dokument. »Ihr seid wieder zu dritt. Jetzt hat alles seine Richtigkeit.«

Ruvens Lächeln gefror und er warf Mira einen hilflosen Blick zu. Unna schwieg. Einzig Rahia sah aus, als wollte sie sich gleich auf den Mann stürzen, um ihm die Augen auszukratzen. Ruven legte seinen Arm um ihre Schulter und hielt sie sanft zurück.

Der Magier musterte die Gruppe mit lauernder Miene. »Das wäre alles.« Er wandte sich in Miras Richtung: »Bringt sie fort. Der Magister wartet bereits.«

Sie wurde in die Mitte genommen und abgeführt.

»Mira, wir finden eine Lösung«, rief Rahia ihr hinterher.

»Scheint, als wäre uns das Glück hold. Erst die Nachricht der Trolle über den Fremden und jetzt das Mädchen«, sagte Bralag, als er vor dem Magister stand. »Ein geflügelter Bote meldete soeben, dass das schneeweiße Bauernmädchen am Stadttor aufgegriffen wurde. In Begleitung von drei Gauklern.«

Das Magieroberhaupt erhob sich aus einem Ohrensessel. »Bestens. Schickt jemanden, der sie herholt.«

»Das ist bereits geschehen. Mirabella Hafermann befindet sich auf direktem Wege hierher.«

Val erschien wie ein Schatten hinter dem Magister. »Gaukler? Sind alle auf dem Weg hierher?«

»Nein, nur das Mädchen.«

»In welchem Verhältnis steht sie zu den Spielleuten?«

»Ich konnte sie verständlicherweise noch nicht befragen.« Bralag sah zum Magister, doch der gebot Val keinen Einhalt.

Valhelia rieb sich die Hände. »Dann sollten *wir* das dringend nachholen.«

»Ich verhöre sie, sobald sie ankommt …«

Der Magister unterbrach Bralag: »Ja ja. Wir sollten die Gunst der Stunde nutzen. Es muss einen Grund dafür geben, dass sich der Fremde auf dem Weg hierher befindet und zeitgleich dieses Bauernmädchen auf der Bildfläche auftaucht.« Er schaute zwischen Val und Bralag hin und her. »Er hat sie damals verschont. Warum nicht auch diesmal? Wie können wir einen Nutzen aus diesem Umstand ziehen? Wie können wir sie ihm präsentieren?«

Die Stundenkerze war zwei Ringe tiefer gebrannt, und die drei diskutierten noch immer.

»Wir könnten die dunkelhäutige Gauklerin an ihrer Seite auswechseln. Ich könnte mich verwandeln und ihren Platz einnehmen. So wäre ich auf jeden Fall bei dem Bauernmädchen, wenn der Fremde auftaucht«, sagte Val.

»Das ist lächerlich. Meint Ihr, das wird sie nicht merken?« Bralag schnaufte. »Wenn sie uns die Gauklerzunft aufwiegelt, haben wir ein Problem.«

»Keines, das wir nicht zu lösen vermögen«, entgegnete Val.

Kopfschüttelnd wandte Bralag sich an den obersten Magier. »Ich denke, wir sollten sie anders überreden. Vielleicht mit einer Belohnung.«

Der Magister brach in schallendes Gelächter aus. »Eine Belohnung? Mein lieber Bralag, wir wollen nicht zum Äußersten greifen. Sie ist ein einfaches Bauernmädchen.«

Val kicherte. »Macht sie doch zu eurer Schülerin.«

Der Magister wischte sich Lachtränen fort. »Wir finden eine Lösung. Bis dahin wird Val sie begleiten, allerdings nicht in der Form dieser Gauklerin.«

Bralag setzte zu einer Antwort an: »Trotz alledem …«

Als es klopfte, beendete der Magister kurzerhand das Gespräch mit einem förmlichen Befehl: »Ich übertrage Meisterin Valhelia die Obhut dieses Bauernmädchens. Ihr leitet gemeinsam das Verhör.«

»Aber …«

»Keine Widerrede. Von beiden Seiten!« Der Magister blieb eisern. »Rauft euch zusammen!«

Valhelia verschränkte die Arme und drehte sich weg.

Bralag schwieg. Was bildete der Magister sich ein? Er als oberster Heerführer konnte unmöglich mit dieser vorlauten Göre zusammenarbeiten. Valhelia war ein Kind. Ein gefährliches Kind.

Ein Magier trat ein. »Die Gefangene ist eingetroffen.«

Das monströse Turmgebäude warf seinen Schatten auf die Stadt, als wollte es sie mit Haut und Haar verschlingen. Mira wurde in einen Seitentrakt des Turms im ersten Stock gebracht. Die Wachen führten sie zu einer Sitzgruppe am Ende eines Saals. Die Schönheit des Raums überwältigte Mira, sodass sich ihre Angst mit Verzückung mischte. Ihr Blick fiel auf die goldenen Schnörkel der Sitzmöbel, auf einen Schrank, dessen Türen vollständig mit braungelben, durchsichtig schimmernden Steinen besetzt waren, und auf einen Spiegel – ein faszinierendes silbernes Gebilde, auf dessen glatter Fläche sich Mira im Vorbeigehen selbst erkennen konnte. Das Leben der Gaukler hatte sie körperlich verändert. Sie trug jetzt figurbetontere Kleidung. Ihre Haare hatte Rahia zu einem Zopf geflochten.

Sie schaute auf, als der weißhaarige Magier und das seltsame Mädchen von damals das Zimmer betraten. Augenblicklich hämmerte ihr Herz in wildem Rhythmus in ihrer Brust. Der Mann stellte sich und seine Begleiterin vor.

Valhelia murmelte irgendetwas, drängte sich sogleich an ihm vorbei und hockte sich neben Mira. »Mirabella, wie ich mich freue, dich wohlauf zu sehen. Wir sind ernsthaft um dein Wohlergehen besorgt.«

Auf einmal erschien sie Mira nicht mehr unnahbar, wie während ihres ersten Treffens beim Verhör. Meisterin Valhelia sorgte sich ehrlich um sie, davon war Mira überzeugt. Ob sie ihre Freundin werden könnte? Woher kamen diese plötzlichen Gedanken? Und warum schaute Meister Bralag so böse drein? Mira konnte sich keinen Reim darauf machen. Sie musste ihre volle Konzentration aufbringen, um Vals Worten zu folgen.

»Damals im Wald«, begann Valhelia mit beruhigender Stimme, »hat der Fremde alle Menschen getötet, die sich dort mit dir aufhielten. Auch bei eurem zweiten Zusammentreffen wollte er dich umbringen. Er ist hinter dir her.«

Mira schaute die beiden mit großen Augen an. »Was? Ich verstehe das nicht.« Sie vergrub ihr Gesicht in den Händen. Ihr Leben geriet immer mehr aus den Fugen. Gerade erst hatte sie sich bei den Gauklern eingelebt, nun wurde ihr offenbart, dass dieser Fremde ihr nach dem Leben trachtete. »Ihr meint … er will mich …«

»Töten, ja«, beendete Val Miras Satz.

»Aber warum? Was habe ich ihm getan?« Miras Augen füllten sich mit Tränen. »Wer ist dieser Mensch?«

Bralag nahm Miras Hände in seine. »Du warst zur falschen Zeit am falschen Ort, um es mit einfachen Worten auszudrücken. Du hättest nicht auf dieser Lichtung sein sollen. Nicht an jenem Tag. Doch nun ist es so.«

In der Pause, die Bralag machte, sprach Val sofort weiter: »Und nun will er dir dein Leben nehmen. Du kannst weiter vor ihm fliehen. Oder du kannst uns helfen, es zu beenden.«

Der weißhaarige Magier schaute ihr so intensiv in die Augen, dass Mira den Blick senken musste. »Hilf uns, diesen Mörder zu fangen. Hilf uns, dem Wahnsinn ein Ende zu bereiten. Du hast ihn gesehen, und aus irgendeinem Grund ließ er dich am Leben. Das ist ein Zeichen, das muss eine Bewandtnis haben. Wir können diesen Umstand zu unserem … zu deinem Vorteil nutzen.« Seine Stimme nahm einen fast väterlichen Tonfall an. »Wir beschützen dich. Aber du musst uns helfen. Wirst du mit uns zusammenarbeiten?«

Mira nickte zaghaft. Eine dicke Träne rann ihre Wange hinab. Sie hatte so viel von den drei Gauklern gelernt. Gleich zweimal hatten diese Menschen ihr das Leben gerettet, hatten sie aufgenommen und ihr ein neues Zuhause gegeben. Sollte sie ihnen den Rücken kehren? Nein. Sie nahm all ihren Mut zusammen. »Was wird aus meinen Freunden? Ich gehe nicht ohne sie«, sagte sie mit zittriger Stimme.

Wieder übernahm Val das Reden. »Mira. Es ist zu gefährlich. Ich kann nicht alle beschützen, wenn der Fremde dich angreifen sollte. Du willst doch die Gaukler keiner Gefahr aussetzen?«

Tat sie das Richtige? Einerlei, Miras Entschluss stand fest. Energisch schüttelte sie den Kopf. »Ohne meine Freunde gehe ich nirgendwo hin!«

»Nun gut ...« Bralag zögerte ein wenig. »Ich bin mir sicher, Meisterin Valhelia wird eine Möglichkeit finden.«

»Es wird schon zu schaffen sein«, stimmte Val in kühlem Tonfall zu. »Dieser Fremde ist ja auch nicht hinter den anderen her, sondern nur hinter Mirabella.«

Dass Mira zusammenzuckte, entging Bralag nicht, ebenso wenig wie Valhelias Lächeln. Sie genoss es, das Bauernmädchen zu quälen, diese Schlange. Val hatte eindeutig gegen die Verhörregeln verstoßen. Jemanden mit Magie zu belegen, damit er das sagte, was man selbst meinte, war der falsche Weg. Mit Genugtuung beobachtete Bralag, dass der magische Spruch nicht vollständig wirkte. Mira schien einen starken Willen zu haben. Oder hatte Valhelia den Spruch bloß schlampig ausgeführt?

Prinzipiell wäre es ihm egal, was mit einer Fremden geschähe. Nicht aber mit diesem weißen Mädchen. Die weiße Haut, ihre Haare. Sie ähnelte *ihr* zu sehr. Zum wiederholten Mal ertappte er sich dabei, dass seine Gedanken zu dem Grab in seiner geheimen Zuflucht schweiften.

Valhelias Stimme riss ihn zurück an diesen Standort. »Du bist selbstverständlich keine Gefangene, aber du bewegst dich nicht von hier fort. Ist das klar?«

Auf Miras ängstliches Nicken fügte Val hinzu: »Es dient nur deiner Sicherheit. Jetzt ruh dich erst mal aus. Vielleicht gehen wir morgen oder übermorgen gemeinsam auf das Fest.«

»Sehr gerne«, sagte das weiße Mädchen.

Bralag lächelte. Er hatte bereits eine Idee, wie er Valhelia eins auswischen könnte. Dazu müsste er noch einmal allein mit dem Mädchen reden. Sie verdiente ein Stückchen Wahrheit.

XXXVII
Das Frühlingsfest

»Der Raum ist ja riesig.« Rahia schlug ein Rad in dem überdimensionalen Zimmer, dann ließ sie sich aufs Bett fallen und überprüfte den Härtegrad der Matratze. Sie zog eine Schnute. »Ist nichts für mich. Wann können wir los?«

Mira saß auf einer gepolsterten Sitzbank und stützte sich an zwei mit rotem Samtstoff überzogen Armlehnen ab. Sie schaute in Rahias Richtung. »Los wohin?«

»Na, zum Fest. Die Eröffnung ist in weniger als vier Kerzenlängen. Außerdem stand draußen niemand.«

Miras Schultern sanken herab. »Als man dich hereingelassen hat, hast du doch überall die Wächter gesehen, oder? Ich darf nicht fort. Mir ist auch nicht nach Weggehen zumute. Nicht nach dem, was diese Leute mir offenbart haben. Valhelia begleitet mich später sowieso. Morgen oder so.«

Rahia riss die Augen auf. »Bist du bescheuert? Heute ist der Tag der Tage. Und da willst du mit einem Kindermädchen losziehen? Wo bleibt da der Spaß?«

»Rahia! Irgendein verrückter Kerl trachtet mir nach dem Leben. Und ich weiß nicht einmal, warum.«

»Genau, warum sollte dich jemand umbringen?«

Miras Stimme wurde schrill: »Weil ich Zeugin im Wald war? Alle anderen sind tot, verstehst du? Ich weiß doch auch nicht.« Sie unterdrückte die aufkeimende Panik.

Rahia trat neben sie und legte einen Arm um ihre Schulter. »Komm mit. Wenn dich jemand sucht, dann höchstwahrscheinlich hier im Magierturm. Wer vermutet dich auf einem Fest voller Gaukler? Unter so vielen Menschen bist du auf jeden Fall sicherer als in diesem riesigen Zimmer.«

»Aber hier beschützt man mich.«

»Bei uns gerätst du gar nicht erst in Gefahr, weil dich niemand bei uns vermutet. Am Ende des Festes kannst du dich immer noch bei den Magiern melden, oder besser gesagt: abmelden, denn dann gehen wir wieder auf Reisen. Gemeinsam. Du gehörst jetzt zu uns Gauklern.«

»Ich weiß nicht. Meinst du wirklich?« Mira wischte sich ein paar Tränen fort, es gelang ihr sogar, zu lächeln.

»Na klar. Komm, wir hauen ab. Je eher, desto besser.«

Miras Augen weiteten sich. »Das können wir nicht machen.«

»Und ob wir das können. Du wirst schon sehen.« Rahia inspizierte das Fenster, um einen Weg nach draußen zu finden. »Bleib doch hier, wenn dir die oberflächliche Sicherheit der Magier mehr zusagt, als im bunten Treiben der Gauklerzunft unterzutauchen.«

Mira schwieg. Seufzend drehte Rahia sich zu ihr um. In ihrem Blick lag ein flehender Ausdruck. »Ich will zu meinen Leuten. Und ich wünsche mir, dass du mitkommst. Ich will Neuigkeiten erfahren, unbekannte Geschichten hören, den Barden die neuesten Geheimnisse entlocken. Ich will trinken, feiern, Spaß haben.« Sie atmete tief ein und stieß die Luft geräuschvoll aus. Dann wandte sie sich wieder dem Fenster zu. »Das kann ich nicht mit einer Magierin an der Backe. Wahrscheinlich sagt die um Mitternacht, wir sollen ins Bett gehen.«

Mira zögerte kurz, ehe sie einwarf: »Mitternacht ist aber ganz schön spät.«

Rahia fuhr herum, Entgeisterung im Blick. »Wie? Zur Mitternachtsstunde geht die Feier erst richtig los.« Miras unschuldiges Lächeln führte bei Rahia zu einem Augenrollen. »Also bist du dabei oder nicht?«

Zögerlich nickte Mira.

Ihre Freundin atmete laut auf. »Ausgezeichnet. Lass uns verschwinden. Ich habe auch ein paar *magische* Tricks auf Lager.«

Mira musste lachen, da Rahia das Wort »magisch« in die Länge zog, während sie mit den Händen einige Gesten vollführte. Wenige Augenblicke später hatten sie eine lebensgroße Puppe im Bett gebastelt und hangelten sich aus dem Fenster.

Eine Menschenmasse tummelte sich auf dem breiten Pfad. Mira bekam vor Staunen den Mund nicht mehr zu. Dieses bunte Treiben wirkte auf sie wie eine Traumwelt. Zusätzlich zu den Menschen aller Größen und Rassen fand sie zahlreiche andere Kreaturen und Lebewesen. Pferde mit menschlichen Oberkörpern, Zwerge und Zwergenfrauen mit ellenlangen Bärten, Riesen ... und zwischen all dem Getümmel schwirrten flinke geflügelte Wesen umher. Das mussten Feen sein. Mira hatte noch nie eine Fee gesehen. Wie schnell sie doch waren!

Schließlich erreichten sie den Hauptplatz des Fests. Unzählige Zelte, Wagen und Holzbuden säumten das ovale Gelände. Die zierlichen Rauchfähnchen der Kochfeuer schwängerten die Luft mit dem Duft verschiedenster Gerichte. Es roch nach Zimt, Anis, Zitronenminze, nach gegrilltem und gesottenem Fleisch, nach Gewürzwein und Bratäpfeln. Und über allem lag der Geruch vom Rauch der Feuerstellen.

Der Platz wurde dominiert von einer Bühne, auf der sich der Festausschuss platziert hatte. Ob der König gleich erscheinen würde? Mira hoffte es. Im Gedränge konnte sie kaum etwas erkennen, zu viele Leiber schoben sich in ihr Blickfeld. Rahia hatte ihr eingebläut, sich an ihrem Gürtel festzuhalten. Spätestens jetzt wurde ihr bewusst, warum ihre Freundin sie so eindringlich darum gebeten hatte.

Ein einziges Mal schaffte es ein Zentaur, sich zwischen sie zu schieben. Mira wollte gerade loslassen, als Rahia den Pferdemenschen barsch anfuhr: »He, pass auf, du Trampeltier!«

»Vorsicht bei deiner Wortwahl, junges Fräulein!«, entgegnete dieser ebenso patzig. »Ein Trampeltier ist ein Kamel.«

Drohend streckte Rahia ihm den Zeigefinger hin. »Eben!«

»Man sieht sich immer zweimal.« Schnaubend tauchte der Zentaur in der Menge unter.

Rahia zog Mira mit sich. Sie gelangten an ein Holzgatter, an dem zwei Wachposten in Uniformen der Stadtwache standen. Ihre frisch polierten Rüstungen glänzten in der Sonne, auf der Brust prangte das Wappen des Königs.

»Warum gehen wir nicht durch den Haupteingang?«, raunte Mira.

»Zu viele Magier.« Rahia trat sofort auf einen muskulösen Hünen zu, dessen ebenmäßige Gesichtszüge ein professionelles Lächeln zeigten, als er sie erblickte. »Hallo, schöner Mann. Wir erbitten Einlass ins Künstlerviertel.«

Der Hüne musterte beide Mädchen grinsend. »Hier wollen viele rein. Wer seid ihr zwei Hübschen denn?«

»Wir gehören zu Ruven Maléri.«

»Ruven Maléri? Der berühmte Gaukler, der bereits vor dem König spielte?«

Rahia streckte sich stolz. »Genau der. Wir sind: Rahia Misterioso und Mira die Weiße.«

Einen Augenblick schaute Mira sie entgeistert an. Bis eben hatte sie Rahias Nachnamen nicht gekannt – falls das überhaupt ihr echter Nachname war. Misterioso. Sie musste sich beherrschen, um nicht laut zu lachen.

Der Wachposten vollführte eine entschuldigende Geste. »Dann benötige ich trotzdem euren Freibrief.«

»Den haben wir leider nicht dabei«, sagte Rahia kleinlaut.

»So so. Wer sagt mir denn, ob ihr die Wahrheit sprecht?«

»Als ob wir lügen könnten ...« Rahia zwinkerte mit den Augen, und der Wächter lachte.

Doch er blieb eisern. »So gerne ich es täte: Ich darf euch ohne Freibrief nicht hereinlassen. Befehl von ganz oben.«

In diesem Moment ertönte Ruvens Stimme. »Hier. Hierher.« Mit schnellen Schritten kam er winkend herbei. »Sie gehören zu mir. Hier ist unser Freibrief.«

Der Mann las und deutete dann grinsend auf Mira. »Dann bist du also Unna Pupperschlag?«

Ruven schaute verlegen zu Boden. Mira nickte zögernd.

»Man spricht es *Unja* aus«, erklärte Rahia lächelnd.

Das Grinsen des Wächters wurde breiter, er schüttelte den Kopf. »Na dann, hereinspaziert ... *Unja*. Ich wünsche euch viel Vergnügen.« Er gab den Weg frei, und sie traten ein.

»Vielen Dank.«

Im Innenraum vor der Bühne befanden sich ausschließlich Gaukler. Diese Farbenpracht erinnerte Mira an die Blumenfelder von Tulapp, die sich im Herbst über eine Gegend zwischen ihrem Dorf und der grauen Steppe erstreckten. Die Kleidungsstücke übertrafen einander an Form und Farbe. Wesen in Laternenform schwebten vorüber, Drachenschlangen, bestehend aus mehreren Menschen, trippelten um sie herum. In diesem Moment vergaß Mira alle Sorgen der Welt. Ihre Probleme erstarben in einem Meer aus Masken, Federn und Stoffen. Die Rede des Königs floss an ihr vorbei, ohne dass sie ihn überhaupt genau erkennen konnte.

»Wo ist eigentlich Unna?«, bemerkte sie erst viel später.

Ruven unterbrach sein Gespräch. »Unna trifft sich mit einigen Köchen, seine zweite Leidenschaft.« Lachend widmete er sich wieder seinem Gesprächspartner.

Rahia und er kannten fast jeden auf dem Fest. Die Gaukler stellten Mira mehreren Männern und Frauen vor. Sie gaben sich Mühe, Mira in die Welt der Spielleute einzuführen. So raste die erste Hälfte des Tages zu schnell vorbei. Mira konnte vor Aufregung kaum ihr Mittagessen genießen.

Gegen Nachmittag trennte sich auch Ruven von ihnen, die beiden Mädchen zogen alleine weiter. Es dämmerte bereits, als überall an den Zelten und Buden Fackeln, Kerzen und tönerne Öllämpchen entzündet wurden. Die Anwesenden schlossen sich zu Gruppen zusammen, um die aufgebauten Tavernen und Schenken zu belagern. Die zahlreichen Barden begannen zu musizieren. Gelächter hallte über die einzelnen Plätze, getränkt mit Gesprächsfetzen. Vor allem aber verbreitete sich der süße Geruch von Freiheit, Lust und purer Lebensfreude. Nichts erinnerte an Tod oder einen unwirklichen Massenmörder, der Mira nach dem Leben trachtete.

Doch die Nacht hatte gerade erst begonnen.

XXXVIII
In der Schwärze der Nacht

Kyrian schlenderte über den Platz, der sich mit bunten und verrückten Kostümen füllte. Schnell fand er heraus, dass auch die Magier Verkleidungen trugen. Allerdings zeichneten sich diese meist durch dunkle Roben aus. Er selbst hatte eine neutrale Gewandung gewählt. So wurde er nicht von zu vielen Gauklern angesprochen und konnte sich frei bewegen. Auf einen Verschleierungszauber hatte er lieber verzichtet, die Gefahr, dass ihn ein Magier durchschaute, war zu groß.

An einem Gebäckstand verweilte Kyrian. Ein Duft zog ihm verlockend in die Nase. »Sind das Zimtkuchen?«, fragte er die zierliche Bäckerin.

»Jawohl, mein Herr. Die besten aus ganz Königstadt!«

»Dann nehme ich gleich zwei.« Er bezahlte, biss hinein und seufzte. »Beim leibhaftigen Larkarack, das sind wirklich die besten Zimtkuchen, die ich je gegessen habe.«

»Äh … Ja, nicht wahr?«

Er schob sich ein weiteres Stück in den Mund, um kein Gespräch führen zu müssen, und nickte der Verkäuferin, zum Abschied zu, die sich bereits dem nächsten Kunden widmete.

Von Zelt zu Zelt schlendernd betrachtete er die Waren. Als er aufsah, fiel ihm beinahe das letzte Kuchenstück aus der Hand. Stand da die weiße Magierin? Fast hätte er sie übersehen, so auffällig und doch so unscheinbar. War sie es? Auch wenn es nicht viele Menschen mit einer derart blassen Hautfarbe auf der Welt gab, weder in seiner Heimat noch auf Rodinia, fanden sich hier doch haufenweise geschminkte Gesichter.

Er trat neben einen Tisch mit Glaswaren, heuchelte Interesse und beobachtete das Mädchen. Die weißen Haare, die blassroten vollen Lippen. Was ihn vollends überzeugte, war die Farbe ihrer Augen. Ein leichter lila Schimmer lag darin. Kein Zweifel, sie war es!

Sie stand in einer Gruppe von Gauklern, eingehakt bei einem anderen Mädchen, das verschiedener von ihr nicht hätte sein können. Allein aufgrund ihrer braunen Haut.

Wie käme er an die weiße Magierin heran? Er inspizierte die Umgebung, konnte jedoch keinen Magier entdecken. War das ein gutes Zeichen? Als er sich umschaute, schlenderten die beiden Mädchen weiter. Er nahm die Verfolgung auf und ließ seine Gedanken schweifen. Dieses weiße Mädchen …

Kyrian griff sich mit der Hand an die Stirn. Sie musste eine Zauberin sein, sonst hätten die Robenträger ihre Tarnung längst aufgedeckt. Schließlich hatte sie ihn im Wald befreit. Und wahrscheinlich auch dafür gesorgt, dass nur wenige Wachen vor seinem Gefängnis standen. Sie hatte sich nicht zu erkennen gegeben, weil sie ständig von zu vielen Magiern umgeben war. Aber wer war dieses andere Mädchen? Etwa auch eine Magierin? Das alles ergab keinen Sinn.

Er musste dichter an sie herankommen. Eine Gruppe Zwerge schob sich ihm in den Weg; über ihre Köpfe hinweg sah er, wie die beiden Mädchen in eine Gasse einbogen. »Entschuldigung, dürfte ich mal …?«

Gerade, als Kyrian sich an einem Zwerg vorbeischob, bemerkte er die verkleidete Gestalt, die den beiden zielstrebig folgte. Der Mann, vollkommen in Schwarz, trug einen dreieckigen Hut auf dem Kopf und hob sich von den umstehenden, fast ausschließlich bunt gekleideten Festbesuchern ab. Eine weiße Porzellanmaske, deren Augen- und Nasenpartie mit goldenen Ranken verziert wurde, verdeckte sein Gesicht.

Verdammt. Das konnte nur ein Magier sein. Man traf sie überall. Er müsste also vorsichtig sein. Als er um die Ecke bog, waren die beiden Mädchen verschwunden, genau wie die verkleidete Gestalt. Kyrian ballte die Fäuste.

Der Abend rauschte an Mira vorbei, wie ein reißender Fluss. Da sie vom Abendessen gesättigt waren und der Wein seine wohltuende Wirkung verbreitete, suchten die beiden Mädchen sich ein ruhiges Plätzchen zum Verschnaufen. Vom Rand eines Mauervorsprungs aus beobachteten sie die winzigen Lichtpunkte der Feuer unter ihnen, die auf den einzelnen Festebenen rund um die Türme brannten. Mira stützte sich mit den Händen ab und sah zum Mond. Die bleiche Scheibe beleuchtete die Stadt, tauchte alles in einen silbrig glänzenden Schein. Er erinnerte Mira an ein mit Stoff überzogenes Bett.

»Mane ist hell und die Nacht dunkel.«

Mira schaute Rahia von der Seite an. »Welch Weisheit in deinen Worten.« Sie lachte, doch Rahia reagierte nicht.

Die Gauklerin blickte ebenfalls auf die silberne Scheibe. »Mane ist wunderschön. Manchmal träume ich davon, in einem Meer aus Licht und weißen Blumen und …« Rahia seufzte. »Dann möchte ich am liebsten fort von hier, fort aus dieser Welt.«

»Aber sonst geht es dir gut, oder?«

»Vielleicht leben irgendwann einmal Menschen da oben. Es muss märchenhaft dort sein. Alles ist aus strahlendem Silber.« Dann lachte auch Rahia. Ein fröhliches, unbeschwertes Lachen.

Wieder sah Mira zum leuchtenden Mane empor. Eine nachdenkliche Stille überdeckte alles. Wenn dieser Fremde sie hier fände, könnte Rahia sie beschützen? Oder ein anderer Gaukler? Die Angst kehrte zurück und fraß sich in ihren Kopf. Heimlich und doch jeden Gedanken verschlingend, bis Mira die Stille nicht mehr ertragen konnte. »Dieser Bralag erzählte mir, er sei ein Zauberer aus einer anderen Welt.« Mira seufzte. Ihre Stimme war nur ein Flüstern.

Automatisch flüsterte Rahia ebenfalls. »Wer?«

»Na, dieser Fremde, der mich …« Sie verstummte.

»Das glaube ich nicht. Zauberer gibt es ausschließlich in alten Sagen und Legenden.«

»Ich weiß nur von Magiern.«

»Du hast noch nie von den Zauberern gehört? Ach, komm schon. Jedes Kind kennt die Sagen über ihre Grausamkeiten. Es sind herzlose Monster, die alle Wesen töten, die ihnen nicht dienen. Sie glaubten einst, sie könnten sich über die Götter stellen, doch der Zorn des Gottvaters Mahnwa und das Einwirken der Magier haben sie vernichtet und über den Rand der Welt hinausgeschleudert. Im absoluten Nichts schmoren die Zauberer nun in der Hölle. So steht es geschrieben.« Als Rahia Miras entsetztes Gesicht sah, fügte sie hastig hinzu: »Ich wollte dir keine Angst machen. Das sind nur Geschichten.«

Der Platz hinter ihnen füllte sich. Gelächter paarte sich mit Stimmengewirr, erklomm die Wiese in Gestalt einer Gruppe Gaukler. Sie ließen sich nieder und winkten sie zu sich. Ein Mann in einer rotgelb gestreiften Hose hielt ihnen einen Tonkrug hin. Sein nackter, im Mondschein glänzender Oberkörper roch nach Rosenwasser. »Lasset den Krug im Sonnenlauf kreisen«, rief er.

Mira nippte an dem honigsüßen Getränk. Rahia hingegen nahm einen tiefen Zug, trocknete sich mit dem Ärmel den Mund und gab den Krug einem angetrunkenen Mann.

»Zauberer, Magier, alles Verbrecher! Die können mir gestohlen bleiben«, griff Rahia das Gespräch wieder auf.

»Hm, ich weiß nicht. Sollte man nicht jedes Wesen zuerst kennenlernen, bevor man über seinen Charakter urteilt?«

»Ja, genau!« Rahia lachte prustend. »Du gehst zu einem hungrigen Drachen und sagst: ›Guten Tag, Herr Drache, ich bin Mira und ich denke, Sie sind so nett und fressen mich nicht.‹«

»Das ist doch etwas ganz anderes. Drachen sind Tiere. Diese Zauberer waren auch Menschen, oder?«

»Die Frage ist, was sind sie *jetzt*? Dämonen? Auf jeden Fall sind sie nicht besser als diese Magier.«

»Rahia! Wie kannst du das nur sagen?« Mira riss die Hand vor den Mund.

»Wieso? Ich bin kein Freund der Magier, das können die ruhig wissen.« Als sie Miras erschrockenes Gesicht sah, erklärte sie: »Ich setze kein Vertrauen in sie. Sie haben mir damals nicht geholfen und werden es auch heute nicht tun. Aber das ist Vergangenheit. Ich will uns damit nicht den Abend verderben.«

Vielleicht war es der viele Wein, die milde Abendluft oder ihre Stimmung, bedingt durch die bunten Lichter und die

Gerüche, die Mira auf den Gedanken brachten. »Ich weiß nicht. Vielleicht hatten sie einen Grund für das, was sie taten. Genau wie dieser Fremde.«

Rahia schüttelte den Kopf. »Du spinnst. Echt. Du bist zu gut für diese Welt.«

»Nein, wirklich. Ich finde, ich sollte den ... den Dings mal kennenlernen, um ihn zu verstehen. Dann kann ich mir eine eigene Meinung über ihn bilden … hm.« Mira verstummte.

»Sag mal, lallst du? Du bist doch betrunken. Außerdem wirst du danach niemandem mehr von deiner Meinung erzählen können. Dann bist du höchstwahrscheinlich tot.«

»Rahia …«

»Zerstückelt und in Scheiben.«

»Ach, Rahia. Hör auf.«

»Gebraten und geröstet …«

Mira stöhnte auf.

»… auf ein Brot gestrichen.« Rahia machte grinsend ein hackendes Messer nach.

»Ich gebe mich geschlagen.« Mira hielt sich kopfschüttelnd die Hände vor die Augen.

Das Gelächter einer Gruppe Jongleure erregte ihre Aufmerksamkeit. Mehrere Menschen und andere Lebewesen genossen inzwischen die fantastische Aussicht über die Stadt. Ein Pärchen küsste sich voller Leidenschaft im Mondlicht, ein Gaukler jonglierte mit verschiedenen Früchten, wobei er diese während des Kunststücks Stück für Stück verzehrte.

Eine weißgoldene Maske stach in der Dunkelheit aus der Ansammlung der Anwesenden hervor. Mira fröstelte. Sie fühlte sich mit einem Male beobachtet. »Es wird zu voll hier. Lass uns was zu trinken holen.«

Die Mädchen sprangen auf und wandten sich der Stadt zu, wobei Rahia fast mit einem Betrunkenen zusammengestoßen wäre. »Pass doch auf! Komm, Mira, wir gehen.«

Der Mann lallte ein »Tschulligung!«, und wankte davon.

Der Platz, auf dem die Mädchen sich niedergelassen hatten, bot einen herrlichen Ausblick über die Stadt. Aber die Aussicht wollte Kyrian nicht genießen. Er wollte die weiße Magierin. Zum zweiten Mal am selben Tag hatte er sie entdeckt. Doch wie sollte er an sie herankommen?

Eine Weile beobachtete er sie aus der Dunkelheit. Nachdem er sich vergewissert hatte, dass er unbemerkt blieb und auch die weiße Maske ihn nicht beachtete, konzentrierte er sich auf die Verbesserung seines Gehörs. So konnte er beide Frauen aus der Entfernung bei ihrem Gespräch belauschen. In diesem Licht sah niemand, wie das Gras zu seinen Füßen grüner wurde, da er die Energie nutzte, die er für den Zauberspruch benötigte.

Nach einer Weile schlich sich ein Lächeln auf sein Gesicht. Die weiße Magierin verteidigte tatsächlich die Zauberer, ohne sie zu kennen. Dieser Gedanke bestärkte ihn in dem Glauben, dass sie über die Fähigkeiten einer Zauberin verfügte. Er musste näher an sie heran, mit ihr sprechen.

Eine Gruppe Jongleure erschien auf dem Platz, lachte und zog die Aufmerksamkeit auf sich. Die ideale Gelegenheit. Kyrian tat angetrunken, schwankte leicht und hängte sich an einen Mann mit einem Tonkrug, der den beiden Mädchen etwas zu trinken anbot. Die Dunkelhäutige trank und drückte diesen Krug unversehens in Kyrians Hände. Er tat, als nähme er auch einen Schluck, und reichte das Getränk weiter.

»Sollte man nicht jedes Wesen zuerst kennenlernen, bevor man über seinen Charakter urteilt?«, sagte die Hellhäutige. Die andere lachte.

In diesem Moment fiel Kyrian erneut der Mann mit dem Dreispitz und der weißgoldenen Maske auf. Ein Zufall? Er glaubte nicht an Zufälle. Er beobachtet also ebenfalls die weiße Magierin. Aber wer war er?

Der Krug hatte den Mann mit der Maske erreicht, doch er trank nicht. Und mit einem Mal wurde es Kyrian klar, als er die Gestalt ein paar Worte murmeln sah, die die Luft zum Knistern brachten. Der ihm angebotene Krug erreichte nicht einmal seine Lippen, trotzdem hatte es den Anschein, er hätte getrunken. Dann glitt der Krug zurück in die Hand des Gebers, der fortging, ohne etwas zu bemerken. Einem Normalsterblichen wäre es entgangen, Kyrian jedoch erkannte die Energieentnahme. Dieser Mann war eindeutig ein Magier.

Kyrian drehte sich um und prallte mit der Dunkelhäutigen zusammen.

»Pass doch auf! Komm, Mira, wir gehen.«

Nein, nein, nein. Er hatte nicht gemerkt, dass sie sich erhoben hatte. »Tschulligung«, lallte er und wankte zur Seite.

Verdammt … nur keine Hast. Seine Gedanken rasten. Wenn der Magier ihn entdeckte, würde seine Tarnung auffliegen, dann könnte er die Sache mit dem Buch vergessen. Ärgerlich, dass er nicht an die weiße Magierin herankam. Aber immerhin kannte er jetzt ihren Namen. *Mira, ich finde dich!*

XXXIX
Schlägereien und zu viel Wein

Rahia und Mira begaben sich in ein riesiges Festzelt. Tanzende im Rausch der Musik, der Geruch von Bier, Gewürzwein und Rauch umarmte sie. Ein Feuerspucker hielt die Zuschauer in Atem, die Masse johlte. Zwei Akrobaten jonglierten mit Tonbechern, die sie sich im steten Rhythmus unter den Flüchen der Bedienung zuwarfen. Die Mädchen drängelten sich zum Ausschank und bestellten würzigen Wein. Mira trank viel, sie wollte einfach nur vergessen. Allerdings versuchte sie gar nicht erst, bei Rahias Tempo mitzuhalten. Diese Gauklerin vertrug eine ganze Menge und wirkte, als wäre der vergorene Honig nichts weiter als Birkenwasser.

Als die Musiker eine Pause machten, kehrte Rahia gerade von der Theke zurück. Sie trug zwei Becher einer anderen Farbe als die, die sie zuvor zurückgebracht hatte.

Mira sog den honigsüßen Duft ein. »Oje, noch mehr Met.«

Rahia lachte. »Andere Farbe, anderes Getränk. Das ist Fruchtsaft. Du sollst doch noch den Sonnenaufgang erleben.«

Mira nahm einen Schluck, lehnte sich an einen Tisch und sah in die Runde. Sie stieß Rahia an und deutete in die gegenüberliegende Ecke des Zelts. »Sieh mal, da drüben.«

Ein Zentaur inmitten einer Gruppe Zwerge trippelte von einem Bein auf das andere. Er wirkte gehetzt.

»Er wird bedroht«, stellte Mira fest.

»Hä? Was kümmert uns das?«

Mira schaute in Rahias Gesicht, doch die drehte sich weg. »Das ist aber unfair. Nun guck doch. Sie sind zu … vier, fünf … zu sechst, und der Pferdemensch ist alleine.«

»Und? Lass uns woanders hin, ja? Die Musik pausiert eh.«

»Oje. Sie haben einen Riesen dabei.«

»Zwerge, Riesen, na toll.« Rahia spähte abwesend zum Ausgang. »Ich habe keine Lust mehr, hierzubleiben.«

Der Zentaur wurde von dem Riesen in den Schwitzkasten genommen, während die Zwerge anfingen, ihn zu boxen und seine Hinterläufe festzuhalten.

Mira ließ sich nicht abbringen. »Wir müssen dem Pferdemann helfen.«

»Bin ich verrückt. Hilf du ihm doch.«

Mira ballte die Fäuste, atmete tief ein und wieder aus. Ein und wieder aus. Dann drehte sie sich um, aber Rahia stand nicht mehr neben ihr.

Wo war ihre Freundin geblieben, die in langen Winternächten Geschichten über Gerechtigkeit erzählt hatte? Sollte Mira es allein wagen? Sie hatte viel von den Gauklern gelernt, auch, wie sie sich selbst verteidigte. Ihr Herz schien in der Brust zu zerspringen. Es hämmerte wild gegen ihre Rippen, als wollte es die Knochen zertrümmern, um auszubrechen.

Sie atmete ein letztes Mal durch, dann schritt sie mit erhobenem Haupt und geballten Fäusten auf den Riesen zu und blieb vor der Gruppe stehen. »Entschuldigung. Ich finde das ziemlich gemein. Ihr seid …«

Ein Stimmengewirr prasselte auf Mira hernieder, weil vier Zwerge gleichzeitig zu reden begannen.

»Was willst *du* denn …?«

»Wer bist du überhaupt …?«

»Misch dich nicht ein …!«

»Das ist unsere Angelegenheit …!«

Aber alle vier Kommentare endeten mit einem Wort, das die Zwerge gemeinsam riefen: »… SCHNEEFLOCKE!«

Mira riss den Mund auf, was das allgemeine Gelächter um ein Vielfaches verstärkte. Selbst der Riese, der mit seinem Sabberfaden am Mundwinkel ziemlich dümmlich wirkte, stieß ein Glucksen aus und hielt sich den Bauch. Dafür jedoch musste er den Zentauren loslassen, der sogleich keuchend nach Luft schnappte und seine Chance nutzte. Langsam wich er zurück.

Die Zwerge schien das nicht zu interessieren, denn nun umkreisten sie Mira, zupften und zerrten an ihrem Kleid herum. Dabei lachten sie meckernd. »Wen haben wir denn hier?«

Mira schaute sich hilfesuchend um und sah gerade noch, wie der Pferdemensch sich aus dem Zelt schob. Von Rahia war ebenfalls keine Spur zu entdecken. Na wunderbar!

»Lässt sich diese Angelegenheit auch friedlich regeln?«, versuchte es Mira erneut.

Ein rotbärtiger Zwerg grinste. »Na klar, Puppe. Als Erstes tanzt du ein wenig für uns.«

Ein anderer Zwerg holte eine Fidel hervor, ein dritter eine Maultrommel. Die restlichen packten Miras Hände und wirbelten sie zum Riesen, der ihre Hüften umfasste. Mit der Drehung kam der Schwindel.

»Auf–hö–ren …«

Sogleich stoppte der Riese, nur um daraufhin in die entgegengesetzte Richtung zu schwenken. Durch das allgemeine Gelächter drang die Stimme des Rotbärtigen: »Na? Wo ist denn jetzt dein Hengst, die alte Mähre?«

Ein mehrstimmiges Wiehern ließ die Zwerge erstarren. »Suchst du mich? Mit Freunden kann auch ich dienen.«

Mira wurde losgelassen, wirbelte ein letztes Mal herum und stürzte. Ihr Fall wurde aufgehalten, als sie in den Armen des einen Zentauren landete. Die Zwerge stoben, durch Huftritte fortgejagt, in alle Richtungen davon.

Als der Pferdemann Mira anlächelte, legte ihr Herzschlag an Geschwindigkeit zu. »Ich wollte mich für deine Hilfe bedanken. Das war sehr mutig. Darf ich dich zu einer Portion Heu einladen?« Er grinste von einem Ohr zum anderen. »Oder lieber zu einem Getränk deiner Wahl?«

Mira musste ebenfalls lächeln. »Oh … vielen Dank. Das ist sehr freundlich … später vielleicht.«

Der Zentaur half Mira auf die Beine, sie rückte ihr Kleid zurecht. Dabei ließ sie ihren Blick durch das Festzelt schweifen.

»Wenn du deine Freundin suchst, das dunkelhäutige Mädchen: Ich sah sie hinausgehen. Sie wirkte ziemlich ängstlich.«

»Rahia? Die ist doch nicht ängstlich.«

»Wenn du das sagst. Ich danke dir jedenfalls noch einmal. Falls du mal Hilfe brauchst, dann ruf einfach nach Hektor.« Er nickte Mira augenzwinkernd zu und trabte zu seinen

Pferdefreunden. Die Röte schoss ihr ins Gesicht, als sie den nackten Rücken des Zentauren betrachtete. Eilig verließ sie das Zelt.

Rahia lief vorm Eingang auf und ab und kaute an den Fingernägeln. Als Mira hinauskam, stürzte Rahia zu ihr und umarmte sie stürmisch. »Ich habe mir solche Sorgen gemacht.«

Mira schob sie ein Stück von sich. »Was war das denn da drinnen? Warum hast du mir nicht geholfen. Ich dachte, du heckst einen Plan aus … und was ist? Nichts ist. Du stehst hier gelangweilt rum. Hast du nicht erzählt, du bist so eine tolle Draufgängerin.«

Rahia sah zu Boden. »Ich … das war was ganz anderes.«

»Wie? Was anderes? Der Zentaur hat behauptet, du hättest Angst.« Mira legte den Kopf schief. Als ihre Freundin schwieg, riss sie die Augen auf. »Du *hattest* Angst. Aber wovor?«

In diesem Moment öffnete sich die Zeltplane, zwei Zentauren stolzierten freundlich nickend an den beiden Mädchen vorbei. Rahia zuckte unmerklich und wich einen kleinen Schritt zur Seite.

Mira deutete auf die Pferdemenschen, dann auf Rahia. Die Erkenntnis entlockte ihr ein Lachen. »Du hast Angst vor … vor Pferden?«

Die Gauklerin zog die Mundwinkel schmollend nach unten. »Nicht wirklich … also … ich …« Sie verstummte und kniff die Lippen zusammen.

Mira prustete los.

»Lach nicht«, rief Rahia. »Ja, ich habe Angst vor Pferden. Weil sie … sie sind unberechenbar, und sie machen, was sie wollen. Und außerdem sind sie … sehr groß.«

»Ich fass es nicht. Du hast Angst vor Pferden, aber vor unserem Moropus, der doppelt so groß und stark wie ein Bär ist und dabei wie ein Pferd ausschaut, hast du keine Angst?«

»Nicht so laut. Es muss ja nicht die gesamte Gauklerzunft mitbekommen«, zischte sie. »Und überhaupt: Unser Moropus ist längst nicht so eigenwillig wie ein Zentaur.«

»Natürlich nicht. Zentauren sind halbe Menschen, sie sprechen unsere Sprache. Und du kannst ihnen sagen, was dir nicht passt. Dann verstehen sie dich und respektieren dich weitestgehend.«

»Ach, diese Pferdemenschen sind noch schlimmer. Die kann ich gar nicht einordnen. Die grinsen dich an und ... lügen dir ins Gesicht. Hör auf zu lachen! Das ist nicht komisch.«

»Ist es doch ...«, brachte Mira hervor.

»Können wir woanders hin?«, fragte Rahia ungeduldig.

Mira umarmte sie. »Ja. Wir gehen jetzt woanders hin. Zu den Stallungen?«

»MIRA!«

Schallendes Gelächter begleitete Rahia auf dem weiteren Weg.

In diesem Moment bog eine Gruppe Zwerge um die Ecke. »Da sind ja die Schnepfen!«

Mira rannte hinter Rahia her, dicht gefolgt von den wütenden Zwergen, die den beiden Mädchen wilde Flüche zuriefen. Als sie um eine Straßenecke bogen und mit einer Gruppe zusammenstießen, wurde ihre Flucht jäh unterbrochen, ein Tumult brach aus.

Wie aus dem Nichts erschienen Magier. Augenblicklich erfasste ein gleißendes Licht die gesamte Gruppe. Ein Band legte sich um alle Anwesenden und schnürte sie zusammen.

»Was ist hier los?« Ein Kriegermagier in dunkelgrüner Robe baute sich vor den Mädchen auf. »Nun? Ich höre. Was bedeutet der Aufruhr?«

Von den Bewahrern der Ruhe umstellt, brabbelten die Zwerge wild durcheinander. Und Rahia tat es ihnen gleich. Aus dem Stimmengewirr kristallisierte sich eine Frage heraus, die definitiv von keinem Zwerg gestellt worden war. »He, ist das nicht das gesuchte Mädchen?«

Mira erstarrte. Das Blut raste durch ihre Adern, der Wein verflüchtigte sich innerhalb eines Wimpernschlags. Sie ergriff Rahias Hand. Erst als diese vor Schmerzen aufschrie, lockerte Mira den Druck.

»Wir sollten Meisterin Valhelia verständigen«, sagte eine andere Stimme.

Das Licht schwächte sich unvermittelt ab, als eine hochgewachsene Gestalt erschien, das Gesicht von einer weißgoldenen Maske verdeckt. Auf ihrem Kopf saß ein Dreispitz. Mira wollte schreien, doch die Angst schnürte ihr die Kehle zu. War das der fremde Zauberer? Hatte er sie gefunden?

»Das wird nicht nötig sein. Es ist alles unter Kontrolle.« Der Unbekannte lupfte seine Maske. Sofort verbeugten sich die Bewahrer der Ruhe.

»Meister Bralag, wie … was?« Der wachhabende Kriegermagier wirkte im flackernden Fackelschein sichtlich blass. »Wir konnten ja nicht ahnen, dass Ihr auf einem … auf diesem Fest anzutreffen seid.«

»Das ist das Schöne an unverhofften Begegnungen. Aber in Wahrheit habt ihr mich nicht getroffen. Ich verlasse mich auf eure Verschwiegenheit.« Bralag lächelte humorlos. »Ein Wort zu Meisterin Valhelia, und ihr verrichtet für den Rest eures Lebens Dienst im Sonnenturm am Rand der Wüste.«

Der Wortführer der Magiergruppe schluckte. »Was sollen wir mit ihnen machen?« Er deutete auf Mira, Rahia und die Zwerge, die sich noch immer umringt von Magiern sahen.

»Nehmt die Zwerge in Gewahrsam. Lasst sie ausnüchtern. Um die Mädchen kümmere ich mich.«

»Sehr wohl.« Der Mann nickte und rief seinen Kameraden zu: »Ihr habt gehört, was Meister …« Er verstummte, als er Bralags kalten Blick auf sich spürte, dann gab er einen knappen Befehl. »Nehmt die Zwerge mit. Abmarsch.« Er verbeugte sich, während die Bewahrer der Ruhe die laut protestierenden Gefangenen abführten.

Lächelnd wandte Bralag sich zu Mira um. »Unter den gegebenen Umständen sollte dich ganz Königstadt suchen. Immerhin hast du dich ohne Erlaubnis aus deinen Gemächern entfernt.«

»Es … es tut mir leid«, stammelte Mira.

Doch Rahia sprang für sie ein. »Es war nicht ihre Schuld. Ich habe sie dazu überredet. Muss Mira jetzt zurück? Sie war doch noch nie auf solch einem Fest.«

Erneut lächelte Bralag unergründlich. Ein Gegenstand glitt in seiner Hand spielerisch hin und her. »Ich hatte gehofft, es ließe sich vermeiden, aber mit eurem Auftreten macht ihr es einem schwer, euch nicht in Gewahrsam zu nehmen. Ihr solltet euch vielleicht ein wenig ...«, er verzog den Mund zu einem Schmunzeln, »... unauffälliger verhalten. Und damit meine ich nicht, eine Schlägerei anzuzetteln.«

»Aber die haben angefangen«, entgegnete Rahia.

»Ah, ah, ah, ah!« Bralag schaute sie mit erhobenen Augenbrauen an und schüttelte den Kopf.

Mira fuhr fort: »Ihr nehmt mich nicht mit? Was wird Meisterin Valhelia dazu sagen?«

»Das lasst meine Sorge sein. Die einzige Bedingung: Du musst dich bis morgen Abend bei mir melden, und nur bei mir. Bei keinem anderen.«

Fragend sah Mira zu ihrer Freundin, die unmerklich mit den Schultern zuckte und nickte.

Bralag zog ein Pergament in der Größe zweier Handflächen aus der Tasche. »Das ist für dich. Falls ihr erneut in Schwierigkeiten geratet oder Meisterin Valhelia über den Weg lauft, zeigt einfach dieses Dokument vor. Dort ist alles vermerkt. Und bis dahin: Vergnügt euch!«

Rahia umarmte Mira freudestrahlend.

»Ach ja, das hier habt ihr verloren«, meinte Bralag beiläufig.

Mira starrte einen Beutel an. »Das ist nicht unser. Vielleicht gehört er einem Zwerg?«

Rahia schlug ihr gegen den Arm.

»Wie dem auch sei. Wenn er der Zwergengruppe gehörte, so seht es als Belohnung für die Wiederherstellung der Ruhe an. Oder ihr gebt ihn am nächsten Kontrollposten ab. Ich darf das nicht machen. Das käme ja einer Bestechung gleich.« Zwinkernd warf Bralag das Säckchen zu Rahia, die es mit einer raschen Bewegung aus der Luft fischte. Ein Klimpern erklang. »Ich wünsche euch einen angenehmen Abend.« Er setzte seine Maske wieder auf, nickte den beiden zu und tauchte in der Menschenmenge unter.

Mira schaute Rahia an. »Das Geld geben wir ab, oder?«

Ire Freundin lachte, während sie die Münzen zählte. »Spinnst du? Das sind elf, zwölf … zwölf Silberstücke und eine Menge Kleingeld. Wir sind reich!«

»Aber wenn es den Zwergen gehört?«

Rahia tippte gegen Miras Oberarm, an jene Stelle, wo die Pranke des Riesen einen blauen Fleck hinterlassen hatte.

»Aua.«

»Genau«, sagte Rahia. »Sieh es als Schmerzensgeld an. Das ist ja wohl das Mindeste von diesen miesen Kerlen. Los, ich hab Durst nach der ganzen Aufregung. Lass uns feiern gehen!«

Mira rieb sich ihren Arm und nickte. Die Nacht war noch lange nicht vorbei.

Erst als der Morgen graute, legten die beiden Mädchen ihre Schlafgewänder an. Rahia ließ sich aufs Bett ihres Kutschwagens plumpsen.

»Ich weiß nicht«, warf Mira ein. »Wir haben doch ein prunkvolles Zimmer bekommen.«

»Was gibt es Schöneres als die eigenen vier Wände?« Lächelnd zog Rahia Mira zu sich. »Bleib hier. Alleine werde ich frieren. Außerdem: Mit wem soll ich mich bis zum Morgengrauen unterhalten?«

»Es wird bereits hell draußen.« Mira kicherte. »Danke«, flüsterte sie. Die beiden kuschelten sich aneinander.

»Wofür?«

»Für den wunderbarsten Tag meines Lebens. Schlaf gut.«

Miras Gesicht befand sich einen Fingerbreit von Rahias entfernt. Sie spürte deren süßlichen Atem, roch den Duft ihres Haares. Rahia streckte den Kopf vor. Unversehens trafen sich ihre Lippen. Sie waren warm und samtig weich und schmeckten nach Waldbeeren, was wohl am Fruchtwein lag. Ein Gutenachtkuss, der entschieden zu lange anhielt. Doch das war Mira in diesem Moment egal. Sie ließ es geschehen. Alles erstrahlte bunt und die Welt drehte sich …

XL
Nach dem Fest ist vor dem Fest

Bis zum Mittag schlief Mira. Als sie endlich von einem grellen Lichtschein geweckt wurde, wusste sie im ersten Moment nicht, wo sie sich befand. In ihrem Schädel schienen Steinmetze einen überdimensionalen Felsblock zu misshandeln.

Sie lag alleine im Bett. Nackt. Hitze schoss in ihre Wangen. Was war in der vergangenen Nacht noch passiert, oder besser gesagt, vor ein paar Stunden? Schnell warf sie sich ihr Nachthemd über und schlurfte hinaus.

»Guten Morgen, Prinzessin«, rief Ruven.

»Was? … Morgen.«

»Du hast bei der hiesigen Gauklerzunft einen Eindruck hinterlassen, mein lieber Herr Gesangsverein!«

»Ich habe was? Oh, bei Hestinia …« Mira rieb sich die pochenden Schläfen. »Hab ich mich schlecht benommen?«

»Schlecht benommen? Im Gegenteil. Alle Welt verlangt nach dir. Das geht heute Morgen zu wie in einem Taubenschlag. Du bist eingeschlagen wie der Stein eines Trollwurfs!« Ruven streckte einen Arm zum Himmel.

»Was? Wovon redest du?«

»Na, du hast heute bereits vier Verabredungen. Jeder will mit dem *liebreizenden Neuzugang* meiner Truppe ausgehen. Ich habe vorerst alles offengelassen.«

Mira rieb sich übers Gesicht und versuchte, ihre Haare zu ordnen. »Wer …?«

»Als da wären: Parcival, der Schöne. Er war hier und hat sich nach deinem Befinden erkundigt. Der berühmte Tanzmeister Wilmo von Kammrath lässt anfragen, ob du zum Tanz ausgehen willst. Falls du dich erinnerst, du hast gestern Abend angeboten, ihm ein paar Originaltänze der Landbevölkerung beizubringen.« Ruven lachte, als er Miras Gesichtszüge entgleisen sah. »Dann war da noch Ronaldo von Zunderschwamm, ein Feuerspucker und Jongleur. Ein Angeber, wenn du mich fragst.« Er stieß einen verächtlichen Laut aus. »Ach ja, so ein Pferdemensch erschien auch. Er meinte, es stünde noch eine Ladung Heu aus. Wie hieß er gleich …?«

»Hektor?«

»Hektor, richtig. Du gehst aber ran.«

Mira vergrub ihr Gesicht in den Händen. »Ich brauche erst mal einen Schluck Wasser.«

Auf einmal ergoss sich ein Schwall eiskalten Wassers über ihren Kopf, sie schrie aus Leibeskräften: »RAHIAAAAA!«

Lachend ließ ihre Freundin den Eimer fallen und rannte davon, verfolgt von einer völlig nassen Mira.

Später, als die beiden Mädchen vor dem Wohnwagen saßen und Brot mit Schinken verspeisten, suchte Mira in ihren lückenhaften Erinnerungen nach Antworten. Es fehlte ein ganzes Stück vom vergangenen Abend, sie sah verlegen zu Boden. Dann aber fragte sie Rahia doch, so leise, dass es niemand sonst hören konnte: »Haben wir …?«

Rahia zog die Augenbrauen hoch und grinste breit. »Haben wir was?« Sie nippte an einem Becher Wein und schaute unschuldig zum Himmel.

»Na, du weißt schon.«

»Was? Du erinnerst dich nicht?« Die Gauklerin tat erschrocken.

»Mach dich nicht lustig über mich! Dass ist eine ernst gemeinte Frage.« Mira schoss das Blut in die Wangen.

Rahia lachte in ihrer fröhlichen Art und fasste sie bei den Schultern. Sie blickte ihr in die Augen. »Nein, wir haben nichts miteinander getrieben. Das würdest du wissen.« Sie zwinkerte ihr zu. »Wir haben uns nur geküsst. Ein Gutenachtkuss, das war alles.« Ein breites Grinsen zog über ihr Gesicht.

»Weshalb glaube ich dir nicht?«, murmelte Mira.

Rahia verdrehte die Augen. »Gut, wir haben ein wenig mehr geknutscht. Sonst nichts. Wirklich!« Murmelnd fügte sie hinzu: »Obwohl ich nichts dagegen gehabt hätte.«

»Oh, wie peinlich. Es tut mir leid …«, jammerte Mira.

»Warum? Du küsst sehr gut und bist eine attraktive Frau.«

»Rahia!« Mira errötete stärker. »Ich will einen Mann abbekommen … Wenn du verstehst, was ich … also …«

Die Gauklerin lachte wieder, runzelte aber zugleich die Stirn. »Wir müssen ja nicht gleich heiraten«, sagte sie. Ihr Blick glitt zu Ruven, der im Feuer stocherte. »Ich will auch eine Familie … eine eigene Familie mit Kindern. Irgend- wann. Obwohl es mir jetzt unvorstellbar erscheint. Ich habe noch so viel vor im Leben. Später einmal besitze ich ein eigenes Theater. Das kannst du mir glauben«, fügte sie hinzu.

»Ich wollte dich nicht kränken. Ich mag dich sehr.«

Rahia grinste. »Ich dich auch. Was machen wir heute Abend?«

Die Mädchen erstarrten, als sie eine weibliche Stimme vernahmen. »Ich schätze, der Abend ist vorbei.« Valhelia trat hinter dem Wohnwagen hervor. Fünf Magier begleiteten sie. »Mirabella Hafermann, was hast du dir dabei gedacht? Du steckst in ganz schönen Schwierigkeiten. Du hast dich unerlaubt aus dem Magierturm entfernt, dich auf diesem Fest herumgetrieben und dich damit ungeahnten Gefahren ausgesetzt. Noch schlimmer, wie ich vernahm, hast du eine Schlägerei angezettelt.«

Angst mischte sich mit Wut bei Mira. »Hab ich gar nicht. Die Zwerge haben angefangen!«, antwortete sie, das Kinn trotzig vorgereckt. Diesmal gäbe sie nicht klein bei.

Val lächelte abfällig. Schnüffelnd trat sie einen Schritt vor. »Habt ihr etwa getrunken?«

»Nein … nicht viel.« Mira bemühte sich, einen der Situation angemessenen ernsthaften Ton anzuschlagen, während Rahia prustend ihr Wasser auf dem Boden verteilte und sich in einer Mischung aus Husten und Lachen krümmte.

Valhelia bedachte sie mit einem wütenden Blick. Ihr Gesicht nahm eine leicht rötliche Färbung an, woraufhin Mira das Pergamentstück hervorzog und Valhelia reichte.

Die Magierin starrte darauf. »Was ist das?«

»Lest es, bitte.«

»Du willst mir doch nicht erzählen, dass ein Bauernmädchen lesen kann.«

Rahia hatte sich so weit beruhigt, dass sie antworten konnte. »Ich habe es gelesen. Lesen ist in meinem Berufszweig erforderlich, will man vor dem König auftreten; und wir sind bereits vor dem König aufgetreten.«

Jetzt eilte Ruven herbei. »Verzeiht das ungebührliche Benehmen der Mädchen. Auch ich las dieses Freidokument, werte Meisterin.«

Mit jedem Satz, den Valhelia überflog, nahm die Rötung in ihrem Gesicht an Intensität zu. Ihre Hände zitterten leicht, doch sie gab Mira das Pergament zurück. »Bralag«, zischte sie, die Fäuste geballt. »Das wird ein Nachspiel haben.«

»Wir sind nur einmal im Jahr in Königstadt.« Ruven sprach leise, dennoch vernahm Mira seine Worte. »Also bitte, Meisterin, gönnt den beiden ihren Spaß. Mira ist das erste Mal in ihrem Leben auf diesem Fest. Wer weiß schon, wann sie das nächste Mal eine Gelegenheit dazu bekommt?«

Valhelia starrte einen Augenblick schweigend in Ruvens Gesicht. Dann lächelte sie milde. »Ich bin doch nur um ihr Wohl besorgt.«

»Wir versprechen, wir lassen sie nicht aus den Augen. Wir sind eine große Familie.«

Valhelia hob drohend den Zeigefinger. »Ich mache Euch, Ruven Maléri, mit Eurem Leben dafür verantwortlich, wenn ihr etwas zustößt! Mirabella hat sich jeden Tag im Magierturm zu melden. Meisterin Valhelia ist mein Name. Merkt ihn Euch gut.« Dann wandte sich Val um. Über die Schulter gewandt sagte sie: »Auch wir behalten Mirabella im Auge.« Damit stürmte sie los.

»Was sollte das denn?«, fragte Rahia. »So eine blöde Kuh.«

Mira knetete ihre Hände. »Du hättest sie nicht reizen dürfen.«

»Wieso? Sie hat angefangen, uns den Spaß zu verderben.«

»Ihr beide solltet wirklich ein wenig mehr auf euch achtgeben«, mahnte Ruven. »Noch so ein Vorfall und wir landen alle im Kerker.«

»Ach, die soll sich mal nicht so haben.«

Mira setzte ein erwartungsvolles Lächeln auf. »Was machen wir jetzt?«

Ruven seufzte, musste jedoch schmunzeln. »Du freust dich, nicht wahr?«

Mira warf ihren Kopf in den Nacken. Befreit von der Last einer Standpauke oder von Schlimmerem riss sie die Arme in die Luft und rief laut in den blauen Himmel hinein: »Ich bin der glücklichste Mensch der Welt!«

»Na, dann warte mal den Kater morgen früh ab.«

»Wir nehmen eine Katze mit auf die Reise?«

»Das meint sie nicht ernst, oder?« Ruven zog die Augenbrauen hoch, während Rahia vor Lachen zusammenbrach.

»Was?« Mira zuckte mit den Schultern.

»Du wirst morgen einen dicken Kopf haben. Einen Kater!«, erklärte Ruven.

In Mira arbeitete es einen Augenblick, dann verstand sie den Scherz. »Ach so! Einen *Kater*!« Sie lachte auf und fügte grinsend hinzu: »Das ist mir egal.«

»Trotzdem! Ihr solltet nicht so viel trinken oder von Zeit zu Zeit auf Wasser umsteigen.«

Doch Mira lief bereits in den Wohnwagen. »Oje, was ziehe ich heute an? Ich muss meine Haare kämmen. Rahia hilf mir, es ist schon so spät. Hatten wir nicht ein paar Verabredungen?«

Ruven gab mit einem Seufzen auf. »Rahia. Dein Part!«

Die Gauklerin rappelte sich hoch und stupste ihren Freund an. »Sei nicht so eine Spaßbremse!«

Valhelia zog ab. Die Wut brannte in ihr, und ihre Gedanken ließen dieses Feuer weiter auflodern. Es war ihre Idee gewesen, das Bauernmädchen als Lockvogel zu benutzen, und nun setzte Bralag ihren Plan um und ließ diese Mirabella auf dem Fest herumspazieren. Der Heerführer wollte ganz offensichtlich den Zauberer allein fangen. Aber das würde sie nicht zulassen. Sie schnaubte abfällig. Dafür musste dieser alte Tattergreis schon früher aufstehen. Die Macht gehörte der Jugend. Aber wie könnte sie ihn überlisten?

Sie müsste Bralag mehr denn je beobachten. Schließlich kannte sie sein dunkles Geheimnis, seine Neigung zu einem weißen Mädchen. Damals. Val hatte es *gesehen*. Dieses Wissen musste sich doch einsetzen lassen. Irgendwann käme ihr schon noch die passende Idee.

Als Erstes benötigte sie jetzt Miras Wohlwollen. Die Standpauke eben war nicht der beste Einstieg dafür gewesen. Bralag sagte immer, kleine Geschenke erhielten die Freundschaft, große erkauften sie. Aber den Triumph, das Bauernmädchen auf seine Seite zu ziehen, würde sie ihm niemals gönnen. Sie würde ihm zuvorkommen.

Kleine Geschenke. Vielleicht war das die Lösung. Aber was? Schmuck? Nein, zu teuer. Etwas Auffälliges, mit dem sie leichter zu finden wäre. Val überlegte. Vielleicht ein Kleid? Egal. Das Fest dauerte ja noch zwei weitere Tage.

Als Kyrian die Magierschule erreichte, kroch die Sonne die westlichen Berggipfel entlang und tauchte die Stadt in ein rotgoldenes Licht. Ihm blieben drei, höchstens vier Stunden, bis die Dämmerung hereinbrach und die Bibliothek ihre Tore schloss. Zeit genug, sich das Buch zu schnappen und zu verschwinden. Niemand würde damit rechnen, dass er am helllichten Tag in die Bücherhalle spazierte. Das leichte Grinsen auf seinem Gesicht verebbte jedoch noch im selben Augenblick. Wer sagte ihm, dass er die Schwarte überhaupt fände? Bestimmt war das Buch sicher verwahrt.

Er seufzte. Um unerkannt zu bleiben, hatte er beschlossen, sich als Magier ausgeben. Wie er diese robenartige Kleidung hasste. Die Zauberer in seiner Welt brauchten solche Statussymbolik nicht. Sie kleideten sich stets modisch elegant. *Magierpack!* Wie gern hätte er sie alle umgebracht. Seine Rache war nicht vergessen. Doch mit den Trollen als Verbündete ließ sie sich weitaus besser umsetzen.

Er hatte die Gewandung eines Novizen des zweiten Lehrjahrs angezogen. Damit sah er jung genug aus, um kein Aufsehen zu erregen, und alt genug, um nicht von den Meistern für niedere Aufgaben belangt zu werden. Das ermöglichte ihm hoffentlich einen Zugang zur Bibliothek und zu den Lehrsälen der fortgeschrittenen Schüler.

Eine Gruppe halbwüchsiger Burschen tauchte auf. Alle trugen die gleichen dunklen Roben, die Haare kurz geschoren. Selbst die Gesichtszüge ähnelten einander. Der einzige Unterschied bestand in der Haarfarbe.

Kyrians Herzschlag erhöhte sich, das Spiel begann. Er hatte sich vorgenommen, nicht die Erstbesten zu fragen, doch zu seiner Überraschung traf er auf dem gesamten Schulvorhof nur wenige Menschen an. Vermutlich lernten die Schüler gerade in den Gebäuden.

Er nickte freundlich. Einige Männer erwiderten seinen Gruß, andere beachteten ihn kaum. Kyrian sprach die Gruppe an. »Seid gegrüßt. Wo finde ich Meister Gamtos Mokslas?«

Sie musterten ihn. Fast befürchtete er, dass sein Vorgehen zu forsch wäre. Ein schmächtiger Bursche jedoch antwortete flapsig: »Der verrückte Gamtos? Immer der Nase nach.«

Kyrian hob die Augenbrauen und rührte sich nicht. »Entschuldigung, ich bin neu hier. Ich soll ihn aufsuchen.«

»Da hast du aber kein Glück. Der ist heute nicht da. Versuch es morgen wieder. Er hasst das Feuerwerk, da verkriecht er sich lieber in seiner Trollhöhle.« Sie lachten lauthals.

»Wo befindet sich diese Trollhöhle?«

Ein anderer aus der Gruppe schaltete sich ein. »Was er damit sagen wollte: Folge dem Geruch von Wald und Tannen und du wirst auf ihn stoßen.«

»Oh. Danke sehr.« Nicht sonderlich hilfreich. Kyrian sah der Gruppe nach, die sich bereits lachend entfernte. Natürlich blieb die Bibliothek über die Festtage geschlossen, wie hatte er so naiv sein können? Er wartete, bis die Männer verschwunden waren, dann konzentrierte er sich.

Wie gut, dass er zum Zaubern nicht reden musste. Sein Geruchssinn verbesserte sich mit der Wirkung des Zauberspruchs um ein Hundertfaches. So konnte er die Spur aufnehmen.

Wenig später hatte er die Trollhöhle des Lehrmeisters für Pflanzenkunde ausfindig gemacht. Er war nicht da, doch Kyrian wusste nun, wo er ihn finden konnte. Am Abend des Feuerwerks würde er ihm einen Besuch abstatten.

XLI
Schicksal und Wahrsagungen

Am letzten Tag des Fests war Miras Name in aller Munde. Die Gaukler liebten ihre unbefangene, scheue Art. Sie zeigte sich niemals aufdringlich oder aufbrausend. Hier verhielten sich die Besucher ganz anders, als Mira es aus ihrem Dorf gewohnt war. Hier wurde sie akzeptiert, ihr Aussehen spielte keine Rolle. Ja, hier wurde sie geliebt. Zumindest hatte Mira das Gefühl, denn überall begegnete man ihr herzlich. Wenn das Fest vorbei wäre, würde sie sicherlich ein paar der Spielleute vermissen.

Aber was geschähe überhaupt danach? Müsste sie ab morgen die Robe einer Magierin tragen? Was würde aus ihren Gauklerfreunden? Obwohl Unna nur ein einziges Mal innerhalb von drei Tagen mit ihnen gefrühstückt hatte, mochte sie ihn. Sie seufzte.

Am Abend sollte das große Feuerwerk stattfinden, schleichend ergriff die Aufregung von allen Gästen Besitz. Viele wollten sich bereits am Nachmittag einen guten Platz reservieren, und auch Ruven ließ seine Kontakte spielen, um später besser sehen zu können. Gegen Mittag hatte er eine Stelle ausfindig gemacht und den beiden Mädchen den Standort als Treffpunkt eingetrichtert. Dort würde er sie erwarten.

Das Festzelt, in dem sie sich zurzeit befanden, war vor Stunden brechend voll gewesen. Inzwischen leerte es sich.

»Ich muss mal«, raunte Mira Rahia ins Ohr.

»Schon wieder? Geh nur. Falls wir uns verlieren, weißt du ja, wo wir uns treffen.« Rahia strebte zur Tanzfläche.

Als Mira jedoch zurückkam, war ihre Freundin verschwunden. Sie wartete einen Augenblick vor dem sich leerenden Zelt und schaute in den Sternenhimmel. Geräuschvoll stieß sie die Luft aus. Ihr war schwindelig, die Wirkung der verschiedenen Weinsorten schlug allmählich in Müdigkeit um. Gähnend wischte sie sich mit der Hand übers Gesicht und schloss einen Moment lang die Augen.

Im Hellen war es keine Schwierigkeit gewesen, den von Ruven genannten Treffpunkt zu finden, doch jetzt war es finstere Nacht. Mira hatte die Orientierung verloren. Trotzdem wanderte sie los, und verlief sich gleich darauf hoffnungslos.

Die Festebenen lichteten sich. Einige Nachtschwärmer zog es in die umliegenden Zelttavernen. Doch nach Trinken war Mira nicht zumute. Sie hatte bereits mehr gehabt, als sie vertrug.

Nach einer Weile gelangte sie an eine Ecke, die sie noch nicht kannte. Von der Hauptstraße zweigte ein schmaler Pfad ab. Man musste sich an zwei Sträuchern vorbeiquetschen, um auf den dahinterliegenden Platz zu gelangen. Mira blieb stehen und schaute am Buschwerk vorbei. Stand dort ein Zelt? Bunte, funkelnde Lichter erweckten ihre Neugier, zwangen sie förmlich, näherzutreten. Ohne genau zu wissen, warum, schlug Mira diesen Weg ein. Sie schob ein paar Zweige beiseite und trat zwischen den Sträuchern hindurch.

Auf dem Rasenplatz dahinter war es deutlich ruhiger. Der Festlärm verebbte zu einem Hintergrundrauschen. Stattdessen vernahm Mira eine Melodie, den Klang einer Flöte. Sie legte den Kopf schief. Durch den spaltbreit geöffneten Eingang drang rötliches Licht. Warm und einladend lockte es sie an.

»Hallo?«, rief sie zaghaft.

Als sie vor der Zeltöffnung stand, verstummte das Flötenspiel. Miras Herzschlag beschleunigte sich, Angst überschwemmte ihre Gedanken. Sie wollte bereits umkehren, als die Zeltplane durch einen Windstoß aufwehte.

Eine Frau mittleren Alters saß an einem Holztisch. Sie trug ein Kopftuch, unter dem rabenschwarze Locken hervorquollen. Ihre wachen Augen und ihr Lächeln strahlten pure Freundlichkeit aus. Mit einer einladenden Geste deutete sie auf einen Stuhl vor dem Tischchen. Überall brannten Kerzen. Bunt lodernde Flammen in winzigen Schälchen warfen abstrakte Muster an die Zeltwand. Es roch nach Gewürzen, ein warmer Luftschwall traf Mira, die wie in einem Traum das Zelt betrat. Sie merkte nicht einmal, dass sich der Eingang sofort verschloss. Feiner Rauch kräuselte durch die Luft, schmiegte sich an Miras Körper und umgarnte sie. Schwerfällig ließ Mira sich auf den Stuhl fallen.

»Ich habe dich erwartet, Mirabella«, sagte die Frau mit sonorer Stimme.

»Woher kennt Ihr meinen Namen?«

»Ich bin Sibylle von Thura, Wahrsagerin aus der einstigen Orakelstadt Ola. Ich kann dir die Zukunft voraussagen.«

»Oh ... es tut mir leid«, entgegnete Mira verlegen. »Ich kann Euch leider kein Geld geben. Ich habe keins.«

»Ich weiß. Das brauchst du auch nicht.« Sibylle streckte ihre Hände vor.

Da Mira nicht wusste, was sie machen sollte, tat sie es ihr gleich. Sofort ergriff die Wahrsagerin ihre rechte Hand, hielt sie fest und summte, die Augen geschlossen, eine Melodie. Mira sah unsicher im Zelt umher. Sie verkniff sich ein Kichern, als sie sah, wie die Frau ihren Kopf hin und her wog. Dieser würzige Rauch benebelte ihre Sinne.

Sibylle streute ein Pulver in die Flammen einer Feuerschale, sofort kroch bläulicher Nebel zischend in die Höhe »Ich sehe die Vergangenheit, die Gegenwart, die Zukunft.«

Der Geruch von Weihrauch, Tannennadeln und etwas Undefinierbarem breitete sich aus.

»Ich sehe ...« Sibylle schaute angestrengt in Miras Handfläche. Ihr Zeigefinger führ darüber, als läse sie zwischen zerbrochenen Nussschalen das Essbare heraus. »Ich sehe ... ein Bauernhaus, in einem Dorf. Ein Bach fließt an Bäumen entlang. Weiße Birken. Wohlbehütet.«

Woher kannte die Frau Birkenbach, ihr Heimatdorf? Konnte sie wirklich in die Vergangenheit oder die Zukunft schauen? Mira zitterte leicht, als Unruhe sie erfasste.

»Ich sehe einen Mann ...« Sibylle zuckte zusammen, Mira ebenso. »Ein gefährlicher Mann. Er nimmt viele Leben. Er verfolgt dich. Große Gefahr geht von ihm aus. Doch ich sehe Hoffnung. Ich sehe ein Mädchen, eine Magierin. Sie wird dich beschützen. Sie wird dir zweimal das Leben retten, bis du ...« Die Frau riss ihre Hände aus Miras, dass diese erschrak.

»Bis was?«

Sibylle schüttelte stirnrunzelnd den Kopf. »Bis … bis du gerettet wirst. Der Fremde kann nur mit deiner Hilfe unschädlich gemacht werden. Nur du kannst ihn aufhalten«, fügte sie eindringlich hinzu. »Das ist dein Schicksal.«

»Mein Schicksal?«

»Du besitzt eine besondere Gabe …« Sibylle stockte. Dann plapperte sie, als läse sie einen Text ab. »Such die Magierin, die dich bereits einmal nach Königstadt begleitet hat. Sie ist deine Beschützerin.«

Mira nickte verwirrt. Sollte sie sich den Magiern doch ganz anvertrauen? Ihr Leben in die Hände dieser Magierin legen? Wie war ihr Name? Valhelia. Und von welcher Gabe sprach die Wahrsagerin?

»Geh nun.« Sibylle deutete auf den Zelteingang, der sich wie von Geisterhand öffnete.

Blinzelnd stolperte Mira ins Freie. Sie schwankte drei Schritte vor, blieb stehen und atmete tief durch, die Hände auf die Knie gestützt. Diese Dämpfe im Zelt konnten nicht gesund sein. Oder benebelte der Wein ihre Sinne derart? Sie drehte sich um und …

Schlagartig zweifelte sie an ihrem Verstand. Da war kein Licht, die Rasenfläche des kleinen Platzes war leer. Ohne es zu begreifen, starrte Mira in die Dunkelheit, die sich vor ihr wie ein Vorhang auftat. War alles nur ein Traum gewesen? Ihr Mund fühlte sich trocken an, ihr Herz hämmerte wild gegen den Brustkorb. Mira bewegte sich zwei, drei Schritte rückwärts, wirbelte herum und sprang durch das Gebüsch. Ein brennender Schmerz breitete sich auf ihrer Wange aus, als ein Zweig ihr ins Gesicht schlug. Sie lauschte. Der Weg war menschenleer. Wie lange mochte sie im Zelt der Wahrsagerin gesessen haben?

»Ruven? Rahia?« Mira rieb sich die schmerzende Stelle. Dann rannte sie los.

Die Wahrsagerin blickte hinaus durch einen Spalt im Zelt. Wie naiv diese Mirabella doch war, der sie eben eine völlig erfundene Geschichte aufgetischt hatte. Aber dieser verkleidete Mann mit dem Dreispitz hatte sie gut bezahlt. »Ein Scherz«, hatte er gesagt.

Ein schlechter Scherz, wie Sibylle von Thura fand. Das hatte sie natürlich nicht laut gesagt, denn Geld stank bekanntlich nicht. Dabei hatte dieses junge Ding so eine friedliche Ausstrahlung. Ohne jede Bosheit, das hatte sie gleich erkannt, nein, gesehen. Dieses Mädchen besaß eine besondere Gabe. So weiß, so rein.

Sibylle sah, wie Mirabella sich vorbeugte und die Hände auf die Knie stützte. Die würde ihr doch nicht vor das Zelt kotzen?

Im selben Moment verschluckte vollkommene Schwärze das Mädchen, ohne dass es sich bewegt hätte. Die Wahrsagerin zog die Nase kraus. Sie wollte gerade aufstehen, als sie spürte, wie jemand hinter sie trat. Ein leises Murmeln, und sie konnte sich nicht mehr bewegen. Zwei imaginäre Hände legten sich um ihren Hals, schnitten die Luftzufuhr ab. Die Wahrsagerin röchelte, ihr Körper begann in wilden Zuckungen nach Luft zu gieren, ihre Zunge quoll aus dem Mund. Ihre Augen brachen in dem Moment, da der Tod seine Schwingen ausbreitete und sie mit sich riss.

XLII
Feuerwerk und Zauberbücher

Kyrian verließ den Platz und wischte sich die Hände an seinem Gewand ab. Er hatte genug gesehen, und getan, was getan werden musste. Seine Nachforschungen waren von Erfolg gekrönt gewesen. Nun wusste er, wo er das Buch finden würde.

Fast hätte er sie gestern erreicht. Er war ihr so nahe gekommen, und hatte doch nicht mit ihr sprechen können. Es war wie verhext. Dieses Mädchen blieb in seinem Kopf fest verankert. Er musste mehr über ihre Kräfte herausbekommen. Bis jetzt hatte sie sich in puncto Magie bedeckt gehalten. Oder nutzte sie ihre Fähigkeiten, wie es in Kyrians Welt üblich war? Dann wäre sie eine Zauberin.

Gedankenverloren bog Kyrian in eine Seitengasse ein. Der Weg führte bergauf. Jetzt wusste er, wo sich die weiße Magierin aufhielt. Mira. Er lächelte. Sie sah ganz anders aus als bei ihrem ersten Zusammentreffen im Wald. Dort wirkte sie so bieder, eine graue Maus. Nein, lachte er innerlich, eine weiße Maus. Aber auf dem Fest ... Anerkennend verzog er den Mund. Sie hatte sich zu ihrem Vorteil herausgemacht.

Er seufzte. Egal, er könnte sich später mit ihr beschäftigen. Im Moment war das Buch wichtiger, das er für die Trolle besorgen sollte. Sofort drangen neue Fragen in sein Bewusstsein. Wie viele Feinde verblieben vor Ort? Wer bewachte die Bibliothek? Kyrian schüttelte den Kopf. Was war los mit ihm? Er war doch sonst nicht so ängstlich, so abgelenkt. Er benötigte einen Plan. Jetzt, da die meisten Magier auf dem Fest in der Stadt verteilt waren und auf das Feuerwerk und die Sicherheit des Volks achtgaben, konnte er den vom Trollkönig beschriebenen Lehrmeister und das Allgarettura Pflanzenbuch suchen.

Abrupt blieb er stehen. Feuerwerk ... Die Gefahr eines Brands lag förmlich in der Luft. Ein Feuer zur Ablenkung zu legen, wäre für ihn leicht. Bei dem Gedanken musste Kyrian lächeln.

Tage zuvor hatte er die Gepflogenheiten der Torwachen zum Magierviertel ausgekundschaftet und passte nun den günstigen Moment der Wachablösung ab. Die Neuanwärter der Magierschule gingen zum Frühlingsfest durch ein einziges Tor ein und aus – sein Weg zur Bibliothek. Kyrian nahm die Gestalt eines Schülers an, dessen Passierschein und Robe er sich »geborgt« hatte und der in diesem Augenblick gefesselt im Weinkeller einer Schenke schmorte. So passierte er das Tor der Magier. Trollzauber hin oder her, am Ende vertraute Kyrian lieber auf seine eigenen Fähigkeiten.

Ohne aufzufallen, gelangte er zu einem hügelartigen Gebäude, vor dem eine grobbehauene Steintreppe in die Tiefe führte. Hoffentlich behielten die Trolle recht, und der Lehrmeister wäre vertrauenswürdig. Letztendlich wusste er viel zu wenig über die Verhaltensweisen der Magier von Königstadt. Die Trolle hatten ihn zwar eine Menge gelehrt, aber reichte das? Wer sagte ihm, dass er nicht geradewegs in eine Falle lief? Ständig dieser eine Gedanke: Tausend Jahre sind eine verdammt lange Zeit.

Eine Fackel beleuchtete den Höhleneingang. Kyrian zögerte einen Augenblick, dann betrat er die Höhle. »Hallo? Meister Mokslas?«

Stille.

Im Gang vor ihm warf ein flackernder Lichtschein seine Muster an die Wand. Kyrian schlich weiter. Da war ein Geräusch, er horchte auf. Als er um die nächste Ecke bog, erblickte er durch eine Toröffnung einen Mann von hagerer Gestalt auf dem Boden eines höhlenartigen Raumes hocken. Er war nur mit einem Lendenschurz bekleidet und las in einem Buch. Kyrian zog die Augenbrauen hoch.

Der Mann sah nicht einmal auf, musste ihn aber dennoch bemerkt haben, denn er sagte mit quäkender Stimme: »Kommt morgen wieder, heute unterrichte ich nicht. Heute vergnügt sich jedermann beim Fest.«

Kyrian war im ersten Moment zu perplex, um zu antworten. Er räusperte sich. »Meister Gamtos Mokslas?«

Der Mann hob seinen Blick. »Wer will das wissen? Ihr seid keiner meiner Schüler. Was kann ich für Euch tun?« Er klappte das Buch zu, murmelte drei Worte und erhob sich, ohne aufzustehen. Er schwebte einfach empor und kam auf den Beinen zum Stehen. Damit demonstrierte er seine vermeintliche Überlegenheit.

Kyrian grinste innerlich. *Wenn du wüsstest!* »Ich ... ähm ... es geht um Trolle«, stotterte er. Er hatte sich ablenken lassen.

»Wenn das ein Scherz meiner Schüler ist, so sagt ihnen: Ich bin heute nicht zu Späßen aufgelegt.«

»Nein, ich ... mein Name ist ... Keil. Ich bin auf der Suche nach einem Buch.«

»Mein lieber Junge, dann müsst Ihr euer Glück ebenfalls in zwei Tagen versuchen. Die Bibliothek ist über die Festtage geschlossen.« Der Mann lächelte feixend. »Nun, ich könnte Euch mein Buch leihen, aber leider habe ich es noch nicht ganz durchgelesen.«

Kyrian zögerte. Was sollte er tun? Den Mann mit einem Freundschaftszauber belegen? Oder konnte er sein Vertrauen mit Ehrlichkeit gewinnen? Er entschied sich für Letzteres. »Ich bin einem Troll begegnet, und Ihr seid in der Trollkunde bewandert, wurde mir berichtet.«

Gamtos verzog die Mundwinkel zu einem verärgerten Lächeln. »Also doch ein Scherz. Ich sagte Euch bereits ...« Dann stockte er. »Wo kommt Ihr her, guter Mann?« Das Misstrauen in seiner Stimme war unüberhörbar.

Kyrian war drauf und dran, die Sache zu vermasseln. Er hatte sich schlecht vorbereitet, ging zum wiederholten Mal davon aus, es auch ohne Hilfe zu schaffen. »Hört mich an. Ich bin weit gereist und beschäftige mich ebenfalls mit der Trollkunde ...«

»Es gibt kein Fach für Trollkunde. Ich verliere langsam die Geduld, junger Mann!« Gamtos schritt leise fluchend zu einer Nische und packte das Buch beiseite.

Ein sirrendes Geräusch. Kyrian musste reagieren, die Zeit lief ihm davon. »Das Allgarettura. Ich hörte von dem Buch.«

Langsam drehte Gamtos sich um. »Woher wisst Ihr von diesem Werk?«

»Die Trolle haben Euch als Freund ihres Volkes beschrieben. Ich habe vielleicht die Fähigkeit, das Buch zu … entschlüsseln.«

Gamtos lachte auf, doch Neugier legte sich auf seine Züge. »Niemand vermag das Allgarettura zu lesen. Es lässt sich zwar öffnen, aber die meisten Seiten sind leer. Sie lassen sich weder beschreiben noch verändern.«

»Darf ich es sehen?«

»Das wird kaum möglich sein. Verzeiht mir, aber woher weiß ich, dass Ihr kein geschickter Dieb seid, der mich zu übertölpeln versucht? Das Buch ist immerhin ein sehr wertvolles Werk – sehr alt.«

»Zeigt es mir. Bitte.«

»Nun gut, warum nicht. In der Zwischenzeit prüfen wir Euer Wissen bezüglich des Trollvolks. Folgt mir.« Gamtos schritt hinaus auf den Gang. Während des gesamten Weges in tiefere Gewölbe stellte er Fragen, die Kyrian größtenteils zufriedenstellend beantworten konnte.

Wenige Augenblicke später betraten sie einen dunklen Raum. Auf ein Wort von Gamtos entzündeten sich Kerzen. Ein geschnitzter Schreibtisch stand vor einem Lichtschacht. Regale, vollgestopft mit Büchern, belagerten die Wände.

»Euer Wissen ist beachtlich, bedenkt man Euer Alter. Aber Wissen eignet man sich aus Geschriebenem an, das beweist nichts.« Gamtos zog einen dicken ledernen Band hervor und legte es auf den Tisch. Der Foliant wirkte trotz seiner Ausmaße unscheinbar.

Kyrian lächelte über die Prüfung des Lehrmeisters. »Das ist nicht das Allgarettura.«

»Ist es das nicht?«

»Nein. So wie man mir das Allgarettura beschrieben hat, besteht es aus einem Stück Holz, von dem ein grünlicher Schimmer ausgeht.«

Tiefe Falten lagen auf Gamtos' Stirn. »Was wollt Ihr mit dem Buch?« Seine Stimme hatte jegliche Wärme verloren. »Wer seid Ihr wirklich?« Die Hände des Magiers schnellten vor, begleitet von einem magischen Spruch.

Da Kyrian die ganze Zeit über damit gerechnet hatte, beschränkte er sich auf die Verteidigung. Er wollte Gamtos nicht verletzen. Obwohl ihn sein Schutzschild bereits umgab, sagte er eine undeutlich gemurmelte Formel auf, um nicht als Zauberer erkannt zu werden. Die erzeugte magische Fessel erlosch mit einem Knistern.

»Ich bitte Euch, Meister Gamtos. Ich beschäftige mich schon mein Leben lang mit den Trollen«, log Kyrian. »Ich sehe jung aus, doch bin ich erfahren auf meinem Gebiet.«

»Wo habt Ihr Eure Fähigkeiten erlernt, wenn nicht hier? In Königstadt steht die einzige Magierschule der Welt.«

»Ich … äh … Privatschüler?« Kyrian musste das Thema wechseln, ehe sein Gegenüber zu viele Fragen stellte. »Ich will nur das Buch seinen rechtmäßigen Besitzern bringen.«

Ein meckerndes Lachen erscholl. »Was für eine absurde Idee. Wozu? Die Trolle sind …«

»Nicht so dumm, wie Ihr denkt«, vervollständigte Kyrian. »Das Buch gehört dem Trollvolk, sie sollten darauf aufpassen.«

Erneut bildeten sich Furchen auf Gamtos' Stirn. Er haderte mit sich. »Was wisst Ihr wirklich über die Trolle?«

»Nun ja, mein Wissen stimmt wahrscheinlich nicht mit Eurem überein.« Kyrian lächelte verlegen. »Die Trolle sind intelligente Wesen. Sie haben einst im großen Wald Bagharatan Dunkelhain gelebt.«

»Das steht in den alten Chroniken geschrieben. Das ist vergangen. Dieses Wissen ist zwar geheim, aber nicht gänzlich unzugänglich. Ihr könntet es käuflich erworben haben. In der Bibliothek arbeiten auch nur Menschen.«

»Wie kann ich Euch überzeugen? Wenn ich das Buch sehen könnte, würde ich Euch den Beweis liefern.«

»Ich bin gespannt. Lasst mich nur schnell etwas überziehen. Aber ich warne Euch: Wenn das alles ein Scherz meiner Schüler ist, sind sie diesmal zu weit gegangen.«

Gamtos hatte sich rasch die typische Kleidung eines Magiers übergeworfen. Er brachte Kyrian in ein Gewölbe, dessen halbrunde Decke von Säulen gehalten wurde. Dort führte ein

Durchgang in eine höhlenartige Grotte, in der eine Art Altar stand. Der Steinquader zeigte sich leer.

Aus einer Nische in der Wand holte Gamtos eine Kiste hervor, in der sich eine zweite Schatulle zu befinden schien. Erst nach genauerem Hinschauen erkannte Kyrian, dass es sich um ein Holzstück in Buchform handelte. Geschnitzte Ranken mit Blättern verzierten den Buchdeckel. Über allem lag ein grünlicher Schimmer, als wäre das Buch mit einer feinen Schicht Moos bedeckt.

Der Magier hob es ächzend heraus, legte es auf den Steinaltar und öffnete den Deckel. »Seht selbst.«

Kyrian erspähte ein paar mickrige Sätze in einer unverständlichen Sprache. Trollrunen. Er sollte das Buch dem Trollkönig bringen, was scherte ihn da der Inhalt? Dieses Buch schien das richtige zu sein. Aber ehe er Gamtos ausschalten konnte, musste er sichergehen. »Darf ich?«

Nicht, dass er sich viel davon versprach, doch als Kyrian das Buch berührte, entfalteten sich die Blätter auf dem Buchrücken. Grüne Knospen schossen empor. Der Foliant erwachte zum Leben. Und ohne sein Zutun beschleunigte sich Kyrians Herzschlag.

Der Lehrmeister stieß einen erstickten Laut aus. »Bei den Göttern, wie … wie ist das möglich? Ich kenne so etwas nur aus alten Sagen und Geschichten.«

Sobald Kyrian den Buchdeckel losließ, verwandelte er sich in das vertrocknete Stück Holz zurück.

»Unglaublich«, stöhnte Gamtos ehrfurchtsvoll und fasste das Buch zaghaft an. Nichts geschah.

Erst als Kyrian es erneut berührte, begann alles zu wachsen. Der Lehrmeister riss die Augen auf, unfähig, seine Hand vom Folianten zu lösen. Eine Ranke umschloss sein Handgelenk. Während Kyrian lauernd seine Züge beobachtete, ging eine Veränderung durch Gamtos' Gesicht. Ein Erkennen. Kyrian löste die Verbindung.

Der Lehrmeister wankte. Schwer atmend rieb er sich die Hand. »Es … ist … so unglaublich. Ich verstehe jetzt.« Eine Mischung zwischen Erstaunen, Freude und einem Leuchten erschien auf seinem Gesicht. Erneut veränderte es sich. Furcht mischte sich hinzu. »Ihr müsst fort. Der Magister will Euch in die Hände bekommen. Er besitzt noch viele von diesen Dingen aus den Urkriegen vor tausend Jahren. Er will mit Eurer Hilfe die alten Artefakte entschlüsseln.« Die Worte sprudelten nur so aus dem Mann heraus. »Ihr müsst das Allgarettura in Sicherheit bringen. Nehmt es!« Er holte einen einfachen Band aus einer Nische, bettete ihn im Kasten, verschloss diesen sorgfältig und klemmte ihn sich unter den Arm.

Kyrian schob das hölzerne Buch unter seine Robe in einen vor die Brust geschnallten Rucksack.

Der Lehrmeister rannte los. »Beeilt Euch. Hier entlang.«

»Warum sollte ich Euch trauen? Ich habe, was ich wollte.«

Seufzend blieb Gamtos stehen. »Das denkt Ihr, dem ist aber nicht so. Ich kenne Eure wahre Absicht.«

Kyrian stutzte. »Und die wäre?«, knurrte er, bereit, den Mann zu töten, wenn es sein musste.

Doch Gamtos' Antwort überraschte ihn. »Ihr wollt die graue Steppe mit Leben füllen. Aber es benötigt mehr als dieses Buch. Dafür braucht Ihr einen Samen des Majok-Baums, der sich in der Obhut der Zentauren befindet. Ich habe es gesehen, als wir das Allgarettura berührten. Ihr müsst es doch auch gesehen haben. Kommt jetzt. Sie werden gleich hier sein.«

»Wer wird gleich hier sein?«

»Die Wächter.«

»Woher wisst Ihr das?«

»Weil ich sie gerufen habe. Ich weiß nun, es war ein Fehler.«

Die Botenfee hatte Meister Gamtos' Lesegrotte durch einen Luftschacht verlassen, gleich, nachdem der Lehrmeister ihr den Befehl gegeben hatte, Meister Bralag zu informieren. In Windeseile rauschte sie die Außenmauer des Magierturms entlang in die Arbeitsräume des obersten Heerführers. Sie umflog ein paar Wächter und verharrte vor einem doppelflügeligen Tor aus massivem Eichenholz.

»Eilbotschaft für Meister Bralag«, rief sie, und das Tor öffnete sich durch die Kraft der Magie.

Bralag stand mit dem Magister in der Mitte des Saals. Noch während die Fee in den Raum schwebte, überbrachte sie ihre Nachricht. »Eilbotschaft für Meister Bralag! Meister Gamtos lässt Euch Folgendes ausrichten: ›Ich glaube, der fremde Zauberer ist angekommen.‹«

Durch einen verborgenen Zugang gelangten sie in die Bibliothek, durchquerten einen Lehrsaal und erreichten eine mit Bücherregalen vollgestellte Halle.

»Wo finde ich die weiße Magierin?«, fragte Kyrian aus einer Eingebung heraus, während sie immer neue Regale umrundeten. Der Raum musste riesig sein.

»Wen?«

»Ein Mädchen mit schneeweißem Gesicht.«

»Es gibt nur wenige weibliche Magierinnen.« Gamtos runzelte die Stirn. »Ein Mädchen mit schneeweißem Gesicht sagt Ihr? Es gab mal ein junges Mädchen, aber die könnt Ihr nicht meinen. Das ist schon Jahre her.«

»Was meint Ihr damit?«

»Es muss ungefähr sechs, sieben Jahre her sein, da gab es …«

Sie erreichten eine Tür, die im selben Augenblick krachend aufflog. Kyrian riss die Hände empor und konzentrierte sich. Die ersten Lichtblitze schossen in die Bücherhalle hinein und zerfetzen ein Regal. Papier wirbelte umher.

»Die Bücher«, schrie der Lehrmeister. Blankes Entsetzen spiegelte sich in seinem Gesicht. Er sprang herum und versuchte, die umherwirbelnden Blätter mit den Händen aufzufangen. Schriftzeichen, Abbildungen von Tieren, getrocknete Pflanzen. Eine Schmetterlingszeichnung schwebte an Kyrian vorbei. Noch hatte niemand die Halle betreten.

Ein Lichtgeschoss traf Gamtos, der unter Zuckungen zu Boden stürzte. Kyrian sandte in rascher Folge zwei Energiestöße durch die Tür und sah zu Gamtos. Doch der regte sich nicht mehr. Geduckt sprintete Kyrian zum Fenster, prallte jedoch zurück. Splitter regneten auf ihn herab, als das Kristallglas zerbarst und die Geschosse ins Innere des Raums drangen. Er saß in der Falle. Natürlich standen draußen ebenfalls Magier.

»Worauf wartet ihr? Dringt vor!«, schrie jemand.

Kyrian sprang an einem Tisch vorbei und riss diesen dabei um. Hinter ihm lagen Tafeln mit darauf befestigten Insekten. Schmetterlinge.

Er konzentrierte sich. Die winzigen Metallstifte, die die Falter fixierten, lösten sich mit einem Zittern. Sie schossen in Richtung Eingang, wo die ersten Magier erschienen. Flüche erklangen, als die Nadeln ihre Ziele trafen. Kyrian nutzte die Verwirrung und zauberte sich unsichtbar. Gleichzeitig erweckte er die unzähligen geflügelten Tiere zum Leben und sandte sie zu Tür und Fenster. Dann huschte er zwischen die Regalwände und verharrte dort. Im entscheidenden Moment könnte er sicherlich unbemerkt hinausschlüpfen.

»Ich spüre eine fremde Präsenz«, knurrte eine Stimme.

Kyrian stockte der Atem. Konnte das sein? Wie konnten Magier die Kraft der Zauberei erkennen?

Gemurmelte Worte, ein Singsang. Urplötzlich begann eine rötliche Aura zu leuchten. Es dauerte eine Weile, bis Kyrian begriff, dass er selbst leuchtete.

»Da hinten! Schlagt Alarm! Er ist hier! Er ist hier!«

Kyrian wirbelte herum, warf sich mit einem Sprung nach vorne, als eines der Regale umkippte. Ein zweiter Windstoß fegte an ihm vorbei und zerschmetterte ein weiteres Bücherbord. Folianten schossen umher, der reinste Schneesturm aus Papierfetzen umkreiste ihn.

»Eindringling! Eindringling!«, hallte es immer wieder durch den großen Saal.

Er musste diese Aura loswerden …

Ein Mann mit kurzem, weißem Haar hechtete um die Ecke und schleuderte ohne Zögern einen Lichtblitz. Die Wucht warf Kyrian acht Fuß zurück, doch sein Schutzschild hielt die tödliche Kraft ab. Er rappelte sich auf und erkannte in dem

Weißhaarigen jenen Magier aus dem Wald, wo er fast diese Mira befreit hatte.

Erneut sandte der Mann einen Blitz in seine Richtung. Rasch schlug Kyrian einen Haken. Er hörte das Krachen hinter sich, als ihn das Geschoss verfehlte. Ein Schockstrahl schlug schräg neben ihm ein, seine Nackenhärchen stellten sich auf. Ein weiterer Gegner. Kyrian konzentrierte sich. Mit einem Windstoß fegte er den Mann von den Beinen. Gleichzeitig schwang er sich in die Luft und flog zur Decke empor. Vielleicht konnte er über die Regale fliehen? Wütende Schreie ertönten.

Er erspähte eine Öffnung im Kuppeldach, ein Belüftungsfenster. Unter ihm stürmten weitere Magier den Raum. Kyrian schickte ihnen einen Feuerball entgegen. Das verschaffte ihm die nötige Zeit zur Flucht. Kaum hatte er die Deckenöffnung erreicht, gellten bereits Rufe von unten zu ihm herauf.

»Feuer! Feuer!«

Er kam nicht umhin, an die kostbaren Bücher zu denken. So viel wisperndes Wissen, so viele geflüsterte Erkenntnisse!

Er schleuderte einen zweiten Feuerball in die Tiefe. Was scherte ihn diese Welt?

In weiser Voraussicht hatte Ruven ein paar Freunde auf die Suche nach Mira geschickt. So fand sie den Weg zu ihrem Treffpunkt doch noch.

»Wo hast du gesteckt? Wir haben uns Sorgen gemacht«, empfing der Anführer des Gauklertrios sie sichtlich erleichtert. »Das Feuerwerk fängt in wenigen Momenten an.«

»Ich hab dich nicht gefunden und dachte, du bist losgegangen. Es tut mir so leid«, rief Rahia. Die beiden Mädchen schlossen sich mit einem Seufzer in die Arme. Die Wahrsagerin erschien Mira schon jetzt wie ein schlechter Traum.

Ruven hatte einen Platz direkt an der Mauer der mittleren Ebene freigehalten. Von hier aus hatte man eine herrliche

Aussicht auf die zwei Türme und das Feuerwerk, das zwischen ihnen stattfinden sollte.

»Das muss das Startsignal sein. Es geht los!«, rief jemand.

Die Blicke der Menschen folgten dem Fingerzeig des Sprechers. Alle sahen die Blitze und einen Feuerball, der auf die Erde zuschoss. Einen Wimpernschlag darauf entlud sich mit donnerndem Getöse ein buntes Lichterspektakel am nächtlichen Himmel über Königstadt.

Kaum schoss Kyrian durch die Deckenöffnung ins Freie, traf ihn eisige Kälte. Fast hätte er die Kontrolle verloren, als sich das Feuerwerk zischend und knallend in der Nähe entlud. Im ersten Moment glaubte er, er sei von einem Froststrahl getroffen worden, doch es war nur die eiskalte Nachtluft. Der Wind rauschte in seinen Ohren, als wollte er sämtliche Geräusche übertönen. Seine Augen tränten. Er wandte sich noch einmal um. Gleich darauf durchfuhr ihn ein jäher Schreck: Aus dem Dach der Bibliothek qualmte es kaum. Stattdessen quollen dort Magier nach draußen. Drei, vier, fünf …

Kyrian ging in einen Sturzflug. Ein Treffer in dieser Höhe hätte fatale Folgen. Schon zischte ein Lichtblitz an ihm vorbei. Er wich einem zweiten Blitz aus, tauchte ins Straßengewirr ein. Augenblicklich wendete er und verharrte in der Luft. Der erste Magier, der auftauchte, flog genau in seinen Energiestrahl hinein und trudelte schreiend zu Boden.

Noch immer leuchtete Kyrian wie eine Fackel. Er sauste zu einem hell erleuchteten Fenster im vierten Stock eines Turmbaus. Als der nächste Magier an ihm vorbeischoss, fegte er ihn mit einem gezielten Energiestoß vom Nachthimmel. Die Augen zu Schlitzen verengt, wagte er sich ein Stück vor. Im selben Moment verblasste die rötliche Aura, die seinen Körper umgab.

Ein ärgerliches Keuchen ertönte hinter ihm. Kyrian wirbelte herum und erkannte einen dunklen Schatten schräg über seiner vorherigen Position. In einer blitzschnellen Bewegung schoss er einen Schockstrahl in die Richtung. Ein erstickter Schrei verlor sich in der Tiefe.

Unsanft landete Kyrian in einer Gasse und stieß die Luft geräuschvoll aus. Er sah sich um. Wo lag der tote Magier? Die Straße war leer. Mitten auf der Seitengasse entdeckte er den leblosen Körper. Auch dieser Weg war menschenleer. Das Feuerwerk hielt alle in seinem Bann gefangen.

Kyrian lehnte die Leiche an die Hauswand. Dann holte er ein buntes Gewand aus dem Rucksack und schlüpfte hinein. Seine Robe zog er dem Toten an und verwandelte dessen Angesicht in ein eigenes Abbild. Mit weißer Kreide färbte er sich das Gesicht, setzte eine Narrenkappe auf und rannte los. Nur raus aus der Stadt.

Durch ein Pfeifen alarmiert, drückte er sich an die nächste Hauswand. Weitere Magier flogen am Himmel vorbei. Er zählte sechs Schatten. Nichts wie weg hier!

Der direkte Weg nach Süden war zu gefährlich. Sicherlich gingen die Magier davon aus, dass er sich im Gebirge verstecken wollte. Wenn er über die Ostroute wanderte … querfeldein? Dort erwartete man ihn vermutlich nicht. »Begib dich stets dorthin, wo es dein Feind am wenigsten erwartet«, klang Targas' Stimme in seinem Kopf.

»Ich vermisse dich, alter Freund«, flüsterte Kyrian und machte sich auf den Weg nach Osten.

XLIII
Die Jagd beginnt

»Wo ist er«, schrie der Magister mit hochrotem Kopf.

Der Boden war bedeckt von unzähligen verkohlten Blättern und Pergamenten. Die Magier hatten den Brand in der Bibliothek unter Kontrolle gebracht, indem sie ein Vakuum erzeugt und so dem Feuer den Sauerstoff entzogen hatten. Daraufhin versuchten sie, Ordnung in das Chaos zu bringen.

Bralag betrachtete unterdessen Lehrmeister Gamtos. Er war tot. Ein Lichtblitz hatte seinen Körper durchdrungen.

Der Magister stapfte auf und ab. »Nichtsnutze. Tölpel. Es kann doch nicht sein, dass ein einzelner Mann den Bewahrern der Ruhe entkommt.«

Ein Magier stand gebückt vor ihm. »Wir wissen es nicht. Die Aura erlosch … wir haben ihn verloren.«

Ungehalten schlug das Magieroberhaupt dem Mann gegen die Schulter. »Mir aus den Augen. Alle.« Als auch Bralag sich erhob, fuhr der Magister ihn an. »Ihr bleibt!«

Die Kriegermagier eilten hinaus und schlossen die Tür. Der Magister glättete mit beiden Händen seine Haare. »Wir hatten ihn schon. Er konnte nicht entkommen.«

»Und doch ist er entkommen.«

»Wie? Wie um alles in der Welt? Steht nicht herum und haltet Maulaffen feil. Riegelt die Stadt ab. Sucht ihn.«

Bralag verzog den Mund. »Das ist schwer möglich. Königstadt ist voll von Gästen. Die Abreisewelle des Frühlingsfests steht bevor. Eine perfekte Fluchtverschleierung.«

»Dann lasst das Fest noch eine weitere Woche dauern.« Eine Ader an der Schläfe des Magisters trat pulsierend hervor.

»Die Bevölkerung und vor allem der König werden sich wundern, dass wir mit der Tradition brechen. Außerdem ...«

»Ich scheiße auf die Bevölkerung und ich scheiße auf den Kö...« Der Magister atmete durch. In ruhigerem Tonfall fragte er: »Was schlagt Ihr vor?«

»Ich bin überzeugt, der fremde Zauberer beherrscht die Körperwandlung. Die Torwachen waren ja längst verstärkt worden. Trotzdem ist er unbemerkt hereingekommen, und er wird auch unbemerkt hinauskommen. Um ihn zu überlisten, bedarf es mehr.«

»Mehr von was? Redet nicht um den heißen Brei herum.«

»Wir sollten uns zunächst einmal fragen, was er von Meister Gamtos Mokslas wollte. Ganz offensichtlich hat er ein Buch entwendet.« Bralag deutete auf das Holzkästchen, das neben dem Toten lag. Durch den Sturz hatte es sich geöffnet, der Deckel war zersplittert.

»Das Buch dort neben ihm befand sich niemals in der Kiste. Seht, die Abdrücke stimmen nicht überein.«

»Er hat ein Buch gestohlen? Was will er damit?«

»Es muss ein besonderes Werk sein. Ich weiß, dass Meister Gamtos seltene Folianten sammelte. Er hat einmal erwähnt, er besitze ein Buch vollkommen aus Holz. Ein Pflanzenkundebuch, ein Relikt aus der Zaubererzeit.«

»Ein Holzbuch? Mumpitz! Was soll er mit einem Buch über Pflanzenkunde anfangen? Uns verzauberte Schlingpflanzen auf den Hals hetzen?« Der Magister zog lachend die Stirn kraus, als wäge er diese Möglichkeit ab. »Wo steckt Valhelia? Val!«, brüllte er unvermittelt.

Gleich darauf erschien sie und bestätigte Bralags Aussage, nachdem sie in die Vergangenheit des toten Lehrmeisters gesehen hatte. »Er nennt sich Keil«, erklärte sie. »Gamtos erzählte etwas von den Samen eines Baums. Ein Majok-Baum?« Sie hob die Schultern.

Bralag lächelte süffisant. »So nennt man die letzten Baumriesen im Königswald.«

»Wir wissen, was das für Bäume sind«, unterbrach der Magister Bralags Ausführungen. »Unterrichtet unsere Verbündeten, die Zentauren, und schickt alle verfügbaren Magier in die Königswälder. Wenn sich der Bastard die Samen holen will, schnappen wir ihn.«

Bralag nickte nachdenklich. »Wenn wir zu viele Magier schicken, könnte es ihn vertreiben. Er wird nicht auftauchen.«

»Habt Ihr eine bessere Idee?«

»Wir sollten uns dieses Bauernmädchen zunutze machen. Wenn der Fremde wirklich das weiße Mädchen sucht, aus welchen Gründen auch immer, sollten wir ihm zuvorkommen.«

»Wie das?«

»Indem das Mädchen für uns arbeitet.«

Der Magister wirkte nicht überzeugt, doch er lächelte. Das erste Mal an diesem Tag. Ohne Bralag seine Ausführungen beenden zu lassen, sagte er: »Gut. Val wird sie begleiten. Erlange ihr Vertrauen, meinetwegen erkaufe es dir. Du fährst mit ihr zu den Zentauren in die Königswälder. Dort warten wir auf diesen Fremden. Bralag, Euch benötige ich hier.«

Der oberste Heerführer nickte stumm. Das war nicht ganz, was er geplant hatte.

Bereits in der Nacht holten die Bewahrer der Ruhe Mira zurück in den Magierturm. »Wir müssen dich in Sicherheit bringen«, meinte Valhelia. »Wir reisen morgen in aller Frühe ab.«

»Aber … wieso? Wohin?«

Der Magister trat vor. Seine Stimme war angenehm warm und erklang in einem fast väterlichen Tonfall. »Der Fremde ist in der Stadt aufgetaucht. Du bist hier nicht mehr sicher. Meisterin Valhelia wird dich nach Königswald begleiten. Dort existiert ein verborgener Ort, den der Fremde nie finden wird.«

Mira schluckte. Der Kloß in ihrem Hals ließ sich nicht vertreiben. »Ich … ich gehe nicht ohne meine Freunde.«

»Das geht nicht. Wir haben das doch schon alles besprochen«, sagte Val.

Mira schüttelte energisch den Kopf. »Ohne sie gehe ich nirgendwo hin.«

Val wollte zu einer Antwort ansetzen, schwieg jedoch.

Unsicher schaute Mira von einem zum anderen. War das ein Lächeln auf Bralags Lippen? Nein, offenbar hatte sie sich getäuscht. Sein Blick war ausdruckslos.

Der Magister räusperte sich. »Meinetwegen, so sei es. Lasst sie mitfahren. Vielleicht fällt eure Reise dann sogar weniger auf.«

Knapp fünf Striche waren auf der Stundenkerze abgebrannt, bis eine abreisebereite Gauklertruppe vor den Toren des Magierturms stand. Mira hatte kaum geschlafen. Stattdessen hatte sie sich einige Kleidungsstücke von Valhelia aussuchen dürfen. Die Kleidung der Magierin war um ein Vielfaches prunkvoller als die Rahias. Überhaupt entpuppte Val sich als recht umgänglich und verständnisvoll. Mira hatte sich für ein paar Hosen entschieden. Ein weiterer Pluspunkt in ihrer Meinung über Val.

Rahia war alles andere als begeistert, als Val offenbarte, ihren Wagen nutzen zu wollen. Sie schleppte Kisten mit Kleidern, Büchern und diversen Gebrauchsgegenständen an, dazu eigenes Bettzeug. Doch die Gauklerin gab bald nach, sodass nun Seidendecken das Bett zierten. Rahias Bett. Das Zelt, das sie im Tausch bekamen, wurde sogleich von Ruven und Unna in Augenschein genommen und für ausgezeichnet befunden.

Dann zog die Gruppe los, bestehend aus den drei Gauklern, Mira und Valhelia sowie einem Tross Magier.

Der Himmel war grau, die Tage zogen eintönig mit nicht endendem Nieselregen ins Land.

Der Vorteil an Valhelias Gesellschaft war der Reichtum an Speisen, was wenigstens Unna besänftigte. Ruven hielt sich ebenfalls mit Kritik zurück. Einzig Rahia zog immer wieder ein unglückliches Gesicht.

XLIV
Forderungen

Er hatte das Buch. Er hatte es tatsächlich bekommen. Das Hochgefühl, das ihn befallen hatte, ebbte die gesamte Reise zurück zu den Trollen nicht ab. Kyrian wanderte querfeldein, so wie immer. In der Trollbibliothek hatte er sich die Landkarten eingeprägt und konnte eine günstige Strecke wählen, frei von Hauptstraßen.

Mehrmals dachte er, alles ginge ein wenig zu einfach, als er das Bergmassiv erreichte, als er das Reich unter dem Berg betrat. Was für eine Welt, in der jeder umherreisen konnte, ohne behelligt zu werden.

Die Trolle Barathur und Uschtra brachten ihm Freude über das Wiedersehen entgegen und führten ihn vor den König.

Sofort erkannte Kyrian den Zweifel in den Gesichtern der Anwesenden. Und ebenso die Hoffnung. Unmerklich wanderte sein Mundwinkel nach oben, während er sich verbeugte.

»Ich habe meine Aufgabe erfüllt, König Ackarian.« Mit diesen Worten legte er ein dickes Bündel vor den Thron. Acht Lanzen richteten sich auf ihn, doch er ließ sich nicht beirren und packte das Buch aus, wobei er sorgsam darauf achtete, es nicht zu berühren. Dort lag es, ein unscheinbares Stück Holz.

Der Trollkönig lächelte. »Ich erkenne es aus unseren Überlieferungen. Es könnte durchaus das Allgarettura – das Buch der verzauberten Pflanzen sein. Es könnte sich aber auch nur um ein einfaches Stück Holz handeln.«

»Seht, wie meine Macht wirkt.« Mit theatralischer Geste nahm Kyrian das Buch in die Hände, das augenblicklich zu leben begann. Efeuranken schossen hervor, Knospen bildeten sich, der moosbewachsene Foliant erstrahlte in einem grünlichen Glanz. Ein Raunen ließ den Raum erzittern. »Es ist bewiesen: Ich bin ein Zauberer.«

Er legte das Allgarettura ab, das sich sogleich in ein Holzstück zurückverwandelte. Ackarian nickte, doch er schwieg.

Nach einer Weile fragte Kyrian: »Wie fällt Eure Entscheidung aus?«

Zögernd ergriff der Troll das Wort. »Wir können dir nicht helfen. Es sei denn …«

Kyrians Herz raste. Hatte er sich verhört? *Wollten* ihm die Trolle nicht helfen? Für einen Atemzug schloss er die Augen. »Es sei denn, was?«

Der Trollkönig strich sich über das lederne Gesicht. »Das Buch alleine ist nutzlos. Uns fehlt der wichtigste Bestandteil.«

»Das kommt mir bekannt vor«, murmelte Kyrian. Lauter fügte er hinzu: »Lasst mich raten: irgendein Samen?«

Ackarian nickte ernst. »Ja, uns fehlen die Samen eines Majok-Baums.«

»Das konntet Ihr mir nicht vorher sagen? Ich hätte Euch die Mistdinger mitgebracht.«

»So einfach ist das nicht. Die Zentauren bewachen alles Saatgut der Wälder. Majok-Samen sind sehr selten, falls es überhaupt noch welche gibt. Nur wenn die Wetterverhältnisse günstig sind und die Sterne eine bestimmte Konstellation annehmen, geben Majok-Bäume ihre Samen preis. Da die Magier das Wetter beeinflussen, kommt eine derartige Konstellation nicht mehr zustande.«

Kyrian streckte fragend die Hände zur Höhlendecke. »Gibt es sie nun oder gibt es sie nicht?«

»Die letzten Majok-Bäume wachsen im Königswald, hoch im Norden des Landes.«

»Im Norden des Landes?« Kyrian schüttelte den Kopf. »Ich war im Norden des Landes«, schrie er. »Wenn ich Euch diese Samen holen soll, müsst Ihr mir schon ein wenig entgegenkommen. Was tut Ihr, wenn ich Euch schon die gesamte Arbeit abnehme? Wozu das Ganze?«

»Du sollst uns den Südwald zurückbringen, den Bagharatan Dunkelhain.«

Kyrian starrte ihn ungläubig an. Nach einer Pause stieß er einen Laut aus. »Pff, na das ist doch mal eine Ansage.«

Der Trollkönig lehnte sich vor. »Es benötigt weitaus mehr als nur den Samen und das Buch. Diese zwei Dinge sind der Grundstein. Die anderen Bestandteile, sieben an der Zahl, können wir selber besorgen. Du verstehst, dass wir Trolle nicht einfach die Lande bereisen können wie ihr Menschen.«

»Dann findet man diese Bestandteile in der Nähe?«

»Sie befinden sich zum Teil bereits in unserem Besitz. Nur die Samen nicht.«

Kyrian fuhr sich durchs Haar. Er seufzte. »Das habe ich schon einmal gehört. Und was dann?«

»Bring uns die Samen, dann helfen wir dir. Bedingungslos.«

»Bedingungslos?«

»Bedingungslos.« Der Trollkönig neigte den Kopf.

»Und wie wollt Ihr mir helfen, wenn ich fragen darf?«

»Es gibt eine Möglichkeit«, fuhr Ackarian fort.

»Ich bin ganz Ohr.«

»Macht und Kraft der Magier sind an die Wettertürme und deren Wetterkristalle gebunden, mit denen sie das Wetter in der Welt beeinflussen.«

»In eurer Welt«, verbesserte Kyrian ihn.

»Wenn die Türme zerstört sind, ist die Macht der Magier gebrochen.«

»Dann zerstört sie.«

Ackarians Gesicht wurde grimmig. »Dir kann es egal sein, was mit unserer Welt geschieht. Uns jedoch ist es nicht egal. Niemand weiß, was die Zerstörung eines Wetterturms bewirkt. Außerdem werden sie stark bewacht.«

»Was soll passieren? In meiner Welt findet das Wetter von ganz allein statt. Es gibt den Sommer und den Winter, und dazwischen kommen Herbst und Frühling. Mit Regen, Schnee oder Sonnenschein.«

»Wir müssten uns durch harten Stein graben, um an den Turm der Magier zu gelangen.«

»Dann grabt!«

»Wenn wir graben sollen, musst du uns die Samen bringen.«

Kyrian verzog den Mund. »Wir drehen uns im Kreis. Wieso habe ich das Gefühl, ausgenutzt zu werden?«

»Du willst die Welt ändern? Dann tu es auch.«

XLV
Zwietracht

Alles war grau und nass. Die Wege bestanden aus braunem Matsch, zäh wie Kuchenteig, nur bei Weitem nicht so lecker. Unna hatte seine Schuhe nicht angezogen. »Ich versau mir doch nicht die guten Stiefel«, hatte er gesagt. Das leuchtete Rahia ein, weshalb sie auch barfuß lief.

Während Val im Wagen saß, mühten die anderen sich ab, den Moropus voranzutreiben, der immer wieder mit den Pfoten im Morast stecken blieb. Irgendwann ging er nicht mehr weiter. »Wir müssen rasten«, stellte Ruven fest.

»O ja, jetzt ein wärmendes Feuer«, sagte Mira, grinste und tat dann erschrocken: »Huch? Wo kommt plötzlich das viele Wasser her?«

Ruven sprang vom Kutschbock. »Na, da lässt sich aber jemand die gute Laune nicht verderben.«

»Ja, die kleine Mira hat sich mit ihren Sprüchen ganz schön schnell angepasst. Übertrifft mich fast an Sarkasmus«, fluchte Unna vor sich hin. »Aber nur fast.«

»Ich hatte zwei ausgezeichnete Lehrer und eine noch bessere Lehrerin«, flötete Mira vergnügt. »Wir sind doch nicht aus Salz. Außerdem: So werden wir gleichzeitig gewaschen.«

Ruven lachte. »Alles hat Sinn!«

Die Tür des Wagens öffnete sich, Val erschien. Um ihren Körper herum zerplatzte der Regen an einer unsichtbaren Schutzblase. »Was ist? Warum geht's nicht weiter?«

Rahia, die sich vorne beim Moropus befand, knurrte: »Halt mich zurück, Ruven. Sonst erwürge ich sie.«

»Ruhig Brauner, ruhig.«

Gemeinsam spannten sie das Zugtier aus und pflockten es neben der Straße an. Während Rahia den Pflock festhielt, den Ruven mit einem Hammer in den Boden rammte, beobachtete sie ihre Freundin, die Valhelia erklärte: »Wir müssen leider rasten. Die Wege sind nicht passierbar.«

Die Magierin verzog den Mund. Sie nickte nur, wobei sie Mira mit einem nachdenklichen Blick bedachte. »Du solltest dir trockene Sachen anziehen. Sonst wirst du dich erkälten. Oder nein, warte.« Val murmelte ein paar Worte.

Rahia sah, wie sich Miras Kleidung auf magische Weise trocknete und augenblicklich der Regen vom Körper ihrer Freundin abprallte. Ein Schutzschild. Mit offenem Mund und aufgerissenen Augen starrte sie die beiden an.

»Kommst du trotzdem gleich rein?«, fragte Valhelia kühl. »Es gibt etwas zu besprechen.« Sie verschwand Wohnwagen. Kurz darauf schwirrte eine Botenfee heraus und verlor sich im grauen Nieselregenschleier.

Rahia pustete einen Regentropfen von der Nasenspitze. »Was ist das denn für eine miese Nummer? Wir stehen hier im Regen und die feine Dame schützt sich und Mira mit Magie, damit die beiden nicht nass werden?«

Ruven zuckte mit den Schultern. »Wir haben Schlimmeres überstanden.«

»Ich hasse Magier«, murmelte Rahia und betrachtete Mira, die Val hinterherschaute. »Mira, keine Maulaffen feilhalten! Hilf lieber mit. Ach nee, geht ja nicht. Die feine Dame wartet.«

Mira seufzte. »Ich kann doch auch nichts dafür.«

»Ja, klar.« Rahia drehte sich fort. »Na, geh schon. Muss ja was ganz Wichtiges sein. Ist ihr ja hoch anzurechnen, dass sie an *meine* Einrichtung denkt, indem sie dich trocknet, bevor du *meinen* Wohnwagen betrittst.«

Stöhnend stapfte Mira davon, während Rahia ihr finster hinterherschaute. Ruven und Unna bauten das Zelt auf. Eine nasse und kalte Nacht erwartete die Gaukler, denn an ein Feuer war nicht zu denken.

Mit der Rückkehr der Botenfee am nächsten Tag verbesserte sich das Wetter. Das Verhältnis zwischen Rahia und Val jedoch besserte sich auch in den folgenden Tagen nicht. Sie ging der Magierin weitestgehend aus dem Weg, was nicht einfach war, da Valhelia in ihrem Wagen wohnte. Aber Rahia lagerte lieber im Freien, als mit Val unter einem Dach zu nächtigen. Sie war nur froh, dass sich Mira Valhelias Befehl widersetze und ebenfalls draußen schlief.

Aber wie lange würde ihre Freundin noch zu ihr halten? Wie lange wehrte sich ihr Geist gegen Vals Flüstern, das sich wie ein Parasit einnistete? Schon jetzt redete sie Val nach dem Mund, immer öfter kam es wegen der Magierin zum Streit. Mira war zu naiv, ihre Gutgläubigkeit ärgerte Rahia maßlos.

Als der erste sonnige Tag seit dem Frühlingsfest begann, hatten sie einen düsteren und bedrohlich wirkenden Wald betreten, dessen Baumkronen Mira nur erahnen konnte. Die Baumriesen maßen ein Vielfaches der Höhe aller Bäume ihres Dorfes, nicht einmal ein Dutzend ausgewachsene Männer hätten, einander an den Händen haltend, einen einzigen Baumstamm umfassen können.

Gemeinsam mit Unna suchte sie trockenes Holz für das Lagerfeuer ihrer dritten Rast in dem bewaldeten Gebiet. Immer wieder schaute sie zu den hölzernen Giganten empor, lauschte mit eingezogenem Kopf auf unbekannte Geräusche. »Ich war noch nie in einem Wald wie diesem«, flüsterte sie. »Was ist das für ein seltsamer Ort?«

»Es heißt im Volksmund, Häuser, Dörfer, ja, ganze Städte befänden sich in den Baumkronen der Königswälder verborgen«, sagte Unna. »Dunkle Wesen treiben ihr Unheil und locken mit ihren Irrlichtern arme Wanderer ins Verderben. Wenn sie entkräftet vom Umherirren danieder sinken, schließen die Wurzeln ihre Körper ein, um die Baumseelen mit ihren toten Leibern zu düngen.« Unna lachte schallend, als er sah, wie Mira entsetzt ihre Hand auf den Mund presste. »Das sind nur Märchen aus Borka, dem Wald der Dämonen im Süden. Hier im Königswald ist die Welt der Holzfäller und der Zentauren. Du bist nicht weit rumgekommen, oder? Wie alt warst du noch mal?« Er grinste sie an, doch Mira knetete ihre Hände und blickte sich unsicher um. Also kramte er in seinem Rucksack und zog eine bauchige Tonflasche hervor. »Es tut mir leid. Ich wollte dir keine Angst machen. Nimm einen Schluck hiervon.«

Endlich riss sich Mira von der düsteren Umgebung los. Sie schaute skeptisch erst die Flasche an, dann Unna. »Nein danke. Dein selbstgebranntes Gift kannst du alleine trinken.«

»Selbstgebraut trifft eher zu. Es ist Tee.«

Er schüttete eine rötlich-dunkle Flüssigkeit in seinen Tonbecher und reichte ihn Mira. Sie schüttelte den Kopf und beäugte Unna misstrauisch. Dann schnupperte sie doch am Becher. Zu ihrem Erstaunen stellte sie einen blumigen Geruch fest.

Unna nickte ihr aufmunternd zu. »Ein Beruhigungstee aus Melisse, Lavendel, Johanniskraut und ein paar geheimen Zutaten. Damit ich nachts besser schlafen kann.«

Noch immer nicht vollends überzeugt, nippte Mira daran. Mit genussvollem Seufzen riss sie die Augen auf. »Hmmm. Eine leicht minzartige Note, ein Hauch von Zimt. Und ist das Honig?« Die verschiedenen Gewürze überdeckten den herben Lavendelgeschmack und verbanden ihn mit der Süße.

Sogleich entwendete Unna Miras Hand das Trinkgefäß. »Nimm deinen eigenen Krug«, sagte er gespielt vorwurfsvoll und füllte ihren prompt hingehaltenen Becher.

Jeden Schluck kommentierte Mira mit Geräuschen, die die Schmackhaftigkeit des Getränks bezeugten. Es wirkte bei ihr eher aufmunternd, sie fühlte sich fast beschwingt.

»Siehst du?« Unna grinste. »Ich bin nicht immer böse.«

Plötzlich nahm sie den Wald nicht mehr ausschließlich als dunkel wahr. Die Umgebung erschien ihr viel heller. Feine Sonnenstrahlen drangen durch das dichte Dach der Baumriesen und tasteten mit ihren Lichtfingern den Boden ab. Alles leuchtete in verschiedenen Grüntönen.

Als sie genügend Holz gesammelt hatten, kehrten sie ins Lager zurück.

Erstmals gesellte Valhelia sich ans Lagerfeuer. »Übermorgen erreichen wir Waldstadt«, sagte sie an Mira gewandt, ohne den Gauklern Beachtung zu schenken.

»Ich wusste gar nicht, dass hier Menschen leben.«

»Nicht nur Menschen. Es ist die Stadt der Holzfäller. Sie leben im Einklang mit Zentauren und der Natur, so seltsam sich das anhören mag. Die Zentauren helfen ihnen, die richtigen Bäume zu fällen und, gemeinsam mit den Kaschubai, den Baumbestand zu kontrollieren.«

»Kaschubai?« Mira sog die Luft scharf ein. »Die Rindenteufel?« Als sie noch ein Kind war, hatte ihre Mutter ihr Geschichten über diese Wesen erzählt, damit sie nicht in den Wald ging. Angeblich sollten sie sich ihrer Umgebung perfekt anpassen können und unartige Kinder verspeisen.

Rahia kam Vals Antwort zuvor. »Keine Rindenteufel. Baumflüsterer. Sie sind älter als der Wald selbst. Man erzählt, sie sind von menschlicher Gestalt. Ihre Haut besteht aus Baumrinde und sie können mit Bäumen reden. Noch nie hat jemand diese Wesen zu Gesicht bekommen.«

Valhelia lächelte. »Ammenmärchen. Wir Magier kommunizieren mit dem Volk der Kaschubai. Sie dienen uns.« Sie drehte sich zu Unna. »Wenn das Essen fertig ist, kannst du es für mich und Mira in den Wagen bringen. Wir speisen zusammen.« Ohne ein weiteres Wort verschwand sie.

Unna hob die Augenbrauen und deutete mit fragendem Gesichtsausdruck auf sich selbst. Ruven seufze nur, während Rahia mit dem Kopf schüttelte und die Zunge in Vals Richtung ausstreckte.

Mira seufzte ebenfalls. Einerseits war sie glücklich, dass Val sie beschützte; sie hatte über die Zeit ihrer Reise sogar angefangen, Valhelia zu mögen. Andererseits spürte sie den Gauklern gegenüber eine tiefe Verbundenheit. Sie erhob sich. Vielleicht brauchte sie einfach ein wenig Zeit für sich allein.

Bald darauf brutzelte das Abendessen in der Pfanne. Rahia saß am Feuer und hing ihren Gedanken nach, genau wie Unna und Ruven. Alle schwiegen. Versonnen lauschte Rahia dem Knacken des Lagerfeuers und starrte in die Glut ... bis sie aufschreckte. Da waren Geräusche, die nicht in einen Wald passten. Zum Beispiel der Klang eines aus der Scheide gezogenen Schwerts. Sie sah die anderen an, die es offenbar auch gehört hatten. Wo steckte Mira?

Ein Schrei erklang in der Ferne. Im selben Atemzug brachen vier Räuber durchs Dickicht. Abgerissene, bärtige Gestalten umzingelten die Gaukler, hielten grobe Waffen in ihren muskelbepackten Armen. Einer der Männer besaß nur ein Auge, eine Narbe verlief von der anderen Augenbraue bis hinunter zur Wange. Alle vier trugen nagelneue Stiefel.

»Wen haben wir denn hier? Fette Beute würde ich sagen.« Der Einäugige lachte – sein Lachen, endete in einem Husten.

Sofort wusste Rahia, wer der Anführer dieser klischeehaften Wegelagerer war. Sie fixierte die Männer und nickte Ruven zu. »Ihr solltet lieber verschwinden«, gab sie zurück. »Eine Magierin reist mit uns.«

Der Wortführer lachte erneut. »Das hätt ich auch gesagt, mein Täubchen.«

Die anderen fielen in sein Lachen ein. »Hauptsache, ein Weib. Nicht wahr, Wolf?«

Der Mann mit der Augenklappe grinste. »Schnappt sie euch!«

»Valhelia!« Rahia griff sich ein Holzscheit, doch die Klinge ihres Gegenübers entwaffnete sie mühelos.

Unna zögerte. Die einzige Waffe, die wirksam schien, war die Bratpfanne mit dem zwei Ellen langen Stiel, aber darin brutzelten gerade Speck und eine Menge Würstchen. Ruven hechtete zu seinem Gehstock. Mit einem Ruck zog er den darin verborgenen Degen hervor. Sein Angreifer stockte. Sofort wandte sich ihm ein zweiter Mann zu.

Unvermittelt tauchte Val neben dem Wohnwagen auf. Sie erschien aus dem Nichts, sah auf die Gaukler, die von Feinden umringt waren ... und ging.

Rahia konnte es nicht glauben. »Val!«, schrie sie, doch weder die Räuber noch die Magierin reagierten darauf. Valhelia wandte sich einfach um und ging fort. Ohne Eile. Kochende Wut durchströmte Rahia. Auf Magier war kein Verlass. Sie fühlte sich in ihre Kindheit zurückversetzt. Scheiß auf Magie. Straßenkampf!

»Bitte tu mir nichts, bitte.« Wimmernd kniete sie sich hin. Während sie mit der rechten Hand unbemerkt ein Moosbüschel ausriss, lag in der Linken bereits ihr Stiefelmesser.

Der Mann lachte grunzend und trat näher. In einer fließenden Bewegung schleuderte Rahia ihm das Moos ins Gesicht. Gleichzeitig zog sie ihr Messer durch seine Kniekehle und rollte zur Seite. Dann sprang sie auf. Der Mann sackte heulend zusammen. Rahias Fuß schmetterte gegen sein Kinn und er rührte sich nicht mehr.

Unna wehrte sich fluchend, das Gesicht wutverzerrt, mit der Pfanne, während die Würstchen im Feuer verbrannten. Ruven hielt seine beiden Gegner in Schach. Die Räuber standen ihnen gegenüber.

»Schafft ihr die?«, vergewisserte sich Rahia.

Mit einem »Jap« ging Ruven zum Angriff über. Rahia sprintete ebenfalls los. Sie musste Mira finden.

Als Erstes entdeckte sie Valhelia, die hinter einem Baum stand und etwas beobachtete. Mira!

Zwei Männer umringten ihre Freundin. Gerade packte ein Dritter sie von hinten. Sie trat einem ins Gemächt, sodass der Kerl sich schnaufend krümmte. Warum griff Valhelia nicht ein? Für eine Magierin sollte es ein Leichtes sein, drei Feinde zu vertreiben.

Rahia schleuderte ihren Dolch, verfehlte aber das Ziel aus Angst, sie könnte Mira treffen. Zitternd blieb der Dolch neben einem der Männer in einem Baumstamm stecken. Die Wegelagerer wirbelten in ihre Richtung, auch Valhelia schrak zusammen.

Jetzt reagierte sie, trat hinter dem Baum hervor und hob Magie webend die Hände. Ein Lichtblitz schoss über die Köpfe der Räuber hinweg. Augenblicklich ließen die Männer Mira los und suchten das Weite.

Valhelia sandte einen zweiten Lichtblitz, stürmte vor und erreichte das Bauernmädchen als Erste. »Mira, geht es dir gut? Zum Glück habe ich dich gefunden.«

»Es … ich … du hast mir das Leben gerettet. Danke.« Sie umarmte Val, bevor Rahia an sie herankam. »Ich … ich will hier weg.«

»Wir reisen noch heute ab. Außerhalb von Waldstadt ist es zu gefährlich.«

»Die anderen …«, rief Rahia atemlos und riss ihren Dolch aus dem Baum. »Wir brauchen deine Hilfe.«

Valhelia zögerte. Erst als Mira einen Laut des Entsetzens von sich gab, nickte sie.

Die drei liefen los. Diesmal erreichte Rahia als Erste das Lager und warf sich schreiend in den Kampf.

»Scheiße, weg hier«, brüllte der Einäugige.

Angesichts der Überzahl türmten die verbliebenen Räuber mit ihrem verletzten Kameraden. Stille breitete sich aus, Ruven nahm Mira in den Arm.

»Willst du sie nicht verfolgen?«, fragte Rahia die Magierin schwer atmend. »Oder willst du wieder erst mal abwarten?«

Valhelia musterte sie mit eiskaltem Blick. »Halte deine Zunge im Zaum. Miras Sicherheit geht vor.«

»Das habe ich aber anders in Erinnerung.«

Äußerlich blieb Valhelia gelassen. »Packt alles zusammen! Wir reisen ab.«

Unnas grimmiger Blick fiel auf die verkohlten Überreste der Würste. Dann nickte er und begann, seine Sachen zu packen.

Als Rahia gehen wollte, zischte Val: »Dich will ich in meinem Wagen sehen.«

»In *deinem* Wagen?«

»Sofort!«

Widerwillig, mit geballten Fäusten, gab Rahia nach. Gegen eine Magierin konnte sie nicht gewinnen.

»Warum hast du uns nicht geholfen?«

»Für dich bin ich Meisterin Valhelia. So viel Zeit muss sein. Auch in Gefahrensituationen«, wies die Magierin Rahia zurecht.

»Aber Mira nennt *Euch* auch nicht so.«

»Das ist etwas anderes. Uns verbindet ja auch etwas.«

Rahia überhörte den Spott in ihrer Stimme. »Warum ...?«

»Zuerst einmal wirst du mich nie wieder bloßstellen. Vor niemandem. Ist das klar?«

Rahia biss die Zähne zusammen. Sie wusste, was sie im Wald gesehen hatte. Die Magierin hatte tatenlos zugesehen. Sollte Mira Angst bekommen? Diese Räuber ... die neuen Stiefel ... Endlich begriff sie. Aber könnte sie Valhelia mit der Wahrheit konfrontieren? Val würde ihr nichts tun. Oder?

»Ist das klar?«

Rahia stieß die Luft geräuschvoll aus. Nach einer langen Pause rang sie sich ein »Ja« ab.

»Gut. Zweitens möchte ich, dass Mira von nun an hier bei mir im Wagen nächtigt. Ich kann sie nicht schützen, wenn sie alleine dort draußen ist. Ebenso entbinde ich sie von ihren Arbeiten. Mira bleibt ab heute an meiner Seite.«

Rahia verschränkte die Arme vor der Brust. »Ob sie das noch will, wenn sie von der Aktion im Wald erfährt?«

»Was du glaubst, gesehen zu haben, ist eine Sache. Magie überschreitet deinen Horizont. Aber ich erkläre es dir gerne, obwohl ich nicht denke, dass du es verstehen wirst.« Valhelia lächelte süffisant. »Ich habe auf den richtigen Moment gewartet, um Mira nicht zu gefährden.«

Rahia verengte die Augen. Sie suchte eine Regung in Vals Gesicht, irgendetwas, das ihre Worte Lügen strafte. Oder hatte Valhelia recht? Nein, ein Magier konnte seine Energie so lenken, dass sie immer ihr Ziel traf. Egal wo, egal wann.

»Im Übrigen war ich es, die sie gerettet hat«, fügte Val hinzu.

Rahia starrte die Magierin an. Sie wusste, dass ihre Augen vor Zorn sprühten. Val schien von ihrer Wut belustigt zu sein. Alles in ihrem Blick sagte: »Komm schon. Schlag zu! Greif mich an!« Doch Rahia tat ihr nicht diesen Gefallen. Vier Jahre als Gauklerin hatten sie gelehrt, solchen Menschen keinen Grund zu liefern. Stets freundlich und zuvorkommend. Sie war schließlich eine ausgezeichnete Schauspielerin, die sich beherrschen konnte. »Ah, ich verstehe, *Meisterin Valhelia.*«

»Das glaube ich kaum«, stichelte Val weiter.

»Nun, wenn Ihr das sagt, Meisterin Valhelia, wird es wohl stimmen. Verzeiht, ich bin nur ein winziges Sandkorn auf dieser unserer Erde.« Sie schlug die Augen nieder und tat demütig, obwohl sie innerlich kochte. Aber sie konnte das Spiel spielen, wenn Val es so haben wollte.

»Gut, dass du wenigstens das verstanden hast.«

Rahia ließ sich nicht reizen. Sie hatte bereits professionell abgeschaltet. Es gehörte zur Grundausbildung jedes Gauklers, sich niemals durch irgendwelche Zwischenrufe des Publikums aus seiner Schauspielrolle bringen zu lassen, und Rahia spielte die Rolle der devoten Dienerin. »Oh, bitte entschuldigt mich, Meisterin Valhelia. Ich muss noch unser Zugtier versorgen. Wenn Mira wegfällt, wird alles ein wenig länger dauern.« Mit einem Knicks entfernte sich Rahia.

»Ich bin sicher, ihr schafft das. Aber lass dir ruhig Zeit mit dem lieben Vieh«, rief ihr Val hinterher. »Familienbande soll man pflegen!«

Kaum hatte Rahia die Tür hinter sich geschlossen, knurrte sie: »Fall tot um!«

XLVI
Waldstadt

Nun, da Mira den Wagen mit ihr teilte, müsste Valhelia ihre Scharade ständig aufrechterhalten. Sie hasste es, sich zu verstellen, aber sie hatte sich eine Taktik zurechtgelegt. Sie würde dafür sorgen, dass Mira sie auch ohne Magie für die beste Freundin hielt. Sie brächte ihr ein paar sinnlose Magieformeln bei und ließe sie in dem Glauben, sich selbst gegen den Fremden schützen zu können. Das würde bestimmt spaßig, sollte Mira im Ernstfall merken, dass die Sprüche nicht wirkten.

Verstohlen beobachtete Val das Bauernmädchen beim Umkleiden. Diese weiße Haut … Einen Augenblick spielte sie mit dem Gedanken, mit ihr das Bett zu teilen, um ihre Gelüste zu befriedigen. Aber sie entschied sich dagegen. Ein Fehltritt könnte Bralags Erfolg bedeuten. Sie hielt noch bis Waldstadt durch, wo es genug kräftige Holzfäller gab. Und nach denen gelüstete es sie gerade weitaus mehr.

Am nächsten Tag begann Valhelia, Mira ein paar erfundene magische Formeln beizubringen. Sie zeigte ihr übertriebene Bewegungen und Worte, mit denen sie angeblich einen imaginären Schild aufbauen oder den Gegner verwirren könne. Die dumme Gans konnte die Sprüche sowieso nicht nachvollziehen.

»Du machst gute Fortschritte«, lobte sie Mira dennoch. »Aber versprich mir, die Magie niemals ohne mein Beisein zu nutzen. Das kann sehr gefährlich sein.«

Mira nickte. »Warum tust du das?«

Val machte ein fragendes Gesicht. »Ich verstehe nicht ganz.«

»Ich meine, warum zeigst du mir all diese Dinge und beschützt mich?«

»Wir Magier sind nicht so böse, wie Rahia dir einreden will.«

»Ja, aber was hat das mit mir zu tun?«

Beim Gottvater, war dieses Mädchen dumm. Oder begehrte sie etwa auf? Val zögerte. Sie redete sich um Kopf und Kragen, wenn sie Rahia anschwärzte. Das gewonnene Vertrauen durfte sie nicht leichtfertig aufs Spiel setzen. Also änderte sie ihre Taktik. »Wo soll ich beginnen …« Sie schluckte. »Es ist so schwer … als Magierin in einer Männerwelt zu bestehen. Die geistige Einsamkeit ist manchmal … unerträglich. Ich habe nicht viele Freundinnen, musst du wissen … Egal.«

»Oh.« In Miras Augen trat Bedauern.

»Ich will kein Mitleid. Ich hätte nicht damit anfangen sollen.«

»Nein, erzähl weiter. Ich kann dich sehr gut verstehen.«

»Na gut. Ich wurde … Schon als kleines Mädchen wurde ich gemieden, weil ich anders war. Magiebegabt. Die anderen hatten ständig Angst vor mir …« Val setzte alles auf eine Karte. Sie schaffte es sogar, sich eine Träne herauszuquetschen. »Ich wünschte, ich hätte eine Freundin … zum Reden.«

Eine quälende Unendlichkeit kam keine Reaktion. Fast glaubte Val, sie hätte es übertrieben.

Doch dann umarmte Mira sie. »Ich glaube, wir sind wirklich seelenverwandt. Nur liegt es bei mir ausschließlich an der Hautfarbe.«

Um sich das Grinsen zu verkneifen, wich Val auf ein mit Sicherheit übertrieben wirkendes Lächeln aus. Sie hatte gewonnen. Ganz ohne Magie.

Die letzten Tage ihrer Reise nach Waldstadt waren wie Wasser durch ein Sieb geronnen. Mira hatte Rahia immer seltener gesehen. Aber sie würde schon noch mit ihr reden. In Waldstadt. Ihre eigene Sicherheit war im Moment wichtiger, das sagte auch Val.

Bei dem Gedanken an die Magierin musste Mira lächeln. In den letzten zwei Tagen hatte sie so viel von ihr gelernt, dass sie sich schon selbst wie eine angehende Magierin fühlte. Sie hatten lange Gespräche geführt und viele Gemeinsamkeiten festgestellt. So liebte Val zum Beispiel die Musik, genau wie sie.

Als draußen ein Wiehern ertönte, erschrak Mira.

»Willkommen in Waldstadt!«, rief ein stattlicher Zentaur, schnaubte, neigte den Kopf zum Stadttor und ließ ihren Wagen passieren.

Mira saß auf dem Kutschbock zwischen Val und Ruven, der lenkte. Unna hockte auf der dreistufigen Treppe am Ende des Wohnwagens, während Rahia mit ausdrucksloser Miene hinterhertrottete.

Die Stadt lag inmitten des Waldes, nein, die Stadt war ein Wald. Das Licht schimmerte grün, die Bäume hier zeigten sich ganz anders: mindestens fünfmal so hoch und dreimal so dick wie gewöhnlich. An ihren Stämmen klebten Wendeltreppen und in den Kronen befanden sich die Häuser der menschlichen Bewohner von Waldstadt. Riesige ebenerdig angelegte Hallen dienten den Pferdemenschen als Wohnstätte; und in einigen Gebäuden lebten sogar Menschen mit Zentauren zusammen. Bauwerke von unglaublichem Ausmaß und majestätischer Schönheit raubten Mira den Atem. In ihrer Heimat ging man nur in den Wald, um Holz zu sammeln. Die Menschen hielten sich nie länger als unbedingt notwendig darin auf.

Mira entdeckte ein Schild, auf dem ein durchgestrichener Baum zu sehen war. Die beste Gelegenheit, ihre Lesekenntnisse zu verbessern. Sie versuchte, das Schild zu entziffern:

Das Abschlagen der Bäume im Königswald ist strengstens untersagt und wird mit dem Kerker geahndet.

»Die Bevölkerung hält sich weitestgehend an das Gesetz«, erklärte Val, die Miras Blick auf das Schild bemerkt hatte. »Im Winter kommen Magier und teilen das Holz ein. Nur bestimmte Bäume dürfen gefällt werden, und für jeden abgeschlagenen Baum pflanzt man zwei neue.«

Eine ganze Weile später erreichten sie einen mächtigen, baumartigen Turm, den Waldturm der Magier, einen gewaltigen Baumstamm ohne Äste und Krone, an dessen Spitze sich eine Kuppel befand.

»Ich bleibe keinesfalls hier.« Rahia drehte sich um und ging, Ruven lief ihr hinterher. Unna zuckte mit den Schultern und folgte den beiden.

Doch Valhelia zog Mira mit sich. »Hier kannst du noch viel mehr lernen. Es gibt hier sogar Bücher.« Ihre Stimme glich einem Singsang, und Mira folgte ihr, einen letzten Blick auf die Gaukler werfend.

Nachdem sie beide ein Zimmer erhalten hatten, verabschiedete sich Val. »Ich habe viele Vorbereitungen und Besorgungen zu tätigen.«

Mira bezog ihr Zimmer hoch oben. So atemberaubend der Ausblick war, verdrängte doch der Wunsch nach Sauberkeit rasch die Faszination. Nach einem ausgiebigen Bad verspürte sie eine vollkommene Erschöpfung, sodass sie einschlief und erst gegen Abend erwachte. Die Einsamkeit hielt in Miras Raum Einzug. Was die anderen wohl machten?

Es klopfte, Ruven trat ein. »Hallo, Mira.«

»Ruven, wie schön. Ich habe gerade an euch gedacht. Wo schlaft ihr heute Nacht?«

»Wir haben unseren Wagen zurückbekommen. Rahia hat ihn erst mal komplett geputzt. So gründlich war sie seit Jahren nicht mehr.« Er lachte. »Wir stehen im Hof einer Herberge unweit von hier. Im ›Saftgrün‹.«

»Rahia mag nicht hier schlafen, oder?«

Ruven seufzte. »Nein.«

Wie sollte es nun weitergehen? Miras Leben war momentan so verworren. Traurig sah sie aus dem Fenster.

»Rede mit ihr«, sagte der Gaukler. »Sie braucht dich.«

»Hm … wo ist Rahia denn jetzt?«

»Valhelia sagt, sie habe versucht, mit ihr zu reden, doch sie betrinkt sich in dieser Waldschenke, im ›Birkenwasser‹.«

Mira nickte. »Lass uns gehen.«

Die beiden machten sich auf den Weg zur Schenke. Dort angekommen, wollte Ruven nicht mit hinein. Er empfand es als unpassend, einem Gespräch unter Frauen beizuwohnen. »Falls du mich brauchst, ich warte hier draußen.«

Mira betrat den schummrigen Raum und musste ein paarmal blinzeln, ehe ihre Augen sich an das Licht gewöhnten. Rahia saß in einer Nische und nippte an einem Schwarzbier.

Zögernd trat Mira auf ihre Freundin zu. »Darf ich?«

»Klar, der Platz ist doch frei.«

Sie knetete ihre Hände, überwand sich schließlich. »Deine Laune hat sich seit Beginn der Reise fortlaufend verschlechtert. Was ist los? Ist es wegen der Zentauren?«, fragte sie.

»Ts. Auch ...«

»Was denn noch?«

Rahia drehte sich zu Mira um. »Kannst du dir das nicht denken? Dass mir diese Valhelia mächtig auf den Geist geht, ist dir wohl nicht aufgefallen, oder? Nicht nur, dass sie mein Bett, meinen Wagen benutzt, nein, sie kommandiert ständig herum. Mach dies, hol das ...« Rahia äffte Vals Stimme nach und stieß dann ein entnervtes Brummen aus.

»Hm ... Ich finde sie gar nicht so schlimm.«

»Kein Wunder. Zu dir ist sie ja auch nett, dich unterhält sie mit ihren magischen Spielchen. Du verbringst schon jetzt mehr Zeit mit ihr als mit uns.«

Mira verzog den Mund. »Das ist nicht wahr. Wir bleiben doch trotzdem beste Freundinnen.«

»Trotzdem? Ts ...«

»Ach, du weißt, was ich meine.«

»Genau. Wundert mich eh, dass Valhelia ihrem Schoßhündchen freigegeben hat.« Sie nahm einen tiefen Schluck von dem dunklen Gebräu.

In diesem Moment erschien Valhelia in der Tür der Schenke. »Mira, hier steckst du. Ich war bereits in Sorge. Oh ... ich warte draußen auf dich.«

Die beiden Mädchen schauten auf, Rahia verzog abfällig die Mundwinkel. »Wenn man vom Drachen spricht. Na, lauf schon, ehe die Meisterin dir den Popo versohlt.«

»Es ist nicht, wie du denkst.« Mira erhob sich und ging mit gesenktem Kopf in Richtung Ausgang.

Rahia starrte geradeaus. Sie setzte den Krug an, doch bevor sie trank, verließ ein Laut ihre Lippen. »Wuff.«

Eine heiße Woge schoss in Mira empor. »Ich bin kein Schoßhündchen! Ich versuche nur, mein Leben zu schützen. Anscheinend ist das allen anderen egal.« Sie drehte sich um, vernahm noch ein Klirren und stapfte hinaus. Weit kam sie nicht.

Rahia knallte den Krug dermaßen auf den Tisch, dass er zersprang. Die dunkle Flüssigkeit spritzte gegen ihre Tunika und ergoss sich über den Boden. Mit wenigen Sätzen sprang sie hinter Mira her. Draußen packte sie ihre Freundin an der Schulter und riss diese herum. »Es ist mir gerade nicht egal!«

Die beiden Mädchen standen sich gegenüber wie in einem Wettkampf. Ruven schaute mit schuldbewusster Miene von der gegenüberliegenden Straßenseite aus zu. Auch Valhelia hielt sich zurück. Niemand wagte, in den Streit einzugreifen.

Vals Anblick reichte, um Rahias Zorn zu verhundertfachen. Es war ihr egal, ob die Magierin sie hörte oder nicht. Sie musste ihre Wut loswerden, um nicht zu platzen. »Merkst du nicht, wie sie dich manipuliert?«

»Das sagst du doch nur, weil ich Val mag. Weil wir Freundinnen sind! Vielleicht bist du ja auch neidisch, dass ich meine Zeit mit einem anderen Menschen teile außer mit dir.«

Rahia riss Augen und Mund auf. Erst war sie sprachlos, dann fing sie sich: »Was? Auf eine Magierin? Ich glaub, du spinnst.«

»Was habt ihr denn damals im Wagen getuschelt?«

»Im …? He, Moment mal. Das ist immerhin mein Zuhause und außerdem geht dich das einen Dreck an.«

Mira verschränkte die Arme vor der Brust. »Ich kenne Mädchen deiner Art.«

»Mädchen meiner Art? Ach ja?« Rahia breitete die Arme aus. »Ich bin ganz Ohr. Nur raus damit!«

»Du brauchst doch nur mit den Augen zu klimpern und schon läuft dir jeder Mann hinterher. Ich hingegen …«

»Ach, hör auf! Jetzt kommt wieder die Mitleidsschiene. Ich hör mir so einen Schwachsinn nicht länger an.« Rahia wandte sich ab und Mira trat einen Schritt näher.

»Dann sag mir doch, was ihr im Wagen gemacht habt?«

Rahia wirbelte so rasch herum, dass Mira zurückzuckte. »Du kennst mich kein Stück. Gar nichts kennst du von mir«, fauchte sie. Sie konnte unmöglich die Wahrheit sagen. Ihr Blick glitt kurz zu Val, die am Rand stand und sie beobachtete.

»Dann … zählt unsere Zeit auf dem Fest nichts? Ich dachte, du magst mich. Da habe ich mich wohl getäuscht.«

Jetzt verschränkte Rahia die Arme vor der Brust. »Wenn du das so siehst, ist es besser, du ziehst alleine mit deiner Valhelia weiter. Du stehst ja eh noch nicht in Ruvens Freibrief.«

Miras Schultern sanken herab. »Ich bin auch keine Gauklerin«, sagte sie leise.

»Genau, du bist nur die Tochter eines Bauern. Oh, ich vergaß. Deine Eltern haben dich ja verkauft. Also bist du nicht einmal mehr das.«

Das saß. Rahia tat es bereits in dem Moment leid, da die Worte ihren Mund verlassen hatten. Sie konnte nicht mehr rational denken, ihre Wut nicht zähmen. Sie stieß die Worte heraus, ohne einen Bruchteil eines Wimpernschlags über die Folgen nachzudenken. Schon als sie die Tränen über Miras Gesicht rinnen sah, bereute sie es; aber es war zu spät.

»Warum bist du nur so gemein«, schrie Mira, drehte sich um und rannte davon, gefolgt von Valhelia.

»Ich hab nicht angefangen«, brüllte Rahia ihr aus Leibeskräften hinterher. Sie schloss die Augen und atmete tief durch. »Es tut mir leid«, flüsterte sie.

Sie drehte sich um und sah in Ruvens trauriges Gesicht. Er breitete die Arme aus, doch Rahia rannte fort. In die entgegengesetzte Richtung, in die Mira verschwunden war.

XLVII
Trennung

Welch ein herrlicher Tag! Valhelia hatte sich alle erdenkliche Mühe gegeben, um die Gaukler von Mira zu trennen, und nun war es so weit. Der letzte Akt konnte beginnen.

Die Vorbereitungen hatten sie ein kleines Vermögen gekostet: die Räuber, das Geheimversteck; sogar echte Majok-Samen hatte sie bekommen. Eine wahre Flut an Hinweisen hatte sie in der Stadt verstreut, besser ein paar mehr als zu wenige. Selbst ein Blinder konnte die Spur zur geheimen Zuflucht nicht verfehlen. Jetzt galt es, das Bauernmädchen dorthinzulocken; und die Bedingungen dafür standen vorzüglich.

Valhelia setzte ein besorgtes Gesicht auf und rannte Mira hinterher. Während des Laufens umgab sie ein magischer Spruch mit einer Aura der Freundschaft. *Beste Freundin, ich eile zu dir.* »Mira. Warte!«

»Wie konnte Rahia nur so gemein sein?« Schluchzend blieb Mira stehen.

»Ich weiß es nicht. Aber vielleicht ist es besser so. Jetzt kann ich meinen Schutz ganz auf dich konzentrieren.« Sie breitete die Arme aus und Mira floh hinein.

»Bring mich fort von hier.«

»Wir reisen noch heute ab. Im Wald liegt eine verborgene Zuflucht, von der nur du und ich wissen. Dort bist du in Sicherheit, bis der Fremde ausgeschaltet ist. Das verspreche ich dir, von Freundin zu Freundin.« Vals Stimme war nur ein Flüstern. Unmerklich sog sie Miras Duft ein, streichelte sanft ihr Haar und lächelte dabei übers ganze Gesicht.

Die Gruppe trennte sich. Ruven hatte am Abend mit Mira gesprochen, hatte versucht, zu vermitteln, doch erfolglos. Ihr

Entschluss stand fest: Sie würde mit Val gehen, das erschien ihr am sinnvollsten. Und irgendwie mochte sie die Magierin auch immer mehr. Besonders wenn sie in ihrer Nähe war.

Aber sollte ihr nicht gerade das zu denken geben? Hatte Rahia recht und Val wollte sie beeinflussen?

Am nächsten Morgen waren die Sachen gepackt. Valhelia wartete bereits. Schweigend stand Rahia abseits und warf ihr hasserfüllte Blicke zu, die sie schulterzuckend ignorierte.

Mira wollte diesmal nicht heulen, doch als sie Ruven umarmte, kämpfte sie mit ihrer Beherrschung.

Seine Worte machten es nicht besser. »Leb wohl. Du bist ein wunderbarer Mensch, und ich hoffe, wir sehen uns wieder. Nein, ich bin überzeugt, dass wir uns wiedertreffen. Alles hat Sinn.«

»Danke für die tröstenden und wohlwollenden Worte, lieber Ruven. Leb auch du wohl. Auch wenn ich deine Überzeugung nicht teilen kann.« Ein Gefühl der Hoffnungslosigkeit bemächtigte sich ihrer, doch sie lächelte. Dann umarmte sie Unna wortlos. Zögernd sah sie die Gauklerin an.

»Wollt ihr euch nicht wieder vertragen? Man geht nicht im Zorn auseinander«, sagte Ruven leise zu Rahia, die kaum merklich ihren Kopf schüttelte.

Mit ausgestreckter Hand trat Mira hinzu. Im ersten Moment sah es aus, als wollte die Gauklerin sich wegdrehen. Doch sie blieb, erwiderte allerdings den Handschlag nicht.

»Leb wohl. Ich wünsche dir trotz allem ein glückliches Leben«, sagte Mira.

Rahia schnaubte schweigend.

»Wir müssen aufbrechen, kommst du?«, rief Val.

Die Lippen zusammengepresst, drehte Rahia sich um und ging. Mira seufzte und wandte sich ebenfalls ab. Es war vorbei.

Die Männer schauten einander an. Unna schnäuzte und räusperte sich, ehe er sichtlich verlegen sagte: »Ich … verdammter Heuschnupfen … ich mach mal das Essen.«

Ruven legte den Kopf schief.

»Das zweite Frühstück.«

»Ach so, verstehe. Und ich versuche mich in Schadensbegrenzung.« Auf seiner Suche nach Rahia musste Ruven nicht weit laufen. Wenige Schritte vom Weideplatz ihres Zugtiers entfernt war das Schluchzen zu hören. Vorsichtig trat er näher an das Zelt heran.

»Geh weg«, wimmerte Rahia.

»Darf ich reinkommen?«

»Nein«, erklang es undeutlich.

»Ich komme trotzdem«, meinte Ruven und kroch ins Zelt.

Rahia lag auf ihrer Schlafstätte und hatte sich die Decke über den Kopf gezogen. Sie schluchzte geradezu herzzerreißend, als er sie in den Arm nahm.

XLVIII
Die Hüter der Samen

Nur ein wenig magische Überzeugungskraft, und das weiße Bauernmädchen hatte seine dunkelhäutige Freundin schnell vergessen. Diese Mira war so naiv, so dumm. Verachtenswert. Aber der Zweck heiligte die Mittel, hieß es so schön. Mit zwei als Bauern verkleideten Magiern und einer Botenfee erreichten sie drei Tage später eine Waldlichtung.

»Wir sind da«, verkündete Valhelia.

Dicke Baumriesen säumten einen leeren Platz; verdutzt schaute Mira sich um. »Hier? Bauen wir Zelte auf?«

Val lachte leise. Dann murmelte sie ein paar Worte, und ein Gebäude entstand aus dem Nichts. »Willkommen in der geheimen Zuflucht.«

Mit großen Augen, den Mund halb geöffnet, bestaunte Mira das Bauwerk. Ein Waldhaus, das einem Gutshof glich, mit zwei Stockwerken, einem aus Feldsteinen gemauerten Turm in der Mitte und einem angrenzenden Garten. Die Lichtung besaß keine Umzäunung, lediglich ein Graben und ein Sandstreifen auf der Hausseite grenzten das Grundstück vom Wald ab. Die Wände des Hauses waren mit Lehm verkleidet. Säulen stützten das Dach, dessen dunkelgraue Holzschindeln matt im Sonnenlicht schimmerten.

»Hier wird er dich nicht finden, sei unbesorgt. Der Platz ist magisch verschleiert, wie du bemerkt hast.« Val führte Mira in den Garten. »Du darfst dich frei bewegen, aber tritt niemals aus dem Bannkreis heraus.«

»Bannkreis?«

»Siehst du diesen Streifen vor dem Graben?« Val deutete auf den Sandstreifen. »Er verläuft einmal ums ganze Haus. Das ist der Bannkreis. Tritt niemals darauf. Niemals, verstehst du? Sonst bist du für den fremden Zauberer sichtbar.«

Mira nickte. »Aber wie haltet ihr Wölfe oder Bären fern?«

»Du Dummerchen. Die sehen das Haus doch gar nicht. Der Bannkreis wirkt auch bei ihnen. Bei allen Lebewesen.«

Damit drehte sich Val um und ging zur klobigen Eingangstür. Das Bauernmädchen folgte ihr. Jetzt, wo es sich nicht mehr unter den Fittichen dieser Gaukler befand, musste Val sich nicht mehr verstellen, brauchte ihr nichts mehr zu zeigen. Diese dumme Gans glaubte ihr sowieso alles. Sie musste nur dafür sorgen, dass sie nicht fortlief.

Mira bezog ein Zimmer im ersten Stock. Der Turm war den beiden Magiern vorbehalten, die auch alle Arbeiten im Haushalt verrichteten.

Am zweiten Tag traf eine Gruppe Zentauren mit vielen Kisten ein. Lebensmittel, wie Val sagte. Eine Kiste jedoch schien etwas Wertvolles zu enthalten, denn ein fettes Vorhängeschloss sicherte ihren Inhalt. Die Magier nahmen sie in Empfang und trugen sie in den Turm.

Die Tage verliefen schweigsam, reihten sich zu quälenden Wochen. Die einzige Abwechselung boten die Zentauren, die regelmäßig mit frischen Lebensmitteln erschienen.

Müsste Mira den Rest des Lebens in diesem Haus verbringen? Sie vermisste ihre Freunde, die Gaukler – und ganz besonders Rahia. Ihr Lachen, ihre Fröhlichkeit. Warum nur war es so weit gekommen? Oft dachte sie an den Streit zurück. Und sie dachte an Valhelia. Die Magierin hatte sich verändert. Sie hatte kaum noch Zeit für Mira, verschwand manchmal tagelang.

Entgegen ihrer anfänglichen Idee, nie mehr das Zimmer zu verlassen, schlich Mira, von Val motiviert, in den Garten. Sie musste den Himmel sehen und genoss das Schlendern durchs Grüne. Zwar drängte sich ihr die Frage auf, wie jemand dieses Haus nicht bemerken sollte. Aber sie hatte es ja selbst erlebt, die magische Verschleierung.

Bereits nach wenigen Tagen verloren die kurzen Spaziergänge an Intensität. Wenn der fremde Zauberer sie nicht tötete, dann die Langeweile.

Kyrian wanderte nach Norden. Das Wetter zeigte sich regnerisch und grau. Wie konnte es eine Welt geben, in der es ununterbrochen regnete. Wenn die Magier das Wetter kontrollierten, wie die Trolle behaupteten, warum ließen sie das Land dann ersaufen? Er nickte grimmig. Natürlich seinetwegen. Schöne Ausrede, um das Volk zu unterdrücken. Er wollte diese Magier nur noch vernichten. Immer drängender.

Die Spur der weißen Magierin fand er mit Leichtigkeit. Fast schon zu leicht. Lockte man ihn in eine Falle oder suchte sie ebenfalls den Kontakt?

Kaum hatte er den Königswald erreicht, schloss er sich einer Gruppe Holzfäller an und betrat die Stadt der Bäume. Innerhalb eines Tages trug er alle Informationen zusammen, die er benötigte. Kein Zweifel: Es handelte sich um eine Falle. Die weiße Magierin Mira *und* die gesuchten Samen, das konnte kein Zufall sein. Aber gegen ein paar Magier kam er allemal an. »Wenn du das Übel kennst, kannst du dagegen angehen.« Er lächelte. Targas.

Rasch machte er das Waldhaus ausfindig. Dank eines Zauberspruchs zur Verbesserung des Geruchssinns hatte ihm ein schlankes Rauchfähnchen den Standort bereits zwei Tage im Voraus verraten. Das Haus war nicht einmal geschützt. Er nickte grimmig; mit Sicherheit eine Falle.

In Gestalt verschiedener Tiere schlich er sich heran und beobachtete. Nach einem Tag wusste er: zwei Wachen, drei Zentauren. Von Zeit zu Zeit erschien ein dritter Magier. Wahrscheinlich ein Bote. Wie schaltete er sie aus? Oder waren es Verbündete? Kyrian war sich nicht sicher. Diese Mira schien keine Gefangene zu sein, sie bewegte sich frei auf dem Grundstück. Er könnte die Begleiter schlafen legen. Aber alle fünf zugleich? Ein kaum durchführbares Unterfangen.

Vielleicht an dem Tag, da neue Lebensmitteln geliefert wurden. Es müsste doch ein Leichtes sein, diese Magier aus dem Haus zu locken, wenn die Kutsche der Zentauren eine Panne hätte. Womöglich könnte er sich selbst in einen Zentauren verwandeln. Kyrian grinste.

Mira musste raus! Die Stille im Waldhaus war unerträglich. Auch draußen trieb sich keine Menschenseele herum; außer Val, den zwei Magiern und ein paar Zentauren gab es niemanden. Und im Moment waren nicht einmal die anwesend. Valhelia war zum wiederholten Male verschwunden.

Dafür erschien am frühen Vormittag ein Zentaur und verkündete, dass ihre Kutsche einen Achsbruch hatte. Ein Handkarren für die Lebensmittel war nicht aufzutreiben, also schickten die Magier die drei stationierten Zentauren zu Hilfe.

Mira trat an die frische Luft und begab sich an den Bannkreis, dorthin, wo sie bereits seit zwei Wochen fast täglich stand. An dieser Stelle kam es ihr sicherer vor. Vielleicht, weil Valhelia ihr diesen Platz als geschützt beschrieben hatte. Oder aber wegen der schmalen Hecke am Rand.

Konnte man sie von draußen wirklich nicht sehen? Mit einem mulmigen Gefühl trat Mira näher heran und betrachtete den fünf Fuß breiten Graben. Das Gras wirkte auf der anderen Seite genauso grün wie auf ihrer.

Als sie sich seufzend zum Gehen wandte, knackte es im Gehölz. Abrupt blieb sie stehen. Es war still. Kein Tiergeräusch. Aber sie hatte deutlich das Brechen eines Zweigs vernommen. Unwillkürlich lief ihr ein kalter Schauer über den Rücken. Sie schluckte schwer und drehte sich langsam um.

War da nicht ein Schatten zwischen den Baumstämmen zu sehen? Val? Sicherlich kehrte Val heim.

Im nächsten Moment befiel sie blankes Entsetzen. Die dunkle Gestalt, die zwischen den Bäumen hervortrat, war nicht Valhelia. Er hatte sie gefunden! O Göttin Hestinia! Mira taumelte zurück, während der Fremde sie lauernd fixierte.

Er kann mich nicht sehen. Er kann mich nicht sehen.

Der direkte Augenkontakt strafte sie Lügen.

O Göttin, er sieht mich! Nein! Er kann *mich nicht sehen.*

Der Mann setzte sich in Bewegung. Miras Atmung kam stoßweise. Sie wagte nicht, die Magier zu rufen, aus Angst, der Fremde könnte sie hören. Sie hatte nie gefragt, ob der Bannkreis auch die Geräusche aus dem Inneren verschluckte. Schlimmer noch: Was geschah eigentlich, wenn jemand den Bannkreis betrat? Auch danach hatte sie niemals gefragt.

Mira stolperte und stürzte zu Boden. Verwirrung breitete sich auf dem Gesicht des Fremden aus. Mira jauchzte innerlich. Er konnte sie wirklich nicht sehen.

In diesem Augenblick sagte er: »Lauf nicht fort. Ich will nur mit dir reden.« Dann übertrat er den Graben.

Kyrian bewegte sich auf Mira zu. Warum hatte sie Angst? Sie musste doch wissen, wer er war. Spürte sie nicht die Verbundenheit? Sie hatte ihm vor sechs Jahren diese Vision geschickt. Oder etwa nicht?

Mira stürzte und kroch rückwärts.

»Lauf nicht fort. Ich will nur mit dir reden.« Mit einem Sprung überquerte er den Graben und verharrte vor dem Sandstreifen. Das weiße Mädchen rief die Worte eines magischen Spruchs. Es klang eher nach einem Kinderreim.

»Nein, tu das nicht«, murmelte Kyrian, bereit, einen Abwehrzauber zu weben. Er trat einen Schritt vor, doch sein Fuß verhakte sich in einer Ranke. Als er zu Boden sah, entdeckte er einen dünnen Faden. Zu spät hörte er das mechanische Klicken. Er kam nicht einmal dazu, sich umzudrehen. Ein fauchendes Geräusch erklang, etwas Hartes prallte gegen seinen Schädel. Das Letzte, was er vernahm, war das entfernte Siegesgeheul einer Frau. Dann verlor er die Besinnung.

Valhelia hatte endlos gewartet, Tag für Tag als Mann verkleidet das Haus verlassen, um die Hütte aus sicherer Entfernung zu beobachten. Sie hatte in Waldstadt so viele Spuren gelegt, dass selbst ein Blinder diesen Ort hätte finden müssen. So verharrte sie auf einem nahe gelegenen Baum, durch einen magischen Spruch unsichtbar. Sie musste sich gedulden. Die Wartezeit vertrieb sie sich mit einem der Zentauren und seinem Gemächt. Das besänftigte ihre schlechte Laune ein wenig.

Hinzu kam, dass Mira anfangs nicht einmal das Haus verlassen wollte. Val musste mit ihrer Überredungskunst nachhelfen. Sie zeigte dem Bauernmädchen die kleine, von einer Hecke umfriedete Nische, in der sie sich unbeobachtet fühlte, jedoch von außen perfekt gesehen werden konnte. Mira stand direkt auf dem Präsentierteller. Der Köder war ausgelegt.

Jetzt wartete Val. Tag um Tag.

Als sie bereits aufgeben wollte, lief ein Tier in ihr Sichtfeld. Eigentlich waren es unterschiedliche Tiere an verschiedenen Tagen. In einem Wald an sich nichts Ungewöhnliches. Doch Lebewesen, die ein Haus beobachteten, waren etwas anderes. Das musste der Fremde sein, oder seine Späher. Die Schlinge zog sich zu, Val musste nur noch abwarten. Irgendwann würde er sich Mira schon schnappen. Dann machten sich all das Gold und die Mühen bezahlt, die sie investiert hatte. Für diesen Ort, für die Zentauren, für die Majok-Samen, für ihren Plan. Alles passte. Sie allein würde den Zauberer fangen.

Jetzt war Vals Warten endlich belohnt worden. Als der Fremde auftauchte, glaubte sie, ihr Herz zerspränge vor Freude. Fast hätte sie sich auf ihn gestürzt. Hauptsache, das Bauernmädchen verpatzte die Sache nicht.

Mira wich entsetzt zurück, der Fremde setzte ihr nach. Val wartete mit geballten Fäusten, wagte nicht, zu atmen. Sie biss sich auf die Lippe, bis sie ihr eigenes Blut schmeckte.

Geduld …

Der Fremde sprang über den Graben, verharrte.

GEH!

Ein zweiter Schritt.

GEH WEITER!

Dann trat er gegen die Schnur. Augenblicklich löste das in der Hecke versteckte Katapult aus. Ehe er reagieren konnte, traf der hölzerne Bolzen den Zauberer direkt am Kopf, und er brach zusammen. Valhelia gab einen Siegesschrei von sich. Beim Fallen vom Baum schrie sie ihren Spruch und raste zum leblosen Fremden. Sie hatte ihn tatsächlich gefangen. Sie ganz allein hatte ihn gefangen.

Mira war starr vor Angst. Noch immer hockte sie am Boden und sah auf die Gestalt. War er tot? Er rührte sich nicht, doch sein Brustkorb hob und senkte sich. Unter dem Tuch, das Val mittels Magie um seinen Kopf legte, zeichneten sich die Konturen des Gesichts ab. Das blaue Lichtband um den Mund herum schimmerte durch den Stoff. Die rasche Folge mehrerer magischer Sprüche ließ einen Teil der Hecke verdorren. Eine seltsame Konstruktion kam zum Vorschein, eine Art Katapult. Mira wollte gar nicht daran denken, was passiert wäre, wenn sie gegen die Schnur getreten wäre. Hatte die Magierin dieses Risiko einkalkuliert?

Valhelia reckte die Arme zum Himmel. »Ich habe dich gefangen. Ich! Nicht Bralag, nein, *ich* habe dich gefangen. Jetzt muss mich der Magister mitnehmen.« Val lachte hysterisch und tanzte um ihn herum. Dabei trat sie ihm in die Seite.

»Val, was tust du?« Mira erkannte sie nicht wieder.

»Sieben Tage und Nächte habe ich auf einem Baum gehockt. Sieben. Nächte.« Mit jedem Wort trat sie ihm in die Rippen. Kein Schmerzlaut drang unter dem Sack hervor, doch der Körper zuckte. »Mein Plan! Er hat funktioniert! Ein simpler Köder und ein grandioser Plan.« Erneut riss Val die Arme zum Himmel und drehte sich im Kreis. »Womit fängt man einen Zauberer? Mit simpler Mechanik!«

Mira rappelte sich auf. »Was … was bedeutet das alles?«

Valhelias Gesicht nahm einen kalten Ausdruck an. Sie sprach wie eine Mutter zu ihrem Säugling. »Versteht die kleine dumme Mira nichts? Geht das zu weit über ihren Bauernverstand?«

»Was …?«

»Du bist zu blöd.« Val schüttete sich aus vor Lachen. »Du glaubst einfach alles. Du glaubst an Wahrsagerinnen, an Räuber und an das Gute im Menschen.«

»Was redest du da? Ich dachte, wir sind Freundinnen? Du hast mich sogar die Kunst der Magie gelehrt.«

»Die Kunst der …« Val lachte schrill. »Als wenn du etwas von Kunst verstehst oder von Magie.«

»Der Schutzspruch, den du mir beigebracht hast, hat nicht gewirkt? Du … du hast gelogen.« Mira wurde übel. Gleichzeitig stieg eine Hitzewelle der Wut in ihr hoch. Für diese Magierin hatte sie alles aufgegeben. Die Freundschaft zu den Gauklern, zu Rahia.

»Du glaubst doch nicht etwa, dass eine Bauerngans magische Sprüche erlernt. Du bist so dumm.«

»Wenn ich so dumm bin, erklär es mir doch«, schrie Mira.

»Uh. Wird das weiße Gössel aufsässig? Na gut, weil mein Plan so genial war und perfekt funktioniert hat, erkläre ich ihn dir. Wo fange ich an? Die Wahrsagerin habe ich beauftragt. Du hast ihren Mist geglaubt. Einfach so.« Erneut lachte sie.

»Die Räuber sollten mir Angst machen, stimmt's? Hat Rahia das herausgefunden? Hast du uns deshalb entzweit?«

Val nickte, etwas Lauerndes trat in ihre Züge. »Du bist ja doch nicht so dumm, wie ich dachte.« Sie seufzte grinsend. »Aber jetzt bist du nutzlos. Der Zauberer ist gefangen.« Sie zuckte mit den Schultern und hob die Hände.

Mira konnte es nicht fassen. Diese falsche Schlange. Alles Lügen. Sie war ein Nichtsnutz, wie ihre Mutter es immer gesagt hatte. Jäh schrie sie ihre Wut heraus, sodass Val einen Moment verblüfft zurückschreckte. Urplötzlich fielen ihr drei Wörter ein. Sie wusste nicht, warum, aber sie fand, es war eine gute Idee. Es war ihre einzige Idee. »Numras etbia fres.«

»Was?« Vals Augen blitzten.

Dann trat die Magierin einen Schritt auf Mira zu, die sich hektisch nach einer Waffe umblickte. Der Hebel der Katapultkonstruktion. Kurzerhand riss Mira ihn heraus, erstaunt über ihre Stärke.

Val trat einen weiteren Schritt vor. Fast gelangweilt sagte sie: »Eigentlich dachte ich, wir hätten noch ein wenig Spaß zusammen. Ich habe noch nie eine Frau mit so weißer Haut im Liebesakt getötet.« Sie murmelte etwas und sprang nach vorn.

In dem Moment schlug Mira zu, der Katapulthebel sauste herab, genau auf Valhelias Scheitel zu. Doch die Kraft des Schlags ließ sie nach vorne taumeln, denn er fuhr durch Vals Körper hindurch. Das Trugbild der Magierin verschwand und bildete sich an einer anderen Stelle neu. Mira wirbelte herum, doch auch dieses Trugbild löste sich mit einem Lachen auf, um an einer anderen Position wieder aufzutauchen. Val spielte mit ihr.

»Wie dumm du bist. Ich bin die Magierin und du ein dummes, hässliches Bauernmädchen. *Das* ist der Unterschied!«

»Numras etbia fres«, schrie Mira erneut, ohne zu wissen, wofür dieser Satz nutzte. Panik ergriff ihren Geist. Einen Wimpernschlag darauf erschien Valhelia vor ihr und schnappte ihr den Hebel aus den Händen. Aus weit aufgerissenen Augen starrte Mira die Magierin an, unfähig zu reagieren.

Val holte zum Schlag aus. »Dann also auf die altmodische Art: Einen Zauberer fängt man mit Mechanik, eine dumme Gans schlägt man mit dem Knüppel tot. Totgeschlagen, wie es sich für deinesgleichen gehört. Das wirst du doch kennen, oder?« Den letzten Satz spie die Magierin ihr entgegen.

Entsetzt zuckte Mira zusammen. Vals Gesicht hatte nichts mehr von einem sechzehn Winter zählenden Mädchen. Eine wutverzerrte Fratze, blanker Hass glomm in den Augen. Dann sauste der Katapulthebel auf Miras Kopf hernieder.

Sie konnte den Blick nicht von Val lösen. Gleichzeitig sah sie aus dem Augenwinkel den fremden Zauberer am Boden liegen. Das blaue Leuchten war verschwunden. Weder hob noch senkte sich seine Brust mehr. Nun erführe sie niemals die Beweggründe dieses Zauberers aus einer anderen Welt, war ihr letzter Gedanke.

Doch statt eines schmerzhaften Kopftreffers spürte Mira ein Kribbeln im Bauch. Unvermittelt fiel sie in ein imaginäres Loch und befand sich keinen Wimpernschlag darauf achtzig Schritte von Valhelia entfernt im Wald.

Sie sah die Magierin taumeln, als ihr Schlag ins Leere ging. Völlig verwirrt irrte deren Blick umher, erfasste die Situation und sprach einen Angriffsspruch.

Sofort gehorchte Miras Körper nicht mehr, als wäre sie gelähmt und die Luft blieb weg. Mit einem wütenden Schrei stürzte Val auf sie zu, offenbar entschlossen, ihr den Schädel zu zertrümmern.

Der rote Feuerball traf Val mitten in die Brust, bevor sie überhaupt in Miras Nähe kam. In hohem Bogen wurde die Magierin zurückgeschleudert. Und im selben Augenblick konnte Mira sich wieder bewegen. Während sie in die Knie ging, sog sie gierig die Atemluft ein. Gleichzeitig hielt sie sich die Ohren zu, denn Val schrie, wand sich wie ein Fisch im Netz, als der feurige Ball sich durch Ihren Körper fraß, bis er sie erschlaffen ließ. Das Leuchten verschwand, übrig blieb nur ein leichtes Schwelen in ihrem Brustkorb.

Mira wurde übel. Sie drehte sich zur Seite, beugte sich vor und übergab sich.

»Eine Nachwirkung des Entfernungssprungs.« Die ruhige, dunkle Stimme hinter ihr ließ sie herumfahren. Ihr gegenüber stand der Fremde. Sie keuchte auf, sah sich in ihrer Panik nach einem Knüppel um.

»Warum hast du es nicht selbst gemacht?«, fragte der Mann argwöhnisch. Seine Augen waren zu Schlitzen verengt.

»Bitte was?« Mira hielt mit ihrer Suche inne.

Der fremde Zauberer stand knapp vier Armlängen entfernt. »Du bist eine von ihnen.«

»Was? Ich bin keine Magierin!«

»Aber ...«

Vom Haus her erklangen Geräusche, in diesem Moment erschienen die beiden Magier. Als Mira sich umdrehte, war der Fremde verschwunden. Nur einen Augenblick später tauchte er zwischen den Männern auf und schlug den ersten nieder. Die Kämpfenden verschwanden hinter der Hausecke.

Mira musste weg. Was, wenn die Zentauren auftauchten? Als hätte sie es geahnt, krachte es hinter ihr im Unterholz. Mit einem Schrei wirbelte sie herum, die Fäuste in Abwehrhaltung, obwohl sie wusste, dass sie nichts ausrichten könnte.

Der Mann, der aus dem Dickicht brach, schrie ebenfalls erschrocken auf. »Mira!«

»Ruven?« Sie ließ die Fäuste sinken. »Was …? Wo …?«

Hinter Ruven kam Unna angetaumelt. »Wir haben Schreie und Lärm gehört. Mira, Kind, wo kommst du her? Wir sind deiner Spur aus Waldstadt gefolgt, aber …« Unna plapperte wie ein Wasserfall drauf los, erstaunt und erfreut zugleich.

Als Ruven Valhelias Leiche sah, rümpfte er die Nase. »Uuh. Ich hoffe, das warst nicht du.«

Mira starrte ihn und Unna an. Dann schaute sie dorthin zurück, wo gerade eben noch der Fremde gestanden hatte. Alles drehte sich in ihrem Kopf. Schlagartig verdunkelte sich die Welt, und Mira sackte ohnmächtig in Ruvens Arme.

Es regnete. Dicke Tropfen fielen träge zu Boden, zerplatzten wie überreife Früchte und bildeten allmählich Miniaturseen und Rinnsale. Der Waldboden hatte sich vollgesogen. Selbst die Luft war feucht. Ein milchiger Schleier lag über dem Land. Mira seufzte, während sie gedankenverloren aus der Höhle das darunterliegende Gebiet betrachtete.

Seit drei Tagen hielten sie sich schon in dieser verlassenen Bärenhöhle auf. Ruven und Unna hatten Mira nach ihrer Ohnmacht hierhergebracht. Zwei Tage zuvor hatte der Regen eingesetzt. Seitdem spielte das Wetter verrückt. Regen wechselte mit Schnee, Schnee mit Hagel und Hagel wieder mit Regen. So etwas hatte es noch nie in Rodinia gegeben. Weder in Grünland noch in den Bergebenen von Hügelland oder in den grauen Steppen. Selbst im Gebirge von Winterland war solch ein Wetterwechsel unbekannt. Im Normalfall sorgten die Magier für das Wetter.

Ob es mit diesem Zauberer zu tun hatte? Oder mit Valhelias Tod? Unwillkürlich erschauderte sie. In was war sie da nur hineingeraten? Wer war dieser Fremde? Was wollte er von ihr und warum hatte er sie nicht getötet?

Den Gauklern blieb vorerst nichts anderes übrig, als abzuwarten und die Natur zu bestaunen. Am meisten freute sich Mira, dass Rahia wieder an ihrer Seite verweilte. Die beiden hatten lange Gespräche geführt und einander endlich unter vielen Tränen verziehen.

Mira seufzte erneut. Warum hatte er sie nicht getötet?

XLIX
Zusammenkunft

Kyrian hatte es wieder einmal verpatzt. Diese Mira verwirrte ihn zunehmend. Sie war so schön, so unschuldig, so weiß. Seit einer Ewigkeit beobachtete er die Gaukler aus sicherer Entfernung. Wenn er es sich nicht ganz verscherzen wollte, sollte er in freundlicher Absicht kommen. Immerhin waren diese Menschen mit Mira zusammen, sie schienen Freunde zu sein. Und er musste sich endlich Gewissheit verschaffen. Jetzt sofort. Lautlos trat er aus dem Schatten ins Licht des Lagerfeuers.

Ruven schnappte sich ein brennendes Holzscheit, während Unna in einer für seine Körperfülle ungeahnt geschmeidigen Bewegung die Bratpfanne ergriff und deren Inhalt in eine Schüssel entleerte. Dann erst hielt er sie als Waffe vor den Körper. Heißes Fett tropfte zischend zu Boden.

»Bleib weg von ihr!«, schrie Ruven.

»Mira lauf«, rief Unna.

Doch Mira starrte Kyrian an. Auch er blieb reglos stehen. »Immer mit der Ruhe. Ich will keinem von euch etwas tun.« Beschwichtigend hob er die Hände, was in einem Land voller Magier nicht die beste Entscheidung war.

Sofort schrien alle wild durcheinander.

»Passt auf.«

»Vorsicht. Achtet auf seine Hände.«

Kyrian rollte mit den Augen, verschränkte jedoch die Arme hinterm Rücken. »Schon gut, schon gut. Ich will nur reden.« Er konnte indes nicht widerstehen, fügte mit einem Grinsen hinzu: »Außerdem brauche ich meine Hände nicht.«

Mira trat vor. »Was willst du?«

»Ich will mit dir reden. Nur reden. Verstehst du?«

»Ja, ich bin ja nicht taub.«

Ein spitzer Gegenstand drückte gegen Kyrians Rücken. Er erstarrte, Mira hingegen lächelte.

Hinter ihm stand Rahia, einen Degen fest in der Hand. »Einem Magier ist nicht zu trauen.«

»Ich bin kein Magier.«

»Was bist du dann?«

»Ich komme aus einer anderen Welt. Aber das übersteigt eure Vorstellungskraft.« Er biss sich auf die Zunge.

»Das habe ich nicht gefragt. Wir sind hier alle nicht dumm«, sagte Rahia scharf und drückte die Degenspitze ein Stück weiter in Kyrians Rücken.

Stechender Schmerz breitete sich aus. Kurz schloss er die Augen, dann sah er Mira an. »Ich bin ein Zauberer.«

Sie trat einen Schritt näher, während die Männer sich neben sie stellten.

»Wir sollten ihn fesseln«, wandte Unna ein.

Kyrian stöhnte auf. »Ich bitte euch, das kann nicht euer Ernst sein. Als wenn einfache Fesseln mich aufhalten würden. Ich zeige euch etwas.« Übertrieben blinzelte er mit den Augen.

Rahia stieß einen spitzen Schrei aus, der Degen entglitt ihr. Sie rieb sich die Hand und wich entsetzt zurück.

»Heiß geworden?«, fragte Kyrian, den Blick über die Schulter gewandt. »Hört zu, Leute. Hätte ich euch töten wollen, wärt ihr schon längst in der Unterwelt, im Totenreich oder wo auch immer. Ich will euch nichts Böses. Ich will nur reden.«

Mira trat noch einen Schritt vor.

»Mira, nicht!«, rief Ruven.

Doch das weißhäutige Mädchen hielt ihn mit einer Handbewegung auf. Gespannte Stille legte sich auf die Anwesenden. »Wer bist du?« Ihre Stimme war nur ein Flüstern.

»Ich bin der, den du gerufen hast.«

»Ich habe niemanden gerufen.«

Warum verleugnete sie ihn? »Du hast mir eine Vision geschickt, vor sechs Jahren.«

Mira schüttelte leicht ihren Kopf.

»Aber … die weiße Magierin …« Was wurde hier gespielt? Er schaute sich um. Sein Blick traf Rahia, die um ihn herumschlich und neben Mira stehen blieb.

Sie versuchte, böse auszusehen. »Tja, falsche Adresse. Und ich bin nicht weiß.« Sie zuckte mit den Schultern.

Wieder sah Kyrian zu Mira. »Es gibt nur eine Möglichkeit, das herauszufinden.« Die Augen des weißhäutigen Mädchens weiteten sich, als Kyrian flüsterte: »So weiß wie Schnee …«

Die Antwort folgte prompt: »… so blau wie die See.«

Miras Lippen waren geschlossen, sie hatte die Worte nicht gesprochen. Alle Augenpaare richteten sich auf Rahia.

Kyrian schaute wieder zu Mira, die traurig den Kopf schüttelte. »Ich bin es wohl nicht, die du suchst.«

Als sich die erste Starre löste, rief Ruven: »Was hast du ihr angetan?« Doch Mira hielt ihn erneut zurück.

Rahia stand wie in Trance da.

»Wie ist das möglich?«, flüsterte Kyrian. Er streckte die Hand aus, wagte jedoch nicht, Rahias Gesicht zu berühren. »Woher kennst du das Schlüsselwort?«

»Ich … ich habe sie getroffen, bevor sie …« Jetzt regte Rahia sich. Tränen traten ihr in die Augen, ihr Körper zitterte.

»Sie ist tot«, stellte Kyrian nüchtern fest.

»Ja … ich kannte nicht einmal ihren Namen.«

Die Resignation übermannte ihn, dennoch versuchte er, sich zu erklären. »Das Mädchen hat mir eine Botschaft geschickt, einen Hilferuf. Ich konnte ihn damals nicht deuten, bis ich in der Seelenwanderung geschult wurde.« Er sah Rahia an. »Du warst bei ihr, als sie starb?«

»Ja, Sie hat sich für mich geopfert. Ich habe nie herausfinden können, warum? Wie auch. Ich kannte sie nur einen einzigen Tag.«

»Wie ist sie …?«

Mit feuchten, braunen Augen schaute Rahia ihn an, schluckte schwer. Was zaghaft begann, endete in einem befreienden Redeschwall: »Sie hat sich … Es war in einer jener verfluchten Eisnächte … Ich war ein Straßenkind in Königstadt. Der Winter stand vor der Tür und alle Zeichen deuteten auf Schnee. Ich wollte mir eine Decke besorgen, damit ich nicht erfriere. Dieses Mädchen … « Rahia sah immer wieder zu Mira. »Dieses Mädchen war so weiß wie Schnee.«

Miras Mund öffnete sich vor Erstaunen.

»Sie wurde aus einer Kutsche geworfen, aus einer Magierkutsche. Vier Männer traten und stießen sie und ließen sie nicht mehr hinein. Das Mädchen trug nur ein dünnes Unterkleid. Ich weiß nicht, was vorher stattgefunden hat. Jedenfalls fuhr die Kutsche fort und sie blieb zurück. Ich wollte schon gehen, doch es fing an zu schneien. Das Mädchen tat mir leid, also bin ich zu ihr gelaufen, wollte sie zum Aufstehen bewegen. Doch sie hatte jeglichen Lebensmut verloren. Zu allem Übel wurden wir auch noch von anderen Straßenkindern angegriffen. Als es ausweglos für mich aussah, hat mich das Mädchen gerettet. Ich weiß nicht, woher sie die Kraft nahm. Wir sind in mein Sommerversteck geflohen. Obwohl jede von uns eine Decke hatte, bin ich mit beiden Decken aufgewacht. Vielleicht dachte sie, eine reicht nicht. Dieses Mädchen ...« Rahias Stimme glich einem Wimmern und die Tränen brachen hervor. »Das Mädchen erfror, weil sie mir ihre Decke gab.« Sie schlug die Hände vors Gesicht und floh in Miras Umarmung.

Kyrian runzelte die Stirn. »In jener Nacht muss sie die Vision geschickt haben. Sie hat dir nichts gesagt?« Er atmete tief ein und stieß die Luft geräuschvoll aus.

Rahia löste sich von Mira und schüttelte den Kopf.

»Sie ist also tot. Dann war alles umsonst.« Alles verlor in diesem Moment an Bedeutung. Targas, seine Männer, sie waren sinnlos gestorben. Er hatte sie in den Tod geschickt. Wegen einer Vision, die sich zu ihm verirrt hatte. Was für ein Narr war er gewesen, zu glauben, er könnte diese Welt mithilfe der weißen Zauberin befreien. Befreien? Wohl eher erobern.

Mit einem Mal wusste er selbst nicht mehr, warum er hier war. Alles Lüge! Diese Welt wollte weder gerettet noch erobert werden. Die Gunst der Götter hatte ihn verlassen. Warum hatte ausgerechnet er diese Vision auffangen müssen? Er drehte sich um.

Mira trat einen Schritt auf ihn zu. »Wo willst du hin?«

»Du bist nicht die, die ich gesucht habe. Die ganze Reise war sinnlos.«

»Alles hat einen Sinn, auch ...«

»Was für einen Sinn soll das haben? Ich hätte niemals in eure Welt eindringen dürfen. Ich gehöre nicht hierher.«

Die Gaukler starrten ihn an. Kyrian erkannte die anklagenden Blicke in ihren Augen. So viele Tote. Er war ein

Mörder, das wurde ihm in diesem Moment schmerzlich bewusst. Die ganze Frustration, die Anspannung entlud sich in einem gewaltigen Ausbruch, dem Kyrian nicht widerstehen konnte. Es übermannte ihn wie die Schlammlawine eines brechenden Damms. Unwillkürlich musste er lachen. Seine Stimme klang auf einmal schrill, er erkannte sie selbst nicht wieder. »Ich habe in meiner Welt alles gehabt. Alles konnte ich mir kaufen. Alles!« Er breitete die Arme aus. »Und was ich mir nicht kaufen konnte, habe ich mir mit der Kraft der Zauberei geholt.«

»Aber das kannst du immer noch«, sagte Mira.

Er lachte erneut. »Was denn? Hier gibt es für mich nichts von Interesse.«

Mira wich einen Schritt zurück, während Rahia die Arme vor der Brust verschränkte. »Na – schönen Dank auch.«

Kyrian atmete tief durch. »Nein. Mich hält hier nichts mehr. Es ist vorbei. Die ganze Reise … alles sinnlos.«

»Du kannst mit uns gehen.«

»Kann ich nicht. Warum sollte ich bei einer Handvoll Gaukler mein Dasein fristen?«

Mira nickte. »Dann wünsche ich dir Glück. Mögest du Frieden finden, wo auch immer dein Weg dich hinführt.«

Ohne zu antworten, ging Kyrian los. Er wollte nur fort – fort aus diesem verfluchten Land.

L

Die Schwingen des Wahnsinns

»Er ist wie von Sinnen, Meister Bralag. Überall ist Blut.« Schritte hallten von den Wänden des langen Gangs wider. Laute, hastige Schritte. Die geschwungenen Lippen des jungen Magiers bewegten sich schnell, der wache Blick in seinen blaugrauen Augen mischte sich mit Angst. »Seit Kurzem ist es ruhig. Wir trauen uns nicht zu ihm hinein. Er hat auf uns geschossen.«

»Womit?«, fragte Bralag.

»Mit Blitzen.«

Was passierte dort? War es der fremde Zauberer? Hatte er Zugang zur oberen Turmebene gefunden?

Sie bogen ab und entfernten sich von den Räumlichkeiten des Magisters. Eine böse Vorahnung beschlich Bralag. »Befindet der Magister sich in Valhelias Gemächern?«

»Ganz recht, Meister Bralag.«

Das hätte der Mann auch vorher sagen können. »Warum habt Ihr nicht Giroll, seinen persönlichen Diener geholt?«

»Das haben wir versucht, aber selbst den will er nicht sehen. Außerdem ist dessen Stimme viel zu leise. Der flüstert doch nur.« Der Mann musste grinsen, wurde jedoch sofort wieder ernst, als er Bralags tadelnden Blick sah.

»Dann wurde Giroll informiert?«

»Ja, Meister Bralag.«

»Wo befindet er sich jetzt?«

»Er hat sich zurückgezogen, um das Orakel zu befragen.«

Bralag nickte. *Auch gut.*

Als sie Vals Schlafgemach erreichten, erklang ein Krachen unweit der Tür. Dem Geräusch nach zu urteilen, zerbarst ein hölzerner Gegenstand. Sie hielten inne.

»Seid vorsichtig. Wir haben versucht, mit ihm zu reden, aber er reagiert nicht.«

»Das erwähntet Ihr bereits. Schützt Euch mit einem Antimagieschild.« Bralag sprach die Formel laut, die beiden Magier taten es ihm gleich. Er lauschte. Leises Wimmern drang aus dem Raum. »Mein Magister? Ich bin es, Bralag.«

Das Wimmern verstummte. Stattdessen öffnete sich die Tür, doch niemand erschien. Der Spalt gab den Blick auf einen verwüsteten Raum frei.

Der nackte Fuß einer liegenden Person kam in Bralags Blickfeld. Schlank und schmal, ein Frauenfuß, aber für Valhelias Füße zu groß. Wahrscheinlich eine Dienerin. Hatte der Magister sie getötet? War sie überhaupt tot? Die Magierwachen hatten es angedeutet.

Er drängte die Wachen zurück. »Ihr wartet hier.« Es wäre besser, wenn die Männer nicht alles mitbekämen.

»Wir geben Euch Rückendeckung«, erwiderte der Magier, der ihn hier hergeholt hatte.

Bralag lächelte milde. »Ich bin sicher, es handelt sich um ein Missverständnis. Ihr wartet. Sollte sich jemand nähern, werde ich ihn höchstpersönlich bestrafen.« Sein Lächeln erstarb. »Zu niemandem ein Wort. Habt Ihr verstanden?«

Die Wächter schluckten und nickten wortlos.

Bralag trat an die Tür. »Ich komme jetzt rein, mein Magister.« Dann schritt er hindurch.

Der Fuß auf dem Boden gehörte einer Dienerin. Sie lag in einer beachtlichen Blutlache. Derweil saß der Magister zusammengesunken vor einem Himmelbett mit hellblauem Bezug. Eine zweite nackte Frau lag darauf, definitiv nicht Valhelia. Auch sie war tot, das Bettzeug unter ihr blutgetränkt. Hatte der Magister einen Anfall banaler Eifersucht?

Er erblickte zwei weitere Leichen, Männer mit grässlich deformierten Oberkörpern. Nach dem wenigen Blut zu urteilen tippte Bralag auf einen magischen Spruch zum Brechen von Knochen. Gleich darauf entdeckte er die Fee, oder das, was von ihr übrig war: ein blutiger Klecks an der Wand, aus dem zwei Flügelchen ragten.

Behutsam näherte Bralag sich dem Bett. »Magister? Was um alles in der Welt ist hier geschehen?«

»Sie ist tot«, sagte der Magister monoton. Dann schrie er seinen Schmerz heraus: »Sie ist tot!«

»Meisterin Valhelia?«

»Ja.«

»Wie?« Erneut starrte Bralag auf den blutigen Klumpen an der Wand und schluckte. Eine immense Wucht hatte eine Mulde im Stein hinterlassen und das Wesen hineingedrückt. »Wie könnt Ihr Euch sicher sein?«

Wut verzerrte das faltige Gesicht des Magisters. Er deutete auf das blutige Etwas von Fee. »Das Vieh hat es erzählt.«

»Ist … war die Aussage der Botenfee glaubhaft?«

»Ja!«, schrie der Magister wieder. »Dieser Bastard hat sie getötet!« Das Oberhaupt der Magier rappelte sich auf und packte Bralag am Kragen. Blut klebte an seinen Händen. »Schafft dieses Gauklerpack her, versprecht es mir«, zischte er. »Schafft sie alle her!«

Bralag löste sich aus dem Griff des Magisters. »Ich mache mich auf den Weg, sobald es Euch besser geht.«

»Ich will diese beiden Mädchen haben. Sie werden für Val bezahlen!«, kreischte er unter Wimmern.

»Besinnt Euch. Das seid Ihr Euren Männern schuldig. Ihr seid das Oberhaupt der gesamten Magierwelt! Wer kann die Ordnung unserer Welt wiederherstellen, wenn nicht Ihr?«

Der Magister sackte zusammen und ließ sich von Bralag zu einem Ohrensessel führen. Dort sank er nieder.

»Es erfordert einen Plan, an den Fremden zu gelangen, und ich habe einen Plan.«

»Scheiß drauf! Ich will ihn tot sehen. Bringt mir diesen Scheißkerl!« Mit einer fahrigen Bewegung deutete er im Raum umher. »Und räumt die Schweinerei hier auf.« Seine Stimme hatte sich gefestigt. Er war wieder ganz der Magister, das Oberhaupt der Magier von Rodinia.

Und doch sah Bralag den Wahnsinn in seinen Augen glimmen.

LI
Ratlos

Unna und Ruven schauten einander an.

»Was machen wir jetzt?«

»Ich weiß es nicht.«

Auch Mira schwieg. Die ganze Situation war so verworren, so unwirklich.

Rahia erhob sich. Eine Zornesfalte ließ ihr Gesicht finster wirken. Mit trotziger Stimme sagte sie: »Wir machen weiter wie bisher. In welcher Stadt wollen wir als Nächstes auftreten?«

»Wie kannst du nur?« Mira atmete heftig. »Vielleicht wird er unsere Welt doch noch zerstören. Oder jetzt erst recht!«

Rahia wirbelte zu Mira herum. »Wie ich kann? Du bist ja nicht von einer Magierin benutzt worden. Deinetwegen ist kein Verrückter hierhergekommen.« Sie stieß einen abfälligen Laut aus. »Wie konnte ich nur nächtelang glauben, sie hätte es für mich getan. Magier sind alle gleich.«

»Kyrian ist kein Magier …«

»Trollkacke! Was soll's. Dieser fremde Kerl geht uns nichts an. Und wenn jemand fragt: Ich habe niemanden gesehen.«

»Ich geh mal lieber pinkeln.« Unna verschwand im Gebüsch.

Mira schüttelte verständnislos den Kopf, schwieg jedoch. Sie erkannte Rahia nicht wieder, und doch versuchte sie, ihre Freundin zu verstehen. Ihre Laune resultierte bestimmt aus dem Umstand der Erkenntnis. Immerhin hatte der Fremde offenbart, dass er ein Zauberer war und wegen einer Vision gekommen war. Wie konnte das sein?

Ruven deutete mit einem Kopfnicken zur Straße. »Ich fürchte, wir haben ein Problem: Wir stecken zu tief in der Sache drin.«

Ein Reitertross preschte heran, Magier umzingelten die Gruppe. Augenblicklich legten sich unsichtbare Fesseln um ihre Hand- und Fußgelenke. Rahia, die sich wehrte, sank von einem Kampfstab niedergestreckt zu Boden. Mira wollte nach Unna rufen, doch Ruven schüttelte kaum merklich den Kopf.

»Wo ist der Dicke? Sollen wir nach ihm suchen?«

Ein Magier antwortete, ehe Ruven etwas sagen konnte. »Das ist egal. Wir brauchen nur die Mädchen.«

»Und was machen wir mit dem da? Sollen wir ihn töten?«

Während Mira ein eisiger Schauer den Rücken hinunterlief, zuckte der Magier mit den Schultern. »Davon war nicht die Rede.« Nach kurzem Zögern meinte er: »Wir nehmen ihn mit. Meister Bralag wird entscheiden, was aus ihm wird. Schläfert sie ein!«

Sprüche einer unverständlichen Sprache legten sich bleiern auf ihre Wahrnehmung, alles versank in einer gedankenlosen Schwärze. Mira wollte schreien. Sie vernahm ein leises Sirren, dann war es vorbei. Sie hatten verloren.

LII
Die Kunst der Überredung

Kyrian eilte über den Waldpfad. Er wollte nur noch weg von diesem verfluchten Ort. Doch der einzige Fluchtweg war mit dem Schiff, und der einzige Hafen befand sich in Königstadt, bewacht durch die Magier. Er stieß einen Fluch aus, trat gegen einen Baumstumpf und fluchte erneut. Der Schmerz ließ seinen Zorn ein wenig verrauchen.

Er kämpfte bereits gegen die gesamte Magierwelt. Was spielte es da für eine Rolle, ob er den Mädchen half, dieser Magierin, die keine war. Sie würden ihn nur aufhalten. Aber bei was? Bei seiner Flucht? Nichts anderes hatte er bis jetzt erreicht. Er war bisher nur geflohen.

Erneut überwältigte ihn die bloße Wut. Mit einem Schrei stieß er einen mickrigen Baum um. Schweratmend hielt er inne. Ja, er hatte versagt. Er blieb ein Taugenichts. Wie könnte er seinem Vater jemals wieder unter die Augen treten? Er hatte ein Schiff entwendet und die Mannschaft auf dem Gewissen.

Mörder!

Die Stimme fraß sich durch seinen Kopf, zerstörte seine Vernunft und verleugnete jeden klaren Gedanken. Kyrians Schultern sanken herab.

Du hast versagt! Mörder!

Was sollte er tun? Was *konnte* er tun? Unwillkürlich musste er an das dunkelhäutige Mädchen denken. Geschmeidig wie eine Katze hatte sie sich bewegt, war um ihn herumgeschlichen und hatte versucht, böse dabei auszusehen. Kyrian lächelte bitter.

Jäh erstarb sein Lächeln. Wenn sie doch mehr wusste? Ausgeschlossen. Sie war ein einfaches Mädchen, nicht einmal magiebegabt, das hatte er gespürt. Dennoch blieben seine Gedanken bei ihr. Sie hatte etwas Anziehendes. Rahia ... Bedeutete das nicht sogar »die Geheimnisvolle«?

Sein Blick fiel auf die Gürteltasche, in der sich die Majok-Samen befanden. Er hatte die Spur verfolgt und die silbrig schimmernden Bohnen im Haus gefunden, nachdem Mira verschwunden war. Die Trolle benötigten diese Samen. Zum Teufel mit ihnen.

Kyrian stoppte und sah auf. Woher kam das leise Surren? Augenblicklich konzentrierte er sich auf einen Schutzschild und verbesserte seine Wahrnehmung. Vielleicht waren Magier in der Nähe.

Eine zierliche Fee lugte vorsichtig hinter einem Baum hervor. Sie sah zu Kyrian und schwirrte heran, verharrte vier Armlängen vor ihm in der Luft. Deutlich spürte Kyrian einen Lufthauch, erzeugt durch das Schlagen der durchscheinenden Flügelchen. Ein lilienartiger Duft schwebte heran.

»Du bist der Zauberer, nicht wahr?«, begann die Fee in einem säuselnden Tonfall.

»Wer will das wissen. Wenn die Magier dich geschickt haben, sag es lieber gleich, ehe ich dich in die Unterwelt schicke, nachdem ich dich wie eine Fliege zerquetscht habe.« Die Antwort wirkte patziger als gewollt.

»Ich bin ...«, die Fee zögerte, gab sich schließlich einen Ruck. »Nenn mich Fibi. Ich komme nicht von den Magiern, und doch habe ich eine Botschaft für dich.«

Die Betonung des Wortes »Magier« ließ Kyrian aufhorchen. Verachtung lag darin, ließ seine Neugier wie eine Luftblase in einem See an die Oberfläche dringen. Dennoch schnaubte er missbilligend.

»Hör mich wenigstens an.« Ihre Stimme bekam einen flehenden Ton.

Er nickte der Fee auffordernd zu, und sie flog dichter an ihn heran, blieb aber in einem Abstand, der es ihm nicht ermöglichte, sie mit der Hand zu schnappen.

»Ich kann dich an dein Ziel bringen.« Das geflügelte Wesen grinste wissend. Was für eine Schauspielerin.

»Woher willst du meine Ziele kennen?«

»Die weiße Magierin.«

Kyrian erstarrte. Was wusste sie von Mira oder Rahia? Wieso sollte er weiter zuhören? Die weiße Magierin war tot.

Als hätte die Fee seine Gedanken gelesen, fuhr sie fort: »Ja, sie ist tot. Aber für uns existiert sie, wir sehen sie. Genau, wie du es kannst.«

»Das ist nur ein Trugbild. Eine Vision.«

»Nein, nein!« Fibi schüttelte energisch den Kopf. »Du hast keine Ahnung, wer sie ist, nicht wahr?« Das Lachen der Fee klang wie das Spiel mehrerer Glocken.

»Ich kenne nicht einmal ihren Namen. Du beginnst, meine Zeit zu verschwenden!«

»Sie heißt Eleanor. Und ... sie ist deine Schwester.«

Kyrian hörte die Worte, doch sein Geist verarbeitete die Information nur schleppend. Tiefe Furchen entstanden auf seiner Stirn. Konnte das wahr sein? Hatte er es nicht schon immer gespürt? Aber wer war dann er?

Fibi sprach weitere Worte, die wie durch eine Holzwand zu ihm drangen. »Bist du bereit, deine Schwester zu opfern?«

»Du lügst! Es kann nicht sein. Sie ist weiß wie Schnee. Sieh mich an. Außerdem müsste ich ... von hier stammen.«

»Hast du dich nie gefragt, woher das Gefühl deiner Verbundenheit kommt? Wieso du den Weg hierher durch den Nebel und ein Feld voller todbringender Klippen kanntest?«

»Unmöglich!«

»Du bist hier geboren. Du wurdest fortgebracht und mit einem Zauber belegt. Dein Amulett. Darauf ist der Weg verzeichnet. Die Route durch das Klippenfeld.«

»Du lügst.« Kyrian schüttelte den Kopf. Seine Finger glitten über das kalte, in Silber eingefasste Katzenauge. »Selbst wenn, es ist einerlei«, raunte er. »Die weiße Magierin ist tot. Niemand könnte es beweisen.«

Fibi flüsterte: »Es ist ihr Geist. Ihr Bewusstsein, getrennt vom Körper. Vor sechs Jahren konnte sie beides voneinander trennen. Ihr Körper verging, aber ihre Seele existiert weiter und wandelt in der Welt umher. Wir benötigen nur das Medium.«

Kyrian fuhr sich mit der Hand übers Kinn. Er wusste, es gab Seelenwanderungen. Eine schwere Übung, und doch leicht, wenn man sie beherrschte. Er sah die Fee wieder lächeln. »Was für ein Medium?«

»Der Ursprung. Die Quelle. Sie übergab einen Teil ihrer Macht an …«

»… an dieses dunkle Mädchen. Rahia«, vollendete Kyrian den Satz.

Fibi nickte heftig. Konnte ein Zauberer seine Macht an einen Dritten, einen Unbegabten abgeben? Konnten es die Magier? Kyrian hatte davon weder gehört noch gelesen.

»Sie befindet sich in den Händen des Magisters. Du musst sie retten«, drängte die Fee.

Ein Stich durchzog Kyrian. Wieso erzählte sie ihm das erst jetzt? Er hatte die Gaukler vorhin erst verlassen. War das ein Trick? »Das kann nicht sein. Warum sollte ich dir trauen?«

»Warum solltest du nicht?«

Kyrian schwieg, kaute nachdenklich auf seiner Unterlippe. Was hatte er zu verlieren? Nichts. Er war hier gestrandet. Hoffnungslos. Endstation.

»Wir bringen dich zu ihr«, begann Fibi erneut. »Du könntest dich mit ihrem Geist verbinden und die Magier vernichten.«

»Wir?«

»Ich und meine Schwestern und Brüder.«

»Noch mehr Schwestern. Ich frage noch einmal: Warum sollte ich euch trauen? Woher wisst ihr das alles?«

»Weil wir zwischen den Ebenen wandeln können. Feenmagie, Feenzauber, nenn es, wie du willst. Unsere Fähigkeiten überschreiten jegliches Vorstellungsvermögen, sind jedoch begrenzt. Aber du, du bist ein Zauberer. Du *verstehst* uns.«

Kyrian schmunzelte.

»Du glaubst mir nicht?« Wut zeigte sich auf dem Gesicht der Fee. Ehe er zu einer Erwiderung ansetzen konnte, verschwand Fibi urplötzlich, löste sich in Nichts auf. Kein Rauch, kein ominöses »Plopp«. Dann, völlig unvermittelt, erklang die Stimme direkt an seinem Ohr. »Ich hätte dich soeben töten können.« Bei ihren Worten spürte er etwas Kaltes, Spitzes am Hals. Keinen Wimpernschlag darauf verschwand sie erneut.

»Warum erledigt ihr die Magier nicht einfach selbst?« Noch während er sprach, durchströmte die Energie der Erde seinen Geist, bündelte sich zu einem Zauberspruch.

Als die Fee wieder erschien, reagierte Kyrian, formte blitzschnell einen Ball. Diesmal gab es ein »Plopp« und Fibi saß in einer Luftblase gefangen. Ihre Gesichtszüge wurden ernst. »Du hast deine Frage soeben beantwortet.«

Kyrian zog die Blase zu sich heran. Er betrachtete das geflügelte Wesen, ein hübsches kleines Ding, in menschlicher Zeit gezählt vielleicht zwanzig Winter alt. Ihm war klar, dass diese Fee durchaus mehrere tausend Leben hinter sich haben konnte. Feen alterten nicht.

Fibi sah ihn traurig an. »Und? Hilfst du uns?«

Er seufzte. »Was kann ich schon tun?«

Aufgeregt schwebte die Fee an den Rand der Luftblase. »Geh in den Turm der Magier und vernichte den Magister! Das dunkelhäutige Mädchen ist der Schlüssel. Eine weißhäutige Magierin wäre gleich nach einem Hilferuf entdeckt worden. Aber wer denkt von einem Straßenmädchen, dass sie die Trägerin der Macht ist? Sie ist der Schlüssel. Du brauchst ihn nur zu greifen und die Tür zu öffnen. Die Tür zu einer Welt im Einklang mit der Natur. Werde Beherrscher dieser Welt.«

Kyrian hob abwehrend die Hände und lachte sarkastisch. »Das ist der Grund? Eine neue Weltordnung? Herrscher kommen und gehen. Wird einer vernichtet, kommt ein anderer. Und ich als Oberhaupt? Nein, danke. Das erwartet mich bereits in meiner Heimat. Du musst mir schon einen triftigeren Grund geben, euch zu helfen.«

Fibis Lächeln verebbte. »Wir wollen endlich wieder frei sein!«, spie sie hervor, Hass trat in ihre zarten Gesichtszüge. »Keine Knechte, keine Diener! Wir standen an zweiter Stelle in der Hierarchie, waren neben den Zauberern das zweitwichtigste Volk auf Erden. Doch jetzt? Jetzt sind wir Dienstboten. Selbst die dreckigen Zentauren bekommen mehr Lohn als wir. Immer mehr von uns verschwinden in den Laboren des Magisters. Einst haben die Magier uns die weiße Königin genommen. Sie zerstörten alles, wofür wir lebten. Schlimmer noch, sie zerstören die Natur. Sie nehmen die Energie, wie es ihnen gefällt. Sie zapfen die Erdenergie ab, saugen sie aus. Ihre Wettertürme bringen das Gleichgewicht der Welt durcheinander. Wir haben das längst erkannt. Du bist nicht von hier, aber du bist nicht dumm. Du hast selbst das graue Land gesehen, dass sie nach ihrem Magieverzehr hinterließen. Sogar die Trolle haben es bemerkt.« Fibi war kaum zu stoppen. »Die Elfen sind bereits verschwunden, und die Magier setzen alles daran, auch die Feen auszurotten. Es geht uns nicht um Macht oder derartigen Schmutz. Das ist den Magiern vorbehalten. Aber du als Zauberer solltest das Weltgefüge besser verstehen. Oder seid ihr Zauberer nach tausend Jahren der Dummheit verfallen? Warum bist du sonst hergekommen? Warum bist du hier?«

Eine berechtigte Frage. Warum war er in diese Welt eingedrungen? Er hatte der weißen Magierin zu Hilfe eilen wollen. War es nicht die Eisnacht, das Töten zahlloser Menschen, das er beenden wollte? Aber was hatte er getan? Genau wie die Magier hatte er Unschuldige getötet. Nicht der einfache Soldat war der Übeltäter, die wahren Mörder waren die Männer der Spitze. Die Führungsriege.

Kyrian hatte sich von Rachegefühlen und dem Rausch der Eroberung mitreißen lassen. Keuchend fuhr er sich mit der Hand übers Gesicht.

Fibi schien seine Gedanken zu erraten. »Es ist noch nicht zu spät«, sagte sie eindringlich. »Du kannst dem ein Ende setzen!«

Kyrian lachte freudlos auf. »Wie könnte ich meine Taten ungeschehen machen?«

»Wir können dir nicht die Schuld nehmen. Aber du kannst es wiedergutmachen. Schließ dich uns an. Kämpfe für die Gerechtigkeit. Für deine Freunde … für *sie*!«

»Ich habe keine Freunde. Ich weiß nicht, was du meinst.«

»Die Mädchen.«

Mira. Rahia. Die Namen irrten in seinem Kopf umher. Wieso fühlte er sich zu beiden hingezogen?

Fibi unterbrach seine Gedanken. »Wir bringen dich mit dem Geist der weißen Magierin zusammen. Gemeinsam schafft ihr es!«

Kyrian bezweifelte das. Aber er glaubte ohnehin nicht daran, Rodinia jemals lebend wieder zu verlassen. Beste Voraussetzungen für so ein Unternehmen.

LIII
Im Magierturm

Bralag lehnte an der Wand nahe der Tür und beobachtete den Magister, der mit zunehmender Freude das dunkelhäutige Mädchen malträtierte. Ihre Lippe war aufgeplatzt, aus der Nase rann ein Blutfaden. Die linke Gesichtshälfte schwoll bereits an. Als der Magister ihr die Faust in den Magen rammte, verzog Bralag das Gesicht. Sie krümmte sich und rang nach Luft. Sie war zäh. Bis jetzt hatte sie nicht geschrien, doch das würde sich bald ändern.

Wenn Bralags Informanten richtig lagen, war sie einst ein Straßenkind hier in Königstadt gewesen, sollte ganze zehn Eisnächte überlebt haben. Das konnte er kaum glauben, das hatte bisher niemand aus der untersten Bevölkerungsschicht geschafft. Die Beständigsten starben nach drei, vier oder fünf Jahren. Die Eisnacht tötete irgendwann jeden, der auf der Straße lebte. Nicht aber dieses Mädchen, das scheinbar nicht existierte. In keinem der Stadtbücher war sie verzeichnet. Lediglich durch die Gauklertruppe kannte er ihren Namen: Rahia.

Wieder traf die Faust den geschmeidigen Körper. Bralag wünschte, der oberste Magier hätte ihn mit einer anderen Aufgabe betraut. Stattdessen sollte er einem Verhör beiwohnen, bei dem der Magister nicht einmal Fragen stellte. Er schlug nur zu. Derart harte Methoden gegenüber einer Frau erschienen Bralag als unwürdig. Nicht, dass er Gewalt verabscheute. In der entsprechenden Situation angewandt, wirkte sie wahre Wunder und lockerte die Zungen. Wenn man etwas fragte.

Der Magister vergrub die Finger in ihrem schwarzen Haar und bog den Kopf nach hinten. Gier legte sich auf sein Gesicht. Dicht am Ohr leckte er ihr eine Schweißperle vom Hals.

Bralag räusperte sich. Im selben Moment riss das Mädchen sich los. Sie spuckte ihren Peiniger an, doch der war vorbereitet und zuckte lachend zurück. Der blutige Speichel zerplatzte an seinem unsichtbaren Schutzschild.

»Du spuckst mich an?«, schrie der Magister. Wie von Sinnen begann er, sie zu ohrfeigen.

Bralag trat einen Schritt vor und räusperte sich erneut, laut genug, um das schallende Geräusch zu übertönen.

Der Magister fuhr herum, das Gesicht eine wutverzerrte Fratze. »Was ist?« Sogleich glätteten sich seine Züge. In lauerndem Tonfall fragte er: »Wollt Ihr mir etwas mitteilen, *Meister Bralag*?«

»Tot ist sie uns nicht nützlich.«

Der oberste Magier starrte ihn an. »Wie bitte?«

»Mein Magister, ich verstehe Euren Schmerz wegen Meisterin Valhelias Tod.«

»Ihr versteht gar nichts«, schrie der Magister außer sich. »Es ist etwas anderes, eine Schülerin zu verlieren. Ich habe Val geliebt. Niemand hat je mehr geliebt.«

»Es war keine Infragestellung, es war eine Feststellung. Tot ist sie uns nicht nützlich.«

»Ich brauche keine Belehrungen wie ein Magieschüler. Ich habe Euch wohl verstanden. Ihr wiederholt Euch ja wie ein bunter Kobold. Tot ist sie uns nicht nützlich, tot ist sie uns nicht nützlich«, äffte der Magister Bralags Stimme nach. Kurz starrten die beiden Männer einander an. Dann bleckte der Magister die Zähne. »Ihr seid zu weich, Bralag, wie damals. Ob weiß, ob braun, was tut das zur Sache? Letztendlich muss ich alles selber ins Lot bringen. Wer weiß, wenn ich damals nicht den Befehl gegeben hätte, sie zu verstoßen, wärt Ihr heute vielleicht mit der eigenen Schülerin verheiratet, Hausmann und kein großartiger Befehlshaber. Ihr solltet mir dankbar sein.« Er wandte sich ab und betrachtete das Mädchen.

Bralags Auge begann zu zucken. Irritiert legte er einen Finger darauf. Seine Gedanken rasten. Was meinte der Magister? Die Vernunft gewann die Oberhand. »Was geschieht mit diesem Gaukler?«, fragte er.

Der oberste Magier drehte sich wieder um. »Mit wem? Ach ja, da war ja noch einer. Tötet ihn.«

Rahia richtete sich auf und krächzte: »Nein … nicht.«

Durch drei gezielte Schläge brachte der Magister sie zum Verstummen. Ohnmächtig sank sie in sich zusammen.

»Tötet ihn, macht mit ihm, was Ihr wollt. Ich habe zu tun. Genauso wie Ihr. Ihr habt eine Menge vorzubereiten, wenn Ihr Euch an unseren Plan erinnert. Ihr wartet in der Nische hinter dem Käfig. Wenn der Fremde erscheint und die Schlampe befreien will …«, der Magister schlug sich mit der Faust in die flache Hand, »… tötet Ihr ihn aus dem Hinterhalt!«

»Ja, ich erinnere mich an Euren Plan.«

Bralags Nicken entlockte seinem Gegenüber ein zorniges Grollen. »Gut. Dann dürft Ihr Euch entfernen.«

Er verbeugte sich tief, doch der Magister wandte sich bereits dem Mädchen zu. »Nichts ist einem vergönnt.« Er sprach die Formel für einen Raumsprung und löste sich innerhalb eines Wimpernschlags auf.

Bralag blieb allein zurück. Mit ausladenden Schritten lief er zur Tür und schickte die beiden Wächter in den Raum, um die Gefangene zu bewachen. Dann schloss er die Eichentür und mit ihr die Augen. Ein unkontrolliertes Zittern durchlief seinen Körper. Er musste die Stirn gegen das kalte Holz der Tür lehnen. Der Magister hatte damals den Befehl gegeben!

Jetzt fügte sich alles zusammen. Ja, er hatte noch viel vorzubereiten, doch seine Vorbereitungen würden dem obersten Magier sicher nicht gefallen.

Mira erwachte in einem kargen Raum, der außer einem Bett nichts an Annehmlichkeiten zu bieten hatte. Er war mindestens fünfzehn Fuß hoch. Hatte man sie in einen Turm gesperrt? Angst kroch in ihr empor. Wo waren die anderen? »Rahia? Ruven? Hört mich jemand? Hallo?«

Einen kurzen Augenblick darauf drang von außen eine Stimme zu ihr herein: »Ruhe da drinnen!«

Eine steinerne Tür öffnete sich, zwei Wachen betraten den Raum. »Unterrichte den Magister: Die Kleine ist aufgewacht.« Der Mann grinste sie an, während der zweite forteilte.

»Wo sind meine Freunde? Was habt ihr mit ihnen angestellt?«

Der Magier richtete seinen Kampfstab auf Mira, die bereit war, loszustürmen. »Bleib zurück.« Er schritt nach hinten und schloss die Steintür, ehe Mira sie erreichte.

Ihre Fäuste hämmerten gegen den kalten Stein. »Aufmachen! Was habt ihr mit ihnen gemacht? Rahia, Ruven! Wo seid ihr?« Sie schaute sich im Zimmer um, doch es gab kein Entkommen, keine Möglichkeit zur Flucht. Das winzige Fenster in Deckenhöhe schien sie mit seinen Gitterstreben wie ein grinsender Mund zu verspotten.

LIV
Auf Abwegen

Bralag schritt einen halbrunden Gang entlang. Er sollte den Gaukler töten, hatte der Magister gesagt. Wozu? Welchen Zweck hatte es, einen wehrlosen und vor allem unbeteiligten Menschen zu töten? Ihm erschloss sich der Sinn nicht. Stattdessen ergab es einen Sinn, dass der Magister Bralags Schülerin auf dem Gewissen hatte. Sie war äußerst begabt und bewandert in der Magie gewesen, doch was niemand wusste: Sie war seine Tochter gewesen, eine uneheliche Tochter zwar, aber er hatte sie geliebt. Und der Magister war ihr Mörder! Er hatte also damals den Befehl gegeben, als seine Schülerin in der Eisnacht den Tod fand. Dafür würde er bezahlen …

Als er den schwarzhaarigen Magier erblickte, schrak er aus seinen Gedanken auf. Der Junge hockte auf einem Schemel mitten im Gang. Was machte er hier? »Engel?«

Der junge Mann drehte sich um und nickte ergeben.

Bralag winkte ihn heran. »Du bist doch dem Magister unterstellt, nicht wahr.«

Wieder nickte er. Er hielt ein Paar Schuhe und einen Lappen in den Händen. Bralag schaute auf die Schuhe, dann direkt in Engels Augen. »Tust du gerne, was du da tust?«

Engel starrte ihn an. »I-i-ich …«

Bralag verdrehte die Augen und gebot ihm mit einer Handbewegung Einhalt. »Vergiss es. Ab sofort entbinde ich dich von deinen Aufgaben. Ich habe eine andere Tätigkeit für dich.« Murmelnd fügte er hinzu: »Eine Aufgabe, die eines Magieschülers würdig ist.«

Ein Lächeln erschien auf Engels Gesicht.

»Kümmere dich um diesen Gaukler. Der Magister will, dass wir ihn töten.« Engels geweitete Augen entlockten Bralag ein Schmunzeln. »Ich kann mich nicht selber um diesen Mann kümmern, denn ich muss in den Kellergewölben etwas erledigen. Ich möchte, dass du dich um diese Angelegenheit kümmerst.«

»K-k-kommt d-drauf an.«

»Töte den Mann.«

Engel schluckte. »D-d-das m-m-mach ich nicht.«

»Das ist ein direkter Befehl vom Magister, dem du unterstellt bist. Das wäre Befehlsverweigerung.«

Der junge Bursche schüttelte den Kopf. »Ich t-t-töte n-niemanden.«

Bralags Lächeln wurde breiter. Der Junge gefiel ihm. Offenbar hatte er sich nicht in ihm getäuscht. Engel war kein dummer Befehlsempfänger. In dem Magier steckte weitaus mehr, als man mit bloßem Auge zu erkennen vermochte. »Das war die richtige Antwort. Hör genau zu, was du jetzt tun wirst,« sagte er. Nachdem er seine Ausführungen beendet hatte, fragte er Engel: »Wirst du meinem Befehl Folge leisten?«

Der Schwarzhaarige nickte grinsend.

Ja, der Junge gefiel Bralag, und dass er direkt dem Magister unterstellt war, gefiel ihm noch viel mehr.

LV
Entscheidungen

Von einem Wachtrupp begleitet betrat Mira die säulengestützte Kuppelhalle in der Turmspitze. Mit Bestürzung fiel ihr Blick auf einen Käfig, der in der Mitte des Raums über dem Boden schwebte. Die Gestalt darin hatte die Knie vor die Brust gezogen und hielt den Kopf gesenkt. »Rahia!«

Die Gauklerin erhob sich schwerfällig. »Geh weg! Das ist eine Falle!«, greinte sie und zerrte an ihren Ketten.

Miras anfänglicher Schrecken wandelte sich in Entsetzen, als sie Rahias zugerichteten Körper erblickte. Ein Auge und das Kinn waren geschwollen, dunkles, getrocknetes Blut klebte an der zerrissenen Kleidung. Ihr Gesicht glich einer Maske des Schmerzes. Die Verzweiflung ihrer Freundin schmerzte wie ein Dolchstich, der ihr Herz zu durchbohren drohte.

»Rahia. Nein. Es ist gut. Es ist alles gut«, rief sie. »Ich bin freiwillig hier.« Sie wollte schon loslaufen, erstarrte jedoch.

Urplötzlich flimmerte die Luft neben der schwebenden Gefängniszelle. Der Eisenkäfig glitt zu Boden, das Magieroberhaupt tauchte aus dem Nichts auf. »Ich freue mich …«

Der Magister konnte nicht weiterreden, denn Rahia gebärdete sich wie ein wildes Tier und versuchte, an ihn heranzukommen. Kurzerhand schlug er mit einem Kampfstab gegen die Gitterstäbe, dass die Funken aufstoben. Rahia sackte schreiend zusammen, schluchzte und blieb liegen.

Mira bekämpfte den Impuls, einfach loszustürmen, um ihrer Freundin zu Hilfe zu eilen. Im Schatten der Säulen lauerten die Bewahrer der Ruhe, hinter ihr standen die Wächter des Wachtrupps. Wie viele Magier anwesend waren, konnte sie nicht sagen. Ihr blieb nichts anderes übrig, als in Ruhe den Magister zu beobachten.

Dieser begann erneut mit seiner feierlich anmutenden Rede: »Ich freue mich, dass du meiner Einladung gefolgt bist.

Herzlich willkommen. Es sind weitere Gäste geladen und du verzeihst mir hoffentlich, dass ich keinen Imbiss vorbereitet habe. Denn das Hauptgericht seid ihr.« Sein irres Lachen jagte Mira einen eiskalten Schauer über den Rücken. »Wie ich sehe, kommst du alleine. Wo ist der Fremde?«

»Ich weiß es nicht. Ihr habt mich doch selbst festnehmen lassen. Er ist fortgegangen, als wir …«

»Falsche Antwort!« Die Hand des Magisters wies auf Rahia, die gellend aufschrie und sich vor Schmerzen krümmte. Die Eisenkette straffte sich und riss Rahia auf die Beine.

Mira schrie ebenfalls, jedoch vor Schreck. »Nein! Bitte, lasst sie gehen.«

Der Magister ließ von Rahia ab, die reglos zusammensackte. Lediglich die Ketten hielten sie in einer aufrechten Position. »Beende ihr Leid, indem du mir sagst, wo der Fremde sich aufhält.«

»Ich … ich weiß es nicht.«

»Wo ist der Fremde«, erhob der Magister die Stimme.

Mira schwieg. Tränen rannen ihre Wangen hinab.

»Heul nur, dummer Bauernabschaum. Ich freue mich, dir deinen schneeweißen Hals umzudrehen, wenn der Fremde erst in unserer Hand ist.«

»Bitte lasst Rahia gehen. Ich weiß doch nicht, wo sich der Zauberer befindet«, flehte Mira.

»Gar nichts weißt du. Dumm warst du geboren und dumm wirst du sterben.«

Eine heiße Woge der Wut stieg in Mira auf, machte sich Platz und brach aus ihr heraus. »Ich weiß eine ganze Menge. Euer Gesicht wird nicht mehr lange gewahrt bleiben. Das Volk wird sich nicht alles gefallen lassen. Ich weiß, dass Ihr mit Euren Eisnächten unschuldige Menschen tötet.«

Der Magister lachte auf. »Das hässliche Entlein wird aufsässig. Hat dir das dieser Bastard von Zauberer erzählt?«

Ein einziges Wort, gefolgt von einer Handbewegung ließ Mira keuchend zusammenbrechen. Stechender Schmerz breitete sich in ihren Eingeweiden aus. »Wenn du … mich tötest … wirst du niemals … an Kyrian gelangen«, presste sie hervor.

»Oh, wir sind per Du. Kyrian nennt sich also der Bastard.«

»Ich verfüge über eine Botschaft … nicht Rahia!«

»Lüge! Ein netter Versuch, dein schmähliches Leben zu retten. Ich habe mich längst an den Gedanken deiner Gespielin gelangweilt. Obwohl ich ihr Leid ganz belustigend fand.« Der Magister kicherte, doch sogleich bildete sich eine Zornesfalte und verzerrte sein Gesicht zu einer diabolischen Fratze. »Aber du hast recht. Selbst wenn du nicht über die Botschaft verfügst, es spielt keine Rolle mehr. Ich kenne ihre Gefühle dir gegenüber. Sie liebt dich.«

Der Magister fuhr herum. Der Schmerz in Miras Körper ebbte schlagartig ab. Ein Wassereimer schnellte durch die Luft, zerschellte am Käfig. Sein nasser Inhalt ergoss sich über Rahia, die hustend erwachte.

Erneut wandte der Magister sich Mira zu. »Du bist schuld, dass ich meine Geliebte verlor, meine Val …« Er heulte auf, seine Hand zuckte vor.

Mira krümmte sich unter einer neuen Schmerzwelle. Im Hintergrund hörte sie Rahia schreien: »Lass sie in Ruhe!« Dann brach der Schmerz unvermittelt ab. Kaum sackte sie in die Knie, zerrten zwei Magier sie wieder auf die Beine.

»Ich bin ja kein Unmensch.« Mit einem Wort löste er die Ketten und öffnete die Käfigtür. »Ich weiß etwas viel Besseres für dich.« Grinsend zog der Magister einen Gegenstand unter seiner Robe hervor. Verschwommen erkannte Mira Rahias Dolch. »Gleiches soll man mit Gleichem vergelten.«

Die Klinge schoss in Miras Richtung. Sie riss die Augen auf, wollte schreien, doch die Panik schnürte ihre Kehle zu. Unter dem schallenden Gelächter des Magisters blieb der Dolch zitternd eine Handbreit vor ihrem Herz stehen.

Dann drehte er sich um die eigene Achse, schnellte zurück und traf sein Ziel.

»Rahia … Nein!« Miras Schrei hallte durch die Halle, als ihre Freundin mit dem Dolch in der Brust zu Boden sank.

Auf dem Weg hatte Fibi den Zauberer mit allen Informationen versorgt, die er benötigte. Sie schloss mit den Worten: »Der König ist ein Trinker. Es wird klappen, glaub mir.«

Er verzog die Mundwinkel und schnaubte resigniert. »Was für ein mieser Plan. Hätte von mir sein können.«

»Gut. Dann viel Glück!« Sie schwirrte los.

Als sie ans Tor zum Magierviertel gelangte, hielt eine barsche Stimme sie zurück: »Halt! Wohin?«

»Ich muss meine Befehle keiner unbedeutenden Torwache offenbaren. Siehst du das Wappen hier?« Sie deutete auf ihre Brust, auf der ein Turm und eine Krone prangten. »Ich stehe einzig und allein dem König Rede und Antwort. Aber ich will nicht unhöflich sein: Ich soll dem König eine Weinlieferung ankündigen. Noch heute erscheint der Mundschenk an diesem Tor. Ich muss nicht erwähnen, dass es sich um eine äußerst delikate Rebe handelt?« Innerlich grinste Fibi. Gleich würde der Torwächter eine Flasche als Wegzoll verlangen, wie immer, wenn sie Dienst am Königsturm verrichtete.

»Das wird nicht möglich sein. Wir haben Befehl, alle Feen zum Magister zu bringen.«

Fibi blinzelte. Hatte sie sich verhört? Der Magier rollte ein Pergament aus. Doch sie hatte weder Zeit noch Lust, sich eine Verlautbarung des Magieroberhauptes anzuhören. »So ein Unsinn. Ich bin Fibi, Botenfee im königlichen Dienst und ich werde mir ganz bestimmt nicht …«

»... dein Geschwafel anhören«, hatte Fibi den Satz beenden wollen. Doch in diesem Moment löste das Schriftstück sich auf und verwandelte sich in eine dunkelblaue, längliche Wolke, die Fibi umhüllte. Das Wolkenband schnürte ihr die Luft ab. Wie ein verzurrtes Päckchen plumpste sie zu Boden.

Was war das für ein Pergament? Was stand dort geschrieben? Mit Sicherheit keine Rede des Magisters. Eine Woge der Panik überschwemmte ihre Gedanken. Fibi wollte zwar den Kerker finden und ihre Schwester retten, doch sie wollte nicht als Gefangene dorthin. Und zum Magister wollte sie schon gar nicht. »Was soll das? Wenn der König davon erfährt …«, ächzte sie.

Der Magier klatschte mit begeisterter Faszination in die Hände. »Meine erste Fee! Ich habe meine erste Fee gebunden! Der Magister wird zufrieden sein.«

»Lass mich sofort frei, du Penner«, schrie Fibi.

Ohne sie zu beachten, zog der Magier einen Vogelkäfig von einem abgedeckten Karren. Fibis Magen rumorte. Unter der Plane standen unzählige Käfige. Kaum hatte der Mann sie in das eiserne Gefängnis gelegt und die Tür verschlossen, blitzte die Klappe rot glühend auf, dann war der Eingang verschwunden. Die Käfige waren magisch versiegelt. Selbst mit Feenmagie könnte Fibi nicht mehr entkommen.

»Lass mich frei.«

Der Magier lachte. Unter den staunenden Augen zweier Wächter trällerte er: »Ihr haltet die Stellung, Jungs. Ich geh mir jetzt meine Belohnung abholen.«

Das würde niemals funktionieren. Kyrian sah den Eselskarren mit Lemmys stattlicher Gestalt, als Weinhändler verkleidet, in den letzten Stadtring einbiegen. Er hatte den Wirt als fähigen Mann in Erinnerung. Deshalb hatte er ihn aufgesucht und in seinem Weinkeller den Beutel mit den Majok-Samen versteckt, den er im Waldhaus der Magier gefunden hatte.

Wenn diese Sache erledigt wäre, ginge er zu den Trollen zurück und brächte ihnen die Samen. Hoffentlich würden sie ihm dann helfen. Wenn er überhaupt zurückkehren konnte.

Mit ein wenig Überredungskraft der Zauberei war Lemmy bereit gewesen, Kyrian zu helfen. Ein harmloser Spaß wegen einer verlorenen Wette, hatte Kyrian ihm eingetrichtert. »Wenn ich verliere, spendiere ich dem König ein Fass Wein.«

»Is nicht wahr. Ich wusste gleich, aus dir wird was, Junge«, hatte Lemmy staunend von sich gegeben.

Alles Weitere war leichtes Spiel gewesen: der Karren, das Weinfass. Lemmy sollte lediglich zum Tor des Magierviertels fahren und das Fass dort abliefern.

»Warum gibst du es nicht selbst ab?«, hatte der Wirt gefragt. Doch als Kyrian es auf den Umstand geschoben hatte, er sei kein Mundschenk und somit kein glaubwürdiger Lieferant, als er dann auch noch die Botenfee des Königs erwähnt hatte, war das Thema erledigt gewesen. Lemmys letzte Zweifel hatte ein Goldstück beseitigt.

Den Plan hatten sie zur Mittagsstunde gefasst. Inzwischen neigte der Tag sich dem Ende entgegen. Die zwei Türme auf der Spitze des Berges warfen ihre Schatten bedrohlich über den Festplatz, den Lemmys Karren gerade passiert hatte.

Kyrian musste an die weiße Magierin denken, die er beinahe hier getroffen hätte. Nicht ganz, Mira war ja gerade nicht die weiße Magierin. Nicht einmal das Medium. Er seufzte. So rein, so weiß wie Schnee …

Lemmy schnalzte mit der Zunge, der Moropus legte etwas an Geschwindigkeit zu. Gemächlich und ohne Mühe zuckelte er den steilen Pfad zum Königsturm hinauf, zur letzten Ebene über der Stadt. Kyrian beobachtete die Durchfahrt von einem Hauseingang aus.

Fibi sollte längste alles vorbereitet haben und auf dem Weg zum König sein. Trotzdem ging Kyrian nicht davon aus, dass man Lemmy in den Magierbereich hineinließe.

Eine Torwache trat vor. »Halt! Wohin?«

»Lemmy … Lemmy Trinkaus ist mein Name, gräflicher Mundschenk aus dem Lande Montaberg. Eine Botenfee hat hoffentlich mein Erscheinen angekündigt. Ich bringe eine Lieferung für den König. Er wartet bereits.«

Kyrian verzog das Gesicht und rieb sich die Nasenwurzel. Das war nicht das, was sich er sich vorgestellt hatte, als er sagte, Lemmy solle improvisieren. Aber der Wächter schien keinen Anstoß an dem Namen zu nehmen.

In diesem Augenblick bemerkte Kyrian das Alter der Magier. Neulinge. Er grinste innerlich. Welch ein Glück.

»Heute geht das auf keinen Fall«, offenbarte ihm der Wächter. »Wir dürfen niemanden hereinlassen.«

»Ihr wollt damit doch nicht andeuten, ich muss zurückreisen? Den ganzen Weg? Durch die Trollfurt?«

»Ihr seid durch die Trollfurt gereist?« Die Augen der beiden Wachen weiteten sich.

»Durchaus. Ich komme aus Basgamatsch. Eine schreckliche, äußerst beschwerliche Reise liegt hinter mir. Ich weiß, dafür sehe ich ausgezeichnet aus. Kostet ruhig vom Wein, damit ihr euch von der königlichen Qualität überzeugen könnt. Es ist genug da.«

Die Wächter sahen einander an. Als ein dritter, gedrungener Mann hinzutrat, zuckten sie zusammen. »Was soll das? Was haltet ihr hier Maulaffen feil? Normalerweise verlangt man einen Passierschein. Ihr habt Glück, dass unsere Befehle heute lauten, niemanden passieren zu lassen. Und Ihr da: Schert Euch fort und kommt ein anderes Mal wieder, wenn der König eine Audienz gewährt.«

»Seit wann muss ein königlicher Mundschenk um Audienz betteln? Ihr wisst wohl nicht, wer vor Euch steht?« Lemmy war wirklich gut. Zeit, Plan zwei in die Tat umzusetzen.

Kyrian konzentrierte sich und rief sich das Gesicht des weißhaarigen Magiers ins Gedächtnis. Er hatte es sich damals im Wald eingeprägt, als er Mira befreit hatte. Jetzt konnte er einen Erinnerungszauber nutzen. Innerhalb eines Wimpernschlags flimmerte seine Gestalt und verwandelte sich in Bralag, den obersten Befehlshaber der Magier. Entschlossen trat er ans Tor. »Was geht hier vor?«

Die Wachen zuckten erschrocken zurück und verneigten sich. »Meister Bralag, wir haben Euch gar nicht bemerkt …« Zaghaft räusperte sich der gedrungene Mann. »Wir befolgen nur Eure Anweisungen«, sagte er mit festerer Stimme.

»Sicher, und Ihr tatet recht so. Vertrauen ist gut, Kontrolle ist besser.« Kyrian wandte sich an den Mundschenk. »Ihr habt es gehört. Ich muss Euch bitten, bis zum Morgen zu warten.«

Lemmy kratzte sich am Kopf. »Oh, nun ja. Wenn Ihr es sagt. Dann werde ich mal wieder … Also, auf ein Neues.« Er wendete seinen Moropus und zog ab.

Der gedrungene Mann trat an Kyrian heran. »Meister Bralag, solltet Ihr nicht im Turm sein? Wenn der Magister erfährt, dass Ihr hier gewesen seid, wird er außer sich sein«, raunte er.

»Ich habe hier alles unter Kontrolle. Es ist niemand aufgetaucht, der …« Er stockte und sah zum Mundschenk zurück.

Ehe er etwas befehlen konnte, legte Kyrian ihm die Hand auf die Schulter. »Sorgt Euch nicht. Der Weinhändler ist harmlos.«

»Aber natürlich«, bestätigte der Robenträger.

»Ich muss noch viel vorbereiten. Wo befindet sich der König?«

»In seinen Gemächern, wie immer.« Der Mann blinzelte ihn verwirrt an.

Diese Antwort hatte Kyrian befürchtet. Wie sollte er die Gemächer des Königs finden? »Gut. Ihr begleitet mich.«

Der Mann erschrak sichtlich. »Aber dann verlasse ich meinen Posten. Der Magister …« Er verstummte, als Kyrian ihn mit einem Seitenblick bedachte, und ging ohne ein weiteres Wort voran. Die Wachposten am Eingang des Königsturms ließen die beiden passieren.

Niemand bemerkte das keimende Gras auf dem Boden.

Der Magister drehte sich im Kreis und kreischte: »Zeig dich! Zeig dich endlich, du Bastard!«

Mira hing zwischen den Wächtern wie eine Marionette, der man die Fäden durchtrennt hatte. Ihre Tränen waren versiegt. »Er wird nicht kommen«, sagte sie monoton.

»Zeig dich! Zeig dich! Zeig dich!«

»Er wird nicht kommen!«, schrie Mira aus Leibeskräften.

Der Magister wirbelte herum, sagte etwas und deutete auf sie. Die Wachen ließen sie mit einem Schreckenslaut los, während eine unsichtbare Kraft ihren Körper in die Luft warf. Aufrecht wie an ein Kreuz geschlagen schwebte Mira wenige Handbreit über dem Boden.

Die Stimme des Magisters glich einem heiseren Zischen. »Was faselst du da?«

»Er ist fort. Vielleicht längst aus unserer Welt verschwunden.«

»Von hier kommt niemand fort. Der Wächter tötet jeden, der unsere Welt verlassen will, jeden Verräter, ja, sogar jeden, der sich nur zu weit auf das Meer hinaus wagt. Das ist mein

Befehl! Meine Welt! Niemand tut etwas ohne meine ausdrückliche Erlaubnis.«

Ein unbändiges Gefühl erklomm Miras Inneres. Wut. Ein verzweifeltes Aufbäumen ihres Geistes. Der Magister sollte wenigstens nicht die Genugtuung bekommen, sie gänzlich am Boden zu zerstören. »Du kannst dir deine Befehle sonst wo hinstecken. Er wird nicht kommen«, schrie sie. »Nicht wegen mir ... und nicht wegen ... Rahia.« Ihre Worte zerflossen zu einem tonlosen Flüstern.

»Er wird kommen, o doch, er wird. Das Orakel hat es prophezeit! Nicht wahr, Giroll? Es hat es prophezeit. Giroll!« Er schaute wirr umher, ebenso ein Dutzend Magier. »Wo steckt er? Giroll?«

Ein Kriegermagier trat vor. »Ihr habt ihn selbst fortgeschickt, mein Magister.«

Der Oberste der Magier atmete tief ein und aus. Mit beherrschter Stimme sagte er: »Es ist egal. Er wird kommen, dieser *Kyrian*, und wir erwarten ihn.« Ein wissendes Grinsen legte sich auf sein Gesicht. »Ich brauche lediglich deine Gedanken zu lesen. Dann weiß ich alles, was ich wissen muss.« Er glitt in Miras Richtung und streckte den Arm aus. »Ich hätte deinen weißen Kopf schon längst durchforschen sollen ... durchkämmen ... durchforsten ... kein Geheimnis bleibt verborgen.«

Keinesfalls wollte Mira den Magister in ihre Erinnerungen lassen. Panik keimte in ihr auf. »Was ist mit Pallak geschehen?«, platzte es aus ihr heraus.

»Mit wem?« Der Magister klang fast belustigt.

»Pallak, dem Schmied aus meinem Dorf.«

»Ach, der Schmied. Ein Unfall. Valhelia hat ihn getötet. Meine kleine geliebte Val ... Sie hatte immer so wunderbare Einfälle. Du solltest Val als deine Freundin ansehen, aber was tatest du? ... Undankbares Geschöpf.« Er gab ihr eine schallende Ohrfeige. »Du willst also Zeit schinden. Jetzt bin ich mir sicher: Er wird kommen. Vielleicht kennst du ja seine Pläne.« Der Magister trat vor Mira und packte ihren Kopf an den Schläfen. »Komm, mein Täubchen. Es wird Zeit, deine Gedanken mit mir zu teilen.«

LVI
Leben und Tod

Gleißendes Licht. Stille.

Bin ich tot?

Rahia schwebte. Sie spürte eine unendliche Ruhe in sich. Wenn so der Tod aussah, wollte sie dieses Gefühl nie wieder missen. Auch wenn dadurch die Welt der Lebenden zurückblieb. Die Magier, Ruven, Unna … und Mira. Die Ruhe ebbte ab, die Umgebung trübte sich. Das Licht verlor an Intensität.

Sie blinzelte. Im nächsten Augenblick war da das schneeweiße Mädchen aus ihrer Kindheit, die weiße Magierin. »Du besitzt etwas von mir, das ich brauche. Gibst du es mir zurück?«

»Gehe ich dann ins Totenreich?«

»Wir alle müssen irgendwann sterben.« Eleanor lächelte. »Aber nein, deine Zeit ist noch lange nicht gekommen. Dennoch muss ich mir deinen Körper ausleihen.«

Rahia schüttelte den Kopf. Ihr Wunsch, sich dem friedlichen Licht zu ergeben, wurde unwiderstehlich. Sie sah in den gleißenden Lichtkegel. So verlockend, so warm. Wie oft hatte sie sich diesen Zustand herbeigesehnt, damals in den Straßen von Königstadt, als sie täglich am Rand des Verhungerns gestanden hatte. Die Angst ein ständiger Begleiter, jede Nacht geplagt von Albträumen, jeder Tag ein Überlebenskampf. Sie schloss die Augen, doch die Helligkeit drang durch ihre Lieder.

Eleanors Stimme riss Rahia aus ihrem Sehnen zurück. »Ich habe mich nicht geopfert, um jetzt zu versagen. Hilf mir, die Welt zu retten! Bitte!«

»Du hast mich benutzt. Warum?«

»Nicht benutzt. Beschützt. Es bleibt keine Zeit für Erklärungen. Bitte, hilf uns. Hilf ihr.«

Der Schrei ihrer Freundin hallte aus dem Reich der Lebenden zu ihr herüber. Schmerzerfülltes Schluchzen legte ein eisernes Band um ihr Herz.

Die Worte der weißen Magierin waren nur noch ein Hauch. »Sie darf nicht sterben.«

Rahia wandte sich um. Eleanor stand eine Armlänge von ihr entfernt. Konnte ein Geist weinen? Sicher ein Trick, eine List der Magierin, um sie vom Licht, vom Frieden fernzuhalten.

»Glaubst du, es ist leicht, als Körperlose umherzuirren? Nicht zu wissen, wohin und warum? Ich habe mir diesen Zustand nicht ausgesucht.« Das Mädchen streckte die Hand aus. »Entscheide dich! Für oder gegen mich.«

Kurz schaute Rahia zurück zum Lichtschein. Sie hatte sich längst entschieden. Mit einem Ruck drehte sie sich um und berührte Eleanors ausgestreckte Hand. Das Licht erlosch.

Eine Schmerzwelle durchzuckte sie. Zugleich öffneten sich ihre Augen. Sie konnte nicht atmen, ein Krampf umklammerte ihren Brustkorb. Zitternd erhob sich ihr Körper, dessen Kontrolle sich ihr entzog. Beide Hände griffen zur Brust, zogen das störende Ding heraus. Ein Ächzen verließ ihren Mund, als Luft in ihre Lungen strömte, ein Schatten glitt aus der Wunde. Behaglichkeit und Wärme breiteten sich in ihr aus. Sie starrte den Schnitt an, der sich langsam schloss, konnte es nicht begreifen. Der Dolch entglitt ihren Fingern und fiel klirrend zu Boden. Das Geräusch ließ den obersten Magier herumfahren.

Sie taumelte, hustete. Allmählich klärten sich ihre Gedanken. Schmerz schoss wellenförmig durch ihren Körper, trotzdem verließ ein Lachen ihre Kehle, als sie erst zu Mira und dann zum Magister sah. Mechanisch streckte sie die Arme vor und betrachtete voller Erstaunen die zwei sich ballenden Energiekugeln. Dann lösten sich beide Lichtblitze.

Kyrian konzentrierte sich. Der Magier, dem er seinen Willen aufgezwungen hatte, lief vorweg. Sobald sie den Turm betreten hatten, übergab er dem Robenträger ein vorgefertigtes Pergament und wandte auf sich einen Unsichtbarkeitszauber an. So gelangte die Botschaft hinauf, immer weiter, bis sie in der obersten Turmebene ankamen. Wieder einmal kam Kyrian nicht umhin, über die Naivität der Magier zu staunen. Er konnte unbedarft zum König vordringen. Unglaublich.

Der Wächter klopfte, und ein hochgewachsener Mann öffnete die Tür. »Eine dringliche Nachricht für den König.«

Der Diener betrachtete kurz das Siegel der königlichen Weinkelterei auf dem Pergament und nahm es mit einem Nicken entgegen. Der Wächter entfernte sich wortlos.

Gerade als der Diener die Tür schließen wollte, drückte Kyrian seine Hand. Körperkontakt verstärkte jeden Zauber. Der Diener schloss stumm die Eingangstür, verdrehte die Augen und sackte zusammen.

Kyrian sah sich um. Er befand sich in einer Art Vorzimmer. Eine Sitzecke, ein Schreibpult, mehrere Bilder von Landschaften oder Jagdszenen an den Wänden. Er schleifte den Bewusstlosen hinter die Sitzgruppe und nahm dessen Gestalt an. Dann verriegelte er die Tür von innen.

Aus dem Nebenraum drang eine Stimme zu ihm herüber. »Bermont? Wer war es?«

»Eine Nachricht … für den König.« Er kannte nicht die Tonlage des Dieners, also musste er improvisieren.

»Ich will aber niemanden sehen … Ich hoffe doch, es ist nichts Unangenehmes?«

»Ganz, wie man es nimmt …«, murmelte Kyrian, betrat den benachbarten Raum und prallte erschrocken zurück.

Der König befand sich nicht allein in seinen Gemächern. Umgeben von Dienern, einem Koch, Musikanten sowie einigen Tänzerinnen gab er sich dem Vergnügen des Trinkens hin. Stöhnend schüttelte Kyrian den Kopf. Einen betrunkenen Körper zu kontrollieren, nervte. Aber weitaus quälender war die Frage: Was machte er mit all den Leuten? Er konnte unmöglich diese unschuldigen Menschen töten.

Also trat er auf den König zu und raunte: »Wir müssen uns unter vier Augen unterhalten.«

Er erntete ein amüsiertes Lachen. »Aber wir *sind* unter uns.« Der König hob sein Glas.

»Wir … es geht um Eure Gesundheit, mein König.«

»Warum so förmlich, Bermont? Was ist los? Trinkt etwas.« Kyrian überlegte fieberhaft. Er hielt das Pergamentbriefchen in den Händen. »Wir erhielten eine Nachricht, dass man Euch vergiften will. Das Weingut Montaberg wurde geschlossen. Wir müssen … reden.«

»Was erzählt Ihr da? Vergiften?« Unsicherheit schwang in der Stimme des Königs mit.

In diesem Moment trat ein Magier heran, kräftiger Körperbau, dunkelgrüne Robe. »Wovon sprecht Ihr da, Bermont?«, blaffte er. »Zeigt die Nachricht her! Auf der Stelle!«

»Bitte schön, wie Ihr wollt.«

Als der Magier das Pergament ergriff, packte Kyrian zu und umschloss seine Hand. Die Wirkung des Schlafzaubers entfaltete sich augenblicklich. Der Magier wankte.

»Habt Ihr etwa von dem Wein gekostet? Was ist mit Euch?«, rief Kyrian gespielt entsetzt und fing den Mann auf. Die Musik verstummte, erste Schreckensschreie erschollen.

Der König jammerte mit schriller Stimme: »Aber ich habe Unmengen an Wein getrunken.«

»Deshalb wollte ich keine Panik verbreiten und mit Euch unter vier Augen sprechen«, presste Kyrian hervor. »Kommt alle herbei.« Er winkte die Leute zusammen. Allgemeines Gemurmel wurde laut.

Die Tänzerinnen liefen zur Tür. »Wir trinken keinen Wein, wenn wir tanzen. Wir können ja wohl gehen, oder?«

»Wir müssen Ruhe bewahren. Keiner verlässt den Raum. Ihr zwei da, packt mit an.« In Befehlstimme dirigierte er die Bediensteten, die den Magier auf ein Liegesofa legten.

»Die Wache soll einen Arzt holen«, rief der König schrill.

Kyrian rieb sich die Nasenwurzel. Es musste sein. Er musste diese Leute ausschalten, ehe sie seinen Plan auffliegen ließen. Seufzend konzentrierte er sich. Um der Mädchen willen. Vielleicht war dies sein letzter Tag. Und wenn schon. Es gab kein Zurück mehr, nur noch ein Vorwärts.

Mira schrie verzweifelt. In ihrem Kopf breitete sich Hitze aus, sie spürte, wie der Geist des Magisters in ihr Gedächtnis dringen wollte. Ihr Blick glitt an ihm vorbei. Spielte ihr der Schmerz einen Streich? Ungläubig öffnete sie ihren Mund, schaute Rahia an und hauchte ihren Namen. Der Dolch hätte die Gauklerin töten müssen, stattdessen rappelte sie sich auf und zog sich die Klinge aus der Wunde.

Das klirrende Geräusch ließ den Magister herumfahren. Doch Mira man nicht frei. Einer der beiden Magier, die sie festhielten, bog ihr den Arm auf den Rücken. Ihr Körper folgte dem Schmerz und beugte sich vor. Aus den Augenwinkeln sah Mira, wie Rahias Hände zwei Lichtblitze erzeugten. Was passierte gerade?

Rahia lachte, im nächsten Moment wich der Druck auf Miras Arm einem elektrostatischen Knistern. Einer ihrer Peiniger flog zur Seite. Als ihr Ellenbogen hochschnellte und das Kinn des verbliebenen Magiers traf, sackte dieser mit einem Schrei zusammen. Sie spürte den Schmerz kaum, starrte mit offenem Mund Rahia an, die lachend ihre Handflächen betrachtete und dann den Kopf hob.

»Wo bist du, Bruder?«, rief sie. Ihre Stimme klang viel heller, kindlicher. Sie legte eine Hand auf ihre Brustwunde, ein violettes Licht breitete sich darum aus. »Bruder!«, schrie sie erneut.

Der Magister zögerte kurz. Dann verließ ein blauer Lichtblitz seine erhobenen Hände.

Augenblicklich materialisierte der fremde Zauberer sich vor der geöffneten Käfigtür. Kyrian. Der Blitz zerstob an seinem imaginären Schutzschild. »Bruder? Was bedeutet das?« Der Zauberer sah Rahia blinzelnd an.

»Keine Zeit für Erklärungen. Ich bin nur kurz in diesem Körper. Ischtrag Marwé.«

»Ein Weltenzauber? Aber ich …«

In diesem Moment schrie der Magister: »Bralag! Jetzt!«

LVII
Beweise

Bralag trat aus dem Schatten der Säule hervor und hob die Hände. Ohne dass er darüber nachdenken musste, verließen die Worte der magischen Formel seinen Mund. Ein Klicken folgte.

Er musste schmunzeln, als er auf die Holztür im untersten Keller des Magierturms zutrat, deren Schloss sich soeben geöffnet hatte. Die Macht der Magie.

Zu gerne hätte er das Gesicht des Magisters gesehen, im Moment der zuschnappenden Falle, wenn er bemerkte, dass Bralag nicht zur Stelle war. Er wusste zwar nicht, was er tun würde, falls der oberste Magier gegen diesen fremden Zauberer gewinnen sollte, aber er hoffte, eine Lösung zu finden, ihn abzusetzen.

Wer stünde zu ihm? Er hatte eine Menge Freunde, deren Einfluss sich nicht einmal das Magieroberhaupt zu entziehen vermochte. Wenn Bralag in irgendwelchen geheimen Kellerräumen Beweise für die dunklen Machenschaften des Magisters fände, so könnte er dessen Rücktritt erzwingen, noch bevor der nächste Morgen graute.

»Purgator«, flüsterte er. Rötlich leuchteten drei nadelgroße Giftpfeile am Türrahmen auf. Wie oft hatte ihm dieser Magierspruch das Leben gerettet. Sein zweiter Spruch entschärfte die Falle. Er hätte dem Magister mehr Einfallsreichtum zugetraut. Mit einem Knarren öffnete sich die Tür und offenbarte den Blick in eine runde Kammer.

Bralag schuf Licht. Zu seiner Enttäuschung war der Raum leer. Vier Holztüren – vier Möglichkeiten. Welchen Weg sollte er beschreiten? Was hatte sein Informant gesagt?

Die Überprüfung aller Türen zeigte nur eine einzige Falle. Er schaute in die frei zugänglichen Räume. Es gab eine Schlafkammer, den Fesseln am Bettgestell nach zu urteilen, nicht zum Schlafen gedacht. Als Zweites war da eine Vorratskammer voller Trockennahrung und Dörrobst. Wofür diente all diese Nahrung? Warum hortete der Magister so viele Lebensmittel?

Die dritte Eichentür führte in einen Saal, in dem sich ein Altar befand. Na bitte, das war doch ein Anhaltspunkt. Bralag untersuchte den Steinquader. Er zeigte sich blitzblank, als wäre er niemals benutzt worden.

Resigniert wandte er sich an die letzte verbliebene Tür, entschärfte die Falle und öffnete sie. Ein schummriges, bläuliches Leuchten empfing ihn. Der typische Verliesgeruch von Urin, Kot und schimmligem Stroh schlug ihm entgegen, geschwängert vom süßlichen Geruch des Blutes. Er trat ein, um im nächsten Moment zu erstarren.

In seinen anfänglichen grenzenlosem Schrecken mischte sich rasch Genugtuung. Volltreffer! Sein Informant hatte recht behalten. Hier fand er endlich alle nötigen Beweise, die das Ende des Magisters besiegelten. Süß war die Rache.

Unzählige Käfige hingen an der Decke, bedeckten die Regale und den Fußboden der gewaltigen Halle. Geschöpfe, zu elenden Kreaturen verkommen, einige sahen verendet aus, obwohl sie sich noch regten. Viele vegetierten in ihren Gefängnissen dahin. Der süßliche Geruch von Tod lag in der Luft, begleitet vom Stöhnen eines rasselnden Atems.

Je tiefer Bralag in den Raum vordrang, desto mehr wuchs sein Schrecken. Die meisten der durch Folter entstellten Lebewesen wirkten kraftlos, einige schienen dem Wahnsinn verfallen. Er sah einen Jungdrachen mit abgetrennten Flügeln, Tiere aller Arten, einen Zwerg halb von Ketten erdrückt, Halbmenschen. Mehrere nackte Frauen kauerten in einer Zelle. Die vermissten Dienerinnen. Deshalb hatte der Magister ständig wechselnde Bedienstete.

Allmählich erkannte Bralag das Ausmaß des Grauens, wandelte erschüttert durch die Halle, dessen Mitte von einem blutbesudelten Tisch dominiert wurde. Ein Forschungslabor! Er sog scharf die Luft ein, was sich als fataler Fehler erwies. Sogleich schüttelte er sich vor Ekel, musste husten und würgen. Rasch erschuf er eine magische Brise, die das Atmen erleichterte.

Er hatte von den Vorlieben des Magisters geahnt, doch das überstieg selbst seine Vorstellungskraft. Er hatte sich der dunklen Magie verschrieben. Lebenszauber, dazu diente der Altarraum. Kein Wunder, dass er hinter dem fremden Zauberer her war.

Unvermittelt schrak Bralag zusammen. In einem Vogelkäfig flatterte etwas aufgeregt umher. Als er nähertrat, erkannte er eine Fee mit grimmigem Gesicht, die sich gegen die Käfigtür geworfen hatte. Er streckte zögernd die Hand aus, doch sie flog zurück.

»Vorsicht! Fass die Gitterstäbe nicht an!«, warnte sie.

Bralag hielt inne. »Warum willst du mich schützen?«

»Ich habe dich hier unten noch nie gesehen, dennoch kenne ich dich. Du bist Bralag, der oberste Heerführer. Oleri hat mir von dir erzählt.«

»Oleri? Was weißt du von meiner Botenfee?«

»Dass du kein Freund des Magisters bist. Oleri ist tot. Der Magister hat ihn getötet. Das weißt du doch genau.«

»Nein, das wusste ich nicht. Hätte ich sonst gefragt? Wie ist dein Name?«

Die Fee verschränkte die Arme. »Ich nenne dir mit Sicherheit nicht meinen Namen. Damit du ihn gegen mich einsetzen kannst? Vergiss es.«

Ein unheilvolles Donnern erklang über ihren Köpfen, in die anderen Käfige kam nun ebenfalls Leben. Bralag sah zur Decke. Feiner Staub rieselte herab, kleine Steine lösten sich und fielen klackernd zu Boden.

»Bitte lass mich frei. Bitte«, flehte die Fee. Ihr Blick irrte hektisch umher.

Bralag lächelte. Er murmelte einen Spruch, dann packte er mit beiden Händen den Käfig und zog ihn zu sich heran. Die Fee kreischte. In ihrer Angst drückte sie sich an die hinteren Gitterstäbe.

»Wie ist dein Name?« Als keine Antwort folgte, ließ Bralag schulterzuckend los. »*Ich* sitze nicht in einem Vogelkäfig.«

»Fibi! Mein Name ist Fibi!« Die zierliche Fee hastete zur Käfigtür. »Bitte lass mich frei!«, flehte sie.

Bralag drehte sich um.

»Aus dem Geschlecht der Dolden«, schrie Fibi von Panik ergriffen hinter ihm her. »Ich habe dir meinen Namen gesagt, bitte, lass mich frei! Bitte!«

Bralag war sicher, dass sie die Wahrheit sagte. Er blieb an der Tür stehen und legte ein dickes Buch auf die Schwelle.

»Wie es scheint, schuldest du mir etwas, Fibi aus dem Geschlecht der Dolden. Ich komme irgendwann darauf zurück.« Auf sein Murmeln, gefolgt von einem Fingerschnippen, öffnete sich die Zellentür.

Sofort huschte die Fee hinaus. »Warte. Wo geht es raus?«

Bralag schnalzte mit der Zunge: »Das wäre zu viel des Guten. Aber ein Tipp: immer der Nase nach. Du wirst es schaffen, da bin ich mir sicher.« Lachend begab er sich in einen geheimen Fluchttunnel, der im einzigen Hafen von Königstadt endete.

LVIII
Weltenzauber

»Jetzt Bralag! Jetzt!«

Auf dem Gesicht des Magisters schien sich unendlich träge eine Erkenntnis auszubreiten. Sein oberster Heermeister würde nicht erscheinen. »Bastard! Verräter!«, schrie er.

Kyrian sah sich gehetzt um. Wie sollte er einen Weltenzauber anwenden? Er hatte noch nie …

Eleanor sprach durch Rahias Mund. »Zu schwach … Muss gehen. Beschütze die Mädchen … alle beide!«

»Welchen Weltenzauber?«

»Du wirst … wissen …« Rahia schloss die Augen. Blutrotes Licht strömte aus ihrer Wunde und verlosch.

»Eleanor?« Kyrian packte Rahia, ehe sie zusammensackte.

»Ihr werdet alle sterben«, kreischte der Magister und riss Kyrian damit in die Realität zurück.

Lichtblitze schossen auf ihn zu und brachten ihn ins Wanken. Die Stäbe des Käfigs zerschmolzen in einer immensen Welle aus Hitze und Funken. Er taumelte, warf sich zur Seite und zog Rahia mit. Doch solange er sie bei sich hatte, konnte er keinen Gegenangriff starten. Wie sollte er kämpfen und zeitgleich beide Mädchen schützen? Wo war Mira überhaupt? Sein Blick irrte durch den Saal.

In diesem Moment hob der Magister die Hände und erzeugte einen Wirbel aus dunklen Wolken, die seinen Körper verhüllten.

Mit Schrecken verstand Kyrian: Runenmagie! Ein Zweig der dunklen Künste, der von den Zauberern als zu gefährlich erachtet wurde. Das war nicht gut, gar nicht gut. Könnte er gegen einen Runenmagier überhaupt bestehen?

Wie zur Bestätigung drang die Stimme aus der Dunkelheit: »Ich bin ein Runenbewahrer. Du kannst mich nicht besiegen. Tötet ihn!«

Die anderen Magier zögerten ob der dunklen Magie, nur die Hälfte von ihnen entschloss sich, anzugreifen. Wertvolle Zeit für Kyrian. Er erschuf die Illusion einer zweiten Rahia und zauberte den Körper der echten Gauklerin mehrere Schritte entfernt zur Seite.

Dann versank die Welt in einem Blitzgewitter. Die Geschosse von mehr als einem Dutzend Magiern schlugen um ihn herum ein. Könnte sein Schutzschild einer derartigen Gewalteinwirkung lange genug standhalten? Schon spürte er die Hitze. Er kam nicht einmal dazu, sich dagegen zu wehren. Seine volle Konzentration galt dem Willen, am Leben zu bleiben. Wenn er jetzt sprang, wäre die Schlacht verloren. Aus den Augenwinkeln entdeckte er Mira. Sie kroch hinter einer Säule hervor und schaute immer wieder zu Rahias Trugbild. So sollte das nicht laufen. Kyrian hatte die Illusion für die Magier erschaffen.

Als Mira aufsprang und loslaufen wollte, versperrte ihr plötzlich das dunkle Wolkengebilde den Weg. Ein Schrei verließ ihre Lippen. Der Magister materialisierte sich und streckte die Hände vor.

In der Hoffnung, den Schutzschild aufrechterhalten zu können, öffnete Kyrian einen weiteren Gedankenkanal und versetzte sich direkt zwischen Mira und die Wolke.

Doch seine Konzentration schwand bereits. Zwei schwarze Blitze schossen aus dem Wolkengebilde hervor und durchdrangen seinen imaginären Schild. Kyrian schrie auf und landete in Miras Armen. In seiner Brust schwelten die Eintrittsstellen.

Mira gab einen entsetzlichen, schmerzvollen Klagelaut von sich. »Nein. Kyrian!«

Begleitet vom irren Gelächter des Magisters, sah er in ihre Augen. Ein leicht violetter Schimmer lag darin. Wie schön sie doch waren. Er wollte etwas sagen, irgendetwas Tröstendes, aber seine Stimme versagte.

Stattdessen flüsterte Mira: »Du wolltest mich die ganze Zeit beschützen, nicht wahr? Du wolltest mich nie töten?«

Er nickte.

Tränen rannen ihr Gesicht herab. »Ohne dich erscheint mir die Welt kleiner. Warum bist du auf deinem Weg umgekehrt?«

Umgekehrt ... Plötzlich musste Kyrian lachen. *Du wirst wissen* ... Ja, er wusste es.

»Wenn ich könnte, würde ich die Zeit zurückdrehen ... Ich würde sagen: Tu es!«, flüsterte Mira. »Zerstöre die Welt! Lass deinem Hass freien Lauf!« Sie streckte die Hand aus und berührte seine Wange. Zaghaft. »Tu es für mich ... und erschaffe die Welt neu!«

Das war es. Kyrian schloss die Augen, legte den Kopf in den Nacken und lachte. Ein kurzes, befreiendes Lachen. Dann folgte der Schmerz, das Herz hörte auf, zu schlagen.

Mira sah ein Leuchten in Kyrians Rücken, als der Magister erneut einen schwarzen Strahl sandte. Unter der Last seines Körpers wankte sie und sackte zusammen. Dennoch traf das Geschoss den Rücken des Zauberers, der sich halb auflöste. Ein gellender Schrei verließ Miras Lippen. Sie ließ los, der Leichnam glitt zu Boden.

Unfähig, sich zu rühren, stand Mira da.

Kyrian war tot. Es war alles vorbei. Sie hatte es nicht verhindern können.

Dann sah sie Rahia am Rand liegen. Sie regte sich, also lebte sie noch. Mira ballte die Fäuste. Das schallende Gelächter des Magisters ließ ihre Wut ins Unermessliche steigen. »Du ... du Bastard!«, spie sie ihm entgegen.

»Oh, das kleine Bauernmädchen wird trotzig«, höhnte das Magieroberhaupt. »Du enttäuschst mich. Ich hätte wenigstens Tränen erwartet. Betteln und Flehen wie sonst auch. Doch genug der Worte. Dein Ende naht.« Der Magister richtete die Hände auf sie. »Du warst nutzlos und bleibst nutzlos.«

Noch vor Kurzem hätten seine Worte sie wie giftige Dornen verletzt, doch jetzt perlten sie ab wie kühler Regen. Sie spürte eine Veränderung in sich, in der ihre Ängste und

Zweifel keinen Platz mehr hatten. Voller Stolz streckte Mira sich und sah den Magister mit erhobenem Haupt an. Jetzt war sie es, die lächelte. Wenn sie schon sterben sollte, würde sie ihrem Feind nicht die Genugtuung geben, vor ihm zu kriechen. Mit einem Mal spürte sie, wie eine Erhabenheit sich über sie legte und ihr Kraft gab. Keine Tränen. Nicht jetzt. Nicht heute.

Irritiert blinzelte der Magister. Seine Hand ruckte vor, und im nächsten Augenblick schoss ein Lichtblitz auf Mira zu. Im Reflex wollte sie die Augen schließen. Doch sie zwang sich, hinzuschauen. Wie fühlte sich der Tod an? Sie würde es jeden Moment herausfinden.

Das Licht zerstob in bunten Funken vor ihrem Körper. Und mit einem Mal erkannte sie: Kyrian! Er war noch da!

Ihr Blick fiel auf die leblose Gestalt am Boden. Sie war tot, ohne Zweifel. Der halbe Rücken fehlte, der Brustkorb mit seinem blutigen Hohlraum zeigte sich in aller Deutlichkeit. Mira bekämpfte die Übelkeit, zwang sich, hinzuschauen. Das Gesicht war nicht das des Zauberers. Sie hatte es schon einmal gesehen, auf dem Frühlingsfest.

Die Begrüßungsrede. Vor ihr lag der König!

Auch der Magister stutzte. Erneut schoss er einen Lichtblitz ab. Wieder geschah nichts. Nur die Luft vor Mira flimmerte. Und in dem Flimmern erschienen zwei Augen, tief und blau wie ein Bergsee, eisig kalt. Überdimensional groß.

Entsetzt wich der Magister zurück und brüllte einen Magiespruch. Ein anhaltender Energiestrahl fegte aus seinem Körper und prallte auf Miras Schutzschild. Sie geriet ins Wanken, drehte sich weg und hielt den Arm schützend vors Gesicht.

»Stirb endlich, du Miststück! Das ist dein Untergang!«, kreischte der Magister.

»Nein«, war ein raues Flüstern zu vernehmen, dem Rauschen des Windes in einer Baumkrone gleich. Als die Stimme weitersprach, schwoll sie an wie ein erwachender Sturm. »Nicht *ihr* Untergang … es ist der Untergang *deiner Welt*!«

Damit breitete sich das Flimmern aus. Ein Grollen erscholl und ließ die Wände erbeben.

Mira reagierte sofort. Sie drehte sich um und rannte los. Zu Rahia. Die flimmernde Luft dehnte sich aus, hatte inzwischen die wenigen verbliebenen Wächter erreicht. Unter spitzen Schreien lösten sie sich auf, während die raue Stimme flüsterte: »Schatten zu Licht. Hell zu Dunkel. Leben zu Tod.«

Noch immer gellten Schreie durch den Raum.

Das Flüstern wurde lauter. »Fest wird flüssig, Stahl zu Wasser. Meister zum Schüler.«

Der Magierturm begann zu beben. Die ersten Steine brachen, Sandstaub rieselte von der Decke herab. Mittlerweile dröhnte die Stimme, hallte von den Wänden wider. »Aus groß wird klein! Die Welt kehrt sich um.«

In diesem Moment explodierten die Augen, das Flimmern fiel in sich zusammen.

LIX
Die Flucht aus dem Turm

Fibi schwirrte zu einem der anderen Käfige. Sie traute sich nicht, die Tür zu berühren. Panik stieg in ihr empor. »Feli, was soll ich machen?«

Eine zweite Fee sah mit traurigen Augen auf, sank dann zurück in ihre kauernde Haltung.

Immer mehr Steine lösten sich aus der Decke des Raums, krachten polternd zu Boden. Ein Brocken zertrümmerte das Gefängnis eines Kobolds und erschlug diesen. Blaue Funken stoben in die Höhe.

Fibi überlegte. Wenn der Käfig zerstört würde, wäre der magische Bann gebrochen. Das war es! Sie flog zum Tisch, nahm eines der Messer sowie einen Strick und kehrte ächzend damit zurück. »Vorsicht!«, rief sie. Als die zweite Fee sich nicht rührte, brüllte Fibi sie an: »Feli! Reiß dich zusammen!«

Wie aus einem Traum erwacht, kam Leben in die Gefangene. Fibi ließ die Klinge von oben zwischen den Riegel der Tür fallen und legte das Seil über das obere Ende des Messerknaufs. Wohin mit dem anderen Ende? Sie drehte sich einmal im Kreis und hörte Felis Schrei. Als sie sich umwandte, sah sie direkt in das zuschnappende Maul eines Jungdrachen, dessen Käfig von einem Stein zerstört worden war.

Mit einem lang gezogenen Aufschrei warf Fibi sich zur Seite. Der Drachenkopf bekam nur das Seil zu fassen und fuhr zu der Fee herum, die sofort an die Decke schwirrte. Dieser Ruck reichte aus, um den Käfigriegel zu öffnen. Verdutzt sah das Ungeheuer ihr hinterher, dann ruckte sein Kopf in die Richtung der geöffneten Käfigtür.

»Hallo ...«, wisperte Feli ängstlich.

Von oben schrie Fibi: »Hier ist ein Loch. Hier geht es raus.« Sie kehrte um, verharrte einen Augenblick vor dem Drachen, und ehe dieser wusste, wie ihm geschah, blies sie ihm direkt in die Nüstern. Die Augen des Untiers weiteten sich. Sein Maul nahm eine leicht spitze Form an. Während seine Nase zuckte und sich der Nasenrücken kräuselte, sog er zweimal Luft an. Dies war der Moment, in dem Feli aus ihrem Käfig schlüpfte und mit Fibi zur Hallendecke sauste.

Das Niesen entlud sich in einem Feuerstoß und warf den Jungdrachen um einen guten Schritt nach hinten. Enttäuscht schaute er auf die verkohlten Gitterstäbe.

Die beiden Feen befanden sich bereits auf einer anderen Gebäudeebene. Kurz darauf stürzte die Decke unter ihnen ein und begrub die gefangenen Geschöpfe samt dem hungrigen Drachen unter sich.

Sie schwirrten um ihr Leben, konnten nicht mit Höchstgeschwindigkeit fliegen, da ihnen zu viele Hindernisse den Weg versperrten. Dauernd mussten sie in der Luft verharren, um sich zu orientieren. Steine prallten zu Boden, Staub rieselte von der Decke. Feli, die sich gefasst hatte, übernahm die Führung. Sie zwängten sich durch einen Mauerspalt in einen darüber liegenden Gang und flohen weiter im Zickzack eine gewundene Steintreppe hinauf. Magier liefen wild durcheinander, Schreie gellten durchs Gebäude. Jeder versuchte, sich in Sicherheit zu bringen. Und niemand bemerkte dabei zwei durch Feenzauber verschleierte Botenfeen.

Ein Rütteln erschütterte den Turm in seinen Grundfesten. Unter ihnen brach Wasser in die Kellergewölbe ein, ein Riss entstand in der Außenwand, Fibi sah schimmernde Sonnenstrahlen hereinscheinen. »Hier lang«, schrie sie.

Feli sauste an ihr vorbei, und jubelnd schoss auch Fibi in die Freiheit. Die Freude schwand jäh, als sie von einem Trümmerteil getroffen in den Burggraben stürzte.

Mira landete schlitternd neben der Gauklerin. »Rahia, Rahia. Steh auf.« Sie rüttelte ihre Freundin an den Schultern, bis diese ein hustendes Stöhnen ausstieß. Blut sickerte wieder aus ihrer Brustwunde.

»Schön, dich zu sehen …«, stöhnte Rahia mehr, als sie sprach.

»Kannst du aufstehen? Wir müssen hier weg und ich gehe nicht ohne dich.«

Rahia lächelte schief, rappelte sich mit Miras Hilfe auf. Kaum dass die Mädchen sich durch die Tür nach draußen geschleppt hatten, implodierte der Raum. Mit ihm verhallte der Schrei des Magisters in unendlich weiter Ferne.

Über die Treppen würde Rahia es niemals schaffen, schon jetzt krümmte sie sich vor Schmerz. Ein ohrenbetäubendes Grollen erfüllte den Gang, während der Magierturm in sich zusammenfiel. Überall verschwanden Steine im Gemäuer, lösten sich einfach auf.

»Zum Fenster!«, schrie Mira. Sie riss die Fensterflügel auf. Links neben ihr war ein Balkon, dessen Brüstung fehlte, darunter gähnende Leere und weit unten der Burggraben. Das mussten über zweihundert Fuß sein. Aber ihnen blieb keine andere Wahl.

Mira kehrte zurück zu Rahia, die gekrümmt an der Wand lehnte. Als sie ihr Gesicht sah, durchfuhr sie die Gewissheit wie ein plötzlicher Schmerz: Sie würde nicht springen.

Mit zusammengebissenen Zähnen stöhnte ihre Freundin: »Flieh, Mira. Ehe es zu spät ist. Ich kann … lass mich hier. Alleine wirst du es schaffen.«

»Du spinnst wohl.« Fieberhaft überlegte Mira, dann zog sie ihre Freundin einfach mit sich.

Um zum Balkon zu gelangen, mussten sie näher an das Inferno heran. Die Tür vor ihnen löste sich samt halbem Korridor auf. Das Grollen war zu einer Lautstärke angeschwollen, die eine normale Unterhaltung unmöglich machte, doch es bedurfte keiner Worte mehr. Miras Entscheidung stand längst fest. Sie rüttelte an der Balkontür.

»Ich kann dich nicht mehr beschützen«, keuchte Rahia. Ihre Augen schimmerten feucht. »Danke für die schöne Zeit.«

Mira erriet die Worte mehr, als sie sie hörte. Sie riss die Tür auf, drehte sich um und strich Rahia zärtlich die Tränen aus dem Gesicht, während diese die Arme ausstreckte. Ein schrecklicher Gedanke durchzuckte Mira: Sie wollte sie stoßen. Augenblicklich reagierte sie, trat auf ihre Freundin zu und umarmte sie lächelnd.

»Leb wohl«, schluchzte Rahia.

Mira schaute in ihre Mandelaugen. Dann beugte sie sich an Rahias Ohr und flüsterte fast unhörbar: »Ich lasse dich nicht zurück. Wir ... gehen ... gemeinsam ...« Mit jedem Wort zog sie Rahia ein Stück weiter auf den Balkon. Schritt für Schritt.

»Was …? Lass los! Was hast du vor?« Rahia versuchte, sich aus der eisernen Umklammerung zu lösen.

»Wir gehen gemeinsam in den Tod … und wenn es sein muss, darüber hinaus«, schrie Mira gegen das Grollen an.

Ein weiterer Schritt. Der Wind spielte in ihren Haaren.

Ein letzter Schritt, dann erreichten sie den Rand des Balkons. Die Zeit schien sich zu dehnen. Es kam Mira vor, als kippten sie unendlich langsam nach hinten und in die Tiefe. Rahia sah sie aus großen Augen an. Doch kein Schrei verließ die Lippen ihrer Freundin, als sie in die Tiefe stürzten. Mira glaubte sogar, einen Funken Stolz in ihren Augen zu erkennen.

Sie lächelte, spürte, wie ihr Blut mit hundertfacher Geschwindigkeit durch die Adern raste, wie der Wind an ihren Haaren und der Kleidung zerrte.

Die Außenmauer des Turms zerriss wie Pergament. Felsbrocken schossen an ihnen vorbei, schlugen in den Burggraben und zerfurchten seine Oberfläche. Das Rauschen in den Ohren schwoll zu einem alles verschlingenden Tosen an. Sie sah in Rahias Gesicht, in ihre Augen, die sich weiteten, je länger sie fielen.

Dann hielt sie die Luft an, und instinktiv tat Mira es ihr gleich – kurz vor dem Aufprall …

Der Schmerz war unbarmherzig. So musste es sich anfühlen, wenn einem die Haut bei lebendigem Leibe abgezogen wurde. Selbst unter Wasser hörte Mira den Schrei – bis sie merkte, dass sie es war, die schrie.

Silbrig schimmernde Luftblasen stiegen an die Wasseroberfläche, als die Luft aus ihren Lungen gepresst wurde. Alles um sie herum versank in Schwärze.

Rahias Umarmung erschlaffte. Mira versuchte, zu schwimmen, doch ihre Beine gehorchten nicht. Das Brennen im Rücken lähmte ihren Körper. Verschwommen erkannte sie, wie Rahia fortgerissen wurde.

Nein, nein, NEIN!

Mira wusste nicht, ob sie selbst geschrien hatte. Eine Panikwelle drohte, ihren Verstand zu verschlucken. Es war egal. Bunte Lichtblitze flammten vor ihren Augen auf. Ihre letzte Atemluft war verbraucht.

Das Licht aus weiter Ferne kam näher. Rasend schnell flog Mira darauf zu, wurde gepackt und nach oben gerissen. Sie tauchte aus der Dunkelheit auf, hustete und spuckte. In ihrer Not sog sie hastig die Luft ein, pumpte wie der Blasebalg eines Schmieds.

Ruven schwamm neben ihr und hielt sie über Wasser. »Hör auf zu zappeln!«, schrie er.

Endlich beruhigte Mira sich. »Wo … Rahia?«, brachte sie keuchend hervor.

»Unna bringt sie an Land. Es ist noch nicht vorbei. Wir müssen hier weg!«

Das Gurgeln und Schmatzen um sie herum schwoll an. Unna brüllte etwas Unverständliches vom Ufer und deutete hektisch nach oben.

Eine Mauerzinne donnerte neben ihnen ins Wasser. Sie schrien auf und schwammen los. Weitere Mauerteile klatschten auf die Oberfläche, erzeugten meterhohe Wasserfontänen und rissen alles mit in die Tiefe, was unter sie geriet. Ein Wasserstrudel entstand.

Ruven erreichte bereits das Ufer. Entsetzen schimmerte in seinen Augen, als er ihren Namen schrie. Mira wollte nicht wissen, was da über ihr die Sonne verdunkelte, und sah doch einen Großteil der linken Turmhälfte auf sich niederstürzen. Sie tauchte und versuchte so, zu entkommen. Der Schmerz im Rücken wuchs ins Unerträgliche. Ihr blieb die Luft weg.

Als sie auftauchte, traf nur ein winziges Steinchen ihren Kopf. Benommen kroch sie ans Ufer.

»Der ... der halbe Turm … unglaublich«, stammelte Ruven lachend. »Er ist geschrumpft. Und … du lebst.«

Bewegungslos stand Unna mit einem Seil am Rand. Mira schaute sich zum Magierturm um. Die oberen Stockwerke fehlten vollständig, er schien immer kleiner zu werden – nein, es schien nicht so, er schrumpfte wirklich.

»Aus groß wird klein«, klang Kyrians Stimme in ihren Gedanken nach. Aber da war noch ein anderes Geräusch. Ein Schrei vielleicht? Ein heller, glasklarer Laut. Mira lauschte und vernahm deutlich einen Hilfeschrei. Sie suchte nach der Ursache, bis sie ein zappelndes Wesen entdeckte, an dem der Strudel bereits voller Gier zerrte.

Ohne zu zögern, schnappte sie ein Ende des Seils, schrie »Festhalten!«, und sprang zurück ins Wasser.

»Mira! Was tust du?«, kreischte Ruven.

Kurz bevor es unterging, ergriff sie das Geschöpf und öffnete erstaunt den Mund. Es blieb jedoch keine Zeit, das Wesen genauer zu betrachten, der Sog verstärkte sich, als die Verkleinerung des Turms sein Fundament erreichte.

»Zieht!«, hörte sie Ruven schreien.

Unna rannte los, das Seil in der Hand. Er drückte dem Zugtier ihrer Kutsche das Seilende in die Pfoten und gab ihm einen Klaps.

Augenblicklich stürmte der Moropus vorwärts. Mira sauste aus dem Wasser und rollte sich ab, doch das Brennen im Rücken ließ sie aufschreien, sodass das gerettete Wesen ihr entglitt. Einen Moment verharrte sie, hockte, den Kopf auf den Boden gesenkt, die Fäuste geballt, und biss in den Stoff ihrer Tunika.

Ruven erschien neben ihr und sog scharf die Luft ein. »Was hast du dir dabei gedacht? Kannst du aufstehen? Wir müssen weg.« Er versuchte, Mira aufzuhelfen, als ihr das geflügelte Ding einfiel. Es war fort.

»Hier … ich …«, stotterte sie verwirrt. »Da war ein Wesen … klein, und es hat ganz jämmerlich geschrien … fast menschlich.« Mira zuckte mit den Schultern.

Ruven schüttelte den Kopf. »Eine Botenfee?«

»Ja, es hatte Flügel ... es ist verschwunden.«

»Dann ist sie eben weggeflogen. Apropos ›Verschwinden‹: Das sollten wir auch schleunigst!«

Unna erschien und verzog das Gesicht, als er Mira sah.

»Ist ... ist es so schlimm?«, presste sie hervor.

Ruven stieß die Luft geräuschvoll aus, dann sagte er: »Das bekommen wir wieder hin, aber jetzt weg hier!«

Feli zog ihre Schwester mit sich. Während ihre Füßchen über das Gras rauschten, sah Fibi andauernd zurück zu dem schneeweißen Mädchen. Wieso hatte es sie gesehen? Ihre Flügel waren nass, aber der Feenzauber funktionierte und sie waren getarnt. Unsichtbar für menschliche Augen. Gleich, nachdem sie Feli befreit hatte, hatten sie ihren Verschleierungszauber angewendet. Niemand konnte sie sehen, nicht einmal diese Magier. Wie hatte das Mädchen sie retten können?

Die letzte Königin kam ihr in den Sinn. Sie war schneeweiß gewesen. Doch das war damals, vor fast tausend Jahren.

»Ob er tot ist?«

»Der Zauberer? Vermutlich. Wer könnte so was überleben?«, meinte Ruven. »Ich glaube jedenfalls, wir sollten untertauchen. Bis Gras über die Sache gewachsen ist.«

Die anderen murmelten zustimmend, doch Mira schwieg. Sie dachte nach.

Von diesem Hügelrastplatz aus hatte man einen herrlichen Blick auf die zwei Türme. Gehabt. Jetzt schauten die vier auf die freie Stelle neben dem Königsturm. Nichts deutete darauf hin, dass hier vor kurzem noch ein Gebäude von gigantischem Ausmaß gestanden hatte.

Keine halbe Stundenkerze war heruntergebrannt, da hatte die Kutsche der Gaukler Königstadt schon verlassen. Die Stadttore waren unbewacht gewesen, jeder Bewohner war zum Ort des Unglücks geeilt.

Unna brach als Erster das Schweigen. »Ich besuche meine Schwester in Sperra. Sie wird sich freuen, mich zu sehen.«

Die anderen nickten, hielten die Blicke aber weiterhin auf die Stadt gerichtet.

»Und ich werde meinen alten Musiklehrer in Kalaris aufsuchen. Vielleicht dichte ich sogar ein Lied über all das hier.«

Mira und Rahia schauten Ruven an und lächelten.

»Aber zuerst sollten wir euch in Sicherheit bringen. Gudrun, die Kräuterfrau, würde sich bestimmt freuen, wenn ihr sie besucht.«

»Gudrun? Nach all den Jahren? Ich weiß nicht.«

»Warum nicht? Mira könnte eine Menge von ihr lernen.«

Rahia seufzte müde. »Ja, warum eigentlich nicht …«

Der Wasserstand des Burggrabens hatte sich beachtlich gesenkt. Das Gurgeln verstummte, Ruhe breitete sich aus. Zwar waren die tiefsten Keller des Magierturms geflutet, und doch schien ein Teil des Wassers sich einfach aufgelöst zu haben. Jetzt lag eine Nebelwand schützend über dem Bereich der zwei Türme.

Bralag schritt vor dem gewaltigen wassergefüllten Krater auf und ab. Es gab nichts aufzuräumen. Keine Trümmerteile, keine Steine, keine Leichen. Der Magierturm war gänzlich verschwunden.

Was war das nur für ein Zauber gewesen? Niemals zuvor hatte er Derartiges erlebt. Was ihn aber weit mehr beunruhigte, war, dass er Giroll unter den Überlebenden entdeckte. Der alte, runzlige Diener des Magisters stand abseits des Geschehens und schaute mit gefalteten Händen zu ihm herüber. Solange Bralag denken konnte, hatte dieser Mann die oberen Stockwerke des Magierturms nie verlassen. Wie war er dem Inferno entkommen? Und warum stand er jetzt dort, unbeachtet von den anderen Magiern, die durcheinanderliefen und das Loch zu erkunden versuchten?

Ein Magier erschien. »Meister Bralag, der König …«

»Was ist mit dem König?«

»Er ist verschwunden. Wir fanden seinen gesamten Hofstaat gefesselt in der obersten Ebene des Königsturms.«

Bralag runzelte die Stirn und nickte. Er ließ den Mann stehen und schritt bedächtig auf Giroll zu. Als er ihn erreichte, fragte er frei heraus: »Wer seid Ihr, Giroll?«

»Ich bin nur ein Diener des Magisters. Aber der Magister ist nicht mehr.«

»Nein, wer seid Ihr wirklich?«

Der Alte lächelte, seine Augen verfärbten sich für einen winzigen Moment pechschwarz. »Ich bin seit langer Zeit Diener des jetzigen Magisters gewesen. Davor habe ich dem früheren Magister gedient und davor einem weiteren, und das seit fast tausend Jahren. Doch der Magister ist nicht mehr. Was soll nun aus mir werden?«

Schlagartig verstand Bralag. Giroll war das allsehende Auge Rodinias. Das Orakel. Er lächelte. »Tretet in meinen Dienst. Das Volk braucht einen *neuen* Magister.«

»Und einen König. Euer Wunsch ist mir Befehl, mein *königlicher* Magister.«

Der Wind trug Bralags Gelächter über den Vorplatz der Magierebene. König und Magister!

Epilog

Unna trennte sich als Erster von ihnen. Er umarmte alle zum Abschied und gab jedem ein Geschenk. Mira bekam eine hölzerne Flöte, ähnlich wie die, die sie in ihrem Heimatdorf hatte liegenlassen müssen, als sie verkauft worden war. Natürlich kamen ihr wieder die Tränen. Aber auch Rahia weinte.

»Wir werden uns wiedersehen. Im nächsten Jahr starten wir ganz groß durch. Es ist ja nicht für immer, dass sich unsere Wege trennen.«

Mira schniefte. Dann lachte sie. »Alles hat einen Sinn.«

Nach sechs Tagen erreichten Ruven, Mira und Rahia die kleine Stadt Tornow. Ohne Umwege suchten sie Gudrun die Kräuterfrau auf.

Ruven blieb noch zwei Tage, dann verabschiedete er sich. Diesmal vergoss Rahia bittere Tränen, was ihren Gesundheitszustand weiter verschlechterte. Sie benötigte dringend Ruhe. Die Reise hatte ihren Körper zusätzlich zu ihren Verletzungen geschwächt.

Die Wochen zogen ins Land, der seelische Schmerz verebbte nach einer Weile. Die Zeit heilt alle Wunden, so heißt es. Doch hier lag es eher an Gudruns Heilkräutern und Miras Pflege, dass Rahias Genesung derart gut voranschritt. Sie war zäh und wollte so bald wie möglich ihr Training wieder aufnehmen. Sie war nun mal eine Gauklerin mit Leib und Seele. Dennoch hatte sich etwas in Rahia verändert. Sie zeigte sich stiller, nachdenklicher. Offenbar brauchte sie noch eine Menge Zeit.

Die Zeit heilt alle Wunden. Mira lächelte, als sie an ihr eigenes Vorankommen dachte. Seit sie hier waren, arbeitete sie unentwegt unter den aufmerksamen Augen der Kräuterfrau, mixte in ihrer unscheinbaren Apotheke Salben und Tinkturen und half, wo sie konnte. Sie lernte schnell, wie alle sagten.

Heute, nach zwei Monaten, durfte Mira zum ersten Mal die Kundschaft alleine bedienen. Gudrun war zur Kräutersuche in den nahe gelegenen Wald gegangen, und Rahia hatte es sich nicht nehmen lassen, sie zu begleiten.

Die kleinen Ölschalen verbreiteten ein schummriges Licht in dem fensterlosen Raum, zauberten eine Vielzahl tanzender Schatten an die Wände. Ihre Gedanken wanderten zum Frühlingsfest in Königstadt mit den vielen Gauklern und Artisten und dem bunten Treiben.

Als die Türglocke anschlug, zuckte Mira zusammen.

»Moment. Ich bin gleich bei Euch.« Sie schob einen Tiegel beiseite, in dem sie eine Salbe aus Ringelblumen angerührt hatte, und wischte sich die Hände an ihrer Schürze ab. Plötzlich richteten sich ihre Nackenhärchen auf. Sie spürte, wie jemand hinter sie trat.

»Hallo«, sagte eine leise Stimme. »Bist du immer noch der Meinung, dass wir uns kennenlernen sollten?«

Miras Herz setzte für einen Schlag aus. Doch dann begann es mit hundertfacher Geschwindigkeit zu trommeln. Sie wirbelte herum und strahlte über das ganze Gesicht. »Ja … ja, das sollten wir unbedingt.«

Und so geht es weiter:

Die Flucht des Zauberers

Prolog

Winterturm
Dritter Lenzmond des Jahres 1316, zweites Zeitalter

Eine Gruppe von Kobolden starrte auf das Loch im Boden. Niemand beachtete den Magier, der neben sie trat.

»Was ist hier los. Warum arbeitet ihr nicht?«

Ein Koboldanführer mit einer ledernen Weste zuckte mit den Achseln. »Wasser läuft nach«, quäkte er. Seine Schultern hoben und senkten sich rhythmisch.

»Natürlich. Da soll Wasser rein, damit wir es vereisen können und das Gestein bricht. Um nachzuschauen. Du verstehst?«

Das Gesicht des Kobolds blieb ausdruckslos. »Zu viel Wasser läuft nach.« Demonstrativ füllte er das Bohrloch; wie durch die Kehle eines Verdurstenden verschwand die Flüssigkeit glucksend im Fels. »Scheint, als wäre da ein Hohlraum.«

Es dauerte einige Wimpernschläge, bis der Magier begriff. Er riss die Augen auf und rief: »Holt sofort Meister Tuplur!«

Sogleich erschien der oberste Turmwächter. Dunkle Ringe lagen unter seinen müde wirkenden Augen. »Schlagt es auf«, sagte er tonlos.

Der Kobold schaute abwechselnd vom Loch zu Meister Tuplur und zurück. »Keine gute Idee, wenn Ihr mich fragt«, merkte er an.

»Dich fragt aber niemand. Schlagt es auf!«

Der Kobold verharrte. Dann zuckte er mit den Schultern, winkte ein paar Zwerge herbei und entfernte sich. Die Herbeieilenden begannen, das Gebiet mit überdimensionalen Spitzhacken zu bearbeiten. Im steten Wechsel droschen sie auf das winzige Wasserloch ein.

Tuplur lauschte. Erzeugte jeder Hieb ein Echo? »Wartet«, rief er nach einer Weile und hob die Hand. Er entriss einem Zwerg die Hacke und schlug zu. Dumpf hallte ein zweiter Schlag aus den Tiefen der Erde herauf. »Was um alles in der Welt ...?«

Meister Tuplur kam nicht mehr dazu, seinen Satz zu beenden. In einiger Entfernung sank eine Fläche von der Größe eines Bauerngehöfts unvermittelt ab und verschluckte die Zwerge, deren Schreie im Abgrund verhallten. Er taumelte von der Abbruchkante zurück.

Der Kobold trat neben den Magier. »Zeit, zu verschwinden«, raunte das grüne Wesen mit der ledernen Haut, stieß in ein Horn und rannte los.

Wieder ertönte ein Donnerschlag unter ihnen. Ganz Winterstadt erbebte. Auf der Stelle sackte der gewaltige Winterturm einen Meter zusammen. Ein weiterer Schlag erscholl, dann ein dritter. Unendlich langsam versank der monströse Turm gleich mehrere Stockwerke in der Erde, neigte sich und stürzte zusammen.

»Die Götter stehen uns bei ...« Meister Tuplur war gelähmt vor Entsetzen. Unbeweglich, mit geöffnetem Mund und aufgerissenen Augen starrte er auf das Bollwerk.

Die Schreie der Stadtbewohner hallten durch die Berge, mischten sich mit berstendem Gestein, Krachen und Knirschen.

Die Kobolde und die Zwerge stoben in sämtliche Richtungen davon, doch niemand entkam. Sie verschwanden von dieser Welt, als weitere Gebiete um den Winterturm absackten. Die Metropole neigte sich zur Bergkante, dann kippte sie einfach um, zerbrach splitternd und löste einen gewaltigen Bergrutsch aus, der jeden mit in die Tiefe riss. Alles zerbarst, wurde zwischen Fels und Geröll zu Staub zermahlen. Stein, Holz, Mensch und Getier.

»D-das ... das ...« Meister Tuplurs Körper gehorchte ihm nicht. Sein Mund öffnete und schloss sich unkontrolliert. Wie betäubt starrte er in das riesige Loch und begann, am ganzen Leib zu zittern. Ein einziger Blick auf das, was aus der Erde quoll, reichte, um ihn an seinem Verstand zweifeln zu lassen. Eine gigantische Staubwolke verschluckte die Umgebung. Er war außerstande, einen klaren Gedanken zu fassen, unfähig, sich auf die Magie zu konzentrieren. Auf seine Fähigkeiten. Zu groß war das Entsetzen. Denn was er sah, bedeutete das Ende der Welt.

Der Staub raubte ihm die Atemluft. Etwas packte ihn am Bein. Ein Ruck, dann spürte er den freien Fall. Alles, was er tun konnte, war schreien. Doch er blieb stumm. Er hatte die Chance vertan, einen Magiespruch anzuwenden. Mit diesem letzten Wissen kam die Erlösung, als sein Körper auf dem Felsboden zerschmetterte.

DANKSAGUNG
EINE KLEINE ZUSATZGESCHICHTE

Es war einmal ein kleiner Junge. Der besaß eine übersprühende Fantasie, aber keinen Mut. Er schrieb Gedichte und eine kleine Geschichte (um die es hier allerdings nicht geht). Der fehlende Mut ließ auch die Fantasie ruhen. Nur ab und zu erwachte sie kurzzeitig, um dann wieder in seligen Schlummer zu verfallen.

Aber kaum 30 Jahre später, der Junge war inzwischen von der Arbeit und dem Leben gezeichnet, regte sie sich erneut. Sie gähnte ausgiebig und sagte: »Es wird Zeit. Der Eine ist auf dem Weg. Du solltest beginnen!«

Das dachte auch der Junge und begann zu schreiben.

Fast wäre er gescheitert, Zweifel und Angst fochten einen harten Kampf mit seiner Fantasie aus. Drei gegen einen, denn der Zeitmangel schlug unfairerweise auch noch aus dem Hinterhalt zu.

Letztendlich aber behielt die Macht der Fantasie die Oberhand und trug den Sieg davon. Selbstverständlich hatte sie ihre Helfer – und einen Überläufer, der das Schicksal besiegelte, als Angst sich plötzlich in Mut verwandelte.

Diesen Helfern sei das Buch gewidmet. Denn ohne diese besonderen Menschen gäbe es die Rodinia-Romane nicht.

Als da wären: Mein Schreibcoach Susanne Diehm (https://sudijumi.wordpress.com), ohne deren Hilfe ihr als Leser dieses Werk nicht in Händen halten würdet. Sie hat mich stets motiviert und animiert, weiterzumachen.

Ann-Kathrin Karschnick, die den Stein ins Rollen brachte und mich ebenfalls animierte, weiterzuschreiben.

Natürlich gilt der Dank auch meinen beiden Verlegern Matthias Teut und Frank Friedrichs von DichtFest. Danke, dass ihr mich in die Familie aufgenommen habt.

Tausend Dank an Christian Günther (www.tag-eins.de) für das grandiose Cover und die wundervolle Landkarte.

Selbstverständlich danke ich ganz besonders meiner Familie für ihre Geduld. Meine Frau Marion hat mir stets den Rücken freigehalten, damit ich auf Messen oder zu Schreibworkshops fahren konnte. (Obwohl die Worte: »Schreib doch einen Krimi, dann lese ich es auch« nicht sehr motivieren, wenn man einen Fantasy-Roman schreibt. Aber: Ich liebe dich.) Ich danke meinem Sohn Yorick, durch dessen ständige Fragen Plotlöcher auf- und mir neue Ideen eingefallen sind. Ein besonderer Dank geht an meine Mutter und im Gedenken auch an meinen Vater, dem es sicherlich gefallen hätte.

Weiterhin danke ich meiner Rollenspielgruppe (Christian, Alex und Olaf) für die Inspiration und die aufmunternden Worte: »Alter, schreib bloß mal ein Buch«; meinen Arbeitskolleginnen (Eva, Netti und Sandra), die ich dreieinhalb Jahre mit meinen Fantasien und dieser Geschichte genervt habe; meinen Freunden und Testlesern: (Elke: Danke für das Vorab-Korrektorat), Evi-Lotti, Eva, Netti, SCHILDWALL: Micha Weichbart und Hunold; und den vielen anderen, die auch nur Teilstücke des Romans testgelesen haben; den Zuhörern meiner diversen Vorablesungen – und selbstverständlich euch als Leser! Vielen Dank, dass ihr mein Buch in den Händen haltet!

In diesem Sinne: Es hat erst begonnen ...

Mehr spannende Fantasy von DichtFest:

Die epische ERELLGORH-Trilogie von Matthias Teut

Drei junge Menschen, die ihre Heimat verlassen müssen und auf ihrem Weg ins Ungewisse feststellen, dass sie über magische Fähigkeiten verfügen.

Atharu, ein junger Heiler aus Tangris, erfüllt den letzten Wunsch seiner Urmutter und reist nach Gelder, um die Reste eines alten Schmuckstücks zu übergeben. Selana, eine Küchenmagd auf der Burg von Akralahr, schließt sich einem Flüchtlingstreck an, um sintflutartigen Regenfällen zu entgehen und ihre alte Ziehmutter wiederzufinden. Und der Straßendieb Pitu flieht in Gelder vor seinen Verfolgern auf ein Schiff, das mit ihm in See sticht.

Die drei kennen einander nicht, ahnen nicht, dass sie sich treffen werden – und vor allem nicht, dass das Schicksal der Welt von ihnen abhängt. Denn der abtrünnige Magister Fenkorh-Kreh will seine finsteren Pläne vollenden: die Elben vernichten und alle anderen Völker unterjochen.

Mach dich mit den dreien auf den Weg, verfolge ihre Reise durch Jukahbajahn bis zur Elbenstadt Erellgorh – und darüber hinaus. Denn dort beginnt das Abenteuer erst ...

Erellgorh – Geheime Mächte	448 S., ISBN 978-3-946937-00-5, € 12,95
Erellgorh – Geheime Wege	442 S., ISBN 978-3-946397-01-2, € 12,95
Erellgorh – Geheime Pläne	590 S., ISBN 978-3-946937-02-9, € 14,95

Einzelroman
von Matthias Teut

Die Elbenstifte

494 Seiten, 03/2019

ISBN: 978-3-946937-03-6

14,95 €

Entdecke die Welt von Erellgorh vor den Kriegen

»Wo ist die Essenz der Stifte? Was hast du getan?«
Das Licht der Laternen, Reflexe im Dolch –
und niemand, der ihm helfen konnte ...

Zu einer Zeit, da das Misstrauen der Völker untereinander wächst, erhält ein Elb aus Erellgorh den Auftrag, eines der Heiligtümer seiner Bestimmung zuzuführen.
In Myxa soll Farim in die Fußstapfen seines Vaters treten, um das Handelskontor zu übernehmen. Doch viel lieber würde er Bilder malen. Der Elb Zhinlohr erkennt sein Talent und schenkt ihm Zeichenstifte, die alle Farben der Welt in sich tragen. Fortan kann Farim sich ein Leben ohne die Elbenstifte nicht mehr vorstellen und vernachlässigt die Arbeit im Kontor. Als sein Vater voller Zorn die Stifte zerbricht, flieht Farim aus Myxa.
Auf einem Elbenschiff erfährt er, was es mit den magischen Stiften wirklich auf sich hat – und setzt alles daran, neue zu erlangen. Eine abenteuerliche Reise voller tödlicher Gefahren nimmt ihren Lauf.

„Endlich zurück in dieser magischen Welt.
Wunderbar erzählt und einfach nur spannend!"
(Cathrin Harms)

Teil 1
der Zwergen-Trilogie
von Matthias Teut

**Eskrinor –
Das Reich der Zwerge**

ca. 500 Seiten, 03/2020

ISBN: 978-3-946937-04-3

14,95 €

Willkommen in der Welt von Eskrinor

»Sie ist nur eine Köchin, die sich in den Kopf gesetzt hat, Kriegerin zu spielen.«

Seit der Orden der magiebegabten Menschen die Handelsstadt Crem übernommen hat, blicken die Elben mit Argwohn auf sein Erstarken. Als Magister des Ordens in die Elbenreiche eindringen, droht ein Krieg. Das benachbarte Zwergenvolk Eskrinors steht plötzlich zwischen den Fronten.
Da kommt dem unbegabten Magister Jamon ein Gerücht zu Ohren, das seine Welt auf den Kopf stellt. Die Zwergin Brynnbett verläuft sich in den tiefen Stollen unter Eskrinor und erfährt von den unheilvollen Plänen des Stammesvaters, während weit im Osten der Waldelb Raiwen verzweifelt versucht, die Elbenfürstin und ihre Thronfolgerin zu heilen. Schon bald werden sie alle von der Bedrohung des Krieges eingeholt, ohne zu ahnen, wie eng ihre Schicksale verbunden sind. Können die drei das Blatt noch wenden?

„Der grandiose Auftakt von Matthias Teuts Eskrinor-Trilogie. Bildgewaltig, hochspannend und absolut magisch!“
(Sabrina Schuh, Autorin)

Bei DichtFest gibt es auch noch tolle andere Bücher: verrückte Romantic Comedy, spannende Wohlfühlkrimis und mehr – https://dichtfest.de